晚清政治小说的
日本"移植"
与
本土"生发"

蔡鸣雁 著

中国社会科学出版社

图书在版编目（CIP）数据

晚清政治小说的日本"移植"与本土"生发"/蔡鸣雁著. -- 北京：中国社会科学出版社，2025.4.
ISBN 978-7-5227-4558-9

Ⅰ. I207.41

中国国家版本馆 CIP 数据核字第 2024GM9058 号

出 版 人	赵剑英
责任编辑	王小溪
责任校对	师敏革
责任印制	戴 宽

出　　版	中国社会科学出版社
社　　址	北京鼓楼西大街甲 158 号
邮　　编	100720
网　　址	http://www.csspw.cn
发 行 部	010-84083685
门 市 部	010-84029450
经　　销	新华书店及其他书店
印　　刷	北京君升印刷有限公司
装　　订	廊坊市广阳区广增装订厂
版　　次	2025 年 4 月第 1 版
印　　次	2025 年 4 月第 1 次印刷
开　　本	710×1000　1/16
印　　张	19.5
插　　页	2
字　　数	283 千字
定　　价	109.00 元

凡购买中国社会科学出版社图书，如有质量问题请与本社营销中心联系调换
电话：010-84083683
版权所有　侵权必究

序

听到蔡鸣雁的博士学位论文即将由中国社会科学出版社出版的消息,作为她的导师,我感到由衷的高兴!

6年前,鸣雁来报考我的博士研究生,在众多考生中脱颖而出。当时她已是一所大学日语系的副教授,在日语教学和研究方面都已取得了不错的成绩,翻译出版了几部日语文学作品。我从事的专业是中国现当代文学研究,与日语教学研究是两个相差较大的专业,她是跨专业攻读博士学位,这无论对于她,还是对于我,都是一个很大的挑战。

入学后,她对自己的身份转换还不太适应,当了这么多年的大学老师,再坐下来认真听课,还有点不太习惯。学校开设的各门专业课对她来说也不无难度,因为她没有接受中文专业的系统训练,一些基础性的专业理论、作家作品她没有接触过。但她非常刻苦,付出了比别人更多的时间和精力来补课,不清楚的地方就向老师、同学请教,最后不但赶上了课程进度,还取得了优秀的成绩。

对博士研究生而言,最大的挑战之一是博士学位论文的选题和写作。俗话说,有了一个好的选题,论文写作就成功了一半。博士学位论文选题,一方面固然要有学术价值,要有学术创新,另一方面还要考虑到学生自身的条件,要充分地发挥学生自身的优势,选择难易适度的题目。对于跨专业的鸣雁来说,如何将其原来的专业优势整合到博士学位论文的写作中,是一个颇费周章的过程。我建议她以晚清文学作为选题范围,从中寻找与日本文学有关联的契合点,因为晚清文学研究相对比较薄弱，尤其是晚清文学与日本文学之间的关系密切，还有一些有待深入挖掘的问题可以研究。鸣雁接受了我的建议，通过大量阅读，她发现了晚清政治小说与日本明治政治小说之间的复杂关系，而学界关于这方面的系统研究还比较少见，最后遂定下来以"晚清政治小说的日本'移植'与本土'生发'"作为博士学位论文题目，并顺利通过了博士学位论文开题报告。

众所周知，1840年的鸦片战争开启了晚清中国社会动荡不安的序幕。西方军事、政治、经济、文化的强势入侵，迫使中国向西方开放，中国由此进入了一个漫长的社会转型期。同样，从文学发展史的角度来看，晚清文学处于从中国古代文学向现代文学转型的特殊时期，它既是古代文学的终结，又是现代文学的开端；既具有古代文学的特征，又具有现代文学的特征，呈现出复杂的文学特征。换言之，西方文学的输入和影响，是导致中国文学发生转型的一个重要原因。晚清时期出现了以《官场现形记》《二十年目睹之怪现状》《老残游记》《孽海花》等为代表的社会谴责小说。这些小说与当时的社会政治密切相关，在当时产生了很大的影响，多年来学界对晚清政治小说的研究取得了丰硕的成果。在讨论晚清时期为何会出现如此多的政治小说时，学人大多从外在的社会现实寻找原因，很少从外来影响尤其是日本明治政治小说对晚清政治小说的影响入手来展开讨论。中日两国作为邻邦，有着悠久的文化交流历史。在明治维新之前，日本文化主要受中国文化的影响；在明治时期，日本开始接受西方文化的影响，开展维新运动，很快成为一个发达的现代化国家。从此之后，日本文化开始反过来对中国文化产生影响，日本作为西方文化的中转站，对中国现代知识分子具有很大的吸引力。以梁启超为代表的改良派纷纷到日本取经，将日本的政治小说介绍到中国来，希图借此推动晚清的社会政治体制改革。在明治政治小说的影响下，加之当时中国社会现实的需要，中国出现了自己的政治小说。通过广泛阅读，鸣雁意识到晚清政治小说与明治政治小说之间的复杂关系，她没有把复杂的问题简单化，不是简单地运用比较研究的方法来总结归纳二者之间的异同，而是运用接受美学的方法，通过中国作家对明治政治小说的选择与接受来研究晚清政治小说产生的文化语境，探讨明治政治小说与晚清政治小说国族主义主题的发生，分析晚清政治小说中模式化人物的移入与人物塑造的本土变迁，探究晚清政治小说叙事策略的引入与嬗变。这些问题成了其学位论文研究的重点。由此来看，鸣雁的博士学位论文选题富有新意，既具有学术价值，又具有社会价值。

鸣雁下了很大功夫来阅读原始资料。一方面，她广泛阅读晚清时期的政治小说，除了阅读那些常见的作品，还通过晚清期刊数据库发现了一些较少进入研究视野的作家作品；另一方面，她充分发挥了其精通日语的优势，大量阅读日文版的明治政治小说，这里面有一部分已经被翻译成汉语出版，通过阅读日文原著，发现汉语译本与日文原著之间的差异，这种差异是译者在翻译过程中无意或有意"误读"而产生的，她将其中一些明显的错误纠正过来，并通过这种复杂的"误读"现象发现译者复杂的思想情感对翻译作品的渗入，发现两种不同文化之间的纠葛；此外，她还通过多方渠道，查找到了一些未被翻译过来的明治政治小说，并将其译成中文，运用于论文写作之中，这使她的博士学位论文有了一些新的文学史料，运用这些新的史料所得出的结论不乏新意，具有说服力，为拓展晚清政治小说、明治政治小说及它们的关系研究做出了应有的贡献。

鸣雁是在职攻读博士学位，一路走来，非常不易。除了在单位里上班，还要顾家，孩子高考、母亲生病，这对她来说都是必须面对的大事。她以顽强的毅力坚持下来，逐一克服了这些困难，写出了二十余万字的毕业论文。论文在外审和答辩过程中受到专家评委的一致好评，她顺利通过了毕业论文答辩。尽管如此，这并不意味着她的毕业论文就完美无缺。如前所述，晚清政治小说和日本明治政治小说之间存在着"剪不断，理还乱"的复杂关系，涉及领域广泛，作为一篇博士学位论文，不可能穷尽其中所有的问题。有些问题虽在论文中有所涉及，但尚未深入挖掘下去，如晚清科幻政治小说、晚清乌托邦小说、晚清女性文学与明治政治小说之间的关系，这些问题有待进一步深入探究；有些问题论文应该有所涉及，但由于各种原因，论文并没有触及，如晚清政治小说对日本语言的选择与接受问题。这些问题都有一定的研究价值，希望鸣雁能够在博士学位论文的基础上，对这些问题做进一步探究，期待着早日看到她在这方面的新的研究成果。

吕周聚

2022 年 7 月 30 日

目　　录

绪　论 …………………………………………………………（1）

第一章　晚清政治小说的发生语境与"移植"主体性……………（32）
　第一节　中日文化占位的"反转"与晚清文学审美
　　　　　规范的重构 ………………………………………（34）
　第二节　甲午战争与晚清时事小说的出现 ………………（46）
　第三节　甲午战争与政治小说的学术思想语境建设 ……（55）
　第四节　赴日热潮与晚清政治小说的传播语境形成 ……（68）

第二章　明治政治小说与晚清小说民族主义主题的发生………（78）
　第一节　异国国族小说与本土国族危机意识的唤起 ……（87）
　第二节　内政批判与内政变革文学实验中的救亡探索 …（115）
　第三节　国族未来想象中的"富强梦"书写 ………………（149）
　第四节　女权思想的日本移植与女权政治小说 …………（173）

第三章　模式化人物的移入与人物塑造的本土变迁 …………（189）
　第一节　政治家的自我形象构建 …………………………（192）
　第二节　英雄的时代定义与文学想象 ……………………（202）
　第三节　作为启蒙对象的民众群像构建 …………………（222）

第四章　叙事策略的引入与嬗变 …………………………（238）
第一节　政治隐喻的借鉴与拓展 ………………………（239）
第二节　叙事视角的借鉴与转变 ………………………（249）
第三节　"佳人才子"叙事模式的回迁 …………………（265）

结　语 ……………………………………………………（281）

参考文献 …………………………………………………（287）

后　记 ……………………………………………………（302）

绪　　论

　　晚清政治小说发生于中国小说由传统走向现代的转型期，具有重要的文学史意义和文本研究价值。19世纪末20世纪初，中国在剧烈震荡之中打开国门，小说在与异域文化、文学的碰撞与交流中迎来了它的千年之变，其中政治小说率先拉开小说大规模现代转型的帷幕，成为中国现代文学、文化转型中的重要力量。晚清政治小说在世纪之交的中国文学现代转型中承担起传统旧小说向现代新小说过渡的任务，很大程度上规约了中国小说"现代性"的文学内涵和文化内涵，影响了小说这一文类在中国现代文学长河中的占位与走向。

　　回溯晚清政治小说发生的源头，探究政治小说发生的动力机制是客观评估晚清政治小说文学价值的关键。政治小说在19世纪中后期的许多国家都掀起过热潮，晚清政治小说的发生与域外文学也有着直接的联系，其中与日本明治时期政治小说（以下简称"明治政治小说"）的关系最为密切，晚清政治小说的发生、发展均受到明治政治小说的直接影响。晚清政治小说与明治政治小说之间的关系研究是探析晚清政治小说发生、发展必须面对的根本课题，也是研究中国小说现代转型的重要环节。但是，如果简单地将晚清政治小说与明治政治小说之间的关系归结为"影响—接受"，则掩盖了晚清政治小说发生的根本动力机制，也无法走进晚清政治小说的深层，容易导致对晚清政治小说的文学、文化价值评估的偏颇。晚清政治小说对明治政治小说的移入是文化主体的选择性行为，晚清文学在跨越文化边界与异域文学接触、交流的过程中形成了自己的价值认同标准。厘清晚清政治小说发生过程中为何以及如何选择性地将明治政治小说移入，可以从文化、文学借镜的视角更为客观真实地反观本土现代小说发生中的观念重构及文学要素革新等问题。

一 研究现状与研究趋势

晚清政治小说在中国小说史上不啻浓墨重彩的一笔，它的出现促使中国小说从内容到形式发生质变，晚清政治小说也是中国小说有意识地向外国学习与世界文学发生规模化联系的重要里程碑，因之受到学界的广泛关注。在与域外文学的联系中，晚清政治小说与日本明治时期的政治小说关系尤为密切，二者之间的关系研究是探究晚清政治小说的发生、发展乃至中国文学现代转型的重要源头课题。

对晚清政治小说与明治政治小说关系的研究最初始于日本学者。比较文学在我国是20世纪80年代兴起的新学科，比较文学兴起之后，关于晚清政治小说与明治政治小说的关系研究出现了系列成果，这些成果主要从平行比较研究、晚清对明治政治小说的译介、明治政治小说对晚清政治小说的影响等角度打开研究视域。

日本学者和旅日中国学者较早开展中日政治小说的关联研究，在晚清政治小说的比较研究，尤其是影响研究方面取得一些成果。日本学者早在20世纪50年代就开启了晚清政治小说与日本明治时期政治小说的比较研究，代表成果有中村忠行的论文「政治小説における比較と交流」(1953)、「政治小説と清末の文壇」(1966)等，这些成果主要从中日文学关系的角度试图对晚清政治小说发生、发展的全貌进行梳理和解读。吕顺长的论文「政治小説『佳人奇遇』の「梁啓超訳」説をめぐって（衝突と融合の東アジア文化史）——（著述の虚偽と真実）」(1999)从文化的角度切入解读《佳人奇遇》的翻译。国内较早提出晚清政治小说与明治政治小说关联命题的是李育中的论文《梁启超政治小说探原》(《羊城晚报》1963年3月13日)，在这篇文章中，作者指出，梁启超的政治小说照搬日本的政治小说，但是，关于如何"照搬"并没有展开具体论述。不过，这表明晚清政治小说的域外关联研究在国内开始受到关注。

平行比较法是早期晚清政治小说与明治政治小说关系研究中最为常用的研究方法。麻贵宾的《中日近代小说形成之比较》（1984）、袁进的《中日小说近代变革之比较》（1992）、袁荻涌的《近代中日政治小说比较》（1997）、王向远的《中日启蒙主义文学思潮与"政治小说"比较论》（1997）、李晓辉的《殊途而同归的选择：中日近代政治小说再研究》（2010）等论文都采用了平行比较的研究方法。这些研究成果多从外缘视角切入，关注点大多停留在政治小说发生的文学外部因素之上，对政治小说的发生、题材形式进行文本之间的差异比较。通过中日政治小说的文本差异比较研究，可以相对清晰地呈现晚清政治小说的文学面貌。论文《中日小说近代变革之比较》以"源"与"流"的视角将政治小说这一文类分别置于中日两国近现代文学史的长河之中进行考察，认为儒家文化同源的影响使两国政治小说的发生与发展有着相似性，而两国文化的差异性又影响了政治小说在其后文学发展中面临的价值判断。作者试图从政治外缘研究转入文化、文学本体研究，得出政治小说无论在中国还是在日本都不是真正意义上的"现代文学"，也并非现代文学的启蒙文学的结论。论文《中日启蒙主义文学思潮与"政治小说"比较论》从影响性、相通性和差异性入手，对中日政治小说进行了对比，认为晚清政治小说的兴起是在日本明治政治小说的影响下发生的，这篇论文对以往涉及政治小说时不假分析便认定中日政治小说"工具论"的既成观念提出质疑，认为晚清政治小说决然抛弃明治政治小说中的游戏性因素，并以"政治小说—谴责小说—'为人生'小说"这样的文脉轨迹成为中国现代文学的起点。"如果说，日本文学主要是通过反对文以载道、劝善惩恶的功利主义，主张文学的超越性来确立文学的现代性的，那么，中国文学则主要是通过反对文学的游戏主义，主张'为人生'的目的性来确立文学的现代性的。在这个意义上讲，作为中日启蒙主义文学主要样式的政治小说，既是两国现代文学的共同出发点，也是最初的分歧点。"① 以上两篇论文的研究出发点都是中日政治小说的源流关系比较，结论却南辕北辙，这不能不引起思考。平行比较研究可以直观呈现政治小说在中日文化之中呈现出的文学差异，但是，单纯的平行比较研究因为欠缺对二者比较的关联性前提的界定与把握，容易出现因比较的根基阙如导致研究结果具有较大商榷余地。

影响研究在一定程度上弥补了平行比较研究的严谨性问题，也是继平行研究之后更为学界认可的研究方法。关于晚清政治小说和明治政治小说的影响关系研究取得了系列研究成果。代表性专著有何德功的《中日启蒙文学论》（1995）、方长安的《选择·接受·转化——晚清至20世纪30年代初中国文学流变与日本文学关系》（2003）、李怡的《日本体验与中国现代文学的发生》（2003）、夏晓虹的《觉世与传世》（2006）、姜荣刚的《留学生与晚清文学转型》（2015）、叶凯蒂的《晚清政治小说：一种世界性文学类型的迁移》（2020）等；博士学位论文有寇振峰的『清末政治小説における明治政治小説の導入と受容——日中近代文学交流の一側面——』（2007）等；另有方长安的《中国近现代文学接受日本文学影响反思》（2005）、邱景源的《晚清"政治小说"误读现象研究》（2008）等论文。以上成果都从日本明治时期的政治小说对中国文学产生影响的角度进行研究。其中何德功的《中日启蒙文学论》是较早针对这一课题的专著，其从影响政治小说发生的思想源头——中国儒家思想谈起，从内外因素分析了晚清时期梁启超等知识分子对明治时期政治小说选择性接受的成因，并从政治和文学的二分法的理论方法上得出结论，"政治小说是牺牲文学的产物，是在大变革的时代一切让位于政治、服从于政治、从属于政治的必然结果"②，研究基本上否定了政治小说的文学价值。夏晓虹的论著《觉世与传世》也对政治小说这一论题做了较为详细的论述，在影响研究方法上推进了何德功的成果。该论著从中日两国文化文学

---

① 王向远：《中国启蒙主义文学思潮与"政治小说"比较论》，《齐鲁学刊》1997年第3期。

② 何德功：《中日启蒙文学论》，东方出版社1995年版，第70页。

传统、中日政治小说的发生、政治小说的题材、内容等方面进行了比较，从中抽取与梁启超相关的文学活动，认为梁启超"与明治政治小说的作者确实是'心有灵犀一点通'，对明治政治小说的精髓确实是心领神会，并且攫取到了日本'文明开化'时期最富于时代精神的创作意识"[①]。方长安的论著《选择·接受·转化——晚清至20世纪30年代初中国文学流变与日本文学关系》以大量史料为依据，在第一章中辨析了晚清时期日本政治小说对晚清政治小说产生的影响，提出了影响研究中的主体性问题。李怡的论著《日本体验与中国现代文学的发生》以中国作家的异域体验与本土文学发生之间的关系为研究切入点，以史料为依据，从日本影响的视角对现代文学的发生探源溯流，认为晚清时期流亡日本的维新派人士从自己的日本体验出发，对日本明治初年的政治小说的社会影响以及明治政治小说作者与自身命运的相似产生共鸣，因而掀起晚清的小说界革命，晚清政治小说成为现代文学嬗变起始的标志。[②]《日本体验与中国现代文学的发生》对晚清政治小说自身的文学价值评价可以归入学术界一直以来的主流评价：作家缺乏对人生世界的倾情拥抱。[③] 李怡指出，晚清政治小说源于日本明治时期政治小说的启发，却无视明治时期政治小说中的传统"戏作"因素，并非完全的模仿。姜荣刚在《留学生与晚清文学转型》一书中从晚清留学生派遣的角度切入，认为中国现代文学的发生深受留学生带回来的异域文化、文学的影响。寇振峰的博士学位论文「清末政治小説における明治政治小説の導入と受容——日中近代文学交流の一側面——」吸取日本学者重考证的学术研究方法，对晚清政治小说与明治政治小说的多篇作品进行细读比较，论证了晚清政治小说对明治政治小说文本的接受。美国学者叶凯蒂的论著《晚清政治小说：一种世界性文学类型的迁移》将晚清政治小说纳入普遍意义的世界文学视域之下，将其视为欧美政治小说自西向东的

---

① 夏晓虹：《觉世与传世——梁启超的文学道路》，中华书局2006年版，第224页。
② 李怡：《日本体验与中国现代文学的发生》，北京大学出版社2009年版，第80页。
③ 李怡：《日本体验与中国现代文学的发生》，北京大学出版社2009年版，第85页。

"东亚流迁",并置于历史文化之中进行源流考察,解决了就文本论文本的视域局限问题,在比较文化的视域下,更深入、更全面地探讨了晚清政治小说如何将外来元素纳入中国文化、文学语境。

译介学视角的中日政治小说比较研究近年也取得了显著成果。研究专著有《近代中日文学交流史稿》(王晓平,1987)、《中国近代翻译文学概论》(郭延礼,1998)、《二十世纪中国的日本翻译文学史》(王向远,2001)等;论文有《叙述者的变貌——试析日本政治小说〈经国美谈〉的中译本》(王中忱,1995)、《近代外国政治小说的翻译》(郭延礼,1996)、《"专欲发表区区政见":梁启超和晚清政治小说的翻译及创作》(王宏志,1996)、「政治小説『佳人奇遇』の「梁啓超訳」説をめぐって(衝突と融合の東アジア文化史)——(著述の虚偽と真実)」(吕顺长,1999)、《论清末日本政治小说翻译》(李茜,2013)等。其中,《中国近代翻译文学概论》和《二十世纪中国的日本翻译文学史》等专著虽非晚清政治小说的专论,但都辟出专门章节对晚清时期译介明治政治小说的情况作了介绍,并结合社会文化等因素对译介明治政治小说的原因以及明治政治小说译介对中国文学的影响进行论述。《二十世纪中国的日本翻译文学史》从翻译角度系统地梳理了晚清时期译介日本政治小说的发生契机、译本、日译政治小说在中国引起的反响以及对晚清政治小说创作的影响,引用具体翻译案例对翻译方法进行评价,简略分析了隐含在翻译方法背后的文化及政治成因。《中国近代翻译文学概论》以专门的章节对日本明治时期的政治小说在我国的译介情况作了梳理,并指出单以政治小说论,日本明治时期的政治小说在我国的译介和影响均超过西方小说,认为日本明治时期的政治小说不仅在实用工具论的层面启迪民智,同时在艺术手法上也影响了中国现代小说的创作。[①] 郭延礼在论著中客观地评述了日本明治时期政治小说在我国翻译文学史以及现代文学史上的影响。以上著作为晚清翻译日本明治政治小说提供了部分史料线索,但并非

---

① 郭延礼:《中国近代翻译文学概论》,湖北教育出版社1998年版,第136—137页。

专门论述晚清翻译日本明治政治小说的专著,囿于章节和研究目标的限制,难以具体深入展开。《二十世纪中国翻译文学史·近代卷》(连燕堂,2009)中也对晚清时期日本政治小说的译介作了介绍,并对晚清政治小说的文学价值予以否定:可见这类小说被介绍过来,对启发中国人民的政治觉悟,促进政治革命和民族革命都有一定的积极作用。它们大多没有多少文学价值,但促进了一般人对小说看法的转变,小说再也不是玩物丧志的闲书,而是关切社会人生的要著,再也不是小道末技,而是改造社会的有力工具。① 这些成果在这一课题的史料和资料方面有所推进,但是对晚清政治小说文学价值的评价缺乏令人信服的理论依据。

以上晚清政治小说与日本明治维新时期政治小说的关系研究方面的成果无论在史料发掘方面还是理论开拓方面均向前推进了该课题的研究,最突出的贡献是将晚清政治小说纳入与日本文学乃至世界文学对话的体系中,开拓了多维度的研究视角。这些研究在比较文学视域下审视晚清政治小说在近现代文学史中的意义与价值,将晚清政治小说置于中国现代文学发生的起点位置,思考晚清政治小说与"五四"新文学的传承关系,等等。但现有成果也依然存在"晚清政治小说"概念不清、沿袭以"文学"和"政治"的评价对立二分法、以现代文学审美价值观为标准进行评述等值得商榷之处。因为没有深入发掘晚清在对明治政治小说移植过程中的本土文化决定因素,忽略了中国文学在面对域外文学时的内部动力机制,导致晚清政治小说在现代文学源流中的价值标准和价值判断失之偏颇。柄谷行人提出对文学价值标准研判应有多种可能,"文学完全没有必要一定就是现在我们视为不证自明的价值判断基准的这种'文学'"②。如何评判晚清政治小说的文学价值不仅仅是研究现代文学源流必须解决的问题,也与采用何

---

① 连燕堂:《二十世纪中国翻译文学史·近代卷》,杨义主编,百花文艺出版社2009年版,第100—101页。
② [日]柄谷行人:《日本现代文学的起源》,赵京华译,生活·读书·新知三联书店2003年版,第137页。

种，甚至如何构建中国现代文学评判价值标准息息相关。

已有研究成果在史料和理论方面均为该领域的后续研究奠定了基础，也为本书的写作提供了学术灵感与思路。通过梳理晚清政治小说的相关研究成果，可以发现，晚清政治小说和明治政治小说的关系研究在20世纪80年代之后逐渐受到重视，也取得了前所未有的成绩，但是在比较文学视域之下以影响研究方法切入的研究晚清政治小说的发生、发展以及与明治政治小说的关系方面的成果尚有待深入，从文化主体性角度切入的中日政治小说比较研究的成果尤为匮乏。此外，在以下研究领域也有待进一步推进。

一是针对晚清政治小说和明治政治小说关系的专门研究。涉及该课题的论文、论著数量多，但是，将其作为研究对象专门进行研究的成果屈指可数，晚清政治小说的发生及流变与明治政治小说之间的关系在晚清文学研究中经常被提及，但基本都是一带而过，在深广度方面有待进一步开掘。此外，已有成果中尚存在一些较为普遍的观点及角度不加深究的问题，其中较普遍存在的问题是研究视角和价值标准的问题，在晚清政治小说和明治政治小说源流关系研究中将"小说"与"政治"进行对立的二分法切割是迄今最为常见的研究方法，这一方法以"人性化""文学性"等纯审美化的标准审视晚清政治小说，很容易导致对文学与政治的复杂多重关系以及晚清政治小说在发生、发展过程中的复杂演变的遮蔽，趋于对比的研究方法割裂了文学进程中社会、文化、文体、技巧、审美取向等多维度交织联系，导致"人性关怀"与"公共关怀"的人为对立，也导致晚清政治小说作为小说话语本身的文学价值被轻率地否定。如此，难免在对文学"外部环境决定论"的反拨中局限于"外部环境视角"的怪圈，在对"政治化"的批评里陷入"去政治化的政治"的悖论，局限了对晚清政治小说的研究视域。因为缺乏对晚清政治小说生发、流变的深度辨析，许多研究在涉及晚清政治小说的论述时，往往以不证自明的概念一带而过，或者简要论述其发生的过程并粗略评述其艺术缺陷。对晚清政治小说自身的美学意义及其文学价值的论争与聚讼纷纭已不是我们今天需要花费精力进行研究和关注的核心问题,对于现阶段的研究而言,最重要的是晚清政治小说在当时的文化环境下如何产生,其产生、存在的意义是什么,给中国文学——特别是小说发展带来了哪些影响及为什么会产生这些影响。

二是对晚清政治小说和明治政治小说的关系研究多停留在对外部文学特征影响因素的分析上,忽略了深入文学内部的研读和解析,缺乏对文本与文化关系的深入分析。造成这种情况大概是建立在无条件信任"晚清政治小说艺术性粗糙"的公论前提之下的必然结果,政治小说的文学价值与意义因而更多在现代文学审美标准的层面上被追问和探寻,缺乏文本支撑的关于文学价值和文学意义的研究结果,其说服力值得商榷。

三是在晚清政治小说与明治政治小说的关系研究方面欠缺深入文学内部的研究,未能深度剖析晚清时期中国文学跨越文化国界面对日本文学时的姿态定位,对晚清政治小说发生的动力机制把握不足。现有研究成果主要站在被动接受的学术立场上探讨明治政治小说对晚清政治小说创作产生的影响问题,未能从文化机制层面厘清中国文学、文化对明治政治小说的选择性认同与接受状况,未能剖析认同与选择背后的主体性动因。最后,因为明治政治小说和晚清小说的发生距今已有百年之久,小说文本等一手资料的缺失和"日语—中文"之间的理解障碍导致不少研究难以深入开展。在先行研究过程中,笔者发现关于史料记载不严谨、不完全和以讹传讹的现象较为普遍。

以上问题的存在为本书的研究提供了契机。将晚清政治小说置于中国文化主体性的视域下,对晚清政治小说的移植过程探源溯流、从晚清政治小说的发生源头切入进行研究,以比较文学的方法进行探索,以文本分析为依托,从晚清政治小说的社会文化、文本构成、话语方式、创作技巧、审美因素等维度进行探析,可以更清晰地还原其本来面貌并厘清其发生、变貌以及对现代文学产生的影响。此外,笔者在研究过程中也力求依据中日两国的一手资料,对史料缺失的问题进行一些改善。

二 研究的价值与意义

晚清政治小说通常被认为是中国小说大规模现代转型的肇始，小说这一文类也在转型过程中奠定了文学的中心地位。梁启超（饮冰）在《论小说与群治之关系》一文中提出著名的"小说新民论"，提出小说可以提高国民智识的观点，甚至把小说的重要性提高到与国家兴亡息息相关的高度："而其性质其位置，又如空气然，如菽粟然，为一社会中不可得避不可得屏之物，于是华士贾坊，遂至握一国之主权而操纵之矣。"① 梁启超突出强调小说的实用性，实用论成为晚清政治小说最核心的理论依据。暂不论这种小说实用论与小说艺术价值冲突与否，不可否认，在梁启超等政治小说家的倡导之下，晚清政治小说改变了小说作为"稗官野史"的低下社会地位，小说有意识地参与政治、干预现实，并借此扭转了小说供市井妇孺茶余饭后消遣的文学边缘地位，使小说这一文体取代诗词移位至文学中心，晚清政治小说也因此具有重要的文本意义和文学史、文化史价值。

晚清政治小说的价值研究当回到其发生源头的探究，晚清政治小说在发生过程中对明治政治小说的选择与借鉴是研究晚清政治小说发生、发展的关键课题。根据晚清政治小说现有研究中存在的不足，本书以中国文化、文学主体性为视域探究晚清政治小说与日本明治时期的政治小说之间的关系，以期厘清晚清政治小说如何发生、怎样发展，发掘其被遮蔽的文学和文化内涵，为解释、揭示中国现代小说的发展脉络、拓展中国现代小说研究的学理视域提供思路。本书的研究主要在两个层面上有所推进：一是通过中日政治小说的比较研究进一步发掘晚清政治小说的文本意义和文学史意义；二是探究晚清政治小说与明治政治小说关系之中的文化主体选择性，分析晚清政治小说为何以及如何选择和借鉴明治政治小说的文学要素。

本书的研究有助于推动对晚清政治小说文本意义的进一步发掘。

---

① 饮冰：《论小说与群治之关系》，陈平原、夏晓虹编：《二十世纪中国小说理论资料》（第一卷）1897—1916，北京大学出版社1997年版，第53页。

政治小说文本的文学意义迄今仍被主要锁定在叙事学的价值之上，缺少文化视域下的文本细读和价值探掘。晚清政治小说的艺术价值被研究者普遍诟病，"下笔粗浅、'开口见喉咙'"成为政治小说自身艺术价值缺失的标志性评价。但晚清政治小说的实际文学价值并非能够如此简单地论定，站在历史的角度来看，晚清政治小说不仅没有如后来评价的那样粗浅不堪，而且在当时具有颇能打动人心的独特魅力，言时事、抒政见也一度成为一种小说主潮，甚至成为小说的商业"卖点"。当时的新刊小说中包含启智醒民的创作目的是普遍现象，这已经足以说明政治小说在当时的阅读需求，一些史料记录也可为此提供佐证，如书商公奴在《金陵卖书记》中提到："今新小说界中若《黑奴吁天录》，若《新民报》之《十五小豪杰》，吾可以保其必销；《经国美谈》次之。"[①] 诚然，因为拥有数量庞大的读者群，引得不少人率尔操觚、粗制滥造出一批贴附政治需求并以此为卖点的所谓"政治小说"确为事实，这些粗陋的作品是政治小说热潮下的副产品（可以说，每一波新的文学思潮都会带来一批追风的低劣作品），但如若倒果为因地看作政治小说发展的必然结果，则有失公允，以此归咎政治小说、断言政治小说背离文学本质同样不符合客观事实。本书将结合当时的文化语境，从晚清政治小说与明治政治小说关系的视角切入，以明治政治小说为借镜，探寻晚清政治小说文本的文学价值，探究晚清政治小说给中国现代文学带来的已实现的和未实现的多种文学可能。

晚清政治小说作为转型期的小说文类，同时具有重要的文学史意义。晚清政治小说始于1902年的"新小说"创作热潮之前，奠定了"新小说"政治参与、政治想象和政治娱乐的主基调，也与后来的"五四"新文学有着割舍不断的联系。晚清小说的泛政治化中随处可见政治小说的影响。有论者指出："纯粹'借以吐露其所怀抱之政治理想'的政治小说，本身成绩并不可观；可影响于'谴责小说'的

---

① 公奴：《金陵卖书记》，陈平原、夏晓虹编：《二十世纪中国小说理论资料（第一卷）1897—1916》，北京大学出版社1997年版，第65页。

写时事与发议论、'言情小说'的借男女情事写时代变革、'社会小说'的政治热情与寓言式象征……以至在晚清大部分小说中都隐隐约约可见政治小说的影子。"[1] 更有论者干脆断言:"文学直接参与鼓吹变政、倡言民权自由的活动,社会政治生活成为晚清文学描写的主要对象,政治改良、开通民智成为文学的中心诉求,政治话语成为文学言说的基本话语,'以稗官之异才,写政界之大势'成为文学之主潮。从这个意义上讲,称晚清文学为'政治文学'并不过分。"[2] 晚清政治小说的存在影响了晚清时期小说干预现实、参与政治的倾向,这是文学史上被普遍认可的事实。不仅晚清时期的小说,在随后的中国现代小说长河中也可以看到晚清政治小说拉长的轨迹,小说参与政治、干预现实成为现代小说的特征之一,也影响着"五四"以来的主流文学观。五四文学中"为人生"的文学观、周氏兄弟"文学改良社会人生"的文学观均与之有着千丝万缕的内在关联,左翼文学更是被看作与晚清政治小说一脉相承。小说文学地位、社会地位的提高,与小说这一文体的"实学化"密不可分,晚清政治小说是其源头。学界虽然普遍承认其文学史意义,但晚清政治小说自身的文学内涵被简单化、浅表化,导致其文学价值被掩盖,如此,关于其文学史意义的发掘也只能停留在浅层剖析上。只有回归晚清政治小说实际发生的源头,在中国文化主流价值框架下探究晚清政治小说的发生、发展及背后成因,才能为深度解释与理解中国小说怎样发生大规模现代转型、"政治"功利与"审美"自由这对矛盾体如何离合缠绕提供参考与依据,也能进一步阐释中国文化主体意识对现代文学发展的影响。

晚清政治小说的出现不仅改变了小说在我国作为稗史难登大雅之堂的低下社会地位,也规约了小说这一文类在中国现代文学史上的"现代性"文化内涵。晚清政治小说发生于社会各领域激荡不安、时空观念新旧交叠的世纪之交,小说这一文学形式自身也在动荡中迎来

---

[1] 陈平原:《中国小说叙事模式的转变》,北京大学出版社2010年版,第139页。
[2] 方长安:《选择·接受·转化——晚清至20世纪30年代初中国文学流变与日本文学关系》,武汉大学出版社2003年版,第64页。

它的世纪之变，成为中国现代文化转型中的一支生力军，在中国现代文化形态及文化内涵的重构中承担了重要角色。政治小说正是拉开这场小说"千年之变"帷幕的首场重戏，由此，晚清政治小说站上了中国现代文学发生的起点，成为中国现代小说发生过程中的重要环节。晚清政治小说在世纪之交的历史当中承担起传统旧小说向现代新小说转变的任务，规约了中国小说"现代性"的文学内涵和文化内涵，同时因其独具的文化内涵和文学内涵反作用于之后的小说创作，影响了小说这一文类在整个中国现代文学长河中的地位与走向。学界通常认为，中国现代文学中的"现代性"是西方近现代文明、文化输入的产物，与域外文学有着密切的源流关系。不可否认，近代西方文化对中国产生过重要的影响，无论是在制度、科技、物质层面，还是在思想文化领域，的确为我国的文化建设提供了参考系，晚清政治小说在发生过程中也是基于对以东方文明为基础的西方文化探索需求选择接受了日本明治时期政治小说的影响，但这并不意味着中国文化主体选择能动性就应该被忽略。晚清时期，外来文化的强势介入扰乱了中国文化的静态发展轨迹。置身中国政治、文化剧变的洪流之中，晚清政治小说选择性地接受了明治政治小说中的诸多文学要素，在此基础上推动了本土政治小说创作热潮的发生。晚清政治小说看似偶然的发生契机，实则是中国知识分子立足中国现实与历史现状的必然选择，也是中国文学主客观因素共同作用下的自我选择。谋求国族生存与发展是时代决定的客观语境，其背后的主观推动因素是民族的主体文化心理。仅将晚清时期的政治小说对明治政治小说的借鉴简化为"外来挑战，被动应对"或者外来影响的结果，掩盖了包括政治小说在内的现代小说发生的复杂动因。晚清政治小说时间上处于中国传统文化与西方现代文化的激烈碰撞时期，空间上又发生于中国与世界在文化、经济、政治等领域的非常规对话之间，近代中国的思想文化建构轨迹赋予"政治小说"这一文类复杂独特的审美内涵及多元的嬗变可能，而晚清政治小说也正是通过与历史文化的频繁互动以及与明治政治小说的交流实现了新的文学增长。

晚清政治小说的发生、发展过程中受到日本文学和中转日本的西方文学的影响,但决定政治小说发生与发展的不是外来文化,而是中国知识分子依托中国文化做出的主体性选择,政治小说也与其他的文化符号一道,成为构成中国文化主旋律的音符之一。指摘中国主流现代小说不能摆脱"感时忧国"的束缚,或者称之为"做过艺术加工的爱国热情"[①]、"某种爱国性的狭隘地方主义"[②],其本质还是源自文化价值准绳的差异,以个体价值至上的绝对自由主义艺术观观照中国现代小说的发展,选择性忽略了中国晚清以来近半个世纪的文化主流。如此言说并非出自曲意回护的"狭隘爱国心",绝对自由的艺术观本身固然无可非议,用其观照中国现代小说的发生、发展,亦可曲径通幽,抵达中国现代小说的深处,但这不在本书讨论的范围之内。任何一个民族都有其文化个性,本书关注的是在晚清中国文学"审美"与"政治"之间的复杂关系及有无融合可能,探究的是个体价值至上的文艺观是否能够表现晚清中国人的情感状态。如果以今日个体价值逐渐凸显于公共价值之上的评价标准来评判晚清政治小说的艺术价值,特别是绳以现代审美标准,既缺乏必要的人文理解与同情,也缺少对历史认知的客观态度和探求真理的严谨学术姿态,得出的结论自然难免失之公允并偏离中国文学发展的客观与真实。只有将晚清小说置于历史的场域之中,纳入民族文化的长河,并以世界文化为参照系,才能够公允地再现晚清小说的文学、文化面貌,凝萃出它在中国现代文化的艰难重构中所具有的独特价值,厘清它在中国现代小说乃至现代文学的源流之中承担的任务和存在的意义,特别是对中国文学的现在以及未来发展的意义。

王德威早在十几年前即在《想象中国的方法》一书中提出"没有晚清,何来五四"的观点。王德威的学术观点和立论在这里暂且

[①] [德]顾彬:《二十世纪中国文学史》,范劲等译,华东师范大学出版社2008年版,第7页。

[②] [德]顾彬:《二十世纪中国文学史》,范劲等译,华东师范大学出版社2008年版,第7页。

不做考量和评论，但他将晚清文学纳入中国现代文学源流之中，从整体、动态的学术视角来考察晚清文学与五四文学的关系的方法是值得参考的。当抛却阿Q式灵魂是民族发展自强的必由历程成为国人共识之时，当五四文学唤醒人道主义和个性主义备受赞美之时，晚清时期笼罩在中华民族头上的落后的文化阴云不该被忘记，阴云之下寻求文化自强、民族自强的自发努力所构筑的文化形态和中国人的时代情感状态也不应被抹杀。本书的主要目标在于探索中国文化视域下的晚清现代小说的发生与流变，具体研究对象锁定聚焦于最源头的晚清政治小说。在与文学相生相伴的动态文化之"变"中考察晚清政治小说的发生、发展，不仅可以厘清纠缠在现代小说发生过程中的诸种文学的、非文学的因素，清晰再现晚清政治小说在中国现代小说图谱中留下的印迹和承担过的角色，而且可以为审视、把握中国现代小说的主体性发展提供一个"常"的文化"元视角"。偶然的事件总是非常接近，历史似乎玩笑式地循环往复的时候，指出必然的规律和前进的方向，依然是一大任务。历史的必然总是通过事件和人物的偶然性发生的。小说亦然，藏往知今、藏往知来，唯有上溯至源头说起，方能观及全貌。

综上所述，研究晚清政治小说，实现以上研究价值，追溯至其发生的原点，从中日文学比较的视域进行探究是重要的研究路径。晚清政治小说的产生深受日本明治时期政治小说的影响，"政治小说"一词即由日本舶来，而晚清知识分子对日本政治小说的着力译介也为政治小说的创作提供了直接的文学参考和文学经验。1898年，"政治小说"一词和文本被介绍到中国，随后不断有日本的政治小说被译介进来。据笔者统计，自1898年的《佳人奇遇》起至1908年的十年之间，从日本译介到中国的政治小说共计23部（详见本书第一章第四节），本土创作的小说中明确标目为"政治小说"的文本虽然并没有太多，但实际可以归入政治小说范畴的却数不胜数。尤其值得注意的是，明治时期的政治小说在日本不过昙花一现，短短十几年便退出日本主流文学的舞台，成为日本现代文学诞生的重要反拨力量。而晚清时期中国本土政治小说却繁荣昌盛、遍地开花，与之形成鲜明的对比。同样作为中、日两国现代文学的肇始，晚清时期的政治小说显示了远远强于舶来地日本的政治小说旺盛生命活力，奠定了中国现代小说介入政治、干预现实的历史基础。由是，单纯强调明治时期政治小说对晚清政治小说的影响决定论恐怕会剑走偏锋。辨析晚清政治小说在本土文化中如何生成和怎样发展，在这一过程中中国文化主体如何、为何对其进行选择，可以为审视中国现代小说的起源、流变提供原初的视角，而日本政治小说的影响及其自身的轨迹亦可为研究晚清政治小说提供借镜与参考。

三　研究内容及研究方法

（一）研究内容与思路

本书的研究重点在于厘清两个问题。第一，晚清政治小说的发生与日本明治政治小说之间的关系。具体包括：晚清政治小说如何发生？和明治政治小说之间是否存在关联？如存在，到底怎样发生关联？第二，晚清政治小说选择性接受了明治政治小说的哪些要素，这些异质文化在晚清本土文化中实现了怎样的生长？作为"移植产物"的政治小说如何在中国本土产生超乎寻常的生命力？本书拟解决的首要问题在于厘清晚清政治小说的发生与流变，即晚清政治小说为什么发生、因什么生长和如何生长？

本书的研究重点之一是于文化视域下探究晚清政治小说与明治政治小说的关系。实际上，晚清政治小说虽然选择性接受了明治政治小说的部分要素，但归根结底是中华文化培育下的产物，离不开民族文化的土壤，而且晚清政治小说在本民族的文化发展中反向参与了民族国家的近现代文化以及意识形态的构建。本书拟将晚清政治小说的起源与流脉置于民族文化建构的视域中进行考察，以纵向时间为轴线，探究中国小说发生大规模现代转型源头上隐含的文化机制及文化心理，缕析晚清政治小说发生、发展的内在成因。分析文化背景与语境，会发现在晚清政治小说发生之时，推动小说发展与变革的知识分子群体的文化视域已不仅局限于中国。如果说西方国家的多方入侵强迫晚清中国置身世界格局之中重新审视自己，扰乱了中国文化依照自身内部规律的平稳生长，使中国文化不管情愿与否，都必须在更开阔的时空范围内与世界展开对话，那么甲午战争无异于是更为沉痛的打击，曾经属于儒家文化圈的蕞尔小国日本骤然跻身世界强国之林，毗邻而居的地理关系及深厚的历史文化渊源，使得其成功的现代转型一时间受到晚清知识分子关注，成为晚清知识分子探究学习的对象。甲午战争后，晚清中国将日本视为了解世界、学习西方先进文化的窗口，政治小说在这样的文化语境中走入梁启超等晚清知识分子的视野，随后这一小说概念被"移植"到中国并就此生根、生长。

　　本书的研究重点之二是晚清政治小说在中国本土生根之后的流脉与发展。有论者指出，研究者往往不证自明地将小说的政治目的和文学审美对立视之，"文学研究者普遍接受一个假设，即政治目标只会对文学作品有损害"[①]。将晚清政治小说的艺术价值和社会价值对立视之，等于将政治小说一分为二，也就是将政治小说中的"小说"审美因素完全从它所属的文化层面剥离开来，这种研究方法在理论与实际操作上都存在难以成立的弊端。晚清政治小说的产生有着深厚的时代文化背景，如果以西方现代文学通常采用的"人性论"价值绳之，导致的结果则不仅仅是有论者所说的缺乏"'理解之同情'的态度"[②]，而且极有可能将政治小说的文学价值进行片面化评估，关于其文学史意义的结论也将不会令人信服。如果将其还原到当时的历史场域中进行探究，则会发现政治小说也颇能打动人心。如黄遵宪在读《新中国未来记》之后曾赞叹不已："(《新中国未来记》)果然大佳，其感人处，竟越《新民报》而上之矣。仆所最贵者，为公之关系群

---

　　① [美]叶凯蒂：《晚清政治小说》，杨可译，生活·读书·新知三联书店2020年版，第4页。

　　② 赵宇华：《清末政治小说的夭折及其文学史价值的再认识》，《华夏文化论坛》2017年第2期。

治论及世界末日记,读至'爱之花尚开'一语,如闻海上琴声,叹先生之移我情也。《新中国未来记》表明政见,与我同者十之六七,他日再细评之与公往复。"①虽然黄遵宪接下来也批评《新中国未来记》"此卷所短者,小说中之神采之趣味耳"②,但这只是对小说书写方式的批评,并不能视作小说书写政治与小说审美不能并立的证据。在晚清当时,小说如若不书写政治方面的内容,甚至会影响销路,换言之,晚清时期的小说审美价值很大程度上是由书写政治支撑起来的。人生的空幻感与国家兴亡相呼应,国家大恨也是人生悲伤。纵观华夏文学史,家国民族的多舛命运从来不会止步于现实中的政治沿革,文学必然在文化心理上与之呼应,书写现实世界的沉痛并呼唤更美好的民族命运和未来。政治和文学本不应是相互排斥的异质因素,国家兴亡和个体悲欢息息相关,不应视作文学上的对立。当历史发展遇到困境,或处于本已看到的希望突然破灭的时期,这种人生空幻感由于有了实在的社会内容(民族的失败、家国的毁灭),所以获得了深刻的价值和沉重的意义。晚清政治小说的主题固然不是书写"人生空幻",但是,谁能否定"五四"新文学中出现的"为人生"的哀婉与之没有源流关系呢?谁能说新文学中那些个性鲜明的人物形象不是从政治小说中被抽象成千人千面的现代国民像中走出的呢?因此,只有置于文化视域中,才能将晚清政治小说所具备的文学价值作为现代文学流脉中的思潮之一进行考察,厘清其具备的文学史价值。

(二)研究方法

史料钩沉是本书使用的主要研究方法之一。本书的研究对象为历史文化视域中的晚清政治小说的发生与发展,将文化视野向前推移到19世纪末期的晚清中国,除旧布新、谋求中国由封建王朝国家转向现代民族国家的现代化进程无疑是当时的历史文化主脉。对历代封建

---

① (清)黄遵宪:《遵宪·与饮冰室主人书》,丁文江、赵丰田编:《梁启超年谱长编》,上海人民出版社1983年版,第300页。

② (清)黄遵宪:《遵宪·与饮冰室主人书》,丁文江、赵丰田编:《梁启超年谱长编》,上海人民出版社1983年版,第300页。

王朝积淀下来的思想价值以及对其主宰之下的社会现实的反思与批判、对未来现代民族国家的想象与期盼、对民族未来发展的艰难探索，合成了晚清文化的主旋律。所以，本书框定的历史文化视域主要指中国现代思想文化的生成，通过这一框定，力图避免研究价值标准和研究目标游移不定、混乱驳杂、难以把握的弊病。而通过史料还原历史文化场域，让史料来说话是客观可行的方法。

比较文学方法是本书采取的第二种主要研究方法。单从文学角度看，晚清政治小说是中国现代小说首次规模化地与世界文学展开的对话。比较文学的方法将为观照本国文学提供一个全新的视角和借镜，可以更为清晰地展现晚清政治小说这一文学现象中蕴含的本土文化因素如何在与外来文化冲突、抗衡、接纳及融合中生长。比较文学方法以他者为参照系反观自身，目的是更清晰地观察自身的文学现象、思考文学本质并洞悉文学规律。比较文学的目的不是比较，而是通过比较，更为清晰地观照自身。在面对世界文学的多元化时，站在多元化立场，坚持"和而不同""互证互补互通"的学术态度，力图将不同文学话语之间的事实联系、文化逻辑关系、美学精神相结合，探讨解决本土文学问题，同时为世界文学的探索添砖加瓦。

文本细读是本书的第三种主要研究方法。构成文学史的最基本元素就是文学文本，文学文本决定了文学通过何种方式与文化场域发生关联以及具体如何呈现其审美实现，离开文本，也就远离了文学审美和文学史的构建。晚清政治小说和明治政治小说的创作潮距今已有一个多世纪，比较文学视域下的文本细读、个案分析与抽象归纳是追根溯源进行文学比较的根本途径。此外，本书将采取微观研究与宏观把握相关联、个案分析与文学思潮相结合等研究方法，探究晚清政治小说发生的内在动力机制等问题。

四　晚清政治小说的概念廓清

对于小说与政治的关系，不同的人持有不同的观点。有学者认为，不存在完全脱离政治的小说。卢那察尔斯基宣称"任何作家都是政治家"①；迈克尔·伍德认为，"作为一个当代人，你就得将政治与历史的中心性视为必然……小说都是政治性的，就算看来距离政治最远的时候也是这样，同时小说又是逃离政治的，即使是在它直接讨论政治的时候"②。迈克尔·伍德的这段话简洁直观地概括了政治与小说的关系。虽然小说自产生之日起便与政治纠缠在一起，所有的小说均可做政治层面上的解读，但显然不能称所有的小说为"政治小说"。本书研究的"政治小说"特指晚清时期由日本引入中国，并在中国生成、壮大的特定小说类别。这一文类伴随着"政治小说"的称谓诞生于晚清，作为一个开放的概念，"政治小说"的内涵至今仍在不断地被丰盈。本书限定为研究对象的"政治小说"仅指这一术语诞生之初的晚清时期的政治主题小说，具体时间界定在甲午战争爆发的 1895 年至清朝统治结束的 1911 年。之所以如此界定，是以近代小说产生的时空为文学的外部参照系，并以小说自身的文学特点变迁为内部坐标进行划分的结果。

晚清的时间所指较为宽泛，1895—1911 年是社会急剧动荡、中国数千年封建统治加速崩溃、新的文化伦理被构建的时期，是中国面临前所未有之大变局的分水岭，也是传统小说发生质变的转型期。1894 年甲午战争爆发、翌年清政府战败，1899 年义和团运动风起云涌，1900 年八国联军侵华，1904 年日俄战争爆发、日本势力再次扩张……清政府接连割地、赔款、设租界、不平等通商，民族政治、经济陷入困局，民族文化遭遇危机，民族尊严日渐丧失，封建王朝彻底崩溃，民族生存日益危急。中外之交、古今之变、华夷之辨……各种新思想新状况纷至沓来。中日关系的反转则对晚清中国的时空观和自我文化价值评估形成前所未有的冲击与颠覆，并间接促成新时空观以及与之密切相关的审美意识的重建。甲午战败比晚清接踵而来的种种

---

① [苏联] 卢那察尔斯基：《卢那察尔斯基论文学》，蒋路译，人民文学出版社 1978 年版，第 333 页。
② [英] 迈克尔·伍德：《沉默之子：论当代小说（导论）》，顾钧译，生活·读书·新知三联书店 2003 年版，第 19 页。

灾难更严重地加剧了民族危亡的紧迫感，民族的文化自尊、文化自信受到前所未有的严酷打击，个体的生命自由、自尊遭受空前之威胁。甲午战争之前，无论在日本还是在中国，日本文化隶属中华文明圈是中日的主流共识，历经两次鸦片战争，中国世界中心的格局意识已被打破，但日本在中国主流意识里依然是"蛮夷之邦""藩属之国"，并未出现在有了初步世界格局意识的中国知识分子的视野之内。魏源1843年书写《海国图志》时对日本尚不屑着墨，反倒是日本将该书视作了解西方的路径而倍加珍视，日本国内的主流政治呼声依然将中国视作抗衡西方的亚洲最有力伙伴。明治维新后，日本决定摆脱以中国为中心的亚洲政治文化圈，福泽谕吉率先提出"脱亚入欧"的口号，实行以政府为主导由上而下的全面西化政策，开始谋求在世界政治格局中的地位，政治经济取得了全方位的迅速发展。而中国并未意识到邻国的悄然生变，依然固守对日本的传统认知，尽管有极少数人意识到日本已不同于从前，却并未引起广泛重视。首任驻日参赞黄遵宪1877年随何如璋出使日本，有感于日本明治维新取得的瞩目巨变，历时8年写成50万字巨著《日本国志》，对日本地理、风物、民俗、政治、经济等做了详细的资料考证汇编，尤其对明治维新的得失利弊做了详细分析。然而，这样一部研究近代日本的绝佳资料写成后却一直被束之高阁，无人问津。作者谋求被执政者收入毂囊而不得，根本原因还是晚清中国对日本文化的轻视，因而不欲了解。甲午之战的惨败如天外响雷般令晚清政府朝野震惊，迫使晚清执政者和晚清知识分子不得不将目光转向日本。《日本国志》也在1896年终于得以出版面世，日本各领域的变化顷刻之间成为探究学习的对象，并在短短数年间促成维新变法的发生。日本文学，尤其是日本在此期间逐渐被认识、被译介。甲午战争引发晚清中国政治、经济、文化等各领域的震荡，改变了文学的时空观念，中国不再是天下中心，日本也不再是曾经的习惯认识中隶属中华文明圈的蕞尔小国，中国知识分子将视野转向更大的世界格局中思索中日关系及国族命运，中国的统治阶层也不得不放弃部分固守的集团利益，开始着手"维新"。晚清政治小说就是在这样的剧变之中启程,政治小说既是这一变局中的文化产物,也是对这一变局的文学呼应。梁启超尝言:"吾国四千余年大梦之唤醒,实自甲午战败,割台湾、偿二百兆以后始也。"① 甲午战争成为政治小说诞生的文化背景与间接促成因素。这并非简单的文学外部决定论,而是探讨文学转型的重要历史文化场域。历史、政治的格局规定了文化的场域,也赋予了文学剧变的可能性,文学在与现实的互动中实现了新的变革,因而本书将政治小说发生、发展的晚清时期界定为1895—1911年,以求在文化之变中把握政治小说的文学本质。

"政治小说"概念的文学内涵所指当从术语称谓与涵盖内指两方面进行廓清。晚清的"政治小说"称谓来自日本,而其内涵在创作、理解及接受的过程中不断被延拓和充盈,至今依然有分类标目为"政治小说"的文本被创作出来。但是,在各种关于文学和文学史的表述中,晚清政治小说往往作为一个不证自明的概念出现,细究下来,所指文本的主旨、题材等并不相同。界定"晚清政治小说",需要厘清晚清"政治小说"术语的由来、"政治小说"作为小说文类的内涵及外延,借此框定晚清政治小说的论域。

虽然晚清的"政治小说"术语由日本舶来,但政治小说作为文类通常被认为肇始于英国。曾任英国首相的迪斯累里和曾任英国国会议员的布尔沃·利顿通过小说抒发政见,勾画政治理想,他们的政治小说被译介到日本,在日本掀起政治小说创作热潮,利顿和迪斯累里政治家的身份明晰了明治时期"政治小说"的轮廓,政治家执笔创作小说让日本政客刷新了对"小说"的印象,开启了关于文学用途可能性的想象:原来小说不只能充当妇女儿童的消遣读物!译自利顿小说的《花柳春话》是明治小说翻译史上的里程碑。随后于1880年6月,日本第一部公认的政治小说——户田钦堂的《情海波澜》发表,但标目是"民权演义",而非"政治小说"。在日本,"政治小

---

① 梁启超:《戊戌变政记》,《梁启超全集》第一卷,北京出版社1999年版,第181页。

说"这一术语首见于1885年5月,署名"乌乌道人"的自由党政治家,著有《汗血千里驹》等政治小说的坂崎紫澜执笔《政治小说之效力》一文,他在文中首次使用"政治小说"一词,并称:"西洋之'政治小说'与报纸、演说一道,被称为政党论战的三大利器,随着其趣味高尚,也具有感动中产阶级以上社会人士之效力。"① 文中又援引《水浒传》为例,指出传统的小说虽也有政治方面的功能,但不足以与他所强调的"政治小说"相媲美。乌乌道人提出"政治小说"的新概念,并指出其与以往的政治内涵小说之间存在区别:"又如中国的'二十四史',虽然确实具备文物、制度以及英雄豪杰等的传记,然而足以成为今日文明史的材料,并足以证明当时社会一般风俗者,敝人认为只有《水浒传》。书中的狱吏嚣张跋扈、贿赂盛行、道德败坏之情形,岂非历历如在眼前吗?然此等小说固然巧妙,毕竟不免中国之流弊,到底不具备与西洋流行的政治小说相提并论之效力。"② 也就是说,明治"政治小说"是不同于传统涉及政治题材的政治内涵小说。1885年7月,和田半狂在《日本的政事小说》和《政事小说的作者》两篇文章中使用"政事小说"一词③,此后日本小说界越来越多出现分类标目为"政治小说、政事小说"的政治小说。从小说内容来看,"政治小说"和"政事小说"所指并无区别,当属同一概念名称在固着过程中的不同称谓,如1886年8月出版的《雪中梅》标目为"政治小说",翌年续篇《花间莺》问世,标目则变为"政事小说",足以说明问题。随着日语语言学中的"政事"一词逐渐被"政治"取代,"政治小说"和"政事小说"的术语也在明治二十年前后合并为"政治小说"。

晚清时期最初只是"政治小说"这一概念被引入,随着对明治政治小说文本的译介以及本土创作的开展,"政治小说"逐渐被注入

---

① [日]乌乌道人:《政治小说之效力》(原载《自由灯》,明治十八年五月二十八日),王向远译:《日本古典文论选译》[近代卷(上)],中央编译出版社2012年版,第137页。
② [日]乌乌道人:《政治小说之效力》(原载《自由灯》,明治十八年五月二十八日),王向远译:《日本古典文论选译》[近代卷(上)],中央编译出版社2012年版,第137页。
③ 《绘入自由新闻》明治十八年(1885)7月17、18、19日载。

新的内涵并扎根中国。晚清"政治小说"一词首次出现是在 1896 年康有为整理《日本书目志》之时。康有为在"小说门第十四"中录入小说 1056 种,其中末广铁肠的《雨前之樱》《南海之激浪》《雪中梅》均标目为"政治小说",而后来被译介并影响深远的政治小说《经国美谈》标目为"齐民名士",当时日本的政治小说(如大久保常太郎的《深山樱》、尾崎行雄的《新日本》)则未标目。①《日本书目志》仅是康有为为辅助维新变法、推广新思想而整理的日本书目名称,并未真正将所列书目译介引入,也没有证据表明他本人实际接触过这些书,所以,彼时"政治小说"一词仅止于日本舶来的术语和基于该名词作出的想象,并不具备实质的内涵指向。

1898 年 11 月,梁启超在《清议报》第一期的叙例中将报纸内容分为六类:支那人论说、日本及泰西人论说、支那近事、万国近事、支那哲学、政治小说,并在创刊号上发表著名的论说"译印政治小说序",开始连载译自日本政治家柴东海的政治小说《佳人奇遇》。1900 年 11 月,《清议报》第三十六期刊载矢野文雄的政治小说《经国美谈》,同刊第八十期刊载政治小说《累卵东洋》的广告,称:"此书日本著名学者大桥乙羽所著。其中痛言印度屈服之惨,英国压制之酷,悲壮淋漓、激昂慷慨,读之令人热血喷涌,独立之心油然而起,诚我中国前车之鉴也。"② 至此,"政治小说"这一术语始名实兼备。

1902 年,中国第一本《新小说》杂志在日本横滨问世,刊载由梁启超执笔的《新中国未来记》,开启中国本土"政治小说"创作热潮,而"政治小说"一词也随之转化为内涵不断丰富的文类概念,此后标目"政治小说"的作品不断出现。综观晚清小说的标目分类,其标准较为随意,缺乏统一的分类依据,不乏出于商业等非文学目的的考虑而随意划分文类者,因此标目为"政治小说"者是否为政治小说?未标目或标目其他文类的又是否属于这一范畴?"政治小说"具

---

① 参见康有为《日本书目志》中"小说门"分类记录。康有为:《〈日本书目志〉自序》,姜义华、张荣华编:《康有为全集》第三集,中国人民大学出版社 2007 年版。

② 《清议报》1901 年第八十期。

体所指是什么？日本的"政治小说"术语被引入中国之后发生了怎样的变化？这些问题尚需回归当时的历史语境中对政治小说进行进一步的考察与梳理，只有如此，方能廓清"政治小说"文类范畴的能指与所指。

事实上，"政治小说"术语被正式从日本引入之前，晚清时期已有接近"政治小说"的小说出现，如翻译小说《百年一觉》[①] 和本土创作小说《中东大战演义》[②]、《梦平倭虏记》（1895 年）、《台战纪实》（1895 年）等以甲午战争为题材的时事小说已经具有政治小说的一些特征。那么，到底什么样的小说才是"政治小说"？美国政治小说研究学者、《政治小说》（The Polical Novel: Its Developement in England and in America, 1924）的作者斯皮尔教授定义为："所谓'政治小说'，是一种将重心放诸'观念'远胜于放诸'情感'的散文故事。比起某一新兴的既成法制，它更接近于处理立法机构本身或经世活动的相关理论，作者的写作目的在于政党宣传、社会改良以及暴露构成人类生活和政府机构的诸种势力。"[③] 按照斯皮尔教授的定义，政治小说是一种观念小说，写作目的主要在于三点：①宣传；②改良；③暴露。日本政治小说研究专家柳田泉教授则进一步解释了明治"政治小说"与内容涉及政治的政治化小说之区别："思考一下明治维新之前志士们的诗文即可明白，那种政治文学基本属于志士们情感的自然流露，虽然从结果来说也向阅读者施以政治方面的感化，但并非从一开始就是为了宣传政治思想而作，即便不能断

---

① 原著为美国人威士的乌托邦小说《回头看》，后由英国传教士李提摩太译成《百年一觉》，1891 年 12 月至 1892 年 4 月被译成中文在《万国公报》上连载，1904 年，《绣像小说》连载了原著《回头看》的译本，标目为"政治小说"。

② 《中东大战演义》原书名为《说倭传》，《中东大战演义》1900 年春于中国香港出版，据刘永文主编的《晚清小说目录》（上海古籍出版社 2008 年版）和樽本照雄的《新版增补清末民初小说目录》记载，《说倭传》于 1897 年以单行本形式出版，虽缺乏直接记载史料，但由间接证据可以推知，该小说创作早于 1897 年，故可以推断洪兴全的《中东大战演义》未受梁启超发起的"政治小说"理论影响。

③ 转引自［日］柳田泉『政治小説研究』（上）、春秋社 1967 年版、第 39 頁。（笔者译）

言完全没有，至少数量极少，然而，政治小说与之不同，一开始便是为了宣传政治思想而作。"① 柳田泉给出的政治小说定义为："政治小说可归入目的小说类别，其所谓'目的'，指的是政治上的启蒙、寓意、宣传、主张、讽刺等，讽刺不仅限于政治上，还广泛涉及时事、社会、流行等领域。政治小说的正统态度是写成理想小说，但写实小说风格的也为数不少，而且写实小说风格的作品多为讽刺性。"② 斯皮尔和柳田泉关于"政治小说"的概括基本上是贴切的，即"政治小说"不能等同于含有政治内容的小说，而是一种目的性的观念小说，其主要目的在于宣传政治思想、改良国家社会、讽刺世情、暴露社会及政党所存弊端等。"政治小说"是19世纪末世界文学出现的潮流之一，各国出现的政治小说大致具备如上普遍性特征，也基本符合晚清时期政治小说的创作特点。但如果以此照搬套用在我国晚清时期兴起的"政治小说"上，将有湮没中国晚清时期政治小说专属文化及文学特征的危险。比较文学存在的主要意义之一便是求同存异，为本国文学建立世界文学体系中的坐标，丰富世界文学宝库，所以只有回到晚清时期的文化、文学语境中探寻这一文类的内涵，方能在文学史意义上准确界定晚清政治小说的具体所指与价值。

晚清"政治小说"的产生源自对小说干预现实功能的认识。根据相关资料，晚清时期最早认识到小说具有干预现实、启蒙民众等"实学"功能的人是康有为和英国传教士傅兰雅。1895年，傅兰雅在《万国公报》等报刊上发起小说竞赛，希望借小说改良中国社会弊端。康有为1896年编纂《日本书目志》，明确提出小说具有教化、启蒙民众、改良社会的作用："享爰居者，岂可以钟鼓哉！以经教愚民，不如小说之易入也。以小说入人心，不如演剧之易动也。"③ 又说：

---

① ［日］柳田泉：「政治小説入門」、『日本現代文学全集3·政治小説集』、講談社昭和40年（1965）版、第401页。（笔者译）

② ［日］柳田泉：「政治小説」、久松潜一、吉田精一编：『近代日本文学辞典』增订13版、东京都出版1968年版、第411页。（笔者译）

③ 姜义华、张荣华编：《康有为全集》第三集，中国人民大学出版社2007年版，第522页。

易逮于民治，善入于愚俗，可增《七略》为八，四部为五，蔚为大国，直隶《王风》者，今日急务，其小说乎？仅识字之人，有不读经，无有不读小说者。故《六经》不能教，当以小说教之；正史不能入，当以小说入之；语录不能谕，当以小说谕之；律例不能治，当以小说治之。天下通人少，而愚人多，深于文学之人少，而粗识之无之人多。《六经》虽美，不通其义，不识其字，则如明珠夜投，按剑而怒矣。孔子失马，子贡求之不得，圉人求之而得，岂子贡之智不若圉人哉？物各有群，人各有等，以龙伯大人与侥僥语，则不闻也。今中国识字人寡，深通文学之人尤寡，经义史故亟宜译小说而讲通之。泰西尤隆小说学哉！日人尚未及是。其《通俗教育记》《通俗政治记》，亦其意矣。其《怀思奥说》《若佛国不思议》《未来之面》《未来之商》《世界未来记》《全世界一大奇书》《世界大演说会》《大通世界月》《世界一周》《新日本》《新太平记》《南海之激浪》，皆足矣发皇心思焉。日人通好于唐时，故文学制度皆唐时风，小说之浓丽怪奇，盖亦唐人说部之余波，要可考其治化风俗焉。（康有为：《日本书目志》）

1897 年，严复、夏曾佑发表《本馆复印说部缘起》，进一步明确小说改良社会的作用。"夫说部之兴，其入人之深，行世之远，几几出于经史之上，而天下人心风俗，遂不免为说部之所持。"[1] 在同文中，小说的文学地位被拔高到"文章正史"的理由首推启蒙民众的实学功能，"文章事实，万有不同，不能预拟，而本原之地，宗旨所存，则在乎使民开化……今日人心之所营构，即为他日人身之所作，则小说者又为正史之根矣"[2]。小说教化百姓、改良社会的实用功能

---

[1] 严复、夏曾佑：《本馆复印说部缘起》，《晚清文学丛钞小说戏曲研究卷》，中华书局1960 年版，第 12 页。

[2] 严复、夏曾佑：《本馆复印说部缘起》，《晚清文学丛钞小说戏曲研究卷》，中华书局1960 年版，第 12—13 页。

不断被发现、发掘、强调，为梁启超引入"政治小说"的概念做好了铺垫。

不难想象，至 1898 年，作为康门弟子兼严复、夏曾佑的友人，且一直属意小说实用功能的梁启超在逃亡日本的渡轮中发现政治小说《佳人奇遇》时，自然有"众里寻他千百度"之后意外邂逅的喜出望外之情了，随后梁启超翻译了《佳人奇遇》并迅速与康有为、严复等人对小说的认识对接且进一步推进了政治小说的理论建设和实践创作。梁启超（任公）谈到日本政治小说时说："翻译既盛，而政治小说之著述亦渐起，如柴东海之《佳人奇遇》，末广铁肠之《花间莺》《雪中梅》，藤田鸣鹤之《文明东渐史》，矢野文雄之《经国美谈》（矢野氏今为中国公使，日本文学界之泰斗，进步党之魁桀也）等。"① 在梁启超的不断探索之下，"政治小说"的定义和内涵逐步清晰。首先，"政治小说"非晚清中国的原创之物，其在晚清政治小说出现之前已在欧洲和日本取得不俗的成绩，"在昔欧洲各国变革之始，其魁儒硕学，仁人志士，往往以其身之所经历，及胸中所怀，政治之议论，一寄之于小说。于是彼中辍学之子，黉塾之暇，手之口之，下而兵丁、而市侩、而农氓、而工匠、而车夫马卒、而妇女、而童孺，靡不手之口之。往往每一书出，而全国之议论为之一变。彼美、英、德、法、奥、意、日本各国政界之日进，则政治小说为功最高焉"②。其次，梁启超着重强调晚清政治小说不同于他国政治小说概念之处在于书写"中国"，"政治小说者，著者欲借以吐露其所怀抱之政治思想也。其立论皆以中国为主，事实全由幻想"③。再次，梁启超主张"政治小说"绝不同于传统的小说，"著

---

① 任公：《饮冰室自由书（一则）》（原载 1899 年《清议报》第二十六册），陈平原、夏晓虹编：《二十世纪中国小说理论资料（第一卷）1897—1916》，北京大学出版社 1997 年版，第 39 页。
② 任公：《译印政治小说序》，《清议报》1898 年合集第一册，第 172 页。
③ 新小说报社：《中国唯一之文学报〈新小说〉》（原载《新民丛报》第十四号），陈平原、夏晓虹编：《二十世纪中国小说理论资料（第一卷）1897—1916》，北京大学出版社 1997 年版，第 61 页。

书之人皆一时之大政治家,寄托书中之人物,以写自己之政见,固不得专以小说目之"①。以上基本概括了晚清政治小说的主要特征。梁启超是晚清政治小说的发起者和推动者,他对政治小说的认识基本可以视作晚清政治小说概念的缘起,即政治小说是目的性小说,创作目的是宣传政治思想,抒发政见。不仅如此,梁启超拟定的"政治小说"指向性非常明确,即"立论皆以中国为主",以此区别于欧美政治小说和明治政治小说。诚然,如若没有晚清亟待改变的社会大局和社会共识,梁启超的振臂一呼何来应者靡然?而且也只有植根于本国文化,中国文学才能够在世界文学坐标系中确定属于自己的位置。

综上所述,晚清政治小说从狭义来说,专指1898年之后梁启超在借鉴日本明治政治小说后发起的文学思潮中创作的以政治宣传为目的的小说,为的是改善中国政治状况,小说创作具体到当时的社会现实中,逐渐囊括了暴露中国社会黑暗、配合政治维新或革命、宣传政治思想、抒发政见、启蒙民众等目的。广义说来,晚清政治小说的时间范围可以向前、向后进行延伸。向前追溯,可见1891年12月—1892年4月连载于《万国公报》上的《回头看纪略》[2]及以洪兴全最初发表于1897年的《中东大战演义》为代表的甲午战争小说,向后则可推及"新小说"大潮中铺天盖地的政治话语潮。梁启超引入并发起的"政治小说"思潮与创作并非孤立的存在,也非晚清小说界横空出世的异军突起,而是应时而生、应势而发,有着合理的本土语境。

晚清的政治小说诞生于亟待改变的社会现实需要,而当时最为迫切的现实就是列强入侵、民族危亡。政治小说以其独具的叙事优势和晚清的现实——一虚一实遥相应和,奏响晚清民族自强的乐章,也使小说自身摆脱传统的纯娱乐的低下文学地位,跻身正统文学之列。梳理晚清政治小说对现实的呼应,小说的书写对象是研究的重要线索,

---

① 任公:《饮冰室自由书(一则)》,陈平原、夏晓虹编:《二十世纪中国小说理论资料(第一卷)1897—1916》,北京大学出版社1997年版,第39页。

② 1891年12月—1892年4月,《万国公报》连载了标注为"来稿"和"析津来稿"的《回头看纪略》,即后来由广学会出版发行的《百年一觉》。

题材与主题的现代性转变也是中国小说现代转型的肇始。甲午战败,从前不屑一顾的蕞尔小国竟然成了民族存亡的最大威胁,由震惊、震怒的知识分子推动的维新变法是对此最直接的呼应。维新派的无力与挫败进一步引起国人反思,对清政府统治的不满、对维新改良的失望促使部分知识分子另辟蹊径思考救国,革命派则举起推翻清政府的大旗,维新派小说和革命派小说构成的政党小说分别通过阐述自己的政治主张、反驳甚至攻击对方的政见成为晚清政治小说的主要题材之一。国族危亡,对国家、民族命运的思考是政治小说命题的主旋律,与之相呼应的便是关于国族危机唤起的政治小说——救国探索政治小说、强国想象政治小说和女权主义政治小说。晚清知识阶层试图通过小说对历史进行钩沉、借他国的命运为鉴,唤起晚清国人的国族危机意识,借以把握中华民族的生命脉搏,同时也不吝插上带有乌托邦色彩的想象翅膀,描绘变法成功、革命成功,再或者科技兴国之后的新中国,或者以悲观态度反其道而行之,假想不思进取、不求改变的民族悲惨命运,试图给麻木的国民敲响警钟。

"政治小说"的术语和最初的概念移植自日本,在本土创作过程中也借鉴了日本政治小说的创作思路和创作素材等文学因素,但并不意味着晚清政治小说是日本政治小说的翻版。日本政治小说是对日本政治现实、社会现实的呼应,明治维新虽然取得成功,但当时的社会结构和国际地位并不稳定,各种意识形态处于剧烈复杂的碰撞搏击之中。伊恩·布鲁玛以外部视角进行的概括不无道理:"明治时期的启蒙开化运动,既有几分装腔作势,又让人肃然起敬,同时也不乏荒诞色彩。"[1] 德川幕府虽然败北,但德川幕府奉行的新儒学意识形态势力依然强大,明治政府推行的欧化政策并非一帆风顺,统治阶层内部也存在到底应该对远古皇权进行复辟还是应该义无反顾彻底实行欧化的意见分歧;渴望被西方强国认可与现实中西方文化对日本文化的鄙夷构成了强烈的矛盾冲突,自信与自卑的矛盾交织刺激了日本民族主

---

[1] [荷]伊恩·布鲁玛:《创造日本:1853—1964》,倪韬译,四川人民出版社2018年版,第38页。

义意识的强化。日本政治小说从形式上看是自由民权派发起的政治宣传营垒，实际却是对明治日本复杂的意识形态、文化形态和社会形态的回应。和日本同属儒家文化圈的文化心理极易引发晚清知识分子对明治日本的共鸣与认同，梁启超和晚清知识阶层对明治政治小说的选择性"移植"并非"纯属偶然"，而是有着深厚的文化关联性。晚清政治小说中移植了明治政治小说的哪些要素？又在本土创作中实现了怎样的增长？回归晚清文化、文学语境中追根溯源是本书拟解决的关键问题。

第一章　晚清政治小说的发生语境与"移植"主体性

　　脱离思想文化方面的深层动力机制，任何文学革新都将无从谈起。晚清政治小说的发生是外部文化冲击与内部思想文化相互呼应、融合的结果。笼统以"思想文化层面"来阐释晚清政治小说发生的具体语境场域终归太过宽泛和抽象，难免陷入逻辑不明的混乱，但是脱离文化背景谈晚清政治小说的发生只会止步于浅表，无法走入文学的内部，甚至有落入倒果为因的逻辑陷阱的危险。依据本书的研究重点，本章试图将宽泛抽象的"文化"缩约为晚清时期与明治日本发生关联的代表性政治、思想、文化语境，以之为切入点，剖析晚清政治小说发生过程中"移植"明治政治小说的文学合理性所在。

　　晚清政治小说发生的思想文化语境从根本上说是现代民族国家意识的觉醒与形成，是儒家传统家国思想对强势入侵的西方文化的回应与选择。在19世纪世界各国现代民族国家确立的过程中，欧美国家也均有过政治小说的盛行时期，且从时间和源头上说，日本的政治小说思潮始于对欧美政治小说的翻译。晚清时期第一本翻译政治小说《百年一觉》即为美国人写成，经英国传教士转译到中国，被研究者称为"新小说之前的新小说"，《万国公报》和《申报》上的时新小说征文也是由英国传教士发起。综合以上因素，如果晚清知识阶层要移植政治小说到本土，种种逻辑线索都将源头指向欧美，然而晚清政治小说的实际舶来地却是日本，这不能不说是一个值得思考的问题。

美国南部作家福克纳在 1955 年访问日本时说过这样一句话：日本人能够理解我们的文学，因为我们都败给了美国人。① 福克纳从广义民族主义的角度强调文学的相通性，这一逻辑同样适用于晚清政治小说对明治政治小说产生认同时的文化心理。日本明治时期的政治小说的产生很大程度上建立在儒家思想的传统文化基础之上，从民族文化同源性和现代民族国家形成的相似性角度思考，晚清知识阶层选择从日本，而不是英、美等西方国家移植政治小说也就不难理解了。

19 世纪中叶以后，鸦片战争、甲午战争、八国联军侵华……民族危机的日益加深伴随着异质文化的接连强势入侵，传统时空观念被强制打破，从慌乱应对到理性接受再到主动探索，应对世纪变局、破旧立新成为晚清时期的文化大势。时空观念的重建改变了传统的思维方式，给传承千年的传统诗美规范注入新的因素，文学审美模式应时生变，与之相匹配的文体——小说走进中国知识阶层的视野，逐渐成为书写时代巨变、承载民族情感流变的主要文学载体。小说自身具有传播方便、受众广泛、包容性强的特点，较之诗歌、散文更容易成为发表政见主张、启蒙民众、传播新思想的重要手段。政治小说产生的时代文化语境使小说的文学审美特质和教化功能史无前例地具备了高度融合的条件，使精神审美功能和物化实用手段在历史的特定时期重合互融具备了理论可能，"在转型之初，知识层面、社会层面与个体心性层面的诉求基本一致，而且互相催生并一度形成了一个相互制衡的机制。审美主体的形成正是在人的理性自觉与世俗合法性的前提下完成的，历史进步与艺术自律的确有过一段互相依存、互为解放力量的过程"。② 洋务运动虽然宣告了封闭于文化内部的革新的全面失败，却为中华传统文化打开一个与外部交流、融汇的缺口，而甲午战争的一败涂地除了宣布洋务运动的彻底破产，由其带来的中日文化占位的"反转"也直接促成了维新变法的发生。在这个过程中，有识见的晚

---

① ［日］柄谷行人：《〈日本现代文学起源〉中文版作者序》，赵京华译，中央编译出版社 2017 年版，第 18—19 页。

② 叶诚生：《现代叙事与文学想象》，人民文学出版社 2009 年版，第 15 页。

清学者不断从思想文化根源上寻求国家民族衰败凋敝的原因，他们的学术思想建设为小说的现代转型提供了以启蒙民众为核心的理论依据。在民族文化内驱力的促动下，甲午战争失败后产生了区别于传统小说的甲午题材时事小说。因政治原因避祸日本的晚清政客以及晚清时期规模可观的留日学生群体在与日本文化的接触中显示出强劲的主体选择性，他们通过翻译将政治小说这一文类带入中国，置身新思想前沿的他们并不能满足于被动地模仿接受，而是逐渐成为政治小说创作的生力军，推动了晚清政治小说热潮的发生。

第一节 中日文化占位的"反转"与晚清文学审美规范的重构

一个民族首先是一个文化共同体，文学是文化体内的个体对文化体的存在和展开方式的记忆、感悟与哲思，文学审美规范的构建离不开文化体的自我价值体认方式。晚清中国的文化价值自我认知受到域外文化的剧烈冲击，部分晚清国人开始对传统文化体制展开全面深刻的反思。当列强用大炮轰开闭锁的国门，平静而迟缓流淌的中国传统文化失去了往日的沉稳与自信，以知识阶层为主体的部分晚清国人开始了痛苦的自我审视和自我质询。这个过程始于外来文化强势入侵带来的应对恐慌，但是，有识见的知识阶层很快从感性的混乱中清醒，试图从体制上寻找民族积弱的根源，以图变革沉疴、自新自强。可以说，来自国门以外的坚船利炮打破了中国人传统的自我文化价值认知模式，给中华民族带来空前灾难的同时，也为中国人重新全面审视曾经习以为常并引以为傲的传统文化打开一道缺口，同时提供了一个政治、经济和文化的外部参照系，部分知识阶层开始积极了解西方文化，探索符合晚清中国发展需要的新的文化体系构建思路。这其中，日本在晚清中国的文化价值自我体认和文化重构中占据了极为特殊的地位，日本与中国文化占位的"反转"对中国文化价值的自我认知与重构产生了极大的影响，并直接影响到晚清文学的审美规范重构，为晚清政治小说的登场提供了时代文化场域。

对明治日本而言，虽然19世纪中叶与中国同样遭受到来自西方的殖民威胁，但是，他们迅速调整文化方针，追随西方实行西化改革。明治维新之前的日本奉儒家学说为圭臬，文化上总体隶属于中华文明圈，连提倡全盘西化的福泽谕吉都不能不承认中华文明对日本的影响之深，"我国自建国二千五百年间，由于治乱兴衰，虽然也发生过不少惊人的事件，但是，能深入人心使人感动的，最先是古代从中国传来的儒佛两教……而儒佛两教是以亚洲的固有精神传播于亚洲的……"①柄谷行人在强调日本文化独特性的同时，也不得不承认日本文化隶属于中华文明圈的前提事实，"日本自古就与韩国、越南、蒙古等同属中国'文化'，这是无可争议的事实"②。然而明治维新后的日本发生了一系列的变化，文化认知和文化价值定位发生了翻天覆地的改变。1868年明治维新取得成功，明治政权奉行"脱亚入欧"的文化政策，决定用西方文明代替古老的东方文化，并追随西方文化倡导的殖民侵略政策，企图取代中国在亚洲文化中的核心与主导地位。明治维新后的日本奉行西方文化侵略扩张方针，并在西方文化观念的主导之下于明治十二年（1879）割据琉球，并进一步觊觎朝鲜，要求清政府放弃朝鲜藩属国的权利。至1894年甲午战争爆发，日本在甲午战场上的大获全胜无异于给明治政府的"脱亚入欧"文化方针注入了强心剂，一时之间，西方文化优于东方文化的表象认识占据了主导地位，明治日本呈现出一派"欧化时代"景象，"洋房、西菜、西学、马车、火车、电线、电灯，欧美事物陆续轮来，弃故喜新、惊奇好异之人心遂滔滔汩汩，若决江河，尽随欧化而去。堂堂乎汉学大家，如秋后团扇，为世所弃，为以糊其口。至于新学小生，粗解英语便能攫薪水甚厚，利之所在，人必趋之"③。福泽谕吉

---

① [日]福泽谕吉：《文明论概略》，北京编译社译，商务印书馆1959年版，"序言"第1—2页。
② [日]柄谷行人：《民族与美学》，薛羽译，西北大学出版社2016年版，第210页。
③ [日]《日本维新三十年史》，古同资译，华通书局1931年版，第454页。

认为明治维新之后的日本已不再需要古老的东方文明，而应该进行彻底的西化变革，他的观点一度占据明治日本的文化主流地位，"今天我国的文明，将是一种所谓从火变水，从无到有的突变，这种变化似乎不应单纯叫作革新，而应称为首创"①。明治早年的日本在文化上可以说一边倒地追随欧洲，曾经的东方文明被弃之不理，积极谋求取代中国的亚洲文化主导地位成为其主要目标。

对晚清中国而言，明治日本通过西化改革，由当初不屑一顾的"蕞尔小国""东夷小岛"跃身世界强国，割据琉球、侵占台湾、争夺朝鲜领属权、割据辽东半岛……明治日本迅速成为晚清中国最大的领土与主权威胁者。来自国家实力的变化令晚清国人放下固有偏见，直面这种文化上的"反转"，开始以积极的姿态了解日本、探索日本、学习日本。1868年日本明治维新标志着日本成功完成包括政治、经济体制在内的全方位近代变革，日本西化改革的成功引起晚清中国部分知识阶层的关注，他们提出效仿日本进行西化改革的倡议。黄遵宪自1877年开始撰写《日本国志》，记载日本明治维新之后的外交内政变化，希望引起清政府的关注。康有为早在1888年即上书光绪皇帝请求效仿日本进行改革，"日本崎岖小岛，近者君臣变法兴治，十余年间，百废俱举，南灭琉球，北辟虾夷，欧洲大国，睨而莫敢伺。况以中国地方之大，物产之盛，人民之众，二帝、三王所传，礼治之美……臣谓变法则治可立待也"②。至1894年甲午战争爆发，中、日之间的这场军事较量直观地反映在文化层面上，甲午战争似乎成了"西优于东"和明治维新巨大成功的铁证，中日文化关系仿佛转瞬之间发生彻底"反转"，日本更加坚定了自己的西化道路选择，而在晚清中国，一时间学习西方、学习日本的呼声甚嚣尘上。1898年，康有为撰成《日本书目志》，言辞之间对日本效仿西方进行变法推崇备

---

① ［日］福泽谕吉：《文明论概略》，北京编译社译，商务印书馆1959年版，"序言"第3页。

② 康有为：《上清帝第一书》，姜义华、张荣华编：《康有为全集》第一集，中国人民大学出版社2007年版，第183页。

至，并明确提出效仿日本变法的根本目的还是要通过日本学习西方文化，"日本之步武泰西至速也，故自维新至今三十年治艺已成。大地之中，变法而骤强者，惟俄与日也。俄远而治效不著，文字不同也。吾今取之至近之日本，察其变法之条理先后，则吾之治效可三年而成，尤为捷疾也"①。清廷在光绪帝的推动下也尝试效仿日本进行变法，稍纵即逝的"百日维新"改革在清廷朝野上下的推动下发生了。

甲午战败也是晚清中国命运的转折点，晚清中国自此彻底陷入被列强瓜分的危机之中。爱国华侨、兴中会会员谢瓒泰于戊戌六月（1898）绘制一幅瓜分中国"东亚时局形势图"（简称"时局图"），题词："沉沉酣睡我中华，那知爱国即爱家！国民知醒宜今醒，莫待土分裂似瓜。"② 图文并茂的"时局图"令人触目惊心，迅速引发晚清国人的共鸣，海外报刊也纷纷进行转载。晚清时期中日文化占位的"反转"让晚清国人对传统文化进行反思，深陷瓜分危机的紧迫与焦虑也冲击着中国人的自我文化价值认知，并间接改变了中国人的传统审美规范。其实，"百日维新"的短命已经充分说明了中国传统文化的复杂与深邃，然而时代给国族命运带来的危机打乱了中华文明往昔的节奏，文化心理、文化自我评估、文化发展都面临一次前所未有的打破与重构。鉴于"文化"一词涵盖太过宽泛，以下根据本书的研究重点，需要将"文化"的所指缩约为对文化展开方式起到框定作用的时空观念，以此为视域进行分析，厘清晚清中国文学审美规范的改变。

"时间"是一个多维度概念，主要包括个体体验、自然宇宙和社会历史等层面，各个层面并非独立存在。本书讨论的对象为文学中的时间观念，即中国人基于生存体验所产生的对自然宇宙时间和社会历史时间的感悟与认知，是由此形成的时间意识的文学呈现。中日的文

---

① 康有为：《〈日本书目志〉自序》，姜义华、张荣华编：《康有为全集》第三集，中国人民大学出版社2007年版，第264页。
② 冯自由：《三十九年前之东亚时局形势图》，《革命逸史》（上），新星出版社2009年版，第42页。

化占位"反转"彻底打破了由昼夜更替、四时轮回的农耕生活形成的中国古老的循环静止时间意识,以"言志"与"载道"为核心的传统文学审美规范内涵面临重构。《管子·形势》有云:"天不变其常,地不易其则,春秋冬夏不更其节,古今一也。"①《吕氏春秋·大乐》中说:"天地车轮,终则复始,极则复反,莫不咸当。"② 在中国传统的时间观念里,时间的存在方式呈沿着同一轨迹循环的相对静止与封闭状态,体现在文学体裁上的主要表征之一是对诗词歌赋的推崇,在文学素材上的体现则是抒情文学与载道文学的繁荣与发达。人们在往复循环的动态中慨叹生命的易逝,寻找生命意义的常在和永恒,希望在世俗的时间内部寻求并感悟恒在的诗性时间,由此形成中国古诗词中俯首可拾的"红了樱桃,绿了芭蕉""高堂明镜悲白发,朝如青丝暮成雪"的时光感怀和"逝者如斯夫""是非成败转头空。青山依旧在,几度夕阳红"的时间哲思。人们在循环的时间流动中感伤生命的逝去,又通过将生命纳入昼夜更替、四时轮回的自然时间之中获得生命意义的恒在。"遵四时以叹逝,瞻万物而思纷。悲落叶于劲秋,喜柔条于芳春。"③ 早在一千多年前陆机对诗赋的推崇便是典型的中国传统时间意识影响文学审美规范的体现。传统的时间意识规定了中国文学抒情和叙事的传统审美范式。中国式的诗美规范建立在相对静止的时间意识流之中,"对中国传统文化来说,'时间'之变,并非是进化之变,而是一种循环式的守常之变。也就是说,中国传统文化是将时间本身的变通过循环标注而转换为恒常之变"④。因为遵循这种相对静止的循环时间观念,"观古今于须臾,抚四海于一瞬"⑤ 成为中国文学永恒的诗美追求。在这样的审美范式之下,长于捕捉并定格瞬息之美的诗词歌赋成为最受追捧的文学载体,抒情与哲

---

① 蔡希勤:《老人家说系列丛书:管子说》,华语教学出版社2012年版,第131页。
② (汉)高诱注:《吕氏春秋》,上海古籍出版社2014年版,第91页。
③ (晋)陆机:《文赋》,张怀瑾:《文赋译注》,北京出版社1984年版,第20页。
④ 牛宏宝:《时间意识与中国传统审美方式——与西方比较的分析》,《北京大学学报》(哲学社会科学版)2011年第1期。
⑤ (晋)陆机:《文赋》,张怀瑾:《文赋译注》,北京出版社1984年版,第22页。

理上的思悟被推上最高级的审美殿堂。

但是，恒常静止的时间意识在晚清的千年之变中被改变，尤其是在中日文化关系的"反转"中被彻底打破。外来文化的强势入侵冲破了相对不变的往复循环，中国式的审美方式和文学格局也随之改变。晚清民族危机频发，生存危机引发文化危机，改变了人们的思维定式，中国文人的视线从尊古守旧中逐渐转移到"现在"和"未来"，循环往复的静止时间观念被打破，由进化论思维方式决定的线性发展时间观逐渐取而代之。"尝谓中西事理，其最不同而断乎不可合者，莫大于中之人好古而忽今，西之人力今以胜古；中之人以一治一乱、一盛一衰为天行人事之自然，西之人以日进无疆，既盛不可复衰，既治不可复乱，为学术政化之极则。盖我中国圣人之意，以为吾非不知宇宙之为无尽藏，而人心之灵，苟日开瀹焉，其机巧智能，可以驯致于不测也。"① 熟知西方文化的严复敏锐地意识到传统时间观带来的静止保守思想已经不能适应世纪末之大变局，他翻译赫胥黎的《天演论》，于1896年在《国闻报》上刊载，进化论与时代需求的契合使之迅速被晚清知识分子认可并追捧，康有为、梁启超、夏曾佑等当时站在思想前沿的革新生力军都是《天演论》的忠实读者兼拥趸者。"世道必进，后胜于今"的全新时间理念改变了传统的思维模式，冲破了中国文化上法古师圣的守旧传统，也带来了文学上表达现时、探索未来的审美规范改变。处于千年之变的中国对外来的冲击应接不暇，沉浸于循环静止的时间长河中细细品味往昔、保持沉淀文化之美的传统审美范式已几近奢望。加之诗词歌赋在很多情况下被视作娱情悦性的最佳文体，在当时救国为第一要义的形势下便很容易被看作无用的虚学，逐渐不再受到进步知识分子的追捧。传世之文固然华美瑰丽，但当时的中国迫切需要的却是觉世文学，康有为、梁启超所主张的"经世治国"儒家文学观对接现实的迫切需要，主流文学观念向实学靠拢是时代所趋。如此，诗词歌赋逐渐失去了它原本的文体

---

① 严复：《论世变之亟》，王栻主编：《严复集》第一册，中华书局1986年版，第1页。

优势，易于觉世的文体更受青睐，长于叙事的小说相较诗词更适合在当时的大形势下记录时代之变，不受篇幅格律等限制的特点也更易于嵌入说理文章，并容纳随时有感而发的诗情。虽然政治小说在当时尚未被推上文学舞台的主角位置，但审美规范的改变已赋予其蓄势待发的客观条件。

"载道"是中国文学传统审美规范的另一内核，当传统的时间观解体，"载道"的文学内涵也面临重构。西汉董仲舒之后，儒家思想一统天下，文学走上"载道"正途，唐代韩愈提出"文者以明道"的文学主张，提倡以古文载传统之儒家古道；宋代周敦颐提出"文以载道"的口号，"文"与"学"两相分离，合在一起的"文学"偏重于"学"，"文以载学""文以载道"方可称为"文学"。静止的时间意识规约了一个文化体认知世界和表现世界的方式，诗词歌赋和制艺文章等固然可以载道，叙事文学在传统文学中亦是载道的重要文体。传统的时间意识反映在叙事文学的题材方面，主要表现在对书写历史的偏爱以及对在叙事中寻求或植入永恒之"道"的执着。生命循环往复，天地永恒，则"道之大原出于天，天不变，道亦不变，是以禹继舜，舜继尧，三圣相受而守一道"[①]。除了以上正统的史传叙事文体，不被主流认可的小说同时承担着民间叙事的使命。小说虽屈居"小道"[②]，亦是闾里小知者所作，但其贯穿着世道人心，蕴含着百姓茶余饭后咀嚼的生活之"道"、生存之"道"、善恶之"道"。影响中国社会发展变化的力量，不仅有孔子和老子的思想，还有更加受大众读者喜爱的通俗文学。这里所说的通俗文学，正是正统知识分子口中的"稗官野史"——流布于民间的戏剧与小说。小说虽然不被正统文学接纳，但它的影响范围之广、传播途径之宽是正史大道难以望其项背的独特优势。自居"君子"的正统知识分子通过正史

[①] （汉）班固：《汉书详节》，（宋）吕祖谦编纂，上海古籍出版社2007年版，第290页。
[②] 《汉书·艺文志·诸子略》中将传统思想分为十派，小说是"小道"，但也并非全无用处，"小说家者流，盖出于稗官。街谈巷语，道听途说者之所造也。孔子曰：'虽小道，必有可观者焉，致远恐泥，是以君子弗为也。'然亦弗灭也。闾里小知者之所及，亦是缀而不忘"。小说居于第十位，属于"不入流"的一派："诸子十家，其可观者九家而已"。

"大说"载经世治国之"大道",隐于民间的"稗官"们凭借野史"小说"载生活冷暖、人情善恶之"小道"。千百年来,无论正史还是民间野史,都在追求一种"天不变,道亦不变"的稳定与和谐。另外,虽然正史和作为稗官野史的小说互为补充,但二者之间也始终保持着泾渭分明的发展态势。无论正史野史,在时间观念的体现上都是一致的,都是希冀通过对逝去时间的追溯,从已成过去的时间流动中抽象出属于这个文化体存在和展开所依托的恒常之道。在中国的传统哲学中,万事万物皆有"道",道家学说贵个体生息之"道",并希冀通过个体的修身养性抵达普适恒久之"道":"夫物云云,各复归其根……王乃天,天乃道,道乃久,没身不殆。"(《老子·道德经》)儒家精神崇尚"仁"、贵"忠恕",目的亦在于极力抽象出恒以贯之的经世治国之"道"……恒常的"道"来自对历史进行总结反省后的抽象升华,目的在于把握现时。此外,未来也可以包含在对过去的抽象之中,成为可预知的事物,对未来的恐惧和忧虑借此消解在对恒常之"道"的信守之中,国家的稳定、社会的和谐都可以在这个抽象的"道"中得到最大保障,如司马迁著《史记》,为的就是"通古今之变"。千百年来,中国人早已习惯于向过去寻找现在、向往昔质询未来。无论庙堂"大道"还是民间"小道",尊古守旧、追溯往昔、把握恒常之"道"成为规定中国叙事文学审美内涵的基本要素。然而近代以来,随着外来文化的强势入侵,面对亘古未有的冲击,转向传统寻找解决之道已变得不合时宜,特别是甲午战争后,恒定的时间意识被打破,向历史寻求恒久之道已无法适应纷纭变幻的现实,"天不变,道亦不变"的循环时间观逐渐被抛弃,"上下千岁,无时不变,无事不变"[1]"今夫自然之变,天之道也"[2],新的时间观念逐渐形成,探求应对现时危机、寻求民族未来的生存之道迫在眉

---

[1] 梁启超:《〈变法通议〉自序》(1896),《梁启超全集》第一卷,北京出版社1999年版,第10页。

[2] 梁启超:《〈变法通议〉自序》(1896),《梁启超全集》第一卷,北京出版社1999年版,第10页。

睫，分析中国积弱根本、输入新的思想学理、探索改革之路的觉世之道成为叙事文学的应载之道。叙事文学的题材逐渐从历史转向当下和以后，转向应接不暇的现实和不可预测的未来，为政治小说的登场创造了文化场域。

晚清时期空间意识的延拓也是晚清审美规范重构的重要场域条件。空间意识中"空间"首先意味着地理层面的自然空间，由于地理空间与民族的风俗和历史形成有着密切的关系，所以"空间"也具有文化、政治和哲学层面的属性。19世纪以来，随着欧洲大规模拓殖，中国人传统的地理观念被打破，随着地理认知的不断改变，与之伴随的文化、政治、历史、社会等传统认知均受到前所未有的冲击，围绕自然地理环境与人种、民族文化关系的"地理决定论"也促进了现代民族意识的诞生。空间意识的改变重构了中国人的思维方式，文学也因此得到了具有现代特征的文化丰盈，具体表现在传统文学对域外文学的认知改变和文学题材的空间视野延拓、视角的复合维度化等方面。简单地说，晚清空间意识的转变是基于对地理空间认识的改变所产生的新的文化认知以及由此带来的思维转变。历史上，中华民族的空间意识坐标系基本局限在本民族内部。"四海""天下""九州""天地"是中国人对世界的传统空间认识方式，这种空间意识左右了中国人两千多年的自我文化和世界认知，传统的世界中心空间认知如黄遵宪所言："考地球各国，若英吉利、若法兰西，皆有全国总名，独中国无之，西北各藩称曰汉，东南诸岛称曰唐，或曰南京。"① 直到19世纪中叶，在遭受西方大规模侵略伊始，传统的空间意识依然左右着晚清国人的行为模式，晚清知识分子遵循的自我中心空间意识表现在面对外来文化时的心态之上，则是希望将域外文明纳入中华文明整体之中，幻想通过在传统体制内进行革新，以达到自强自救的目的，以张之洞为代表的洋务运动便是主潮。他们试图将西方的实用主义理念支撑起来的器物技术纳入中国传统文化体系之内，冯

---

① （清）黄遵宪：《日本国志》上卷，天津人民出版社2005年版，第94页。

桂芬提出"如以中国之伦常名教为原本,辅以诸国富强之术,不更善之善者哉?"①的文化口号,一时间"中学为体,西学为用"被洋务运动领袖们奉为圭臬。洋务运动虽然为中国文化封闭自守的旧体系打开一个缺口,最终却在甲午之战中功亏一篑,宣告了"中体西用"这一幻想依靠文化体制最末端的物化改革实现强国梦的设想的破产。在洋务运动这样一种以纳入西方"实学"为中心的自我拯救运动中,作为"虚学"的域外小说并没有机会走进洋务运动主阵营的视域。虽然自我中心的空间意识占据绝对主流,但晚清时期最早走出国门的知识分子已经开始反思中国传统的空间观念在世界视域下存在的局限性,"近世对外人称每曰中华,东西人颇讥弹之,谓环球万国各自居中,且华我夷人,不无自尊卑人之意"②。可以说,晚清中国自居世界中心的空间意识在时代剧变之下迫切需要进行重构。

甲午战争的失败进一步解构了晚清中国的空间意识。甲午战争之前,连魏源和康有为这样对外国文化持开放态度的学者也不求甚解地援引徐继畬的《瀛寰志略》,认为日本由三个岛屿构成,魏源著《海国图志》,也未将日本纳入"夷患"范围。无论知识阶层还是普通百姓,晚清国人对日本的主流认知基本停留在基于一厢情愿的单方面想象形成的整体性优越感和文化中心论之上。"对于日本人,城里的人,也有一个模糊的观念,知道在朝鲜那一边有这样一个国,内中住着一种矮人,不过他们当然是天朝的一种属国。离城市远一点的地方,连这点模糊的观念全没有了。"③ 甲午战争给晚清中国带来的直接影响之一便是质疑自我中心的空间意识,天朝大国、世界中心的幻想至甲午战争失败被彻底击碎,不仅西方列强虎伺狼窥,就连从前隶属于中华文明圈的蕞尔小国日本也并非能够等闲视之的"东夷"蛮族。在甲午之战的角力中,日本凭借实力占尽先机,成为以小胜

---

① (清)冯桂芬:《采西学议》,《校邠庐抗议》,上海书店出版社2002年版,第57页。
② (清)黄遵宪:《日本国志》上卷,天津人民出版社2005年版,第94页。
③ [英]杜格尔德·克里斯蒂:《甲午战时辽居忆录》,陈德震译,阿英编:《中日战争文学集》,北新书局1949年版,第135页。

大，以支流文明战胜本源文明的典范。原本并不受关注的日本开始全面走进晚清统治者和知识阶层的视野，以康、梁为代表的维新派高喊出"向日本学习"的口号，并全面介绍日本的文化、政治与体制。在他们看来，日本便是引进西方体制后走向强盛的成功范例。甲午战争的失败促使进步知识阶层深入反思天朝大国的世界中心意识，他们开始将怀疑质询的目光转向最高层的统治者，转向传统的封建体制，反思中国全面溃败的制度根源，参照的坐标体系正是曾经不在自己视野内的日本。近代日本维新变法的成功模式为晚清提供了现实中的样本，晚清中国以康、梁为代表的维新派试图将西方的文化体制纳入自己的传统文化体系中进行理解和转化，并借他山之玉由外而内地攻克自身文化体系的缺陷，希望实现中国传统文化体系的自我完善，最终为中国传统文化在世界文化体系之内重新定位自己的坐标。对待外来文化，晚清中国终于开始展现平等对话的姿态。在具体做法上，维新派的改革者试图从体制上进行大刀阔斧的改革，呼吁全面向日本学习。如果说忧国忧民是中国士人的儒家思想传统，那么，晚清之前的忧国忧民是在"中国"这一空间范围之内，忧患产生的对立双方主要是"庙堂之上"与"江湖之远"，即统治者与被统治者之间，鸦片战争以来，忧患意识的矛盾双方转而扩展为中国与欧洲列强，至甲午战争之后，国家则深深陷入被四邻瓜分吞并的民族生存危机之中。"俄北瞰，英西眈，法南瞵，日东眈，处四强邻之中而为中国，岌岌哉！"[1]晚清政治小说本土文化语境的出发点是文化自信被摧毁之后的努力重建，是民族生存遭受威胁之后的自我图强，是民族空间坐标的重新定位。"盖天下之大种四：黄、白、赭、黑是已。北并乎西伯利亚，南襟乎中国海，东距之太平洋，西苞乎昆仑虚，黄种之所居也。"[2]甲午战后，关于地理、人种的各种学说成为中国知识阶层关注的重点，地理空间意识的改变刷新了晚清国人理解世界和表达自己

---

[1] 康有为：《京师强学会序》（1895 年 9 月），姜义华、张荣华编：《康有为全集》第二集，中国人民大学出版社 2007 年版，第 89 页。

[2] 严复：《原强修订稿》，王栻主编：《严复集》第一册，中华书局 1986 年版，第 21 页。

的方式。

　　新的空间意识带来的审美改变首先表现在小说这一文体的强势登场之上。自我中心空间意识瓦解之后，晚清国人开始以理性、平等的心态积极了解、探索日本文化。简单说来，中国在文学的世界里不再是世界中心，而是世界坐标体系内一个岌岌可危的空间点，邻国日本成为西方文化体制最成功的代言人，书写日本的空间视角由强调中华中心意识的"抗击倭寇"变成"学习日本"。唯有如此，在日本风靡一时的政治小说才有机会得到晚清知识阶层的关注，在中国传统文学中始终处于边缘地位的小说也终于有了走上文坛中心的可能。此外，新的空间意识在政治小说的主题、叙事方式和人物设定等方面都得到体现，"大环中裹地如球，海外今知有九州。西北雄风蒲蔡国，东南劲敌萨摩州"[1]。类似于这样关于空间的重新认识开始成为文学频频表达的题材，中日关系、中国在世界坐标系下的未来可能成为晚清政治小说俯拾皆是的话题。

　　中日文化关系的重构推动了晚清时空意识的彻底变革，本属中华文明圈的日本成了威胁晚清中国最迫近的危机，这使得晚清中国将关注历史的视线拉回"现时"，也使晚清中国抛弃了自我中心的"天下"空间观念，寻求在地球上的立足与生存、寻求新的空间坐标成为最迫切的需求。甲午战争惨败带来的震动无异于文化内部发生的崩坏一般令人震惊，让晚清朝野一片慌乱，并开始对传统文明产生了一种内发性的质疑和反省。甲午战争给中国文化意识带来前所未有的冲击，摧垮了中国传统的静止时间观和大国中心意识。时空意识的改变间接改变了中国传统的文学审美规范，以中日关系的文学书写为例，"倭国—日本—中东"的名称变化成为中日时空关系改变过程中最直观的文化意识体现。直至甲午战争之后，日本始真正走进清政府的官方研究视野，天朝大国的封闭自足心态使晚清政府和知识阶层面对日本的步步逼迫，被迫面对现实，重新认识日本、了解日本。政治小说

---

[1] 陈惕庵：《乙未夏拟李义山重有感》，《甲午中日战争文学集》，北新书局1948年版，第78页。

的产生正是由这部分关心政治、探索民族未来的知识阶层促成。当日本从骚扰海疆的倭寇变为击败清廷精锐海军、威胁民族生存的侵略者时，涉及日本的小说不可能永远停留在剿灭倭寇、维持现时稳定的时空层面上，日本必将以全新的形式与晚清文学产生联系。小说以文化为主要呈现方式的身份参与到晚清文化重构的主潮之中，这既是文学自身的选择，也是由文化潮流决定的结果，而文化的主思潮是文学呈现的最根本决定者。民族的命运决定着文化的走向，所以，文化上的忧国、救国思潮必然成为清朝末年的文化主潮，并间接决定了文学的思潮。而反过来，希望通过文化的反思与重构以求达到反向拯救岌岌可危、积弱成疾的民族肌体与精神，不只是被动被迫之下不得已的选择，更是中国知识分子的主动探索。晚清时期代表中华民族主流文化执行主体的知识阶层对文化的理解和认知成为小说中的素材和思想，所以晚清时期的小说的关注焦点不会是民族的文化心理，更深入不到个人的精神和心理层面，而是最广泛地将视线转向政治体制、传统习俗、生活习惯等现实中的文化制度，展开对现实百态在骤然遭到强烈冲击时出现的种种新变化的密切关注。

第二节　甲午战争与晚清时事小说的出现

　　文学思想的变化固然离不开外部力量的干预与推动，文学内部规律的自发流变也是促使文学思想变革的动力机制。甲午战争既是近代中国陷入瓜分狂潮的转捩点，也是中国人民情感和思维方式发生剧烈转变的节点。如果说鸦片战争还只是资本主义侵略中国的开始，那么甲午战争则是帝国主义奴役中国的开端。

　　清廷在甲午战争中的巨大失败空前迅速地把中国进一步推向半殖民地的深重灾难中，外国侵略变本加厉，由资本主义商品输出进入帝国主义的资本输出，《马关条约》为他们敞开在中国兴建企业、修筑铁路以直接掌握中国经济命脉的大门；与此同时，侵略者采取公开的军事掠夺手段，卷起夺取租借地和划分势力范围的浪潮，"瓜分中国"

的号叫喧嚣四起，中国处在空前的民族危难之中。甲午战争的惨败对中国人民的思维方式和情感产生了空前的刺激，对王朝末世、个人境遇的悲叹沉吟转变为亡国亡种的巨大危机感和沉重伤痛。谭嗣同在给老师的信中说："经此创巨痛深，乃始摒弃一切，专精致思。当馈而忘食，既寝而累兴，绕屋彷徨，未知所出。"① 梁启超记录因忧国获罪被杀的"寇君"："甲午战败后，君日愤懑忧伤，形于词色。"② 翻开历史，类似的忧国、救国的个人情感记录数不胜数，救亡与忧患促生了晚清时代的爱国思潮，摆脱侵略、谋求民族强大成为时代赋予中国人民的情感共鸣。

甲午战争的失败间接对中国文学的传统审美规范产生了巨大冲击，以往沉浸在静止的时间循环中追溯过往的从容彻底消失，对小说产生的直接影响在于出现了区别于六朝志怪、唐宋传奇和明清话本的时事小说，小说这一文体以文学自身的规律对外部冲击做出回应，显示出自觉承担政治叙事的内在潜能。"文章合为时而著，歌诗合为事而作"③，"言志"和"载道"是中国文学传统价值的体现，而"载道"和"言志"的主要文体是诗歌与散文。小说亦可载道，但所载之道都是"间里小知者之所及"，与正统学术和经世治国之大道相去甚远。"小说家合残丛小语，近取譬喻，以作短书，治身理家，有可观之辞。"④ 桓谭之言已是对小说极高的评价，小说作为正史的民间话语补充，虽也充满活力，但始终登不得大雅之堂，载不得正统之道。小说所载之道充其量不过能达到修身齐家的高度，归根结底依然属于民间生息范畴，小说在中国文人的传统认识里始终是够不上书写时事政见等"大道"资格的文体。甲午惨败，知识阶层

---

① 谭嗣同：《兴算学议·上欧阳中鹄书》，蔡尚思、方行编：《谭嗣同全集》（增订本），中华书局1981年版，第155页。
② 梁启超：《三先生传》（1896），《梁启超全集》第一卷，北京出版社1999年版，第78页。
③ （唐）白居易：《与元九书》，高文强：《中国文论经典导读》，武汉大学出版社2015年版，第139页。
④ 鲁迅：《中国小说史略》，中华书局2010年版，第1页。

同样习惯以诗歌记录事件的过程、抒写喷薄而出的家国情感并提出理性的思考。据史料统计,关于甲午战争的"时事诗"记录在案的不下百首。① 自《诗经》开始,诗歌一直是中国知识阶层沿用的载"大道"主要文体之一,这一传统在甲午战后出现改观,小说也参与到书写时事政治的行列之中,这既是民族文化剧变给文学带来的影响,也是文学自身对民族文化剧变自发的呼应。"中国文学从前并不属于世界文学,因为它作为天下的文学自身就是世界文学。只有当帝国的这种自我意识遭到了彻底质疑,具有普遍约束力的经典开始被重估时,这种情形才开始改变。"② 从世界格局来看,甲午战争失败带来的后果是以大清帝国为核心的中华文明圈的分崩离析,在晚清帝国内部,则掀开政治、经济、社会伦理等民族文化开始全盘崩坏并重构的厚重帷幕。小说以极其敏锐的笔触捕捉到了这场千年变局的肇始并参与进来。虽然以甲午战争为题材的小说寥若晨星,但毕竟出现了自发关注时事题材、言说国家命运的时事小说,打破了时事文学中诗歌和散文一统天下的文学传统,改变了清末小说清一色的猎奇与娱乐色彩,赋予中国文学与世界文化对接、与时事政治对接的现代色彩。

　　1895 年之前的本土创作小说、无论题材、叙事方式还是写作目的都延续了中国传统小说的游戏娱乐色彩,题材以志怪、传奇、狎邪、言情等为主,主要承担的功能是百姓茶余饭后的消遣与娱乐。这一点在甲午战争之后发生了明显的转向,出现了以甲午战争为题材,以警醒国民、鼓荡民族士气为创作目的的时事小说,这可以看作晚清政治小说出现的前奏,也足以证明梁启超等人将日本政治小说移植到中国既非偶然,亦非单纯的照搬和学习,其过程中已经融入小说自身与时代接轨的内在需求因素,是建立在中国传统文化思想基础上的主体选择性"移植"。对照半个世纪之前开始的飘摇动荡可以看出,鸦片战争、太平天国运动、英法联军侵华,这一系列重大事件并未引发

---

① 阿英编:《甲午中日战争文学集》,北新书局 1948 年版。(笔者整理)
② [德] 顾彬:《二十世纪中国文学史》,范劲等译,华东师范大学出版社 2008 年版,第 3 页。

小说创作上的波澜，直至甲午战争之后，才出现与时政事件紧密联系的时事小说萌芽，这一现象不能不引人思考。

1895年5月，甲午战争甫一结束，英国传教士傅兰雅即在《万国公报》和《申报》等报刊陆续发起小说征文启事，征集批判"鸦片、时文、缠足"三种积弊的时新小说。虽然傅兰雅的小说征文范畴未提及甲午战争，但从《万国公报》和《申报》当时的内容来看，中日关系和甲午战争中暴露出的中国积弱问题正是这些报纸的主要关注对象。傅兰雅的小说征文虽未将甲午战争列为指定书写内容，但应征的文章中却不乏书及甲午战争带来的耻辱与伤痛。同年，《梦平倭奴记》（高太痴）、《台湾巾帼英雄全传初集》《台战纪实》（再版时更名为《台战演义》）三部以台湾人民抗击日本侵略为题材的时事小说问世。1897年，洪兴全的《说倭传》（1900年于香港出版时更名为《中东大战演义》）出版。[①] 1895年之前涉及日本或日本人的小说并不罕见，但是这些小说可以统称为"涉倭小说"，它们清一色取材于元明时代倭寇侵扰中国海疆的历史，加以随意的演义戏说，以符合所谓"引车卖浆者流"的市井娱乐消遣需要。"与明代涉倭小说相比，甲午战争前的清代涉倭小说的另一个艺术特点即其'娱乐性'的创作笔法，具体表现在荒诞异常的故事情节、直白露骨的情色描写、形式多样的修辞手法三个方面。"[②] 清代涉倭小说的"泛娱乐化"原因较为复杂，与清政府实行闭关锁国政策、大兴文字狱进行思想禁锢等不无关系，但是从中日关系的角度来看，最根本的原因还在于曾经的倭寇骚扰海疆并未撼动中华文明的主体，未对中华民族的社会结构、生活生产方式以及伦理道德造成普遍层面的冲击，所以小说将这一现象内化成中华文明发展过程中的小插曲，因而具备了随意改编和娱乐的可能。甲午战争撼动了晚清帝国文明的根本，暴露了晚清统治的江河日下，甚至影响到对民族文化根本的自我认知，最终影响到文

[①] 小说版本信息根据《晚清小说目录》（刘永文编，上海古籍出版社2008年版）和樽本照雄的《清末小说集稿》（陈薇监译，齐鲁书社2006年版）等资料综合整理。

[②] 邹冰晶：《清代涉倭小说研究》，硕士学位论文，暨南大学，2017年，第100页。

学记录和表述民族文化的方式。无疑，甲午战争带给中华民族的现实打击已深入民族文化和意识形态深层，唤醒了被帝国意识形态消弭的民族国家意识，叙事的欲望和情感表达的需求空前强烈，率先接触到时事政治和前沿思想的知识阶层在甲午战后掀起一股时事文学书写热，小说虽未正式走入文学的主流视野，却已开始被纳入"文学"范畴，显示了书写"大道"的可能。以《梦平倭奴记》和《中东大战演义》为例，可以窥见小说在文体地位方面出现的微妙变化。

《梦平倭奴记》虽为文言小说，但题材和叙事方式已呈现与同时期传统小说迥异的现代性。《梦平倭奴记》虚构了一场与甲午战争背景近似，结果却大相径庭的中日战争，这场虚构的战争以清政府大获全胜、一雪前耻告终。小说虽不失天真的幻想，但涉及的人物、事件均与现实对接，尤其是贯穿其中的图强精神恰是当时知识阶层在现实中的普遍情感诉求。故事虽为虚构，但要传达的情感与思想却是对清政府落败于蕞尔小国的不满、不甘和强烈的强国愿望。小说通过梦境展开了一系列基于时局理解做出的想象，主人公虽为一介书生，却又是时代呼唤的英雄：文韬武略、在战场上所向披靡。小说传达的思想内涵包括如下几重：对人才的渴望，希望出现能力挽狂澜、抗击日本侵略的英雄，思想底蕴依然基于儒家思想中经世治国的理想与追求；以皇权为代表的统治者知人善任，求才若渴，间接表达了作者对当局用人不当、埋没人才的不满；王公大臣清一色爱国主战、耻于求和，传达出对以李鸿章为首的议和派的谴责以及对割地赔款带来的屈辱的强烈抵触；战场上贪生怕死的叶志超之流也都由能征善战的刘永福、李秉衡等将领替换，对甲午战场上不战而逃的北洋统领的谴责跃然纸上。

综观小说主题，与黄遵宪《人境庐诗草》中贯穿的内容和情感不谋而合。黄遵宪的《人境庐诗草》是名副其实的时事文学，也是当时甲午题材诗歌中的代表作品，这些诗记录了清廷从朝鲜战场上的惨败到国内战场的节节败退，直至威海陷落、北洋海军全军覆没的全过程，集叙事、抒情、说理于一体。黄遵宪于威海陷落后提笔书写的

《哭威海》是其中的代表诗作，威海陷落意味着甲午战争彻底失败，也意味着轰轰烈烈的洋务运动的彻底破产，由统治阶级内部发起的自强革新被现实否定。《哭威海》诗中不仅描写了刘公岛失守时的情景，而且思考了造成这种狼狈后果的原因："丝不治，丝愈棼。火不戢，火自焚。遁无地，谋无人。天盖高，天不闻。四援绝，莫能救。即能救，谁死守？炮未毁，人之咎。船幸存，付谁某？十重甲，颜何厚！"①黄遵宪的诗对人才缺失和统治者的失败决策提出拷问。《梦平倭奴记》的情节虽然不无乌托邦式的荒诞，包含的思想及作品主题却和以《人境庐诗草》为代表的甲午时事诗歌如出一辙，都是聚焦现实问题，是对泱泱大国何以落败蕞尔小国的迷惑与追问，是对清政府的谴责，是对人才机制的质疑，是强国兴国的严肃诉求，其写作目的、内容和审美追求已完全脱离明清时期以娱乐消遣为目的的抗倭小说。

洪兴全的《中东大战演义》也是这一时期不能忽略的一部时事小说，小说在叙事上采用纪实的春秋史笔与小说的虚构手法相结合的方式，在内容和对读者的阅读预期方面区别于同一时期的其他小说。小说的写作目的在于通过这场突如其来的横祸进行记述，来警醒国人，引发思考，并试图从民族尊严扫地的狼藉之中拾取民族进取精神的吉光片羽，意图在残破败局中给民族未来增添几分希望，而这些都是借小说的虚构艺术魅力才得以实现。"既知其为齐东野人之言，又何必连番细写？盖知其为齐东野人者余也，非读者也。然事既有闻于前，凡有一点能为中国掩羞者，无论事之是否出于虚，犹欲刊载，留存于后。"②《中东大战演义》中，关于甲午之战的起因、过程与结果等大致线索基本遵从史实，但恰是在"连番细写"的部分用了大量虚实相间的笔墨渲染誓死卫国的将士在一败涂地的战场上依然坚持英

---

① 黄遵宪：《哭威海》，《人境庐诗草》，阿英编：《中日战争文学集》，北新书局1948年版，第72页。

② 洪兴全：《〈中东大战演义〉前言》，董文成、李勤学主编：《中国近代珍稀本小说·九》，春风文艺出版社1997年版，第437页。

勇抗敌的情形，种种悲壮场面读之极能唤起民族自强自尊之情。作者的民族情感和文化主导立场决定了这部小说的审美内涵，这也是这部小说除内容之外最能体现现代性审美的部分。虽然尚未形成系统的关于小说的理论言说，但作者已经认识到，小说这种"齐东野人之言"具有严肃正史无以比拟的优势，虽然用了曲笔，不尽遵循史实，但曲事不曲情，传达的是作者渴望唤起读者在中华民族遭受侵略时燃起爱国激情、奋勇自卫的真实情感与意图。利用小说相对随意自由的"不严肃"的曲笔竭尽所能传达严肃思想，这一点暗合随后出现的政治小说创作特点。在创作上，作者尤为强调小说的传播特性，强调小说与史书的区别在于虚实相照，据此达到吸引读者、流播小说思想的写作目的，"余之创是说，实无谬妄之言，惟有闻一件记一件，得一说载一说。虚则作实之，实则作虚之。虚虚实实，任教稽古者、诙谐者互相执博（驳），余亦不问也"①。

  关于《梦平倭奴记》和《中东大战演义》的作者身份调查也颇能说明时事小说产生的语境因素。据老上海报纸《金刚钻》1933年9月23日版面上一篇名为《沪壖话旧录》（海上漱石生作）的文章介绍，《梦平倭奴记》的作者高太痴曾执笔《申报》，任《字林沪报》和《苏报》主笔，是《申报》篇首执笔人何桂笙的门生。何桂笙曾受教于晚清进步思想家冯桂芬，冯桂芬恰为倡导洋务运动、提出"中体西用"的主张变法先驱。综合当时的报刊资料，可以得知高太痴本人是由旧知识分子转型而来的近代知识分子典型代表，他早年参加科举考试，意在仕途，后思想趋于激进，转向革命派思想并入驻《苏报》。高太痴长期浸淫上海新闻报刊业，关心了解时事，深怀政治理想抱负与追求。报刊业的兴起不仅以新闻传播的方式引领了思想文化潮流，在晚清小说的现代转型和传播中也扮演了重要的角色。上海申报馆刊行的《瀛寰琐记》于1872年刊载了我国近代第一部长篇翻译小说《昕夕闲谈》，傅兰雅的"时文"小说征文启事也在《申

---

① 洪兴全：《〈中东大战演义〉前言》，董文成、李勤学主编：《中国近代珍稀本小说·九》，春风文艺出版社1997年版，第437页。

报》刊载。高太痴常年执笔《申报》，主笔《沪报》，可以算作有直接的证据证明他接触过晚清时期最早的"新小说"萌芽，他的执笔经历以及与时事前沿的密切接触与《梦平倭奴记》的问世有着不能割裂的关联。但是具体到《梦平倭奴记》这一短篇小说上来看，它既非抨击"三弊"，也非傅兰雅要求的章回体叙事模式，小说的内容、叙事结构均与傅兰雅小说征文的要求相去甚远，至少不应完全算作傅兰雅小说征文影响下的产物，何况没有内在的自发呼应，任何影响均无法转化为现实成果。《中东大战演义》的作者洪兴全也与时事政治有着密切的联系，他的父亲洪仁玕熟知西方文化并力主通过大力发展资本主义达到富国、强国的目的，《中东大战演义》表明，洪兴全在对待西方文化的态度上与其父一脉相承，他在小说中对日本明治维新、走西方资本主义道路不吝褒扬之语，将日本的强盛归功于西化改革，"文字文理与中国大同小异""自守疆土，不与别国通商"的日本正是因为"步武西法"，国家才"由是富强"。[①] 这与其父洪仁玕在《资政新篇》提出的资本主义变革的系统理论一脉相承。高太痴是否深受《申报》和《瀛寰琐记》的直接影响并不重要，洪兴全的思想受到洪仁玕多少熏陶也与本书考察的对象没有直接关系，重要的是以上示例可以说明，在当时的大环境下，中国出现了自觉将小说与时事政治融合在一起，利用小说表达民族思想、鼓舞民族士气的知识分子，小说这种文体逐渐具备可以载"大道"并因此上升到主流文学体裁的可能。

甲午惨败以后，以《梦平倭奴记》和《中东大战演义》为代表的时事小说的出现很大程度上说明小说在创作和传播方面已经具备载救国大道和书写严肃话题的可能。小说在叙事方面具有得天独厚的优势，是记录剧变时代的社会百态与表现民族文化心理急剧变化的最佳文体。虽然甲午战争题材的时事小说已经初具政治小说的某些特点，但并不能以"政治小说"概念绳之。首先，这一时期的甲午战争题

[①] 洪兴全：《中东大战演义》，董文成、李勤学主编：《中国近代珍稀本小说·九》，春风文艺出版社1997年版，第441页。

材小说并不具备"政治小说"正式引入之后显著的目的性、预设性和理论建设性,尚缺乏作者刻意以小说参与政治、表达政见的主体能动性,未能在理性层面上使"政治"与"小说"发生刻意的联系。其次,甲午战争题材小说并未形成文学上的思潮和创作主潮,甲午战争题材的时事小说数量少、缺乏理论性、未能根本改变小说这一文类的创作走向,寥寥数篇昙花一现,小说界又恢复通俗小说独霸天下的局面。但是,这些作品又明显区别于以消遣娱乐为创作目的的传统小说,显示出一定的现实干预目的,可以视作晚清政治小说的前奏,显示出小说具有极大可能即将成为干预政治、载严肃"大道"的主流文体。

不应否认,正因为以《梦平倭奴记》和《中东大战演义》为代表的时事小说没有经历过政治小说思潮形成之后的刻意建设,才能够充分说明它的发生具有文学内部规律自发的原初语境合理性,这种合理性为之后兴起的政治小说热潮奠定了现实文化基础。《梦平倭奴记》和《中东大战演义》等时事小说的出现是政治小说思想语境和文体语境形成的重要标志,充分说明晚清的政治小说并非完全在政权或组织外力干预下产生,而是中华民族时代情感的自发书写。这里的语境合理性具体还包括小说这一文体自发与时事政治结合的可能,以及关心时事的知识分子成为政治小说的潜在作者和读者的可能性,这都显示出文学内部规律带来的自身嬗变活力。《梦平倭奴记》以文言文写成,《中东大战演义》偏向于写史的传统叙事模式,可以说这两篇小说明显带有传统小说的叙事特点,但也可以说,正是这样的传统书写方式才是作者自然情感表达的最佳选择,或者说可以视作小说自身的主动选择。语言本体论者认为,语言是人们以审美性把握世界的一种方式。在白话文尚未得到普及的当时,尤其是像当时的知识阶层,基本都是受过旧式科举应试教育的群体,《梦平倭奴记》的作者高太痴也是其中一员,对他们而言,文言小说的文体较之白话文更能游刃有余地承载作者的思想与情感。《中东大战演义》在叙事上采用更容易驾驭的写史方式,历史主义的目的是观察过去并探索未来,但洪兴全写《中东大战演义》更多着眼的是这场在当时并无史迹可循的战争本身,并尽可能地从中寻找能代表民族精神的闪光点，所以单纯的史传叙事不能满足这一需要，只能转向小说的艺术手法中寻求补充。可以说，无论《梦平倭奴记》还是《中东大战演义》都是文化根本受到冲击之后，中国文学进行的本能应对。甲午时事小说的出现，可以说明晚清政治小说的发生已经具备相应的价值认知基础和潜在的小说创作者。

第三节　甲午战争与政治小说的学术思想语境建设

仅就政治小说来谈政治小说显然不足以抵达它的本质，政治小说的发生、演变都脱离不了整个时代的学术思想体系变迁，若非如此，确定其真实的文学内涵与文学价值将存在较大的困难。甲午战争的失败使中国彻底陷入被资本主义世界瓜分的危机之中，洋务运动在物质层面的变革被证明存在理论上的漏洞，思想层面的深刻变革因而被提上日程。甲午战争是近代中国历史的一个重大转折点。清政府的不足之处开始暴露。西方列强和日本已把抢占势力范围，攫取土地进而瓜分中国摆在自己的日程上。中国知识分子开始觉醒，维新变法的呼声越来越急。中日甲午战争是晚清中国文化思想的分水岭，部分有识之士迅速从被日本战败的震惊与屈辱中醒来，理性思考洋务运动救国自强不见成效的原因，推动思想文化层面的变革，学习西方、效仿日本的维新思潮逐渐兴起。

维新变法是一场根植于传统儒学思想并全面推行西方政治文化体制的大变革，本质上是基于民族求存需要而主动向外寻求的文化学习与引入，因地理位置和文化归属的本源性等便利性原因，变法参照的样本首选就是借"脱亚入欧"强盛起来的邻国日本，"日本一小岛夷耳，能变旧法，乃能灭我琉球，侵我大国，前车之辙，可以为鉴"[①]。甲午惨败可以说是来自中华文明圈内部的崩坏，这场战争在当时很容

---

① 汤志钧编：《康有为政论集》上册，中华书局1981年版，第136页。

易被表象化为中西文化的二元较量,带来的结果便是对中华文化全方位的自我质疑和变革需求。维新变法中,维新派思想家不断引入西方现代民主主义思想,并以之为借镜,反思中国传统哲学在演变过程中出现的弊病,并试图回归中国传统儒家思想的本源重新构建全新的学术理论。遭受外来文化强势入侵形成的价值多元现状反映在学术思想上,呈现出"古为今用,洋为中用"的思想实用主义学术特点,严复、康有为、梁启超的思想是其中的代表。迅速从思想根源上找到解决现实中家国贫弱、实现强国理想是晚清学术思想建构的指向目标,贯通古今中外所有能够对接现实的思想因素是其主要外部特征,而反对封建专制、提倡民主自由则是晚清学术思想中贯穿古今中外思想的内核因素,这也为以启蒙为核心目的的政治小说的发生提供了合理的学术思想语境。

政治小说的首倡者梁启超、严复等人都是维新思想的建设者,维新宣传也是政治小说的主要题材之一。在维新运动不断倡导民权、强调国民思想提高的学术导向中,小说的启蒙和宣传功能逐渐被发掘和强化,小说本应具有的最本质审美要素几乎全部被实用功能占据。戊戌变法失败前,维新思想家已开始对小说的实用功能进行发掘,这一阶段小说受到关注的焦点在于它所具有的思想启蒙作用。戊戌变法失败之后,当对小说寄予的期待想象与日本的政治小说理想范本相遇时,便顺理成章地产生了政治小说的译介与创作高潮,并且在原本的启蒙视野下衍生出政治宣传、抨击现实、描绘未来政治蓝图、抒发政治理想等多方位的实用功能。维新派出于启蒙和思想宣传的实际需要推动了政治小说思潮的出现,但如果仅就现象论现象,难免忽略本质,也将掩盖政治小说发生的复杂背景因素,造成对政治小说理解的偏颇和研究上的不求甚解,要探明其深层思想根源,当继续回到晚清的学术思想中探寻文学思想的变迁脉络。"窃惟古来世运之明晦,人才之盛衰,其表在政,其理在学。"[①] 作为洋务运动的中坚人物,

---

① (清)张之洞:《劝学篇》,上海书店出版社2002年版,"序"第1页。

张之洞的"学"具体指对知识的追求与吸收，停留在学习西方科学技术的层面，并没有深入深层学术内里，所以张之洞《劝学篇》的实质是用不变根本（不设议员，不改革司法政治体制，不解决关税问题）的变法方案抵制深刻的政治变革要求。这引起维新思想家的强烈反对，他们将"学"升华为学术思想，以学术思想建设为晚清社会的全面转型提供了理论支撑。具体到政治小说的发生，不仅有其时代政治背景，也根植于当时新兴起的学术话语之中，学术建设为政治小说的发生提供了哲学依据和学理基础。严复的群学民主论、康有为的今文学思想和梁启超的新民思想是其中的代表性学术话语，决定了政治小说发生的民众启蒙基调。以严复、康有为和梁启超为代表的晚清维新思想家在民主、民权思想方面的建树推动了晚清文学思想向实用主义转型，也构建了政治小说发生的学术语境。

严复以张民权为核心思想的群学论为晚清政治小说的发生提供了启蒙的学术思想语境。严复十四岁考入船政学堂，多次赴英法等国学习考察，任北洋水师总教习多年，是洋务运动的见证者，也是甲午战争惨败的亲历者，他对洋务运动失败的原因做出深刻思考，认为必须建立与西方现代科学相匹配的学术思想才能让中国摆脱被侵略的命运，因此他积极译介西方文化。毛泽东评价他"代表了在中国共产党出世以前向西方寻找真理的一派人物"。[①] 严复通过对西方文化的接触与了解，敏锐察觉到"中体西用"理论中存在的缺乏理论支撑、简化和曲解西方文化的思想漏洞，所以他尽毕生精力译书，介绍西方资产阶级民主与科学的哲学思想，给变局中的中国文化注入全新的学术因子。关于甲午战争的失败，严复将原因归之于"人"的愚弱，"由是而观，吾中国今日之民，其力、智、德三者固何如乎？往者日本以寥寥数舰之舟师，区区数万之人众，一战而夺我最亲之藩属，再战而陪都动摇，三战而夺我最坚之海口，四战而威海之海军燼矣……

---

① 王栻：《〈严复集〉编后记》，王栻主编：《严复集》第五册，中华书局1986年版，第1577页。

当此之时，天子非不赫然震怒也。思改弦而更张之，乃内之则殿阁枢府，以至六部九卿，外之则洎廿四行省之疆吏，旁皇咨求，卒无一人焉足以胜御侮折冲之任者"①。甲午战争的失败也间接验证了洋务运动存在的理论漏洞，暴露出洋务运动"中体西用"理论存在的文化不匹配弊端，激发严复沉潜进中西哲学构建变局中的学术思想。北洋水师在战场上的溃败令严复陷入"要和则强敌不肯，要战则臣下无能"②的愤慨中，1894 年严复在给陈宝琛的信中不无激愤地指出战场上的溃败与洋务运动存在的问题之间的联系皆为"人"的问题，"诸公素与洋务若风马牛，又不求洋务真才，言借债则洋人不信，募将则任否不知……□□之论固矣，但不知有人焉，虽才足办此，其所为祇以自固位，于国之休戚，秦越肥瘠，则又何觯耶？"③ 在给长子的信中再次提到"人"的道德沦丧带给对国家的危害："中国今日之事，正坐平日学问之非，与士大夫心术之坏，由今之道，无变今之俗，虽管、葛复生，亦无能为力也。"④ 如果说此时的严复和当时的主流舆论一样，将"人"的问题聚焦于士大夫知识阶层，那么很快，民众有待启蒙等问题便走进严复的学术视野，包括最底层百姓的"人"以民权思想的形式走进严复的学术视野。但是在晚清的文化环境之下，这个"人"只能是政治范畴下的人，即国民，是构成中国社会的最小分子，尚无法如"五四"新文学那样深入个体的精神内部。严复看到了"中体西用"理论中作为学术建设的"体"与西方科学技术的"用"之间存在的理论断裂，主张引进西方自由民主思想来取代中国的传统哲学思想。但是，需要注意的是，严复提倡的"自由民主"和西方现代自由民主存在本质上的区别。严复提倡的自由民主是基于家国社会需要的对个体的塑造，而以文艺复兴为发端的西方现代民主思想成立的出发点是对个体精神的解放与提倡，卢梭的

---

① 严复：《原强修订稿》，王栻主编：《严复集》第一册，中华书局 1986 年版，第 19 页。
② 孙应祥：《严复年谱》，福建人民出版社 2003 年版，第 71 页。
③ 孙应祥：《严复年谱》，福建人民出版社 2003 年版，第 69 页。
④ 孙应祥：《严复年谱》，福建人民出版社 2003 年版，第 71 页。

《社会契约论》、大卫·休谟的《人性论》、弗洛伊德的《自我、本我与他我》，包括严复翻译的亚当·斯密的经济学理论等构建西方自由民主思想的代表性学术思想无一不是基于对自然人性的认同，而严复提倡的自由民主的思想出发点与西方现代思想恰恰相反，是建立在家国民族的时代需要之上，这就决定了严复学术思想的出发点依然根植于中国传统儒家哲学思想，是根植于儒家哲学思想对西方民主思想的译介输入。这一点从严复的译著中可以得到佐证，严复的翻译并非循规蹈矩的原文引入，而是边翻译边加入自己的注解，加了注解的西方思想翻译正是严复学术思想的直观呈现。严复是晚清时期最早系统阐释群学思想、介绍西方民主思想、主张开民权的学者。如果说"洋务运动"的学理基础是"中学为体，西学为用"，那么严复的学术思想则是在此基础上的批判性深入，可以抽象概括为"中学为体，自由民主为用"。在严复的学术体系中，以强民富民为目标的启蒙国民、开启民智思想顺理成章地成为重要的理论构成，成为政治小说发生的重要学术背景。

不能忽略的是，严复并非毫无选择地吸收介绍西方现代民主理论，而是针对晚清中国的现实弊端有选择地翻译西方现代民主哲学思想和以西方近代哲学互为表里的实学，如计学、名学、群学、天学、地学、史学、理学等。严复将这些理论融入中国的社会现实中进行阐释，以西方文化为借镜，从学理层面剖析造成中国贫弱的根源。如前所述，严复的民权思想有着不易察觉的儒学底蕴，他在译介的过程中不断将中西哲学思想进行比较，给西方民主思想加上带有东方哲学渊源的注解，在中国传统哲学思想中探寻中西文化的深层联系与区别，力图贯通儒家学说中的民权思想与西方现代民主思想之间的学理通道，而不是简单粗暴地将中西文化进行浅表嫁接或使之二元对立化。"往者尝见以僧徒之滥恶而訾释迦，今吾亦窃以士大夫之不肖而訾周孔，以为其教何入人心浅也。惟其入人心之浅……何则？中国名为用儒术者，三千年于兹矣，乃徒成就此相攻、相感、不相得之民，一旦外患忽至，则糜烂废瘵不相保持。其究也，且无以自存，无以遗种，则其到奚贵焉？然此特鄙人发愤之过言，而非事理之真实。子曰：'人能宏道，非道宏人。'儒术之不行，固自秦以来，愚民之治负之也。"①

由此可见，严复抨击的并非儒学，而是中国封建传统思想文化中歪曲儒家思想、禁锢国民思想等阻碍民族进步与发展，导致国家贫弱的部分，尤其针对封建专制君权和儒家文化被僵化与庸俗化之后对个体发展的限制与禁锢进行激烈的批判。他的核心思想是通过政治体制的变革和国民整体能力素养的提高来达到强国的目的，从而摆脱被列强瓜分的命运，实现强国理想。严复的翻译和文论给晚清中国的学术思想注入新的活力，他系统性译介阐释资产阶级民主与科学的思想，改变了晚清的学术走向。严复从"学"与"术"之间的关系角度阐述"学术"的概念及内涵，对洋务运动中"学"与"术"脱节，物质层面的变革与思想哲学理论支撑脱节的情况进行纠偏，试图向文化深处寻求振衰起弊的途径，具体理论构建就是以民权理论为核心的群学。严复的群学思想是晚清政治小说发生的学术思想背景，和康有为的今文学儒学新民主思想以及梁启超的"新民论"共同奠定了政治小说的启蒙理论基调。

1895 年，严复译成《天演论》，第一时间将赫胥黎的进化论思想译介到国内，对千百年来占据统治地位的复古论思想造成根本性冲击，使进化论的思想逐渐取代了复古论。严复以达尔文生物进化论思想为立论依据，阐发政治进步的合理性与必要性，奠定了"民权论"的学术思想基础。继翻译《天演论》之后，严复 1896 年在《直报》等报刊发表《论世变之亟》《原强》《救亡决论》等文章，抨击封建专制统治，提出"民权论"，主张建立国民国家取代封建君权专制政体。严复援引西方的政治生态，指出晚清中国民权缺失、民力薄弱，民德、民智衰退带来整个社会道德沦丧、国家贫弱的严重后果。严复在《原强》等系列文论中论述个体与社会、民与国之间的关系，提出张民权、启民智等主张。他提出，百姓是构成社会的根本要素，一

---

① 严复：《原强》，王栻主编：《严复集》第一册，中华书局1986年版，第14页。

国之民贫弱则国家必然贫弱，强国之本在于强民，"是故国之强弱贫富治乱者，其民力、民智、民德三者之征验也"①。又说"贫民无富国，弱民无强国，乱民无治国"②。严复的强国思想得以实现的重要途径就是改变国民的愚弱，具体方法是普及对百姓的启蒙教育，提高国民的道德修养。"盖古今谋国救时之道，其所轻重缓急者，综而论之，不外标、本两言而已。标者，在乎理财、经武、择交、善邻之间；本者，存夫立政、养才、风俗、人心之际。势亟，则不能不先事其标；势缓，则可以深维其本。"③ 在严复看来，坚船利炮在国家政体的进步中乃浮于表象的"标"，力学、治学、数学等实学固然重要，也依然是耽于实用主义的表层之"标"，唯有改变政治体制、培养符合时代需要的人才、涵养风俗、改变国民的落后思想才是带给国家光明前途的"本"。其中，变风俗、易民心尤为根本，"故非为天地人三学，则无以尽事理之悠久博大与蕃变也，而三者之中，则人学为尤急切，何则？所谓群者，固积人而成者"④。所谓"人学"，严复一析为二，分别是生学与心学。关于心学，严复做了详细阐释，指的"知行感应之秘机"，也就是个体的人作为"国民"所应具备的道德素养和知识能力，即民心。只有"一身之内，形神相资"⑤，方能"一群之中，力德相备"⑥。严复认为，对百姓进行启蒙教育，改变百姓思想落后的状态是强国之根本。

　　严复以强民思想为核心的群学论为政治小说思潮的兴起构筑了启蒙民众和批判现实弊病的"破"与"立"相辅相成的学术思想语境和学理依据，在学理上促成以政治小说为萌蘖的晚清小说现代转型，为改变中国传统小说的走向提供了理论支撑。在强民思想基础上，严

---

① 严复：《原强修订稿》，王栻主编：《严复集》第一册，中华书局1986年版，第25页。
② 严复：《原强修订稿》，王栻主编：《严复集》第一册，中华书局1986年版，第25页。
③ 严复：《拟上皇帝书》（1898），王栻主编：《严复集》第一册，中华书局1986年版，第65页。
④ 严复：《原强》，王栻主编：《严复集》第一册，中华书局1986年版，第7页。
⑤ 严复：《原强修订稿》，王栻主编：《严复集》第一册，中华书局1986年版，第17页。
⑥ 严复：《原强修订稿》，王栻主编：《严复集》第一册，中华书局1986年版，第17页。

复对接中国现实，抨击科举制度对人才的禁锢，提倡现代学校教育，批评封建文化对女性的摧残，倡导兴女学，呼吁禁鸦片、废缠足等，这些主张无一不成为后来政治小说的主要题材。严复虽未曾进行小说的创作，却在对民众思想的关切中有意无意中将视线转向小说，他看到传统小说对世道人心的荼毒，"中国史传之不足信久矣，演义流布，尤为惑世诬民"[1]。这或许便是《〈国闻报〉本馆附印说部缘起》诞生的最初思想依据。1897 年，严复携手夏曾佑发表《〈国闻报〉本馆附印说部缘起》，聚焦小说的启蒙功能，成为晚清中国政治小说理论振聋发聩的先声，为随后政治小说的正式登场奠定了理论基础。

　　康有为和梁启超是晚清政治小说学术思想语境的另外两位主要构建者。严谨说来，康有为和梁启超的学术思想有很大的分歧，但本书的核心问题并非论证二者的学术话语体系之间的异同点，而是要在他们的学术体系中辨析出推动政治小说发生的早期民主主义学术话语，在这一点上，二者的学术思想趋于同构。康有为托古改制的今文学思想实际上是将儒家思想与符合晚清现实需要的西方民主主义因子相结合，梁启超师承康有为的托古改制思想，但是对西方思想文化的态度更为开放与包容，戊戌变法失败之后，逐渐形成自己的新民思想理论体系。二者在早期民主思想构建上基本一脉相承，抑或说，梁启超正是在康有为今文学思想的基础上构建了自己的学术话语体系。将二者结合进行分析探源，能更客观地呈现他们的学术话语体系如何推动文学思想的变革，促进政治小说的诞生。同严复一样，康有为和梁启超的学术思想建设急切地需要对接晚清中国的现实，从逻辑路径上也属于实用主义学术理路。他们同样认识到洋务运动治标不治本的问题，认为变法强国的本原问题在于"人"。这个"人"包括能兴国强国的人才和构成国家力量整体总和的全体国民，他们发现停留在对西方现代技术等实学层面的学习远不如从思想根源扭转中国的落后状态更彻

---

[1] 严复：《救亡决论》，王栻主编：《严复集》第一册，中华书局1986年版，第47页。

底有效,"凡一国之强弱兴废,全系乎国民之智识与能力,而智识能力之进退增减,全系乎国民之思想"①。康有为和梁启超构建的民主主义思想体系,其目的就是要从思想根源上解决中国的贫弱状态,这一体系的构成框架是中国的儒学思想,归根结底采用的是"儒学为体,西方民主为用"的中西融合与古今汇通思想路径。

康有为和梁启超围绕"人"为核心构建社会变革思想体系,他们吸收借鉴了严复译介的进化论思想,又将自己所理解的西方现代科学与民主糅杂融合,将它们全部代入儒家思想体系框架中,演绎出一套朴素的历史进化论思想体系,为解决现实问题提供了能够直接与之对接的学理依据。这一套理论中的民主主义民权思想为政治小说的发生提供了启蒙论学理基础,具有浓重空想社会主义色彩的大同思想奠定了政治小说中乐观架空的乌托邦想象基调。在康、梁的今文学学术思想中,中国的君权专制只是通向自由民主的一个阶段,人的自由与解放才是终极落脚点。与严复在儒学思想底蕴之下致力于译介整合西方学术思想,以西方现代民主思想为理论依托倡导富民强民的民权思想不同,康有为和梁启超是晚清新"经世致用"学派的代表。严复的思想有着儒家思想的底蕴,他努力破除洋务运动"中体西用"指导思想存在的理论缺失问题,将西方现代民主思想与中国传统儒家文化的精髓相联系,希望用"中学为体,自由民主为用"的群学思想理论取代"中学为体,西学为用"的洋务派口号。如果说严复在译介西方思想时无意识地由西学回归儒学根源,康有为和梁启超则对儒家思想有着更加本源、更加主体性的认同,他们的变革思想始终是以儒家思想为框架和逻辑起点的,始于儒学、终于儒学。严复的思想对康有为和梁启超影响至深,但二者对待西学民主思想的理解在途径上又有所差异:"实则启超生平最恶引中国古事以证西政,谓彼之所长,皆我所有……然又有疑者,先生谓黄种之所以衰,虽千因万缘,皆可归狱于君主,此诚悬之日月不刊之言矣,顾以为中国历代无民

---

① 梁启超:《论支那宗教改革》(1899),《梁启超全集》第二卷,北京出版社1999年版,第263页。

主，而西国有之，启超颇不喟然。西史谓民主之局，起于希腊、罗马，启超以为彼之世非民主也。若以彼为民主也，则中国古时亦可谓有民主也。《春秋》之言治也有三世：曰据乱，曰升平，曰太平。启超常谓据乱之世则多君为政，升平之世则一君为政，太平之世则民为政。"①梁启超借用了严复的进化论思想来阐释以中国传统儒学融合西方哲学思想的可能性。

概括说来，康有为和梁启超是通过对儒家学说中的民主思想进行重新阐释，使之涵纳西方现代民主思想，并在此基础上推动现实层面的变法主张。同样阐释"人"的问题，康有为和梁启超的学术思想依据是儒学中"仁"的思想，主张在对儒学流脉的发展辨析中重新释义孔子的仁学思想，并以之作为解决晚清国家衰微、推进变法改革和融会西方民主思想的哲学依据。按照康有为的学术释义，造成中国贫弱落后的思想根源是自汉代以后兴起的理学偏离了孔子的儒学根本，故成为造成晚清时期种种社会弊病的根源。如唯君权是尊的思想造成君主专制和对民权、民智的压制，过分夸大礼仪的宋代理学压抑个体个性的发展，排斥异己的思想造成社会整体道德的沦丧和求真务实思想的缺失，表现为现实中的官场营私舞弊、唯私是图等，而理学中一味尊古的考据倾向又对社会探索未来的精神形成阻碍，造成普遍的故步自封与不求进步等。康有为和梁启超对汉代以来的理学思想批判和对仁学思想的释义，其核心本质是在儒学思想中辨析中国传统思想中的民主主义流脉，并对接晚清中国的现实，达到强民强国的目的。他们认为，从孔子的"仁者爱人"到孟子的"君为轻，民为重"，均是中国最早的民主主义思想，他们尤其通过探源隆重推出《公羊传》，将其释义为孔子民主主义及进化思想的集大成。虽然康有为和梁启超有急功近利塑造孔子现代形象的草率之处，在学术内容上也不乏经不起严谨推敲的疏漏，但在学术理路上开辟出一条新的哲学路径，赋予儒学思想与现实对接的理论活力，这一点是不容抹杀

---

① 梁启超：《与严又陵先生书》（1896），《梁启超全集》第一卷，北京出版社1999年版，第71页。

的。康有为通过对"仁"的思想探源和现代释义与晚清现实对接并据此打通古今中外学术脉络,"孔子之教,其宗旨在仁,故《论语》有'依于仁'一条。《吕氏春秋》曰孔子贵仁……孟子谓:人者,仁也。此解最直截通达……仁之极,所谓平等者,此也……平等无争,而天下一统矣,仁之极也……外国之强,全在能仁,中国一自私自利之天下,故弱至今日"①。康有为这段话的学理构建方式在他的整个思想话语体系中极具代表性,他对儒学源头辨析的最终目的是打通传统儒学与晚清中国现实以及西方文化之间的壁垒,为中国的现代资本主义民主变革提供学术思想依据。梁启超虽然对康有为儒学源头考证不够严谨、牵强附会"纬"书以及将儒学神秘化为"儒教"等偏离学术求真求实轨道的做法颇有异议,但认同并承袭了康有为今文学思想中的国家思想与世界大同思想。梁启超将孔子的仁学思想精华按照民族的现实需要归纳为五点,分别为:进化主义、平等主义、兼善主义、强力主义、博包主义。梁启超的五大主义同样为了在理论上贯通中西学术和古今思想,他的平等、包容、自由论说为提倡民权、改造国民思想提供了理论依据。在康有为和梁启超的学术体系中,中国积弱积贫的本源是"人"的问题,人才缺失、官场营私舞弊、政令不通、国民思想落后等弊病的根源皆要回归"人"的本源去解决。因此他们在此基础上不仅提出开民智、变科举等现实民主主义变革举措,还构建了一套不无空想社会主义色彩的"大同"理论,大同世界的至高境界便是实现人与人之间物质和精神的终极自由与平等。虽然在今天看来,大同思想在学术构建上缺乏严谨扎实的治学方法,存在浓重的乌托邦色彩,但它在学理构建方式上具有的创新价值和为当时现实社会拓宽思想视野方面依然具有重要意义。

回归晚清社会当时,康有为和梁启超以"人"为核心的民权思想极具现实进步意义,在戊戌变法之前,他们依托自己的理论全力以赴推行变法,企图像日本那样通过政治权力的强势干预推行现实改

---

① 康有为:《南海师承记》卷一,姜义华、张荣华编:《康有为全集》第二集,中国人民大学出版社2007年版,第227—228页。

革。其中关于民主主义思想下的"人"的问题，落实到物质现实层面即为人才培养和提高国民思想素质，具体措施为兴办学校和通过译介日本书籍间接输入西方文化。"变法之本，在育人才；人才之兴，在开学校；学校之立，在变科举；而一切要其大成，在变官制。"①康有为则主张通过引进日本书籍提高国民素质，"迩者购铁舰枪炮筑营垒以万万计，而挫于区区之日本，公卿士夫恐惧震动，几不成国。若夫一铁舰之费，数百万矣，一克虏伯炮之微费，数万金矣。夫以数万金可译书以开四万万人之智，以为百度之本自强之谋而不为，而徒为购一二炮以为赍敌藉寇之资，其为智愚何如也？呜呼！日人之祸，吾自戊子上书言之，曲突徙薪，不达而归，欲结会以译日书久矣，而力薄不能成也。呜呼！使吾会成，日书尽译，上之公卿，散之天下，岂有割台之事乎？"②康有为认为，变革人才培养模式，建立新型现代学校教育是培养人才的最有效模式，而对于"数万万人"之众的国民，要想开民智，改变思想落后的状态，只有寻找行之有效的普及教化方式，译书，包括翻译小说便是他提出的具体举措。

比起在小说理论和小说译介创作实践方面，康有为在晚清文学的现代转型中起到的作用是更深层次的学术建设，包括学术思想内容和学术理路构建。"故《六经》不能教，当以小说教之；正史不能入，当以小说入之；语录不能谕，当以小说谕之；律例不能治，当以小说治之。"③如此一来，康有为在《日本书目志》中对小说寄予这样的厚望也就不难理解了。他的历史进化论学术思想在后来兴起的政治小说中流布广泛，以最快速解决物质层面问题为目的的实用主义学术理路则体现在政治小说无所不能的包容性上。戊戌变法失败之前，在类似的学术思想模式指导下，梁启超同样瞩目小说具有的强大教化功

---

① 梁启超：《论变法不知本原之害》（1896），《梁启超全集》第一卷，北京出版社1999年版，第15页。
② 康有为：《〈日本书目志〉自序》，姜义华、张荣华编：《康有为全集》第三集，中国人民大学出版社2007年版，第264页。
③ 姜义华、张荣华编：《康有为全集》第三集，中国人民大学出版社2007年版，第522页。

能，提出将小说列入蒙学必读书目，用来启蒙幼童，教化民众。戊戌变法失败以后，结束了短暂"居庙堂之上"推广自己的思想理论的便利，他们只能暂避"江湖之远"，失去了统治上层的权力护航，只有退居民众之中重新寻求政治变革的根基与力量，变"自上而下"的变法运动为"自下而上"的变革宣传，对"人"的关心随之从人才培养下移到更广泛的新民启蒙，当接触到日本的政治小说之时，这一与自己政治理想和学术思想高度匹配的新文学形式迅速被借鉴，成为维新派的宣传武器。

综上所述，以严复、康有为和梁启超为代表的维新思想家发现了"人"在家国社会中的重要意义，但是这个"人"不同于西方近代民主思想中以人的自然天性为出发点的自由主义思想下的个体，而是符合晚清中国振衰起敝、强国保种需要的，以家国民族利益为出发点的"国民"，是以公共价值为基盘的个人。尽管在具体认知上存在差异，但他们一致认为，个体的自然天性必须服从于社会现实需要的道德伦理，个体价值服从于公共价值，亦即基于符合民族生存需要的道德伦理规范下的国民，儒学思想、西方现代民主主义均成为围绕这一核心的思想源泉。"儒学为体，西方民主主义为用"这一贯通中西、融汇古今的学术理路为传统文学思想的变革提供了合理的学术思想语境，小说无所不包的特性使之在实用主义学理规范下极易迅速转向实用主义。当梁启超在逃亡日本的途中第一次邂逅《佳人奇遇》，便迅速视为知音，而当他发出政治小说的号召时，旋即引起"振臂一呼、靡然从之"的广泛共鸣也就顺理成章了。再往深处究之，日本的政治小说发起者恰恰也是有着儒学学术渊源的民权派中坚力量，这绝不能视作一种简单的巧合，这一问题具体将在后面几章的文本细读与分析中展开。在这样的学术思想背景之下，通过批判社会积弊唤醒国民、依靠宣传西方民主与科学教化国民、采用描画未来蓝图的方式鼓荡国民志气……都成为后来政治小说的内容主旨。当资产阶级革命思想兴起之后，政治小说的内容和主旨自然也逐渐包含了维新思想和革命思想的论战。政治小说的文学特质从根源上与晚清学者构建的学术思想语境密不可分。

第四节　赴日热潮与晚清政治小说的传播语境形成

晚清文人和政客对明治维新成功转型后的日本的关注、日本政客积极推动中国变法的"亚细亚主义"思想和相关行动，以及清廷官员对派遣赴日留学生的积极推动，是促成晚清赴日热潮的主要原因。蕞尔小国日本因甲午战争走进晚清学人的视野，百日维新中维新派对日本的大力宣传也让学习日本成为众多晚清国人的共识。

沿甲午战争这一节点向前追溯，自19世纪中期遭受西方威胁以来，便有部分日本政客和思想家积极推行中日联合的亚洲一体化政策，即所谓"亚细亚主义"。在这一主张之下，19世纪七八十年代陆续成立了兴亚社会团体"振亚社"（1878年）、"兴亚会"（1880年成立，1883年更名为"亚细亚协会"）、"东邦协会"、"东亚同文会"等组织。这些半官半民的"亚细亚主义"团体在中国兴办报纸、开办学馆，增进了晚清国人对日本的了解，并通过与维新派、革命派和清廷洋务派官员的往来直接或间接促进了赴日热潮的兴起。尤其值得注意的是这些团体与晚清政治小说之间的关系。这些团体成员中不乏明治和晚清的政治小说家，如亚细亚协会在上海成立的"东洋学馆"，馆长便是《雪中梅》的作者末广铁肠，政治小说家尾崎行雄是东邦协会的会员，梁启超和罗普等人曾加入东亚同文会。[①] 日本首相伊藤博文、大隈重信也都曾是"亚细亚主义"的支持者，他们对晚清的维新变法予以关注与支持，戊戌变法失败后帮助梁启超等人逃往日本，维新派逃亡日本之后主要依托东邦协会进行活动。以上均为甲午战败后的晚清赴日热潮奠定了基础。晚清洋务派官员张之洞、刘坤一等也与东亚同文会会员有所往来，张之洞也是明确主张派遣留日学生的晚清官员，他提出："出洋一年胜于读西书五年……至游学之

[①] 王屏：《近代日本的亚细亚主义》，商务印书馆2004年版，第59—69页。

国，西洋不如东洋，一、路近省费，可多遣。一、去华近，易考察。一、东文近于中文，易通晓。一、西学甚繁，凡西学不切要者东人已删节而酌改之。中、东情势风俗相近，易仿行，事半功倍，无过于此。"① 另外，在中日交流相对频繁的变革时期，康有为等维新改革派以及张之洞等在朝当权派均力陈主张派遣留日学生。这三大力量成为掀起晚清遍及官方与民间的赴日热潮的直接推手。

晚清时期的赴日热潮为政治小说的发生提供了数量庞大的译作者和读者群，此外，他们还身体力行构建了最直接的传播语境。从人员构成和赴日途径可将晚清赴日人员分为三类：①晚清政府派出的赴日使臣；②躲避政治迫害流亡日本的进步人士；③赴日留学生，其中后两类赴日人员是早期译介、创作政治小说的主力军。另外，他们在政治小说的阅读推广上也功不可没，是推动政治小说传播语境形成的主体。

最先发现小说在日本具有启蒙功能的是赴日使团的官员，他们具有得天独厚的优越条件便于近距离接触、观察日本社会。出使日本的晚清官员最早感受到小说在日本受到的重视，黄遵宪率先提出小说启蒙论。1877—1898年，清政府派出何如璋等九批使臣出使日本，但是在甲午战争发生之前，清政府对日本既没有系统的官方研究，也缺少必要的了解与重视。驻日使臣看到日本明治维新后社会发生的巨大变化，自发地将这些旅日见闻记录下来带回国内，成为晚清中国了解日本的第一手资料，当甲午战争发生之后，这些资料也得到了前所未有的重视。从目前保存的资料来看，当时何如璋、黎庶昌等人都曾将汉诗当作外交手段使用过，这一现象反向说明小说在当时依然是被主流文学排除在外的文体。在国力上，晚清几任使臣虽然看到日本维新变法带来的社会进步，却依然做出"揣日本今日之势，固万万不能胜我也"② 的轻率判断，所以，晚清官方文化整体上依然延续了之前的大

---

① （清）张之洞：《劝学篇》，上海书店出版社2002年版，第38—39页。
② 《与总署总办论朝鲜事及日本国情书》，《茶阳三家文钞》卷2，第12—14页，转引自戴东阳《晚清驻日使团与甲午战前的中日关系（1876—1894）》，社会科学文献出版社2012年版，第381页。

国优越感,对包括日本文学在内的日本文化持忽略态度,加之对小说这种文体固有的轻视,虽然这期间正值日本政治小说盛行,却并未引起这些在日晚清官员的关注。这其中也有例外,黄遵宪即是其中最早关注明治政治小说的官员。

可以说,黄遵宪是晚清官方使团中最早期的对日研究专家,他不仅全面记录了日本社会的发展变化,还试图探索给日本社会各领域带来巨大发展的推动力究竟是什么,在这个过程中,他发现小说的白话文体具备启蒙优势,在儿童启蒙教育方面意义非凡,"数岁小儿学语之后,能读假字,即能看小说家作书,甚便也"[①]。另外,黄遵宪还强调言文合一的白话体小说在日本民众的知识普及中发挥的重要作用,具有其他文类无可比拟的优势。但是,必须对小说的题材予以甄别,内容不合时宜的传统小说也存在弊端。"若稗官小说,如古之《荣华物语》《源语》《势语》之类,已传播众口,而小说家簧鼓其说,更设为神仙佛鬼奇诞之辞,狐犬物异怪异之辞,男女思恋媟亵之辞,以耸人耳目。故日本小说家言,充溢于世,而士大夫间亦用其体,以述往迹,纪异闻。"[②] 黄遵宪指出,小说若想在启蒙方面发挥更大的作用,除了发挥白话文体易于传播的优势,还必须进行内容上的除旧布新。也就是说,小说可以应用于启蒙,但必须具备两大前提条件:一是言文合一;二是对小说内容的把控与筛选。后来黄遵宪又身体力行推行白话文文体革命,这些努力都在实际上起到着力扫除晚清政治小说推广普及中的文体障碍的作用。黄遵宪的小说启蒙论对康有为和梁启超产生了极大的影响,梁启超早期的小说启蒙论几乎是黄遵宪理论的翻版。

黄遵宪撰写的《日本国志》后来成为康有为为推动维新变法写成的《日本变政考》的重要参考资料。梁启超在为《日本国志》执笔的后序中曾写道:"中国人寡知日本者也,黄子公度撰《日本国志》,梁启超读之,欣怿咏叹黄子,乃今知日本,乃今知日本之所以

---

① (清)黄遵宪:《日本国志》下卷,天津人民出版社2005年版,第808页。
② (清)黄遵宪:《日本国志》下卷,天津人民出版社2005年版,第807—808页。

强，赖黄子也。又憝愤责黄子曰：乃今知中国，知中国之所以弱，在黄子成书十年，久谦让不流通，令中国人寡知烧本，不鉴不备，不患不悚，以至今日也。"① 黄遵宪关于日本的论述和理解对康梁维新理论影响至深，康有为和梁启超在全面介绍日本的政治文化时，继承并进一步推进了黄遵宪的小说启蒙论。梁启超继续推动利用小说进行儿童启蒙教育的理论，将小说和识字书、文法书、歌诀书等六种启蒙读物并列为儿童启蒙的必读书目。梁启超的小说启蒙论是黄遵宪理论的延续，重点强调白话小说文言合一的特点易于理解与传播，"日本创伊吕波等四十六字母，别以平假名、片假名，操其土语以辅汉文，故识字读书阅报之人日多焉，今即未能如是，但使专用今之俗语，有音有字者以著一书，则解者必多，而读者当亦愈夥"②。梁启超之所以强调白话文体的传播优势，目的同样在于启蒙。"古人文字与语言合，今人文字与语言离，其利病既缕言之矣。今人出话，皆用今语。而下笔必效古言，故妇孺农氓，靡不以读书为难事。而《水浒》《三国》《红楼》之类，读者反多于六经，寓西华人亦读《三国演义》最多，以其易解也。"③ 强调小说的白话文文体易于被"妇孺农氓"，即文化水平较低的百姓所接受，梁启超这种关于小说的论说俨然黄遵宪小说启蒙论的翻版。同黄遵宪一样，梁启超也将小说的内容单独剥离出来，并进一步提出对小说的内容进行规范限制，要求摒弃诲淫诲盗等内容，以教化内容取而代之。康有为同样强调小说教化民众、移风易俗的实用功能，由他编纂的《日本书目志》中已列入《雪中梅》等日本具有代表性的政治小说。戊戌变法伊始，康有为和梁启超已经计划学习日本小说，利用小说容易理解和传播的特性进行儿童启蒙和社会风气变革，这既是小说逐渐被有意推向政治用途的肇始，也是赴日晚清文人关注、译介日本政治小说的前奏。

---

① 梁启超：《〈日本国志〉后序》，《梁启超全集》第一卷，北京出版社1999年版，第126页。
② 梁启超：《论幼学》（1896），《梁启超全集》第一卷，北京出版社1999年版，第39页。
③ 梁启超：《论幼学》（1896），《梁启超全集》第一卷，北京出版社1999年版，第39页。

百日维新失败之后,以康有为、梁启超为代表的部分维新派人士流亡日本,他们身体力行促成晚清政治小说的发生。流亡日本的晚清政治家根据政治宗旨可分为革命派和维新派,虽然政治主张不同,但他们都视政治小说为政治宣传的重要手段,在政治小说的发生、发展过程中起到领航者和中流砥柱的作用。甲午战争、戊戌变法失败之后,康有为、梁启超、罗普等维新派人士流亡日本,他们成为明治政治小说的首批译介者并开了本土政治小说的创作先河。早在赴日之前,为推动维新变法,康有为和梁启超曾极力提倡翻译日本书籍。康有为编写的《日本书目志》和《日本变政考》中均渲染翻译日本小说的重要性,主张翻译日本小说启蒙幼童和民众。深受康有为和黄遵宪的影响,梁启超也一直把小说视作启蒙宣传的重要手段,所以当戊戌变法失败之后,梁启超的政治理想实现途径转向"新民"时,小说极其自然地成为其主动选择的宣传工具。日本小说的普及令梁启超深有感触,以梁启超为首的赴日维新人士呼吁利用小说进行新民启蒙和政治宣传,并在言论相对脱离清政府严厉管控的日本积极兴办报纸,首辟政治小说和小说理论专栏,宣传新思想,为政治小说的兴起整备了传播手段,推动了理论建设。流亡日本的梁启超是推动政治小说发生的旗手,他做出的突出贡献主要表现在三个方面:①政治小说的理论建设;②创办报刊等传播途径建设;③译介与创作实践建设。

梁启超早期秉承小说启蒙论和实用主义文学观,主张利用小说进行幼童和平民启蒙。流亡日本后,梁启超由维新变法宣传的主将退居民间,思想上也转向启蒙国民思想的新民论,日本刚刚退潮的政治小说热与他这一时期的政治理想以及之前的文学观念高度匹配。1898年12月,梁启超等人在日本横滨创办以"激发国民正气,增长国人学识"[①]为宗旨的《清议报》,1902年2月又在横滨创办《新民报》和《新小说》,这三份报刊刊载了大量政治小说的译介作品和原创作品,为政治小说的发起和传播作出巨大的推动。《清议报》首辟政治

---

① 梁启超:《清议报》第一期叙例,《梁启超全集》第一卷,北京出版社1999年版,第168页。

小说专栏，连载《佳人奇遇》并发表《译印政治小说序》，成为晚清小说改革的重要理论发端。《新民报》则秉持了小说革新的宗旨，刊载了《劫灰梦传奇》《新罗马传奇》《殖民伟绩》《十五小豪杰》等著译政治小说。《新小说》自不必说，作为晚清时期第一份小说专刊，也是推动晚清小说现代转型的重镇。

《清议报》第一期发表了梁启超撰写的《译印政治小说序》，第二年又发表《饮冰室自由书（一则）》，这两篇文章是政治小说的理论先驱，对政治小说的基本概念和内涵做出框架规范，提出"小说为国民之魂"的理论，主张用小说重塑晚清中国的伦理道德意识，"政治小说"这一概念自此正式从日本移入晚清中国。在《清议报一百册祝辞并论报馆之责任及本馆之经历》一文中，梁启超明确指出《清议报》不同于以往报纸的主要特点就是变"一党之报"为"一国之报"，具体的创新举措之一便是增加了政治小说，"有政治小说，佳人奇遇，经国美谈等以稗官之异才，写政界之大势，美人芳草，别有会心，铁血舌坛，几多健者，一读击节，每移我情，千金国门，谁无同好……凡兹诸端，皆我《清议报》之有特异于群报者"[①]。在这篇文章里，梁启超不仅阐明政治小说专栏在报业界属于创新之举，更将政治小说的地位抬高到与谭嗣同、章太炎的哲学思想及《社会进化论》《过渡时代论》等政论文章同等重要的文学地位，一改之前正统知识分子对小说持有的偏见。《清议报》的四大宗旨为"倡民权、衍哲理、明朝局、厉国耻"[②]，这也是政治小说围绕的四大核心命题。也就是说，政治小说在诞生之初便从理论上对读者和写作目的都做了明确的预设，小说不再是为百姓的娱乐而存在，而是要"广民智、振民气"，唤起中国国民的爱国思想。除梁启超之外，梁启勋、麦孟华、麦仲华、罗普等康门弟子也先后奔赴日本，他们不仅积极创作政

---

① 梁启超：《清议报》第一百期，《梁启超全集》第一卷，北京出版社1999年版，第479页。

② 梁启超：《清议报》第一百期，《梁启超全集》第一卷，北京出版社1999年版，第478页。

治小说,也对政治小说的理论做了积极的建设。《新小说》创刊后,他们大多活跃在"小说丛话"专栏中,发表了系列小说文论,推动了小说理论的现代转型。

维新派政治家不仅率先提出政治小说的概念和基本理论框架,还身体力行进行政治小说的译介和创作,这些作品一度在晚清中国引起关注,引发政治小说的创作热潮。第一部被译介的明治政治小说《佳人奇遇》之后数次再版,直至1935年上海书局的改写版发行之时,序言中依然强调它的强大思想改造功能,"忽阅到《佳人之奇遇》一书,反复推求其内容宗旨,不觉拍案惊奇,欢跃至极而言曰:是诚改造今日中国人心之良药也"①。梁启超执笔的《新中国未来记》是模仿明治政治小说创作的第一部原创作品,虽然称不上文学上的成功佳作,却开了晚清小说大规模现代转型的先河,具有划时代的先锋意义。

政治小说翻译、创作、传播的另一中坚力量是甲午战后的赴日留学生和因政治原因赴日的革命派人士。1895年广州起义失败后,孙中山与陈少白、郑士良逃亡横滨,日本遂逐渐成为革命人士汇聚之地。甲午战争后,以张之洞为首的晚清开明官员力主派遣留日学生,掀起晚清留日高潮,留日学生在日本接触到新思想和新知识,对晚清政府的专制与反动认识深刻,思想发生大规模的"左转"。事实上,晚清革命倾向的政治小说大多由这些留日学生创作。具有革命倾向的留学生思想激进,他们创办报刊,以小说为武器宣传反清革命思想,在政治小说理论和创作方面均有极大的推进,政治与小说前所未有地交融互动,如实藤惠秀所言:"中国人留学日本史,一方面是近代中国的文化史,另一方面又是近代中国的政治史。"② 根据实藤惠秀在《中国人留学日本史》中的研究数据,光绪二十二年(1896)三月,

---

① 付建舟:《清末民初小说版本经眼录》(日语小说卷),中国致公出版社2015年版,第6页。

② [日]实藤惠秀:《中国人留学日本史》,谭汝谦、林启彦译,北京大学出版社2012年版,第286页。

清政府派出首批 13 名留日学生，其中就包括在政治小说翻译方面颇有成果的戢翼翚。后赴日留学生逐年增加，特别是 1901 年以后人数激增，1901 年 280 多人，1902 年共有五百多人赴日留学，至 1906 年则激增为 1.3 万多人，他们之中许多人在包括政治小说译介、创作、理论建设等方面做出巨大的贡献，如陈天华、金松岑、陈景韩、马仰禹、梁继栋、忧亚子、鲁迅、冯自由、秋瑾、柳亚子、蔡元培等，他们不断翻译介绍西方资本主义民主思想，如卢梭的《民约论》《教育论》《欧洲文明史》、孟德斯鸠的《万法精理》、斯宾塞的《政治进化论》《社会平权论》等都在 1902 年前后陆续被译介，打开了晚清中国的思想文化视野，为晚清资产阶级革命的发生和政治小说的主旨形成奠定了理论基础。另外，留日学生在日本兴办报刊，这些报刊成为晚清政治小说的主要传播途径，其中刊载政治小说的报刊多达十余种，包括《游学译编》《浙江潮》《汉声》《江苏》《开智录》《河南》等。

无论是资产阶级革命派、维新派，还是留日学生，虽然政治宗旨具体不同，但共同的目标都是改变晚清中国积贫积弱的腐朽现状，所以他们在日本的活动多有交集，如革命派和维新派联合在日本兴办的第一所华侨学校——大同学校，1898 年后由梁启超出任校长，渐渐发展成在日维新派的文化根据地，但冯自由、苏曼殊、郑贯一等革命派人士也曾执教或就读于此。从政治小说的创作背景和文本中也可以大致还原当时政治主张并不完全相同的留日群体之间的交集情况。

晚清赴日官员、流亡日本的政治家和留日学生共同构建了政治小说的传播语境，他们推动了政治小说的理论建设、译介、创作与传播。以下为由这些留日人士执笔的明治政治小说的译介情况梳理与归纳（见表 1-1），主要依据为日本国立国会图书馆馆藏资料和《清末民初小说版本经眼录（日语小说卷）》（付建舟著）以及《二十世纪中国的日本翻译文学史》（王向远）等现代资料及晚清当时的报刊史料。

表1-1　　　晚清时期日本政治小说译介情况

序号	日文题目/译本题目	原作者	译者	发表时间/发行机构
1	『佳人之奇遇』/《佳人奇遇》	东海散士（明治十八—三十年，1885—1897）	梁启超	1898年/《清议报》
2	『經国美談』/《经国美谈》	矢野文雄（明治十六年，1883年）	周宏业（周逵）（雨尘子）	1900年/《清议报》
3	『累卵の東洋』/《累卵东洋》	大桥乙羽（乙羽生）	忧亚子	1901年/东京爱善社
4	『維新豪傑の情事』/《日本维新英雄儿女奇遇记》	长田偶得	逸人后裔（原口增一译）	1901年/广智书局
5	『十五少年』/《十五小豪杰》	森田思轩译	饮冰子、披发生合译	1902年/《新民丛报》
6	『世界十二女傑』/《世界十二女杰》	岩崎徂堂、三上寄凤	赵必振	1902年/广智书局
7	『新社会』/《极乐世界》	矢野文雄	披雪洞主	1903年/广智书局
8	『世界列国の行方』/《未来战国志》	高危龟次郎（东洋奇人）	马仰禹（南支那老骥氏）	1903年/广智书局
9	『空中大飛行艇』/《空中飞艇》	押川春浪	海天独啸子	1903年/明权社
10	『三十三年の夢』/《三十三年落花梦》	宫崎寅藏	金松岑	1903年/国学社
11	『回天綺談：英国名士』/《回天绮谈》	加藤政之助纂译	麦仲华（玉瑟斋主人）	1903年/《新小说》第4、5、6号
12	『政海の情波』/《政海波澜》	广陵佐佐木龙（渡边治译）（明治十九年，1887）	支那赖子	1903年/作新社
13	『雪中梅』/《雪中梅》	末广铁肠（明治十九年，1886）	熊垓	1903年/江西尊业书局
14	『花間鶯』（《雪中梅》续集）/《花间莺》	铁肠居士（明治二十一—二十二年，1888—1889）	梁继栋	1903年/《福建法政杂志》

续表

序号	日文题目/译本题目	原作者	译者	发表时间/发行机构
15	『千年後の世界』/《千年后之世界》	押川春浪	包天笑	1904年/群学社刊
16	『武侠の日本』/《新舞台》（原标：军事小说）	押川春浪	徐念慈（东海觉我）	1905年/小说林社
17	『東洋の佳人』/《东洋之佳人》	东海散士	不详	不详
18	『啞の旅行』/《哑旅行》	末广铁肠	黄摩西（黄人）译	1905年/小说林社（目前只有据190?年《游戏世界》第10期广告可获知这一信息）
19	『電術奇談』/《电术奇谈》	菊池幽芳	吴趼人（我佛山人）	1905年/广智书局
20	『武侠の日本』/《新舞台》	押川春浪	徐念慈（东海觉我）	1905年/翔鸾社（日本）
21	『法螺先生』/《新法螺先生谭》	岩谷小波	包天笑（转译）、徐念慈续作《新法螺先生谭》	1905年/小说林社
22	『海底軍艦』/《秘密电光艇》	押川春浪	金石、褚佳猷合译	1906年/商务印书馆
23	『模範町村』/《模范町村》	横井时敬（农学博士）	唐人杰、徐凤书合译	1908年/商务印书馆

　　表1-1可以整体呈现晚清时期日本政治小说的译介时间线索和译者分布情况，1903年是明治政治小说的译介高峰。1902年之前，有《佳人奇遇》《经国美谈》《日本维新儿女英雄奇遇记》《累卵东洋》等6部小说被译介，译介和传播主要由维新派主导。1903年一年出版发行的中译日本政治小说就有十部之多，译者群则转为留日学生。1903年也是晚清政治小说创作高峰的开始，维新派多方面的积极推动、留日学生输入新知识的热情努力共同创造了晚清政治小说的传播语境。

第二章 明治政治小说与晚清小说民族主义主题的发生

甲午战争促发了近代中国的民族主义思想,民族主义成为贯穿晚清政治小说的主旨思想。"在思想文化领域,甲午战争也成为中华民族觉醒的标志,中国近代民族主义由此开始勃兴。"[1] "民族主义"一词是西方舶来品,但民族主义思想古已有之,在以"家国天下"为中心的"大一统"国家观为主流的古代中国,民族主义思想主要体现为以华夏民族为中心的华夷思想。在西方,16世纪在英格兰出现的民族主义掀起启蒙思潮并促进了现代意义上的民族国家的诞生,民族主义与近代民族国家构建的现实层面联系在一起。不同的角度和认知方法对民族主义的具体理解存在较大差异,不同历史时期的不同国家对民族主义的内涵和意义也有不同的界定。孙中山认识到近代中国的民族主义内涵有别于西方,民族与国家不可分割,"我说民族主义,就是国族主义,在中国是适当的,在外国便不适当"[2];《中国大百科全书》也主张对不同时期的民族主义分而论之,定义其为"资产阶级思想在民族关系上的反映,是资产阶级观察和处理民族问题、民族关系的指导原则"[3]。不能简单地以某一概念将"民族主义"进

---

[1] 臧运祜:《近代中日关系与中国民族主义——以六个关键年度为视点的考察》,郑大华、邹小站主编:《中国近代史上的民族主义》,社会科学文献出版社2007年版,第413页。

[2] 孙中山:《三民主义·民族主义》,《孙中山全集》第9卷,中华书局1981年版,第185页。

[3] 中国大百科全书编辑部编:《中国大百科全书》简明版,中国大百科全书出版社2004年版,第3395页。

行简单和固化，在讨论民族主义的学术成果中总是可以看到林林总总的关于"民族主义"的定义，如民族主义是"以民族权益和感情为核心内容的一种政治观念、政治目标和政治追求"①，"是一种想象的政治共同体——并且，它是被想象为本质上有限的（limited），同时也享有主权的共同体"②，"民族主义有利于最大限度地动员一个国家内部的所有成员，为民族或者所谓的'民族—国家'变得更强大而贡献自己的力量"③，等等。"民族主义"的释义与源流考辨并非本书的重点，本章主要回溯晚清时期特定的历史文化语境，以孙中山和梁启超的民族主义思想为中心，分析19世纪末期的晚清中国在现代国家意识觉醒和建立现代民族国家探路过程中发生的民族主义思潮，并对晚清时期的"民族主义"内涵进行框定。梁启超和孙中山分别代表了资产阶级维新派和革命派的思想，他们构建的民族主义思想是贯穿晚清政治小说的代表性民族主义思想脉络。

梁启超的民族主义思想始于对什么是现代国家的思考，他从国民、政权、国家独立和国家在世界的定位四个层面思考如何摆脱异国侵略并构建现代意义上的国家，认为唤起国人的爱国思想是当务之急，而"民族主义"则是这个过程的关键。"国家思想者何？一曰对于一身而知有国家，二曰对于朝廷而知有国家，三曰对于外族而知有国家，四曰对于世界而知有国家。"④ 唤起民众爱国思想是"新民"的核心，"新民"则为梁启超民族主义思想得以实现的根本路径，"民族主义者何？各地同种族、同语言、同宗教、同习俗之人，相视如同胞，务独立自治，组织完备之政府，以谋公益而御他族是也"⑤。梁启超将列强殖民他国的思想称为"民族帝国主义"，以强调中国的

---

① 危兆盖、李文海等：《关于"中国近代史上的民族主义"的对话》，郑大华、邹小站主编：《中国近代史上的民族主义》，社会科学文献出版社2007年版，第3页。
② ［美］本尼迪克特·安德森：《想象的共同体——民族主义的起源与散布》，吴叡人译，上海人民出版社2016年版，第6页。
③ 王首燕：《孙中山民族主义思想与"中国梦"的历史脉络》，《北方民族大学学报》（哲学社会科学版）2017年第3期。
④ 梁启超：《论国家思想》，《梁启超全集》第三卷，北京出版社1999年版，第663页。
⑤ 梁启超：《新民说》，《梁启超全集》第三卷，北京出版社1999年版，第656页。

民族主义思想本质上不同于西方，其目的是谋求国家的独立与发展，"故今日欲抵当列强之民族帝国主义，以挽浩劫而拯生灵，惟有我行我民族主义之一策。而欲实行民族主义于中国，舍新民末由"①。梁启超的国家思想包含四重伦理范畴：一是国民；二是政权；三是民族；四是国家，四者一以贯之，形成一体。国家思想是梁启超早期民族主义思想的依据与起点，而民族主义是国家思想得以实现的关键核心，梁启超的国家思想和民族主义思想不可分而论之。1898年，梁启超在《佳人奇遇》译本中首次使用"中国民族"一词。1901年，在《中国史绪论》一文中再次提到"中国民族"一词，用于以清政权进行区分，在同文中，梁启超又列举了中国历史上的几大民族，提出彼此文化交融，不可分割，"今欲确指某族某种之分界线，其事盖不易得"②。在《国家思想变迁异同论》一文中，梁启超认为，当时的中国恰值"民族主义时代"，而民族主义的内涵就是向外谋求国家独立，向内谋求国家自强，"民族主义者，世界最光明正大公平之主义也。不使他族侵我自由，我亦毋侵他族之自由。其在于本国也，人之独立，其在于世界也，国之独立"。③ 1903年，梁启超提出"大民族"一说，"合汉，合满，合蒙，合回，合苗，合藏，组成一大民族，提全球三分有一之人类，以高掌远跖于五大陆之上。此有志之士所同心醉也"④。

孙中山在晚清时期的民族主义思想同样始于对国家命运的思考，立足于"拯斯民于水火，扶大厦之将倾"⑤ 和"振兴中华、维持国体"⑥ 的救国、强国理想，为了强调国家思想与民族主义思想的密不

---

① 梁启超：《新民说》，《梁启超全集》第三卷，北京出版社1999年版，第657页。
② 梁启超：《中国史绪论》，《梁启超全集》第二卷，北京出版社1999年版，第451页。
③ 梁启超：《国家思想变迁异同论》，《梁启超全集》第二卷，北京出版社1999年版，第459页。
④ 梁启超：《政治学大家伯伦知理之学说》，《梁启超全集》第四卷，北京出版社1999年版，第1070页。
⑤ 孙中山：《檀香会兴中会章程》，《孙中山全集》第1卷，中华书局1981年版，第19页。
⑥ 孙中山：《檀香会兴中会章程》，《孙中山全集》第1卷，中华书局1981年版，第19页。

可分，唤起国人的爱国精神，孙中山定义当时的民族主义思想为"国族主义"，并且和梁启超同样使用了"中国民族"一词。清政权的腐坏堕落促使孙中山深入思考如何去除造成中国落后的积弊，提出推翻清帝国，并于1894年明确提出"驱除鞑虏，恢复中国"[1]的宗旨，1905年修订为"驱除鞑虏、恢复中华、创立民国、平均地权"[2]，1905年在《民报》发刊词中首次提出"民族、民权、民生"三大主义，1906年提出"中国者，中国人之中国；中国之政治，中国人任之。驱除鞑虏之后，光复我民族的国家"[3]。孙中山的民族主义思想围绕的核心现实便是推翻清政权，建立资本主义民主国家，"民族主义，并非是遇着不同族的人便要排斥他，是不许那不同族的人来夺我民族的政权"[4]。因为着眼于救国，孙中山在晚清时期的民族主义思想主要在于如何扫除积弊，通过倡导民族主义思想让国人走出宗族主义和家族主义的圈囿，代之以国家思想，唤起国人的爱国心，推翻阻碍中国发展的旧政权，摆脱被殖民被侵略的状态，建立资本主义现代国家并最终实现国家富强的理想。

19世纪中期以来，西方列强的拓殖消解了我国的传统民族思想，时代带来的新命题超出了以"家国天下"为中心的"大一统"民族观念的认知范畴，以孙中山和梁启超为代表的晚清政治家积极探索"民族主义"的新内涵，并掀起近代民族主义思潮，向外抵御列强入侵，谋求国家独立，向内探寻国家积弱根源，寻求革新自强，形成近代中国民族主义思潮下的主要课题。

孙中山和梁启超都力倡民族主义，如以整体论，他们的民族主义思想均呈出动态发展样态，前期与后期存在差异，本章讨论范畴仅限于晚清时期的民族主义思想。晚清时期是中国走向现代的过渡时期，

---

[1] 孙中山：《檀香山兴中会盟书》，《孙中山全集》第1卷，中华书局1981年版，第135页。
[2] 孙中山：《中国同盟会总章》，《孙中山全集》第1卷，中华书局1981年版，第284页。
[3] 孙中山：《中国同盟会革命方略》，《孙中山全集》第1卷，中华书局1981年版，第297页。
[4] 孙中山：《在东京〈民报〉创刊周年庆祝大会的演说》，《孙中山全集》第1卷，中华书局1981年版，第324页。

"民族主义"思想也体现出过渡时代的显著特征,在探索如何扫除造成被侵略、被瓜分命运的一切落后因素,建立独立自强的资本主义现代国家的过程中,这一时期的民族主义思想的侧重点在于"破旧"而非"立新",但孙中山和梁启超的晚清民族主义思想依然呈现开放性和包容性,梁启超提出"大民族"思想,孙中山也明确"民族主义"并非排除异族,而且"中国民族""国族主义"的称谓本身就包含了不以某一民族为本位、而是以国家为本位的民族思想,但因为晚清政权的复杂性,当先驱们在辨析晚清封建政权的反动本质时,难免因执政者的复杂身份出现排满的极端民族主义倾向,这是特定历史时期的产物,这一问题将在本章第一节中进行具体辨析。需要强调的是,清末民族主义思潮带有显著的时代特点,只有回到当时的历史语境中进行讨论,才能真实地触摸到它的思想灵魂,尤其不能以今天的理论视域简单地给它贴上"落后""狭隘"等标签。在晚清时期,孙中山和梁启超都对"民族"和"民族主义"进行深度思考,在范畴、内涵上进行了构建,民族主义的起点为探索如何谋求国家独立并建立资本主义现代国家,如何在国人中贯彻国家思想和爱国主义思想。这一时期的"民族主义"思想在范畴上主要包含四重含义:一是个人与民族的一体化;二是民族与国家的一体化;三是中国对于其他国家的平等独立;四是中国在世界上的定位。其内涵反映到现实层面则为唤醒国人的国家危机意识、激发爱国心、救国家于危难、摆脱外来侵略、描绘强国的复兴蓝图。

晚清近代民族主义思想的勃兴是晚清政治小说作者面对明治政治小说时产生共鸣与认同的主要原因,他们不仅选择性地译介了明治政治小说中与民族主义主题密切相关的作品,还将近代民族主义思想以极为错综复杂的世俗化方式贯彻于本土创作的政治小说之中。近代民族主义思想与政治小说形成互文互构的关系。

《佳人奇遇》《经国美谈》《累卵东洋》是最早被译介的三部明治政治小说,这些作品一经译介,便在当时引起极大反响。有《佳人奇遇》和《经国美谈》的相关报刊记载为证:"光绪二十四年(公历1899年),梁任公创清议报,附刊经国美谈及佳人奇遇两小说,历三年始完。以无版权,群起翻印,有六七家之多。当时商务印书馆曾以此书入说部丛书第一集第一第二种,后以版权非属诸己,乃去之,易以天际落花剧场奇案二种。"① 李健吾在晚年回忆《经国美谈》对他的影响时,喻之为"一个我爱过的女孩子",说自己童年的启蒙先生总是像捧着《圣经》一样捧着《经国美谈》讲给他们听,称"对于他那样的革命者的确是一本圣经,于我这样的一个小孩子,这只是一本白话小说"②。周作人、胡适皆曾是《经国美谈》的热心读者,可见,日译政治小说在当时影响之深广以及起到的启蒙作用之深远。日本政治小说因其"小说+政治思想"的书写模式走入晚清中国赴日知识阶层的视野,后经由梁启超等人的译介和提倡,在晚清中国掀起政治小说热潮。

至明治政治小说被译介到晚清中国之时,政治小说热潮实际在日本已经衰退,这就说明,晚清文人在翻译明治政治小说时带有极大的主体选择性和客观选择条件。《佳人奇遇》《经国美谈》《累卵东洋》之所以最先被选择译介,无疑是因为它们不谋而合地书写了国族危机和国权伸张主题。正是在这些书写国家兴亡的明治政治小说被译介之后,晚清中国传统小说一统天下的格局被打破,紧随其后出现的《杭州白话报》连载多部异国国族题材的原创政治小说。至1902年梁启超创办《新小说》,旗帜鲜明地呼吁小说救国,政治小说始风靡晚清中国并决定了晚清时期的小说主基调。这些在今天看来颇有时代隔阂的政治小说在当时对于各阶层读者来说,曾是充满趣味性的文学作品。今若用"艺术性欠缺"等评论界惯用的寥寥数语草率对晚清政治小说盖棺定论,实包含将政治小说从晚清的时代文化中切割开来,置于现今文化之中进行考量的偏颇,既失之客观,也掩盖了晚清政治小说本来具有的文学价值,否定了晚清中国人的情感与审美状态,恐造成对我国现代文学整体认知偏误的

---

① 燕:《经国美谈与佳人奇遇》,《珊瑚》1932年第1卷第8期。
② 李健吾:《经国美谈》,《中华公论》1937年创刊号。

危险。

　　日本明治时期的政治小说最初问世是出于宣传自由民权思想的需要，但是，最先被中国翻译家选译的三部明治政治小说为《佳人奇遇》《经国美谈》《累卵东洋》。严格意义上说，这三部小说与其说是自由民权小说，不如说它们更倾向于直接介入书写国权主题。这三部作品无一例外，都是着重于写国族危机和国权伸张，借异邦国家兴亡历史喻本国政治现实。这三部作品共同的国权和国族危机书写既是明治时代的政治主题之一，也极度吻合晚清中国的社会现实，因而被率先选择译介。1899—1901年，《佳人奇遇》《经国美谈》《累卵东洋》三部明治国权政治小说被译介，紧随其后，《杭州白话报》开始连续刊载晚清本土原创异国题材的国族政治小说。《佳人奇遇》《经国美谈》和《累卵东洋》分别从三个层面书写国族主义主题：一是"异国"意象构建；二是国族危机书写；三是本国内政剖析。这三部异国题材国族政治小说被译介后不久，晚清中国出现了国族政治小说创作潮。最早出现的是以异国国族危机历史为题材的国族政治小说和以晚清中国自身国族危机为书写对象的国族政治小说，晚清政权的特殊性赋予晚清中国民族主义新的内涵，并在此基础上衍生了以推翻清政权、排满革命为主题的国族主义小说，这可以看作国族危机主题在本土文化中的延异。剖析导致晚清中国贫弱的各种内政和社会问题、寻求救国之道构成晚清国族主义政治小说的另一主题。秉持儒家文化"克己恕道"精神内核的晚清作家纷纷将目光转向自己的国家和民族，以批判的眼光审视国族贫弱的内部原因，并充满激情地在文学试验田上探索解决之道。晚清小说作者以积极探索救国之路和反向批判、革除积弊两条貌似相反实则殊途同归的路径奏响救国主题，这两条路径分别是以内政改革实验为书写对象的党派政治理想小说和以批判内政积弊为主题的批判政治小说，可暂且分别称为"救国实验小说"和"批判政治小说"。前者的救国政见宣传在书写过程中部分演变为党派之间的互相攻讦，后者逐渐发展为以各种社会黑暗面揭露为题材的黑幕小说。受到明治未来想象强国小说和女权救国政治小说的影响，晚清政治小说的国族主义主题还包括书写强国复兴梦的未来国族想象政治小说和倡导通过男女平权实现女性救国的女权主义小说。

日本明治时代是充满实验和探索精神的过渡时代，也是各种外来思想和本土传统思想纷纭驳杂、相互交锋融合的时代，政治小说因其对国家和社会问题的深度干预，恰是这一时代面貌和时代思想的真实写照。日本属于单一民族国家，直至19世纪中叶，岛国的特殊地理因素和长期的锁国政策依然维持了稳定的国内政治生态和政治体制，明治维新发生的直接动因就是西方强国以日本为对象的拓殖侵略行为，国族生存危机迫使日本进行内政变革，这个过程也促发了日本现代民族主义的生成。民族主义在不同国家的不同历史时期，其具体内容和涵盖存在较大差异，日本明治时期的民族主义的主要表现形式便是国家主义，单一的民族形态使民族主义和国家主义基本重合，因而日本的民族主义又可称为国族主义或国家主义。对处于新旧交替过渡时代的日本而言，不仅要面对国内政治不稳定，意识形态及伦理观念在欧化和本国传统间如何选择等问题，还迫切需要使自己彻底摆脱欧洲强国的觊觎与威胁的阴影，可以说民族主义在日本明治时代最主要的内涵就是确保国家独立和确立日本与欧美国家的国际平等地位。具体到现实之中，日本面临条约改正问题、过度欧化问题、文化抉择问题等，需要探索如何在"西力东渐"中保持民族国家的独立性。随着国力的增强，尤其是甲午战争之后，日本也积极谋求代替中国占据亚洲的主导地位，既希望将亚洲划入自己的势力范围，又希望通过亚洲连带意识对抗西方对亚洲的干预与利益瓜分，进而维护本国的地位与利益。《佳人奇遇》《经国美谈》《累卵东洋》呼应的正是明治早期至明治中期的这种国家政治状况，因而国族主义在《佳人奇遇》等甲午战争之后完成的明治政治小说中表现为极其矛盾的两面性，一方面显示了针对西方国家的防御心理和对亚洲各国较为隐蔽的主导意图；另一方面又力倡强本固邦和伸张国权、谋求其在亚洲的主导权。如《佳人奇遇》中所写，明治日本的国家目标为"解亚东生民倒悬之坚,制英法之跋扈,绝俄人之觊觎"①。

19世纪中叶开始,晚清中国不断遭受西方侵略,但真正对国家和民族做出系统思考的时间依然是甲午战败之后。甲午战争彻底使晚清中国和中华民族陷入存亡危机之中,避祸日本的维新派人士身居异国,空间距离和文化借镜使他们对晚清中国的现状、前途和命运做出异国视角的全面思考。据大数据统计,"国家"和"民族"的频繁使用始于1895年,"民族"一词的使用最高峰出现在1900年。② 根据数据和现存历史资料基本可以推断,晚清中国关于现代民族国家观念的思辨在甲午战争之后进入高潮,至维新变法失败后达到顶峰,而围绕现代民族国家问题展开讨论最多的恰是《清议报》《浙江潮》《国民报》《游学译编》等在日本创办发行的报刊。尤其值得注意的是,"中国民族"一词首次出现正是在梁启超翻译的《佳人奇遇》文本之中,有学者考察,这恰是中国人最早赋予"民族"一词现代民族观念的含义。③ 有充分理由认为,现代国家危机和民族主义促发了晚清政治小说的诞生,政治小说又反向参与了晚清中国近代民族观念的构建。明治国族危机政治小说被译介有其偶然因素,但根本原因依然是这些小说中以国族观念为核心的政治要素吻合了晚清进步知识阶层的思想,可以引起晚清中国人的时代情感共鸣。甲午战争之后,深陷瓜分危机的晚清中国的第一要务就是摆脱列强的瓜分,《佳人奇遇》《经国美谈》《累卵东洋》三部旨在批判、反抗西方入侵,唤起国族危机意识的明治政治小说一经译介便引起晚清中国人的广泛关注和共鸣,这种现象全属情理之中。《佳人奇遇》前半部分完稿之时,东海散士曾接受朋友意见,试图请一名叫武田范之的熟人翻译成中文,借以警醒晚清中国人,后适逢梁启超着手进行翻译,此事方告

---

① [日]柴东海:《佳人奇遇》,梁启超译,《梁启超全集》第十九卷,北京出版社1999年版,第5503页。
② 金观涛、刘青峰:《观念史研究:中国现代重要政治术语的形成》,法律出版社2009年版,第242页。
③ 金观涛、刘青峰:《观念史研究:中国现代重要政治术语的形成》,法律出版社2009年版,第242页。

一段落。① 足见晚清中国和明治日本政治小说有基于时代文化产生共鸣的极大合理性。明治日本和晚清中国历史文化上的亲缘关系以及遭受西方殖民威胁的共同经历构成了两国情感共鸣的现实基础。

1898年冬，梁启超翻译的《佳人奇遇》在《清议报》上开始连载，成为随后兴起的政治小说热潮的发端。1900年起，《清议报》连载另一部明治政治小说《经国美谈》，一经译介即引来竞相翻印，并被改编为戏剧公演。1901年5月，忧亚子翻译的《累卵东洋》由东京爱善社出版。继《佳人奇遇》《经国美谈》《累卵东洋》被译介之后，以神怪传奇、风月艳俗和讽世惩恶等为题材的传统小说一统天下的晚清小说界格局开始出现异动并开始崩塌，以异民族和异国国族独立为题材的政治小说渐次登场，直至1902年梁启超的振臂一呼，以救国救民、忧国忧民为主题的"新小说"取代了传统小说，奠定了晚清近代小说的格局与基调，并成为现代小说的发端。新小说热潮风起之后，又有东洋奇人所著国族小说《未来战国志》被译介进来。

阅读《中国近代小说编年史》②，与现存可查的晚清期刊相互印证，可以发现，《佳人奇遇》等三部以异国国族危机言说本国国族命运为主题的小说被译介不久，晚清中国的小说界即由《杭州白话报》发起一波本土创作的异国国族小说风潮，这不应仅仅视为巧合。随后的"新小说"热潮中，国族危机、国权伸张小说占据了政治小说的一壁江山，并在晚清中国独特的政治环境之中延异为反清革命的排满题材小说和强国变革文学实验。

第一节　异国国族小说与本土国族
　　　　危机意识的唤起

晚清时期最早被译介的明治政治小说是《佳人奇遇》《经国美

---

① ［日］柳田泉：『政治小説研究』（上卷）、春秋社1967年版、第482頁。（笔者译述）
② 陈大康：《中国近代小说编年史》（二），人民文学出版社2014年版。

谈》《累卵东洋》，这三部政治小说都是以异国的国族存亡历史为题材的国族主义主题小说，它们在主题的表现上有着显著的共通性，即都是通过描写异邦的国族故事，以异邦国族存亡为借镜，用世界视域和他国视角剖析日本的生存境遇，探索国族未来命运，谋求国族的发展与强大。对于处于民族危亡之际的晚清中国而言，这样的主题最能引起共鸣，自然也是晚清译者译介的首选对象。紧随《佳人奇遇》等三部明治政治小说被译介之后不久，一份刊载大量异国、异族国族危机题材政治小说的报刊《杭州白话报》问世。1901年7月创办的《杭州白话报》辟小说专栏，连载的小说多为异国、异民族题材的国族政治小说，这些小说之中登场的异国与异民族各有不同，但主题趋向十分明确，皆为借异民族的历史演说救亡图存，并唤起国民自立自强的政治思想。《波兰国的故事》《美利坚自立记》《俄土战记》等小说或讲述弱国被强国吞并奴役的悲惨，或以西方强国为例，宣传民族独立自强的重要意义；《菲律宾民党起义》和《檀香山华人受虐记》则选取弱国国民在国外被压榨的题材，描写异国视角中的贫弱民族生存空间和人权遭受严重挤压的状况，并将关注点逐渐延拓到晚清中国人的生存现状等现实问题上来，显示出本土原创政治小说的生长可能。在这些与传统小说迥异的异国、异民族题材小说之中，以异国异民族的命运喻示中国现状、思考国家命运与未来的小说占据多数且逐渐成为晚清政治小说的主要题材之一。

  《杭州白话报》最早刊出接受明治异国题材国族政治小说影响之后创作的本土同题材政治小说。《佳人奇遇》《经国美谈》等三部明治中期创作的以异国亡国史为题材的国族政治小说被译介之后，晚清中国传统通俗小说一统江湖的状况被打破，开始出现以异国（异邦）亡国史为题材的本土原创政治小说。《杭州白话报》辟小说专栏，先于梁启超的"新小说"将小说启蒙民众的理念付诸实践，可视作晚清"新小说"创作潮的先声。《杭州白话报》的创办人林獬、孙冀中、陈叔通都是关心时事政治且留学日本的进步知识分子。主编林獬早年为拥护变法的维新一派，后思想转向激进革命，1903年赴日留学,其间与蔡元培一起创办《俄事警闻》;陈叔通是维新变法的参与者,1904年留学日本,对维新派在日本创办的《清议报》理应有所关注;孙翼中的早年思想带有反清倾向,1901年10月因"《罪辫文》事件"远赴日本留学,赴日期间创办革命派杂志《浙江潮》。赴日留学前夕,孙翼中创办《杭州白话报》并在上面发表政治小说《波兰国的故事》。根据冯自由的《革命逸史》记载,赴日的革命派和变法失败后流亡日本的维新派在1900年前后来往密切,梁启超主持《清议报》早年与赴日革命派人士多有交往,思想一度趋于激进,《佳人奇遇》的原译本中本来保留了涉及排满思想的内容,后在其师康有为的强烈干涉下才不得不删除;《经国美谈》的译者周宏业是革命派人士,也是《清议报》负责人。[1] 1903年孙翼中从日本回来,接替林獬继续主持《杭州白话报》。梳理以上人物关系交集,《杭州白话报》的主创者阅读过《清议报》及《清议报》上发表的小说为合理推断,同时,他们有条件接触到日本政治小说原文本。另外,从报刊中刊载的小说内容印证,也可看出他们有极大可能是梁启超报刊文章的阅读者,如《波兰国的故事》显然参考了1896年康有为与梁启超发表于《时务报》上的《波兰灭亡记》一文,《俄土战记》的题材与1898年《时务报》发表的《俄土战纪》有诸多一致之处;《清议报》刊载的文章也有不少与《杭州白话报》的小说题材重合,如《清议报》第六期刊载《两论美人据菲律宾之非》,随后又连续刊载《菲岛人誓抗美军》《非岛义军近耗》等文章,均和林獬创作的政治小说《菲律宾民党起义记》关注的话题一致;美国对华工禁约问题也是《清议报》屡屡关注的话题。另外,《杭州白话报》专设"世界亡国小史"专栏,讲述印度、埃及、波兰的亡国史,内容与《佳人奇遇》有诸多相似。刊载的爱国女英雄题材政治小说《日本侠尼传》《女子爱国美谈》明显来自长田偶得的《日本维新英雄儿女奇遇记》。

---

[1] 冯自由:《戊戌前孙康二派之关系》,《革命逸史》(上),新星出版社2009年版,第45页。

《杭州白话报》开宗明义，倡明办报宗旨为开启民智，警示国人中国遭受外邦欺辱的现状，探讨如何革除积弊，强国兴邦，其中首要任务便是唤起晚清国人的国族危机意识。"现在的中国，被外国人看不起了，中国是个国，外国也是个国，外国人是个人，中国人也是个人，为什么缘故要被外国人看不起呢？"① 为唤起国人的国族危机意识，《杭州白话报》辟小说专栏，刊载了以波兰、土耳其、美国、菲律宾的国族命运为题材的本土原创小说。《杭州白话报》申明小说皆为报馆人员执笔自创，第一期即刊载了以异邦亡国故事为题材的小说《波兰国的故事》（独头山人作，"独头山人"即孙翼中笔名，后创办《浙江潮》）。《杭州白话报》称其自创的异邦国族危机小说为"演书"，即以撷取他国亡国历史为题材的"演书"方式创作国族小说，"我们的书，是就别书演出来的，所以那般恨黎沙路的人，可以拿他的书，做个凭据杀他，那恨我们的人睁着眼睛，却也无奈我何了"。②主编林獬的这番声明在强调"演书"的原创性之外，同时也证明报载小说巧妙参考借用了别的书籍，目的在于以此方式逃避清政府的言论迫害。值得注意的是，《累卵东洋》译本初版时，兰陵氏在"跋"中也提到了"演说"这种指代小说的文体形式，他称《累卵东洋》为"演说"："吾闻教育家之言曰，开智之事，功莫大于学校游学，效莫速于报馆译书，小说演说。"③ "演书"和"演说"虽然称呼不同，对这一文体特征的理解却是完全一致的，都包含根据既有史实和文本进行文学再加工的意思。这一证据再度印证《杭州白话报》和明治政治小说之间的关联可能性，《佳人奇遇》《经国美谈》《累卵东洋》都是取材他国亡国史实，与《杭州白话报》中的异邦国族危机小说的构思出发点相通，这或也不应仅仅视作巧合。再者，《杭州白话报》中所载异国亡国题材小说的创作目的和主题也与当时《佳人

---

① 《杭州白话报序》，《北京新闻汇报》1901 年 5 月。
② 宣樊子：《菲律宾民党起义记》，《杭州白话报》1901 年第一卷第 18 期。
③ 兰陵氏：《〈累卵东洋〉跋》，付建舟：《清末民初小说版本经眼录》（日语小说卷），中国致公出版社 2015 年版，第 206 页。

奇遇》等作品的译介意图极为相似。如《波兰国的故事》直白地说明创作目的是借波兰亡国故事晓谕中国百姓："我因为这件事体，同我们中国的情形有几分相像，所以把波兰灭国的故事告诉你们，要晓得你们再不明白，再不振作，恐怕别人家要把我们堂堂的中国当作波兰看待。"①这不仅是晚清自创小说中初次以异国亡国故事为题材警示本国危机，也与《累卵东洋》的卷末"跋"中的表述几近一致："盍取是书，以熟读深思犇走告语：鉴印之亡，求我之存，虽愚必明，虽柔必强，以是为醉梦场中清夜之钟声，为苦海众生普渡之慈航可也。"②《累卵东洋》的译介动机和阅读期待与《波兰国的故事》的创作初衷皆为借异邦喻本国，唤起国人的国族危机意识，启发国民的爱国思想。之后《杭州白话报》连续刊载了主题相似的异邦国族危机小说《美利坚自立记》《俄土战纪》《菲律宾民党起义记》。从《杭州白话报》中刊载的小说内容、时间与《清议报》等时政前沿报刊的关系、主创者与明治国族小说译介者之间的关系等方面综合考量，《杭州白话报》中的小说理论可以视作受早期日译国族政治小说影响之后本土创作的国族政治小说。"新小说"热潮兴起之后，梁启超身体力行，创作了《新罗马传奇》，其以异国题材写国族危机与国族独立的抗争，创作灵感同样来自《佳人奇遇》和《经国美谈》。

在晚清中国，这些早期政治小说第一次以主动的文学姿态介入现实中的国家政治问题中，并在中国本土文化土壤中不断拓展延异，将晚清海外华人的生存现状等问题以国际视野的角度吸纳进来，也间接影响到随后兴起的"新小说"政治小说热潮。

近代日本的现代化历程与晚清中国有诸多相似，"异国"在现代化进程中充当了重要角色。明治之前的日本归属中华文明圈，奉儒家文化为圭臬，实行闭关锁国政策，加之岛国偏安一隅的地理特殊性，

---

① 独头山人：《〈波兰国的故事〉序》，《杭州白话报》1901年第一卷第1期。
② 兰陵氏：《〈累卵东洋〉跋》，付建舟：《清末民初小说版本经眼录》（日语小说卷），中国致公出版社2015年版，第209页。

岛国日本在明治维新之前，政治和文化都在封闭的时空中循环往复。19世纪中叶，欧洲各国大肆拓殖，东亚文明圈的沉寂被打破。1849年，英国军舰"玛丽娜"号擅自驶入浦贺港和伊豆下田港进行测量，日本驱逐之后加强海上警戒，却并未能阻止殖民者的入侵。1850年荷兰船只抵达长崎，美国和英国强制要求日本开埠通商，至1853年柏利率四艘军舰抵达浦贺，递交国书，要求日本通商、保护海难者等，此即标志日本国门被强行打开的"黑船事件"。[①] 1857年，日本被迫与美国、荷兰、俄罗斯、英国、法国签订"安政五国通商条约"，这份条约使日本失去了关税自主权和部分立法主导权，致使日本蒙上了殖民阴影。明治维新之后的日本国力有所增强，摆脱殖民阴影、安邦固国成为第一政治要务。完成于明治中期的《经国美谈》《佳人奇遇》《累卵东洋》正是在这一背景下诞生，这三部小说无一例外都是通过异邦的国族命运书写日本的时代主音。异国（异邦）在明治国族小说中被赋予两个对立的角色：以掠夺为本质的强国和弱小的被侵略者。其中西方强国的强势入侵是明治国族政治小说的第一个重点书写对象。

"异国"在晚清小说的现代化进程中也被打上了深深的文化烙印，19世纪中期的"西力东渐"是促使中国和日本的文化、文学现代转型的重要外来因素。鸦片战争以后，晚清中国的国门被异邦强行打开，甲午战争、八国联军侵华不仅让晚清政权岌岌可危，也加剧了民族的生存危机和文化心理危机。"天下"被"世界""万国"取代，异国成为定位晚清中国的政治文化坐标。随着"天下"空间观分崩离析，异国不再以"蛮夷"的身份，而是以现代国家的平行概念走进晚清中国的视野，晚清中国亦开始将自己置于世界版图之中，思考国家民族的未来与命运。

无论对晚清中国还是明治日本，《佳人奇遇》和《经国美谈》中的异国书写在现代文学史上皆占有重要席位，《累卵东洋》虽然在明

---

① ［日］小和田哲男：『日本年史表ハンドブック』、東京PHP研究1995年版、第185—186页。（笔者译并整理）

治日本的影响力不如前二者，其主题也同样重在书写印度的亡国之痛，唤醒国民建独立邦国，做强国之民。在晚清中国，《累卵东洋》带来的影响并不亚于前二者，是唤醒民族思想、促发晚清政治小说的重要文本，这个课题留作后面章节进行详细梳理。说这几部国族政治小说参与了中日两国的现代国族观念构建并无言过其实之虞。这三部明治政治小说以异邦题材剖析西方强国对日本乃至整个亚洲的威胁，观照日本的国族未来，旨在唤起国人，特别是日本青年一代抵制西方的侵略，保护日本的国家利益，保证民族独立性的政治意识。

《佳人奇遇》是被译介到晚清中国的第一部日本政治小说，也是当时日本政治小说中的第一畅销书。这本小说的特殊之处还在于其创作时间的跨度之广和题材的"世界性"。从明治十八年（1885）至明治三十年（1897），柴东海用了12年方完成小说的创作，因而小说的内容也囊括了柴东海不同时期的政治观念和日本的主要政治问题，弱小国家的亡国之痛以及对日本国族命运的忧心忡忡是小说前半部的重要书写对象，后半部分着眼于改革日本内政积弊，推进国家的彻底独立。以世界大局为背景、借异国命运观照日本未来是《佳人奇遇》的另一主要特色。自江户后期，异国（异邦）强行闯入日本的视野，打破了日本人的空间意识，明治维新之后，日本积极谋求西化，柴东海在西化风潮的影响下积极学习英语，明治十二年至明治十八年（1879—1885）期间居留美国，明治十八年（1885）回国后即发表《佳人奇遇》一、二编，所以《佳人奇遇》与之前的政治小说不同，能够站在异国的视角以世界为大背景思考日本的命运，思考西方强国在世界格局中充当的角色本质。在《佳人奇遇》中，"异国"首先指的是大肆在世界各地拓殖的西欧强国。《佳人奇遇》着墨于揭露批判西方强国对弱小国家的侵略，这些国家不仅在经济上对弱小国家巧取豪夺、残酷盘剥，而且从文化层面上假借基督教教义传播等手段侵略和毁灭弱小国家的传统伦理，进而彻底使弱小国家沦为自己的殖民地。小说描写了西方强国各种不择手段的侵略行径：爱兰国受到英国开埠贸易的欺骗沦为殖民地；埃及先是遭到英国欺骗性的经济掠夺，识破拒绝之后换来英法两国的武力入侵；俄罗斯和奥地利对匈牙利则是赤裸裸的武力入侵……作者意在揭露殖民者矫饰隐蔽的伪善和侵略的本质，"彼口诵仁义，实有桀虏之行。外说天道之懿，内怀豺狼之欲"①。小说警示日本政府和国民不可迷信西方文化政治，主张在文化伦理层面坚守日本本邦传统，以免沦为西方附庸。小说又以英国侵略爱兰国为例，直指冠以各种美名的殖民本质为掠夺与干涉，"若为彼四海兄弟交通自由之甘言所欺，与彼贸易，招彼干涉，则土耳其、印度、埃及诸邦，生齿日减，国力日疲，有独立之名，无独立之实。年年岁岁，贸易失均，输出金宝，虽非入贡，实如削国民之膏脂以贡于英廷也"②。英国执政党——自由党明明宣称"据义从道，和平为主义"，却出兵侵略埃及且不乏卑鄙的政治阴谋。作者意在揭露一个事实：任何华词丽句都掩盖不了殖民者侵略掠夺的本质。"盖英人之于外交，以利己为主义，无有保守自由之别。"③《经国美谈》也是一部描写国族独立崛起的政治小说，旨在唤起日本振衰起敝、振国兴邦的强国精神。小说取材于雅典、斯巴达和马其顿争夺希腊霸权的历史，当斯波多（斯巴达）在和阿善（雅典）的角力中胜出之后，便把掠夺的矛头指向邻国齐武国（马其顿）等弱小国家。《经国美谈》与《佳人奇遇》不谋而合地将强国塑造成以虚饰的伦理掩盖侵略实质的形象，斯波多恃强凌弱、操纵霸权，干涉齐武国等弱小邻国的内政，却要召开所谓"和平大会"，掩盖其侵略本质。《累卵东洋》以亚洲视角书写印度亡国史，表达了对日本乃至整个亚洲命运的担忧，呼唤反抗强国侵略的独立精神。《累卵东洋》对西方国家的拓殖侵略不无批判，"基督教国民动辄口称正义、叫嚣人道，然则今日之事中

---

① ［日］柴东海：《佳人奇遇》，梁启超译，《梁启超全集》第十九卷，北京出版社1999年版，第5505页。
② ［日］柴东海：《佳人奇遇》，梁启超译，《梁启超全集》第十九卷，北京出版社1999年版，第5501页。
③ ［日］柴东海：《佳人奇遇》，梁启超译，《梁启超全集》第十九卷，北京出版社1999年版，第5535页。

第二章　明治政治小说与晚清小说民族主义主题的发生

彼之所为唯见兽欲"①。小说直指自居"文明邦土"的英国殖民印度过程中的残酷压榨本质，描写印度国民在英国殖民统治之下备受压榨、暗无天日的悲惨，表达了对整个东亚沦为欧洲殖民地重蹈印度覆辙的担忧，"若以其所施印度施诸自国，则乱可立生；以其所施自国施之印度，则利不可获。故一帝王为政，而宽苛霄壤，可谓王英国者重自由，帝印度者极压抑也。抑欧洲人眼中无东洋，乃不以人类待印度"②。

细读文本，不难发现《杭州白话报》中刊载的《波兰国的故事》《美利坚自立记》和《俄土战记》以及梁启超发表于《新小说》的《新罗马传奇》等异国题材小说均延续了《佳人奇遇》和《累卵东洋》中的异国国族主义主题：借异国亡国之痛戒谕本国国民，唤起国民的亡国危机意识。在这些异邦国族故事中，西方强国形象在晚清本土文化中被演绎得复杂而模糊，小说对其既抵制又有着含糊的认同感。在晚清最初的政治小说中，相较明治日本明确的强国梦想，救国是晚清中国最为迫切的时代主题，因而晚清异国题材国族政治小说中的西方强国意象充满了矛盾，混杂着批判和探索学习等复杂的情感立场。首先，晚清中国的国族政治小说着重描写异国侵略者的暴虐和异国侵略者没有信义、欺骗诡诈的不择手段行径，通过类似题材显示出对西方国家入侵中国的谴责与抵制。在《波兰国的故事》中，俄罗斯先是干涉控制波兰内政进行经济掠夺，后武力侵略波兰，灭其文化、政权，后灭人种，导致波兰最终在列国瓜分中亡国灭种，"俄罗斯放出那如狼如虎的手段，吞灭各国，人人道他是兵精马壮，据我看来，也有许多诡计呢"③。《美利坚自立记》中英国对美国施以重税，虐待美人。《菲律宾民党起义记》旨在于通过菲律宾人反抗殖民侵略的故事唤起晚清国民的民族意识，叙写西班牙殖民者压榨凌虐菲律宾人的种种暴虐行径，又写到美国如何假借援助之名侵占菲律宾。小说

---

① ［日］高山林次郎：『累卵东洋』序、东京都书店明治三十一年（1898）版、第九页。（笔者译）
② ［日］野口珂北：『累卵东洋』序、东京都书店明治三十一年（1898）版、第十三页。（笔者译）
③ 独头山人：《波兰国的故事》，《杭州白话报》1901年第1卷第3期。

批判西方国家的殖民侵略，强调国族独立的重要性："欧洲人不大有信的，白种向来是欺侮别种的，我们菲律宾的人民都不要去管他有信无信，并甚么种族的界限，总归一句说话，叫做自立。"①《新罗马传奇》以俄罗斯、奥地利、普鲁士三国召开维也纳会议拉开序幕，借欧洲弱国的亡国想象和反抗斗争喻晚清中国的瓜分危机。小说开篇就是对俄罗斯、奥地利、普鲁士三大强国在欧洲实行专制霸权、干预他国内政、控制别国主权的谴责，称三国虽然制霸欧洲，然而"宗旨悖谬，其精神自散漫无纪，名为公会，实则一切条件，皆由数大国私自决定而已"②。《新罗马传奇》的故事取材、政治立场，尤其对列强侵略干预他国的谴责显然受到《佳人奇遇》最直接的影响。相较《杭州白话报》用演书文体叙写异国题材国族政治小说，《新罗马传奇》在文本构成上更进一步，虽然采取戏剧文体，但已经脱离了单纯的"演史"模式，从而进一步加强了对小说主题的塑造。

其次，除了批判谴责的态度，晚清中国对待西方国家的姿态中明确可见一种区别于明治日本的"认知混乱"。《俄土战记》显示了对西方认知的混乱性，虽然作者本意是批判土耳其的故步自封，但同时也用进化论理论将西方国家瓜分弱国的行为合理化，把列强对土耳其的干涉视作"替他平乱"，"这时候德国、法国、俄国、奥国、意国，见土耳其国中这样乱状，大家会议柏林京城，商量替他平乱"③。在其他涉及西方国家登场的晚清政治小说中，这样的模糊态度也屡见不鲜，如《瓜分惨祸预言记》明明书写的是列强瓜分中国的民族灾难，却也显示出一种对待异国的态度模糊性："这外国人的心肠是正直的，你若是和他抵抗的，他倒是看重着你。就是接战，却是按着战法彼此交锋。打伤的人，他有十字会，还来救去医治。"④晚清异国题

---

① 宣樊子：《菲律宾民党起义记》，《杭州白话报》1901年第1卷第19期。
② 梁启超：《新罗马传奇》，《梁启超全集》第十九卷，北京出版社1999年版，第5652—5653页。
③ 宣樊子：《俄土战记》，《杭州白话报》1901年第1卷第13期。
④ 日本女士中江笃济藏本，中国男儿轩辕正裔译述：《瓜分惨祸预言记》，董文成、李勤学主编：《中国近代珍稀本小说·十七》，春风文艺出版社1997年版，第487页。

材国族政治小说对待西方国家的态度显然有别于明治日本彻底的批判与抵制,这一点也可显示出晚清政治小说在本土创作中展露的独特文化属性,虽然受到明治政治小说的影响,但晚清政治小说绝非单纯的国外"移植",而是在本土的"生发"中显现出自己独特的生命活力和新的文学增长点。晚清国族政治小说对待西方国家的认知中之所以存在混乱与模糊,原因主要在于传统文化体系受到的冲击。本尼迪克特·安德森说:"所有伟大而具有古典传统的共同体,都借助某种和超越尘世的权力秩序相联结的神圣语言为中介,把自己设想为位居宇宙的中心。"[①] 曾经自居世界文明中心的晚清中国一再受到西方侵略,效仿日本的变法改革刚一展开即遭到残酷镇压,曾经的文化自信开始崩塌。再者,儒家传统文化体系虽然处于坍塌与自我更新的过程之中,却依然主宰着民族的认知模式,"克己恕道"依然是文化主体对自身要求的道德内核,所以当西欧文明以一种强势的异质文化姿态强行进入封闭的中华文明之中时,晚清中国在被迫接受人类文化多元性的过程中展现出积极友好的文化本体意识,试图以一种积极主动满含善意的姿态去理解和接受西方文化,使中国拥抱世界,接受异国文明。霍米·巴巴曾试图用杂交文化的身份多元化来解释这一复杂现象,"对于霍米·巴巴来说,对抗殖民主义的方式,并不是民族主义的宏大叙事,而是渗透在日常生活的点点滴滴中的混杂化过程,这是一场悄悄地进行着的革命,一场能够真正清除殖民历史之影响的革命"[②]。总体说来,相较明治日本对待西方文明的态度,晚清中国在国家危亡之机面前表现出一定程度的他者认知包容性和自我定位混乱性。

明治异国题材国族政治小说中出现的"异国"除了以侵略姿态现身的西方强国,还有不同面貌的被侵略弱国形象登场。在这些小

[①] [美]本尼迪克特·安德森:《想象的共同体——民族主义的起源与散布》,吴叡人译,上海人民出版社2016年版,第12页。

[②] 翟晶:《边缘世界——霍米·巴巴后殖民理论研究》,文化艺术出版社2013年版,第59页。

说中，弱国形象实际是明治日本自身的命运借镜。《佳人奇遇》对弱国的书写最为典型：埃及内政不整，主政者忠奸莫辨，落得外敌入侵；西班牙专制政体不修，国内党派之争不断，民主政权不能确立，奸党勾结普鲁士，最终王位被普鲁士控制而亡国；爱兰国奸党勾结英国致国家覆亡……《经国美谈》中的齐武国之所以衰败并被斯波多把控内政，也是因为奸党勾结斯波多执政。《累卵东洋》中印度亡国是因为执政者一味沉湎声色，不修战备。以上可以看出，明治异国题材国族政治小说中对弱国的遭遇包含三种态度：一是充满同情；二是着眼于其自身存在的政治问题；三是对弱国奋起反抗精神的颂扬。以上几部小说除了《佳人奇遇》后半部分完成于甲午战争之后，其余均是甲午战争之前的创作。在通过甲午战争中战胜中国确立自我肯定之前，日本在西方拓殖行为面前依然是充满危机感的弱国心态，将自己投影于这些亡国的弱小国家之中，对这些弱小异国颇有共情共鸣之感，其姿态与甲午战后创作的《空中飞艇》等小说中俨然主宰亚洲、以称霸世界为国家目标的姿态不可同日而语。

19世纪中叶以来，相类似的殖民危机使晚清译者在选择译本时对这类题材的明治政治小说格外青睐，在其影响下诞生的晚清异国题材国族政治小说中登场的弱小国家与其多有重叠之处，出现在明治政治小说中的波兰、土耳其、印度也都曾出现在最早的晚清国族政治小说之中。《杭州白话报》异国题材国族政治小说中的弱国描写嵌入了晚清自己的国家境况，《新罗马传奇》中被欧洲三霸压制侵略的意大利更是晚清中国的影射。日本在明治维新后成功转型，彼时的弱国心态主要来自江户末期一系列不平等条约带来的殖民阴影以及西方列强在亚洲拓展势力范围的间接威胁。晚清中国则不同，殖民侵略不是遥远未来的危机，而是正在进行的现实，因而虽然《杭州白话报》中的国族政治小说与明治国族小说一样，也是用异国影射本国，但"异国"意象还是在晚清本土文化环境中出现了本土化位移，明治小说中的弱国形象投射的是日本可能存在的未来命运，而到了晚清则是

第二章　明治政治小说与晚清小说民族主义主题的发生

与现实的零距离对接。在这些异国题材的政治小说中,弱国在不同程度上都相当于晚清中国自身,这些国家的命运中寓托着中国的命运与未来。弱国要么被瓜分奴役,要么奋起抗击争取独立。被瓜分奴役自然有本国自身的原因,如波兰的亡国是因为臣子无能,"不肯尽忠报国,不肯听明白人的说话"①。土耳其衰亡是因为不肯变法,不肯维新改革,"单单这土耳其,非要死守着祖宗传来的法子,抵死不肯改变,任外旁人笑的、骂的、来侵犯的、来瓜分的,只是不懂,还一味要用蛮法,压制百姓"②。这些说法和梁启超的文章几乎一致,仿佛唯恐读者不知道小说实际是在影射中国,"据外国人的公论,他道东边有两个国度,好像病人一般。这两个国度是谁?原来一个是土耳其,一个就是中国"③。梁启超在《新罗马传奇》中称自己"捉紫髯碧眼儿,被以优孟衣冠"④。事实上,这些小说因为启蒙需要,作者非常乐意主动亮出"谈弱国即在谈自己"的写作态度,明确宣称"我们是中国人,照现在的景象,比较起来,与土耳其也相去不远了"⑤。晚清异国国族政治小说中的弱国形象塑造区别于明治小说的第二点在于对这些弱国的情感与态度上。如果说明治小说体现了作者对这些被侵略的弱小国家的同情,那么到了晚清国族政治小说中,这种同情与共鸣被"哀其不幸,怒其不争"的批判态度所取代。

异国尤其是西方列强在晚清中国和明治日本的现代化历程中充当了重要的角色。明治政治小说中的异国书写引起晚清知识阶层的共鸣,他们将异国题材引入创作了本土的国族政治小说,并在晚清的文化土壤中延拓出与本国关联更为密切的题材。译介、书写异国题材的国族政治小说的本来目的无疑是要唤起国人关注本国的政治与社会问题,唤起国人的爱国思想,因而在后来的本土创作中,国族题材小说

---

① 独头山人:《波兰国的故事》,《杭州白话报》1901年第1卷第1期。
② 宣樊子:《俄土战记》,《杭州白话报》1901年第1卷第11期。
③ 宣樊子:《俄土战记》,《杭州白话报》1901年第1卷第11期。
④ 梁启超:《新罗马传奇》,《梁启超全集》第十九卷,北京出版社1999年版,第5651页。
⑤ 宣樊子:《俄土战记》,《杭州白话报》1901年第1卷第15期。

里的弱国由晚清中国取代，晚清中国遭受侵略，中国和中国人在国际中遭受的不公待遇等现实国族危机问题也逐渐扩展为小说书写的对象，其中最有代表性的便是书写海外华人生存现状的国族政治小说。随着对异国入侵现实认识的不断加深，《檀香山华人受虐记》《黄金世界》《苦社会》等政治小说以前所未有的国际视野观照海外华人因国家贫弱导致的凄惨生存现状，这些小说的根本指向依然是国族问题，既谴责强国的人道缺失，又为晚清国族贫弱遭人欺凌的现实呐喊。1894年，清政府与美国签订《限禁来美华工保护寓美华人条约》（简称《华工禁约》），致使华工、华商在美国任人凌虐，但直至1901年国族政治小说出现之后，该题材才被写入小说。《檀香山华人受虐记》是最早将海外华人因国家贫弱导致生存艰难作为写作题材的小说，小说中用对比手法描写华人在美国遭受的非人苛待。据小说描写，同是黄种人，日本妇女被要求脱衣查验瘟疫，尚能够在日本政府进行交涉后，迫使美国做出道歉，而中国人却只能任人羞辱，因为"如今得罪了中国人，自然是不十分稀奇的"[①]。晚清国力衰弱，华人在海外任人欺凌，甚至在国内被外国人虐杀街头等情节触目惊心地描画出国家贫弱的悲惨。继《杭州白话报》之后，书写海外华人生存境遇的小说不断出现，如《苦学生》、《苦社会》、《华工魂》（原载《广益丛报》）、《据约奇谈》、《黄金世界》（1907年《小说林社》发行）、《发财秘诀》、《猪仔还国记》等都是此类题材，《黄金世界》则重点写华人的反抗与自救。这类小说虽不是在明治政治小说的直接影响下诞生，却是异国题材国族政治小说主题的延伸，书写国家命运给中国人带来个体命运影响的必然，抨击强国的侵略压榨，进而激发国民自立、自强、自救的政治思想，可视作异国国族政治小说中国族危机意识唤醒主题的延伸书写。

　　译介到中国的明治国族政治小说中关于异国书写的另一主题是弱国的亡国之痛。《佳人奇遇》等三篇小说被译介之后，受其启发，

[①] 宣樊子：《檀香山华人受辱记》，《杭州白话报》1901年第一卷第20期。

《杭州白话报》刊载了明显有别于我国传统小说的异国国族题材本土创作的政治小说。晚清中国内忧外患，亡国灭种危机日益加剧。晚清异国国族政治小说创作的主要政治背景有三：一是维新变法以失败告终，康、梁等维新骨干或被杀害或被迫流亡异国；二是1900年八国联军侵华，晚清中国沦为列强随意践踏瓜分的对象，国家和民族已深陷存亡危机中；三是以义和团运动为代表的民间反帝反侵略运动风起云涌。对西方强国由最初的陌生观望到积极了解和应对，避免国家被瓜分、灭亡是中华民族的对外时代诉求。所以同样的国族主义主题，被译介到晚清中国后，其具体内涵却表现出不一样的本土延拓。明治异邦国族小说关注国家失去主权后饱受经济掠夺、文化消亡以及民不聊生的惨痛，真正的目的是聚焦自己国家在西方列强不断拓殖亚洲的大势之下会有怎样的命运，而晚清中国的危机已经上升到国家灭亡的紧迫程度，保种自救是第一时代诉求。所以在《经国美谈》等明治中期的国族政治小说中，国族主义表现为对"西力东渐"的警惕、对西方侵略的批判和对保持本国独立并谋求强大、伸张国权的渴望，而在晚清中国的政治小说中则本土化为国家被瓜分、百姓遭受杀戮的惨状描写和对异国侵略、异族统治的激烈反抗。应该说，正是因为明治国族政治小说的译介，晚清中国才有了小说和现代民族主义思想的互相构建。

《佳人奇遇》的作者柴东海对亡国之痛有着深切的体会。他出身会津旧藩阀的武士家庭，少年学习汉学。因出身藩士家庭，柴东海加入会津军队与明治新政府作战，在明治新政府征讨会津的战役中家破人亡，自己被俘入狱。这种亡国之痛和对旧幕府的怀念与哀悼时常出现在《佳人奇遇》中，成为他后来置身异国时能够以他者视角审度本邦的情感基础。《佳人奇遇》以爱兰国、埃及、波兰等弱小国家遭受西方侵略的现实为题材，书写弱小国家政权不能独立，国民得不到保护的亡国悲惨，唤起日本国民警惕西方强国的威胁。《累卵东洋》以印度的亡国历史为题材，小说不吝笔墨描写印度在英国殖民统治之下备受掠夺、民不聊生的境遇。《佳人奇遇》总共八卷十六编，按照主题大致可以划分为两个部分，其中前一部分主要是以异国视角审视母国的民族危机，借爱尔兰国、埃及、波兰、土耳其、印度等国家遭受侵略丧失国家主权的遭遇警醒国人，因此作者着重描写弱小民族的亡国之痛。通过异邦的亡国书写，柴东海意在唤起国民的国族危机意识，警醒国民保持本民族政治和文化独立性的重要意义，抨击明治政府主导下的欧化风潮，抵制西方列强与日本签订的不平等条约，思考日本如何在西方强国的殖民扩张潮中保持国权独立。小说详细描写了爱兰国、埃及和匈牙利的亡国之痛，兼论及波兰、墨西哥、印度、中国等国遭受欧洲殖民威胁的境况。亡国之后的悲惨境遇是小说描写的重点，爱兰国被殖民后由繁盛富庶的独立国家变得经济凋敝，民不聊生；奥地利亡国后百姓被虐杀被侮辱；埃及被英国残酷掠夺……《佳人奇遇》不吝笔墨大篇幅描写异邦亡国故事，目的自然是警示国民，给明治日本提供审视本国政治问题的借镜。如前所述，明治日本面临的主要问题便是扩张国权，确保与欧美强国平等的国际地位，小说对此做出明确呼应，即"忧国家之将来，注意于东洋政略，热心于我国权之扩张"[1]。《佳人奇遇》宣扬的国族思想有二：一是彻底摆脱欧洲强国的觊觎；二是巩固扩张在亚洲的主导权。这也与明治时期日本强本固邦、伸张国权的国家课题相吻合，"今也外人包藏祸心，蔑视神州，清则猥自尊大以轻我，而无信于邻交。俄、德则恃其威势而骄傲，英、法则老于狡智而荡逸，饮我以美酒，赠我以翠羽。而其酒其羽，往往用鸩毒所制，我士民受之而不疑，所谓甘餐其毒药，戏于猛兽之爪牙者也，是自取侮也"[2]。小说的后一部分完成于1895年之后，彼时甲午战争中日本已实现自己取代晚清中国制霸亚洲的梦想，所以小说中的国权扩张思想已经开始显露。

《累卵东洋》与《佳人奇遇》虽然都是国族命运小说，但相较

---

[1] ［日］柴东海：《佳人奇遇》，梁启超译，《梁启超全集》第十九卷，北京出版社1999年版，第5557页。

[2] ［日］柴东海：《佳人奇遇》，梁启超译，《梁启超全集》第十九卷，北京出版社1999年版，第5505页。

《佳人奇遇》，前者着重写印度的亡国历史，是一部借印度的亡国故事书写民族危机的国权小说。《累卵东洋》1899年在日本出版，作者大桥乙羽，序言中提到小说是作者年少时写成，结合彼时日本的政治现实，书写印度的亡国之痛，警惕日本不要重蹈覆辙。小说以印度的惨痛亡国故事警示"西力东渐"，告诫国民独立自强。大桥乙羽创作《累卵东洋》时尚年少，当时只是为印度的遭遇鸣不平，"慷慨悲歌，一吐心中抑郁不平之气"，没想到随着欧洲不断对亚洲进行殖民扩张，日本竟也逐步置身国族危险之中，因而小说在多年之后具备了意想不到的现实意义，所以作者出版这本书的现实意图十分明确，希望借印度的亡国之痛告诫日本："时运推移，西力东渐日渐迅猛，恐东半球舆地图除却支那、日本，悉悬于其虎狼之爪下。如老大帝国支那亦将为西力蹂躏，我日本何能独善其身哉？"① 在书写异国亡国之痛的同时，明治国族政治小说也书写了弱小国家的反抗，但因为作者的创作意图并不着重于此，故这类情节并未充分展开。

晚清之前，"天下"和"国家"在传统中国伦理范畴内经常在执政王朝的政权层面呈统一的状态，所指分别是哲学属性上的最高道德伦理规范和现实中社会伦理道德的最高代言者——王朝政权，因而帝王往往又称"天子"。晚清时期，因为民族主义思潮的勃兴，"天下"和"国家"的概念之间因为加入了"民族"而变得复杂起来。因为西方的拓殖，除了"天下""国家""民族"三大伦理范畴的重构，复加入异国的入侵，使以上伦理范畴被赋予空前复杂的多重全新内涵。顾炎武尝言："有亡国，有亡天下。亡国与亡天下奚辨？曰易姓改号，谓之亡国；仁义充塞，而至于率兽食人、人将相食，谓之亡天下。"② 顾炎武强调"天下"范畴的伦理属性和"国家"范畴的物理政权属性，并未将"民族"纳入其中，或者说"民族"和"国家"

---

① ［日］大桥乙羽：『累卵東洋』例言、東京都書店明治三十一年（1898）発行、第二十三頁。（笔者译）
② （清）顾炎武：《日知录》卷十三，第三册下册，台北：台湾商务印书馆1978年版，第41—42页。

重叠,"民族"隐含于"国家"之中未被发现。简单说来,传统的"天下家国"伦理以代表儒家道德秩序的"天"为最高道德,因而晚清执政者只需认同儒家伦理规范,用"家—国—天下"一体化及以"治统"为核心的儒家伦理规范建构起能消除其特殊身份的伦理秩序,就可以将"天下""国家""朝廷"统一在现实的地理和政权层面,从而将"民族",亦即其异民族的身份模糊化并消融于这些概念之间。因而,实现了儒家伦理治国的清王朝在其统治的前期和中期,对内用儒家思想消除了其与汉民族之间的文化身份沟壑,对外则实行闭关锁国政策,强调地理和伦理上的华夏中心主义,以此维持了政权的伦理合理性和稳固性。然而,进入19世纪中叶之后,异国日益加剧的入侵与瓜分使以华夏为中心的"天下观"崩塌,"天下"被"世界"和"万国"取代,既有"天下观"瓦解,"天命"与国家政权的关系面临重构。国家遭受异国侵略暴露了执政者的无能,"国家"和"朝廷"分离,"民族"身份浮出水面,晚清执政者原本隐藏在"天下"和"国家"之间的"异族"身份随之凸显出来,民族主义的形成势必围绕政权的归属延伸出以炎黄子孙正统血脉认同为前提的激进民族主义,即反对清朝统治者的民族主义。以梁启超的思想为例,可以进一步明确以上伦理范畴在晚清时期的内涵裂变趋向。梁启超主张儒家思想的"经世致用",主张模糊清朝统治者的"异族"伦理身份,但是异国入侵和晚清伦理观念的崩塌也带给他认知上的分裂与矛盾,故一段时间之内,他也在"改良"与"革命"之间徘徊。从梁启超的文章中可明显看出他对以上传统伦理概念的复杂新内涵的发现、认知以及他的矛盾态度。梁启超在《佳人奇遇》中首次使用"中国民族"一词。1900年旅日期间,因受到孙中山的影响,梁启超在思想日趋激进时曾经在《中国积弱溯源论》一文中表达过对"国家"和"朝廷"二者内涵所作的区别理解:"吾中国有最可怪者一事,则以数百兆人立国于世界者数千年,而至今无一国名也,夫曰支那也,曰震旦也,曰钗拿也。是他族之人所以称我者,而非吾国民自命之名也,曰唐、虞、夏、商、周也,曰秦、汉、魏、晋也,曰宋、齐、梁、陈、隋、唐也，曰宋、元、明、清也，皆朝名也，而非国名也。盖数千年来，不闻有国家，但闻有朝廷，每一朝之废兴，而一国之称号即与之为存亡，岂不大可骇而大可悲耶。是故吾国民之大患，在于不知国家为何物，因以国家与朝廷混为一谈，寖假而以国家为朝廷之所有物焉，此实文明国民之脑中所梦想不到者也。"① 如果沿梁启超这一时期的国家思想继续顺向深究，"朝廷"执政者的身份势必凸显为绕不开的关键矛盾。后经过康有为干预之后，梁启超放弃思想中的激进部分，回归改良思想，文章中再论及"国家"一词时，遂复回归儒家思想传统的伦理范畴了，他将"个人""民族"和"朝廷"的最高道德目标在儒家伦理维度上统一为"国家"。"国家思想者何？一曰对于一身而知有国家，二曰对于朝廷而知有国家，三曰对于外族而知有国家，四曰对于世界而知有国家。"② 随后，他又解释了所谓"外族"实际指风俗语言、思想法制不同的"国家"，意味着梁启超再次认同能够将晚清政权身份模糊化的传统儒家伦理观。与明治日本相比，晚清中国的近代民族主义内涵错综复杂，包括近代国民国家的构建、对列强入侵的反抗和对清王朝统治的明辨与排斥三个维度。在异国入侵的现实冲击下，民族主义思想在晚清时期分裂成了坚持固有伦理模糊性的改良派和主张明辨国家和民族概念区分的反清革命派。明治国族主义政治小说中的国族危机书写移入晚清中国之后，在本土文化土壤中也裂变为侧重书写国家危机的国族政治小说和侧重书写民族危机的反清革命政治小说。

晚清时期最早书写弱小国家亡国灭种之痛的依然是《杭州白话报》所载的自创国族政治小说和梁启超的《新罗马传奇》，这些小说借异邦的亡国史警醒国人。《波兰国的故事》联系晚清中国现实，着重写波兰被多国瓜分，国民被随意虐杀以致种族灭亡的惨痛。《俄土战记》写土耳其的亡国故事，讲述了土耳其由盛及衰，最终被列强

---

① 梁启超：《中国积弱溯源论》，《梁启超全集》第二卷，北京出版社1999年版，第413页。

② 梁启超：《论国家思想》，《梁启超全集》第三卷，北京出版社1999年版，第663页。

瓜分的遭遇，主旨在于对故步自封、抱残守缺、拒绝变法的晚清政府的批判。《菲律宾民党起义记》中，菲律宾因丧失了国家的独立而任人盘剥，必须缴纳重税才能在自己的国土上自由行走，《新罗马传奇》中梅特涅等专制统治者对意大利志士进行血腥镇压……晚清中国面临国土被瓜分、民族被覆灭的危机，异国的亡国书写迅速延异为本国的国族危机书写潮。晚清时期书写国族瓜分危机的政治小说有《瓜分惨祸预言记》《明日之瓜分》《冷国复仇记》《分割后之吾人》等，涉及国族危机话题的小说更是比比皆是，如《孽海花》《新纪元》《老残游记》等，不胜枚举。

在这些小说中，列强依然磨刀霍霍，欲将中国变作自己的囊中之物，中国虽弱，却不再是任人宰割的羔羊。在这些小说里，亡国之痛虽也是重点描写的对象，但比之更重要的书写对象是中国人如何应对亡国之痛。中国传统的"天—地—人"一体化伦理簌簌坍塌，全新的"国—家—人"一体化伦理出现。国家、家庭、个人在国家存亡面前被合理化统一在一个伦理维度上。《瓜分惨祸预言记》开篇开宗明义，用事实阐明国家命运与个人命运的紧密关联，在中国即将被列强瓜分的亡国之际，国灭则人亡，"近日闻得世界上有许多强大之国，都要吞灭我的中国，若不趁早预备抵挡，却只满心私欲，专打算一身一家之计，及到那祸已临头，父母被杀，妻女被淫，财产遭劫，身躯受戮之时，方悔从前不肯出心力，舍钱财，与大众同心同德，将自己地土保住，也是晚了"[1]。覆巢之下焉有完卵，小说用大量笔墨阐明国家与个人命运休戚与共的道理，旗帜鲜明地呼吁年轻人舍生取义，保家卫国。"国家若被外人灭了，我民人是万无幸免的。"[2]"如今中国亡了，那实受这亡国之祸的，岂不是我们百姓么？"[3] 小说还

---

[1] 日本女士中江笃济藏本，中国男儿轩辕正裔译述：《瓜分惨祸预言记》，董文成、李勤学主编：《中国近代珍稀本小说·十七》，春风文艺出版社1997年版，第448页。

[2] 日本女士中江笃济藏本，中国男儿轩辕正裔译述：《瓜分惨祸预言记》，董文成、李勤学主编：《中国近代珍稀本小说·十七》，春风文艺出版社1997年版，第450页。

[3] 日本女士中江笃济藏本，中国男儿轩辕正裔译述：《瓜分惨祸预言记》，董文成、李勤学主编：《中国近代珍稀本小说·十七》，春风文艺出版社1997年版，第514页。

喊出了"男儿为国死"的激昂口号。在《瓜分惨祸预言记》中,亡国之痛是重点书写对象,在外国侵略者的洋枪之下,中国百姓惨遭屠杀的呼号声、逃难途中的自相掠杀、遭屠杀之后尸骸遍地,"断头破脑,裂腹流肠,及那残手缺足的,色色都有"①。之所以用写实手法对亡国惨状做大篇幅的描述,作者的本意依然在于"觉民",唤醒国破家亡迫在眉睫却依然"嬉酣如故"的麻木国人。亡国有多惨痛,救国就有多热切,描写救国之情切是小说对民族主义主题的另一文学阐释。小说描写了许多为救国舍生忘死的英雄:史有名在抗击侵略者时被烧焦牺牲,临终时依然不忘鼓励别人"做个报国的好男儿",方是仁挺胸慷慨赴死……

国家危机当头,个人的命运情感、家庭的存亡与国家命运自然地联结在一起,民族命运共同体催生了晚清民族主义的全新内涵。安德森认为民族是一个想象出来的政治意义上的共同体,正是民族主义造就了这一切。吴叡人说:"'想象的共同体'不是虚构的共同体,不是政客操纵人民的幻影,而是一种与历史文化变迁相关,根植于人类深层意识的心理的建构。"②晚清中国的历史现实催生了中国内涵的民族主义,那就是对本国国家灭亡危机的书写,这些小说在文本上借鉴了《佳人奇遇》的故事构思,但是主题已不再有书写异国亡国故事的旁观者之从容,亡国之惨烈必然唤起反抗之激烈。这些政治小说既是对民族主义思想的回应,也参与了民族主义思想的时代建构。小说用文学手法承载了中国人的时代民族情感,当国家和个人命运被统一在同一维度时,反抗侵略、保家卫国自然就是个人情感最真实的表露,晚清的国族政治小说将这种情感融入启蒙文学的直白基调之中。

民族主义的具体内涵决定了国族政治小说的主题书写立场与视角。不同国家在不同时期的民族主义具体内涵并不相同。晚清中国和

---

① 日本女士中江笃济藏本,中国男儿轩辕正裔译述:《瓜分惨祸预言记》,董文成、李勤学主编:《中国近代珍稀本小说·十七》,春风文艺出版社1997年版,第514页。
② 吴叡人:《认同的重量:〈想象的共同体〉导读》,[美] 本尼迪克特·安德森:《想象的共同体——民族主义的起源与散布》,吴叡人译,上海人民出版社2016年版,第17页。

明治日本于地缘、文化上皆存在亲缘关系，又是在同一时期面对来自西方列强的殖民威胁，因而甲午战争之前的明治日本和晚清中国的民族主义内涵有极大的相通之处：对西方文化既拒斥又认同的复杂心理，对作为"共同体"的国家文化主体认知与认定。正是这些相通之处让晚清译者在面对题材纷纭的明治政治小说时将国族政治小说作为译介的第一选择，也正是因为这样的文化心理共鸣，晚清中国才迅速认同了明治国族政治小说的国族主题书写，并开始了自己的国族政治小说创作。但是，接受和认同并不等同于单纯的模仿，晚清中国的民族主义发生虽然在宏观上和明治中早期日本有诸多相似，但在具体内涵上绝不可能简单等同。如本节前段分析，在异邦的瓜分狂潮追逼之下，晚清政权的腐败无能将曾经靠儒家思想认同隐藏在"天下""国家"和"朝廷"之间的"民族"逼出水面，执政者的复杂身份随之凸显。晚清国族主题小说在反向参与国族主义思想构建的过程中势必面对这一命题，并做出本土的文学回应。当晚清中国的国族危机成为国族小说的主题时，抗清命题必然浮出水面，以抨击清廷统治为主题的小说即为国族危机小说的本土延异。书写抗清主题的政治小说也可以看作在明治国族政治小说影响下派生出的分支。抗清民族主义政治小说的作者多为留日革命派，有论者也指出抗清革命思想实为国族主义思想的分支，"革命就是留日中国知识分子的民族主义思潮的结果"[①]。

  抗清革命思想在早期书写国家危机为主题的政治小说中自然浮现，在以书写抗击西方侵略者为主题的《瓜分惨祸预言记》中，抗清思想便已经十分明晰。《瓜分惨祸预言记》是较有代表性的本土自创排满国族危机小说，而抗清主题的出现正是由异族入侵延拓而来。小说假托日本人所作，而且添加数条例言力证小说为译本，但实际上其为本土早期的原创政治小说，作者为郑权。作者之所以如此，主要是逃避清政府的言论迫害，但这也侧面证实了日译政治小说在晚清中

---

① 李怡：《日本体验与中国现代文学的发生》，北京大学出版社2009年版，第28页。

国有较大的传播力。据《辛亥革命福建英杰图志》记载，《瓜分惨祸预言记》应创作于1901—1902年[1]，1903年由有独社出版发行单行本，所以也是晚清"新小说"发起之前的政治小说。作者创作该小说前后并未去过日本，这部小说却与日本发生了密切的联系。作者不仅假托其为日本小说译本，而且立志救国的主人公选择寻求救国之道的目的地也是日本，书中开篇登场的主要人物依然是日本人，但是小说围绕的主题始终是中国的国家命运。单从小说故事情节的展开方式上看，颇具与《佳人奇遇》有异曲同工的浪漫主义格调，主人公黄勃决定远游日本，旅途中（都是在船中）偶遇两位姐妹相称的日本女士吟诗作对，内容却无关风花雪月，而是中国的亡国预言诗。主人公与她们一见如故，视为知己，救国论题由他们之间的谈话展开。不得不说，这与《佳人奇遇》中散士邂逅红莲、幽兰二佳人的画风太过相似。除此之外，《佳人奇遇》和《累卵东洋》中的中国与日本命运与共的亚洲连带意识也出现在这部小说中，"中国亡，日本亦必不保。吾不忍见全洲黄种人尽为白人奴隶，故死"[2]。根据现有资料，这是将日本与中国的国族命运联系在一起的论调首次出现在晚清政治小说的文本中，之后在《新纪元》和《新舞台》译者序等作品和文章中，类似的观点和表达也屡次出现。[3]《瓜分惨祸预言记》屡屡写到面对外邦入侵麻木不仁、全无民族主义思想、置国家安危于身之外的国民，《累卵东洋》的卷末跋同样表达过对这种麻木不仁的憎恶与痛心："乃归自东京，由沪旋里，窃见邦人之宴安如故也，酗嬉如故也。"[4] 这些不可能只是"巧合"的巧合进一步验证了当时日本政治小说在晚清中国的影响传播之深广，《瓜分惨祸预言记》的诞生应该

---

[1] 书中记载："光绪二十八年（1902），郑权自南京返闽，带回许多革命书刊，包括其所著的《瓜分惨祸预言记》《福建之存亡》等书，传播反清革命思想。"福建省地方志编纂委员会等编：《辛亥革命福建英杰图志》，海峡书局出版社2011年版，第216页。

[2] 日本女士中江笃济藏本，中国男儿轩辕正裔译述：《瓜分惨祸预言记》，董文成、李勤学主编：《中国近代珍稀本小说·十七》，春风文艺出版社1997年版，第455页。

[3] 见本书第四章第三节。

[4] 兰陵氏：《〈累卵东洋〉跋》，付建舟：《清末民初小说版本经眼录》（日语小说卷），中国致公出版社2015年版，第209页。

受到《佳人奇遇》等日译国族政治小说的影响。但是相较以上诸多外在形式上的"巧合",文化层面的深度文本联系或许更值得探究。

简单说来,《瓜分惨祸预言记》呈现了"异国入侵—国家危亡—爱国志士奋起反抗—清廷镇压—反抗清廷"这样一条逻辑清晰的叙事线索,从中可以看出"抗清"正是在抗击异国瓜分的过程中自然凸显的命题,清政权的复杂身份在遭受异国侵略的国家危机面前凸显,"抗清革命"成为救国这一民族主义思想内涵中最为激进的分支。以"民治"为内核,注重国家政治秩序合理与否的"道统"儒家思想和西方现代民主国家观念相互融合,构成中国早期资产阶级革命思想的主要理论来源。《瓜分惨祸预言记》前半部分重点书写与外国侵略者的斗争,是较为纯粹的国权小说,只在曾子兴的演讲中提到了清政权,也完全是将内部矛盾置于中外矛盾之下,国家矛盾之内,"他是野蛮贱种,虽然一时得志,我们尚可再图恢复……若是被那外洋白种人得了……你们想想,不得聚集众人,尚能恢复得国么?"① 但到了第五回,曾子兴被清廷官员抓捕,代表政权的清廷和"国家"形成了尖锐的矛盾对立,清政权统治问题从此处开始上升到国族危机的高度,清政府"把我们四万万人公有的产,任意投赠他人,使我等汉人现在受那屠杀残暴之惨。后时更永为外人的奴隶牛马,万劫不复,直到种灭了。然后剩个臭名,为五洲万国之人所唾骂……依我说,却是速图杀尽满人,收回国权。然后布告诸国,不认满洲政府所许割与各地,力争独立起来。就是国……"②《瓜分惨祸预言记》的主题演变清晰表明"抗清"如何成为国族主义的分支,"抗清小说"又如何成为民族主义小说的支脉。小说呈现的伦理依据十分明显,清廷已和国权构成对立冲突,儒家伦理规范中,"国家"和"政权"本应一体化,然而瓜分危机下的国家危机使二者分离,甚至产生了对立,

---

① 日本女士中江笃济藏本,中国男儿轩辕正裔译述:《瓜分惨祸预言记》,董文成、李勤学主编:《中国近代珍稀本小说·十七》,春风文艺出版社1997年版,第459页。

② 日本女士中江笃济藏本,中国男儿轩辕正裔译述:《瓜分惨祸预言记》,董文成、李勤学主编:《中国近代珍稀本小说·十七》,春风文艺出版社1997年版,第499—500页。

代表政权执行者的清廷的复杂身份也由此被分离出来,反清被提升到与伸张国权同样的高度。因为"反清"和维护主权的抗击外来侵略目的一致,都是为伸张国权和建立以民权为内核的现代民族国家,所以抗清主题融入晚清的国族主义思潮,故"抗清"小说实为国族危机小说的分支。如《狮子吼》中就明确将抗清革命等同于民族主义,反向参与了晚清国族主义思想的内涵构建,"大凡人之常情,对于同族的人相亲爱,对于外族的人相残杀,这是一定的道理。慈父爱奴仆,必不如爱其子孙。所以家主必要本家的人做,断不能让外人来做家主;族长必要本族的人当,不能听外族来当族长,怎么国家倒可容外族人来执掌主权呢?即不幸为异族所占,虽千百年之久,也必要设法恢复转来,这就叫做民族主义"[①]。《瓜分惨祸预言记》《分割后之吾人》《明日之瓜分》等书写国家危机的小说中,都涉及了"抗清"的命题。

国家危机延伸出"抗清"命题,随后晚清小说界出现了一批专以"抗清"为主题的国族危机小说,构成了国族危机小说主题的本土延拓。这些小说大多是在 1903 年至 1905 年间写成的,且多数由晚清留日学生主笔,如《狮子吼》(《觉民》,1904)、《卢梭魂》(怀仕,1905)、《燕子窝》(原载《汉声》,1903),另有《自由结婚》、《黄人世界》、《仇史》(痛哭生,《醒狮》,1905)等都是这类题材小说,1905 年之后又出现了《洗耻记》《新鼠史》《奴隶梦》等同题材小说。从理论上溯源,它们是在晚清国族危机书写中流变的分支,是国族危机主题在明治国族政治小说影响下的本土延拓。从文本影响接受可能来看,《仇史》载于《醒狮》,《燕子窝》载于《汉声》,《黄人世界》载于《游学译编》,这些都是在日本发行的杂志,但是因为未题明作者等原因,除这三部小说的作者信息尚有待进一步考证,其余几部抗清主题小说的作者都与明治日本有直接渊源。《狮子吼》的作者陈天华 1903 年官费留学日本,留日期间思想转向革命,1905 年

[①] 陈天华:《狮子吼》,阿英编:《晚清文学丛钞》小说三卷下,中华书局 1960 年版,第 600 页。

发表小说《狮子吼》；张肇桐1901年赴日留学，1903年出版《自由结婚》；《洗耻记》从序言中可以得知，化名"冷情女史"的作者曾游访日本，小说1903年在东京出版；《卢梭魂》的作者怀仁经考证为江苏籍留日学生张树桐，故小说中提到主人公华复和黄人瑞要去"大和读书"，小说中出场人物读的报纸是"东京印了来"的《汉声》①，读的书是翻得破破烂烂的《累卵东洋》②。《卢梭魂》的最后一回题目为"独立峰头群瞻帝像，自由峡口梦授仙书"，《自由结婚》里的启蒙小说要送到"独立厅自由破钟西面"费府活版所印刷，谁又能说这些描写与《佳人奇遇》卷首之语"东海散士一日登费府独立阁，仰观自由之钟"仅是巧合呢？可以断定，以上几部抗清小说作者均与日本有直接联系，小说作者均有接触到日本政治小说文本的客观条件，理论上在实际的创作过程中，他们极有可能接受来自明治政治小说文本的直接影响。"庚子以后，东京留学生渐濡染自由平等学说，鼓吹革命排满者日众，《译书汇编》、《开智录》、《国民报》缤纷并起，《湖北学生界》、《浙江潮》、《新湖南》、《江苏》各月刊继之，由是留学界有志者与兴中会领袖合冶为一炉。"③ 抗清民族主义小说可以视作留日学生发起的国族政治小说，但晚清政治小说的发生和延拓追根溯源依然要在文本与文化的互动中进行，所以下依然采取文本细读比较的研究方法进行分析。

　　细读以上晚清本土创作的小说文本，可以发现晚清抗清小说的主题构建与日本自由民权作家宫崎梦柳的小说不无联系。二者的主题关键词都是"自由"和"民权"，宫崎小说中的卢梭思想是晚清抗清民族主义小说中的现代国民思想的哲学来源之一，卢梭也是晚清抗清政治小说中的"主人公"，中、日两国的"卢梭像"都是自由、民主、革命的象征。明治十五年（1882）前后，民权运动中最激进的一派

---

① 怀仁编，阿成仁校点：《卢梭魂》，董文成、李勤学主编：《中国近代珍稀本小说·十二》，春风文艺出版社1997年版，第61页。

② 怀仁编，阿成仁校点：《卢梭魂》，董文成、李勤学主编：《中国近代珍稀本小说·十二》，春风文艺出版社1997年版，第87页。

③ 冯自由：《革命初期之宣传品》，《革命逸史》（上），新星出版社2009年版，第21页。

自由党派代表作家宫崎梦柳创作了一系列带有革命主义倾向的政治小说，这些小说以法国自由主义为理想，主张主权在民、反对帝王专制、反抗政权弹压、主张地方自治、提倡暴力革命、着力改善底层人民的生存状态，这些政治主张都是宫崎梦柳小说中的政治书写对象。明治十五年至明治十七年（1882—1884），他创作了《法兰西太平记：鲜血之花》《法兰西革命记：自由凯歌》《一滴千金：忧世涕泪》等具有革命倾向的政治小说。准确说来，《法兰西太平记：鲜血之花》是宫崎梦柳为樱田百华园未竟遗作《法兰西革命起源：西洋血潮小暴风》写的续篇，实际是根据大仲马的历史小说《一个医生的回想录》改译而成，但是其中关于卢梭思想的部分多属作者自己添加。《一滴千金：忧世涕泪》也是根据日本国情需要进行大幅改译的小说。宫崎梦柳的法国革命主题小说里的哲学思想背景就是卢梭（小说中作"卢骚"），以皮特乌等志士推翻腐败堕落的法国专制政权为主线，内容涉及法国皇宫的腐败、黑幕揭露等。宫崎梦柳思想激进，他高唱志士牺牲精神和民权伸张，是将卢梭思想最先引入政治小说中的日本政治小说家。宫崎梦柳小说中的"卢梭"显然是日本自由民权时代各种激进民权思想的"合集"，包含了明治十四年中江兆民翻译到日本的卢梭思想、斯宾塞的社会进化论思想、板垣退助和中江兆民等的民权思想，因而被叫作"日本卢骚流思想祖述"，曾被日本报纸称为"日本卢骚"。[①]《法兰西革命记：自由凯歌》中的革命志士皮特乌既是受卢梭《民约论》启蒙的英雄，也是"卢梭流"思想的信徒，小说第八回开头有作者添加的一段议论："当时法兰西人民智识日积月累，独立气象日盛，人民专好读卢骚民约篇，高唱平等之说，然政府暴虐无道，贵族云集，滥施苛政……"[②] 在宫崎的政治小说中，"卢梭"是反对暴政、人民自治、暴力革命、反抗官府弹压的一切思想来源。1900 年之后，晚清留日学生也一度把卢梭精神视

---

① ［日］柳田泉：『政治小説研究』（上卷）、春秋社1967年版、第172页。（笔者译述）
② ［日］宮崎夢柳：『佛蘭西革命記：自由の凱歌』、筑摩書房昭和四十一年（1966）版、第34页。（笔者译）

为反抗专制的排满革命理论法宝和思想武器,《游学译编》登载杨廷栋根据日本译本转译的《民约论》,《卢梭魂》《狮子吼》《自由结婚》中都有卢梭形象登场,卢梭同样被塑造成无所不能的国族主义思想代言人:《卢梭魂》中上知天文下知地理的全能卢梭、《自由结婚》中痛恨奴性的打狗卢梭、《狮子吼》里学富五车的老儒卢梭……晚清政治小说中的卢梭形象很大程度上是宫崎梦柳"卢梭流"的晚清翻版,卢梭不仅引领晚清志士反抗清廷,建立地方自治,而且可以和黄宗羲的《原君》《原臣》儒家革命思想无缝对接,"卢梭"被本土化得格外适合晚清中国国情。《卢梭魂》开篇即言:"欧洲西境,法兰西国,有一个名儒,唤作卢梭。论起他的学问,在那法国也要算数一数二的。远者天文地理、近者物理民情,以及各国语言文字,他却无一不晓,无一不精。"[1] 和《自由凯歌》中一样,卢梭还是晚清民权思想的导师:卢梭信徒陈涉跑到城里城外向青年散播卢梭思想,结果"没有几天,沿街遍巷,也有索读卢梭文字的,也有极口夸赞卢梭议论的。便是那些不成正气,鬼头鬼脑的,也自随声附和,嘴头上播出'民权'二字了"[2]。《卢梭魂》中的卢梭大概也算得上晚清构建的时代"卢梭流"了,鼓舞着朱胄、东方英等革命志士"夺回唐国地,驱尽曼珠人"。《狮子吼》中的卢梭和黄宗羲也被塑造成中西革命思想的哲学导师。另外,晚清抗清革命小说的主题构建方式也极有可能受到宫崎梦柳政治小说的影响。最早出现的晚清国族政治小说大多是讲史式"演书",到了抗清民族主义小说阶段,故事情节变得丰富,也开始出现家庭、婚姻等涉及个体命运的伦理书写。以《自由结婚》为例,里面除了国家命题的书写,还加入了青年男女的爱情、女主人公与乳母的亲情等故事情节,让人很难不联想到《自由凯歌》的主人公皮特乌与乳母之间的深情。

---

[1] 怀仁编,阿成仁校点:《卢梭魂》,董文成、李勤学主编:《中国近代珍稀本小说·十二》,春风文艺出版社1997年版,第9页。

[2] 怀仁编,阿成仁校点:《卢梭魂》,董文成、李勤学主编:《中国近代珍稀本小说·十二》,春风文艺出版社1997年版,第13—14页。

抗清民族主义小说原是国家危机小说的延异分支，在革命派作家看来，反抗清廷统治和抗击西方列强入侵都是为了救国。"瓜分中国的列强——中国"和"强夺华夏政权的清廷——华夏儿女"分别形成晚清国家危机政治小说两条平行的主题链。

第二节　内政批判与内政变革文学实验中的救亡探索

明治政治小说中的现代国族主义思想在对西方殖民者侵略扩张的批判与抵制中逐渐形成，与之相伴而生的第二大主题是针对本国内政的救国书写。这类小说从题材上可以分为两大类：一类是以被殖民国家的内政为借镜，在对弱小民族国族危机应对批评中反观日本，对本国内政积弊进行批判，并旨在谋求改革；另一类是积极宣传党派政治主张，正向积极争取内政革新的党派政治小说。这一聚焦国家内政问题的题材深受晚清政治小说作者的关注，晚清中国也在引入明治国族政治小说之后，出现了大量以批判、解决晚清内政与社会问题为书写对象的政治小说和积极谋求内政变革的党派政治小说两大类题材的政治小说，这些小说参与构建了晚清小说救亡图存的民族主义主题。

最先被晚清译者关注并译介的明治国族政治小说中，以异邦内政积弊为借镜，批判本国内政并谋求改革便是小说作者重点探讨的主题之一。最早被晚清中国译介的《佳人奇遇》《经国美谈》《累卵东洋》三部作品都包含这样的主题，这些小说以弱小国家的内政问题为借镜，指摘日本的内政积弊，批判并积极谋求改革。明治维新结束了日本漫长的封建时代，开启了西化现代历程，然而来自欧洲的殖民威胁仍未解除，国内政治动荡，明治政权缺乏稳定，社会伦理观念在传统与外来思想的碰撞中呈现混乱。现实中，日本政府面临彻底摆脱西方威胁和获得与西方世界平等国际地位两大国族生存与发展的课题，解决这些问题的根源在于内政修整。晚清中国的国族政治小说延续并强化了这一主题，用异国反照、直面本国两种方式观照这一国族发展进程中的重要课题。《波兰国的故事》《俄土战记》《洪水祸》等小说借异国亡国题材书写观照本国内政积弊，《新中国未来记》《黄绣球》以及《狮子吼》《自由结婚》等小说则直面晚清的内政和社会问题，并借用文学的想象性特点在小说中进行救国实验想象。

批判的终极目的是在此基础上进行改革与重建，"破"与"立"互为对立统一。明治政治小说也以积极的态度谋求国族内政变革，试图通过小说中的文学实验寻找摆脱殖民危机的途径，党派政治小说便是明治日本内政改革、谋求国族独立发展主题的重要书写。随着晚清中国对明治政治小说的接触，以宣传政治主张、谋求内政改革为题材的党派政治小说同样走入晚清中国的视野，被晚清译者译介的有末广铁肠的《雪中梅》和《花间莺》、加藤政之助的译作小说《回天绮谈》、渡边治的《政海波澜》以及《三十三年落花梦》五部作品。随后，晚清中国也出现了以宣传政治主张、拯救国家命运为主题的党派政治小说。最早将政治小说译介引入的梁启超是维新派的中坚、政治小说的重要发起人，也是维新思想的系统构建者，以梁启超为核心的维新派作家开始创作以维新政见宣传为书写对象的政治小说，《新中国未来记》是其中的代表作品，计划流产的《旧中国未来记》及《新桃源》[①] 或许也是这一类作品。1901年清政府宣布新政改革和1906年《预备立宪》谕旨颁布又分别掀起改革小说潮，大量维新立宪题材的政治小说涌现，如《邹谈一噱》《新镜花缘》《乌托邦游记》《新三国》《未来世界》等。与之同时，激进的革命派也进入创作高潮。甲午战争之后，晚清掀起赴日留学潮，这些赴日留学生受越来越严重的瓜分危机触动，开始接受激进的政治思想，在1900年前后发生大规模的革命转向，他们创作、译介了大量的激进革命政治小说，宣传自己的政治主张。在这个过程中，维新派和革命派在政见方面的

---

① 见梁启超著《中国唯一之文学报〈新小说〉》一文，其中可见梁启超创作政治小说的预想计划为类似三部曲的《新中国未来记》《旧中国未来记》《新桃源》（又名《海外新中国》）。详见陈平原、夏晓虹编《二十世纪中国小说理论资料（第一卷）1897—1916》，北京大学出版社1997年版，第61页。

分歧越来越大，双方开始以小说为阵地相互驳斥、批判。《大马扁》《新党发财记》《新党现形记》《上海之维新党》《康梁演义》等批判维新思想和维新派的革命派小说陆续问世。

晚清以"救国"为题材的政治小说的发生既受到明治异国政治小说和党派政治小说的影响，也深植于晚清自己的文化土壤之中。在世界视角的大背景之下，明治日本和晚清中国确有诸多文化相通之处，但涉及内政变革问题，显然晚清中国要远较日本复杂。明治政治小说因自由民权运动而起，自由民权运动是明治日本当时的主流政治运动，明治政治小说家大多是自由民权运动的参与者，他们的小说内容也与各自的政治主张相关，因而在这里有必要简单梳理一下日本自由民权运动的流脉，从而更全面了解晚清译者为何选择以及怎样选择译介对象，并推断哪些未被译介的明治政治小说同样有可能对晚清政治小说创作产生影响。

日本自由民权运动始于明治政府成立之后的官民之争，简单说来就是代表维新胜利者的明治新政权和旧士族之间的权力之争，二者之间的矛盾至明治十四年（1881）十月的暴力政变达到高潮。在明治政府的高压镇压之下，民权运动暂告失败，代表民权派的大隈重信等官吏被全部从政府中清除，之后民权运动进入第二阶段，民权派彻底变成在野人士，只能通过兴办报刊、创作小说等渠道宣传自己的政治主张，明治政治小说以此为契机兴起。概而言之的"民权派"内部又分化为激进的自由党派和保守的改进党派，前者主张西方的"天赋人权"，宣扬以国民权利为根本出发点的民权，上一节中提到的宫崎梦柳就是自由党派的代表作家，后者则主张国家立场的民权，《经国美谈》的作者矢野文雄和《佳人奇遇》的作者柴东海都属于后者。自由党派小说家从国民个体权利出发，着力于改善国民生存状态，思想激进，有强烈的革命倾向，反抗官府、地方自治、社会改良、男女平权都是他们的政治主张，法国大革命和俄国的虚无党也是他们的政治小说书写的重要内容。这一政治派别后来遭到明治政府的弹压，明治十六年（1883）的福岛事件就是对激进民权运动的残酷镇压，宫崎梦柳也因创作虚无党小说《鬼啾啾》被捕入狱，持保守立场的改进党民权派占据民权运动主流。为缓解国内日益尖锐的政治矛盾，明治政府改变之前的态度，倡导官民调和的大同运动，融合自由党和改进党之间的矛盾。自由民权运动的现实目标为开设国会、减轻地税、修正不平等条约等，主流是站在国权立场，以国家利益为出发点的"民权"运动，至明治二十三年（1890）时日本政府开设国会，国权派和民权派统一为国权主义立场，日本的民权主义也彻底融入国权主义之中，自由民权运动退潮，兴极一时的明治政治小说也随之谢幕。明治自由民权运动所主张的政治思想本质上和政府主导的国家主义是重合的，这也是二者后来达成最终和解，民权派思想消融在国家中心主义中的根基。从哲学角度来说，明治时代的伦理思想内核是个人与国家的一体化，也就是强烈的国族主义精神。这也是本书把《经国美谈》和《佳人奇遇》在广义上定义为国族政治小说的主要依据。矢野文雄和柴东海都是改进党政治家和小说家，所以他们的政治小说关注的焦点并非西方现代思想所主张的建立在自然权利基础上的民本主义，而是以国家利益为立足点的国家民主主义，因而被称作"在野的国家主义"①。《经国美谈》和《佳人奇遇》中的内政批判和内政改革都是以政权、国权为核心的日本国策批判与变革诉求，这两部小说的政治立场深受持保守政治立场的晚清维新派小说家的认同。

另外，作为明治政治小说肇始的党派政治小说也是晚清救国主题小说发生不可忽略的参照文本。因为与晚清国家危机的联系不如《经国美谈》等国族主题小说更为直接和密切，党派政治小说被选择译介的时间有所延迟，却在晚清后来的救国主题小说中独树一帜，充当了重要的角色。

晚清时期的赴日群体是明治政治小说的译介和创作主体。晚清中国沉疴深染，虽然国人通过洋务运动、维新变法等方式寻求改革自

---

① 李冬君：《论明治精神结构——走向国家主义和民主主义的儒家精神》，[日] 松本三之介：《国权与民权的变奏——日本明治精神结构》，李冬君译，东方出版社2005年版，第7页。

救,但国内社会依然问题百出,赴日群体跳出国内的局限,以"局外人"的眼光观察和思考国内现状,发现了更多的问题,对之进行批判也就成了自然的趋势。毋庸置疑,晚清译作者选择译介以及创作的依据都是围绕晚清中国的政治现状,同时受到作者政治思想立场的极大影响。晚清留日学生是晚清革命主义思潮形成的主体人群,他们的思想发生大规模转变是在 1900 年至 1903 年之间,最先翻译明治政治小说的译者许多正处于转变为激进的革命主义思想的过程之中,如《经国美谈》的译者周宏业后来虽然加入革命派,但在译介小说当时担任《清议报》编写,《累卵东洋》的译者忧亚子经本书作者多方考证,极大可能指向兼任《游学译编》和《国民报》编辑的杨廷栋和杨荫杭中的一人,也属于思想在赴日后逐渐转向激进的留学生。这也可以解释为什么激进主义民权政治小说文本在日本早于国族政治小说出现,却未能成为晚清译者的译介首选。一方面,在《佳人奇遇》等国权小说的影响下,晚清中国出现了《波兰国的故事》《俄土战记》《洪水祸》等以国权伸张、朝政批判、维新改革为书写对象的政治小说创作。另一方面,随着留日学生大规模的激进思想转变,作为晚清政治小说创作主体的他们具备阅读日本激进主义民权小说的主客观条件,有可能受到这些小说的影响,因而创作出带有排满革命倾向的政治小说,并且更多关注社会层面的积弊和对国民的批判,他们在小说这方文学沃土中展开想象,掀起一股地方自治书写热潮。为更好厘清外来影响和本土文化如何分别或共同促成晚清国族政治小说的救国主题生成,本节将从内政批判与变革求新两个角度对救国主题的政治小说分别进行辨析,解析晚清政治小说在救国主题形成过程中选择接受了明治政治小说的哪些影响因素,又实现了哪些本土增长。

明治十七年(1884),民权派中的激进民主主义派被镇压之后,自由民权派主张的"民权"便统一为建立在国家中心思想之上的国本主义,国民即"臣民",国族政治小说中所书写的民权即为国家政权视域下的平民主义和自由主义。因而小说中关心的是导致国家主权岌岌可危、国力衰微的内政问题。结合明治政府中早期的执政现实,明治政治小说对内政问题从批判和建设两个方面进行文学观照，围绕的问题主要有以下几点：明治政府实行的全面欧化政策；明治政府的集权执政倾向；私德泛滥等。

明治思想界和明治政府的全面欧化风潮受到自由民权派的批判与抵制有其思想渊源。明治维新完成之后，早期思想界中西融合、新旧交叉、各种思想纷纭交杂：福泽谕吉、加藤弘之、森有礼等以"明六社"为核心的全面西化派提出"脱亚入欧"，从文化根本上推行彻底的全盘西化，主张针对儒学和汉学进行清算，明治日本后期的帝国主义扩张思想与之不无关系；中江兆民、植木枝盛则主张以"天赋人权"为出发点的民权主义；同时，明治之前作为日本"国学"的儒家思想也依然根植于日本人的思想深处；等等。总体来说，全盘西化的激进思想和以儒学为根基的传统思想在明治时期形成冲突与制衡。其中主张全盘西化的思想在明治早期势头甚盛，压过传统思想，明治维新完成之后的明治政府也一度实行全方位欧化政策，明治十七年（1884）开始的"鹿鸣馆舞会"① 是明治日本全盘欧化达到顶峰的标志。的确，明治维新之后，代表新兴资产阶级的萨摩和长崎派在政治上取代了旧幕府时代的改革派并执掌政权，但曾经的政权执掌者也并未彻底退出政治舞台，明治日本的自由民权派主体即由幕府旧臣转换身份形成，曾经的政治主角在明治维新之后失去实权，他们以"民"的立场主张民主、自由、以民为重，提出的具体政治措施是开国会，让民众参与到国家政治中来，故称作"自由民权派"。自由民权派小说家的思想特点大致如下：他们大多由幕府旧臣转变而来，汉学渊源深厚，深受儒家思想影响；同时又主张推进日本体制上的现代转型。因而自由民权派的思想实际存在新旧"两张皮"，表面主张西方的还政于民，深层依据却是儒家思想中的重民思想。旧藩士出身、汉学渊源深厚又对西方文化有切实体会的柴东海和矢野文雄就是其中

---

① 明治十六年（1883），明治政府在东京修建"鹿鸣馆"作为接待欧洲政要的场馆，明治十七年（1884），日本首相伊藤博文在鹿鸣馆举办大规模化装舞会，将明治政府倡导的欧化政策推向高潮，"鹿鸣馆舞会"也成为日本实行欧化政策的标志。

的代表,他们对明治时期的过度欧化保持了清醒的态度,认为思想层面的彻底西化将使日本失去传统美德,堕入西方拓殖侵略的危险之中。此外,曾经的保守民权派改进党在激进民权派自由党谢幕之后出现了内部的分化与斗争,日本的财政拮据阻碍国家国权伸张、权力过于集中对民权形成过度压制等问题也都是当时明治政权的现状,这些问题是《佳人奇遇》等小说的内政批判对象。

对过度欧化倾向的批判是明治政治小说内政批判的首要对象。《佳人奇遇》后半部分主要以日本内政批判和内政变革为书写对象,其首先批判的就是日本全盘欧化问题,小说的政治立场即为柴东海的政治态度。在《佳人奇遇》中,抛弃本国传统文化、宗教信仰、伦理道德的国家全部沦为西方压榨盘剥的殖民国,无一幸免。如文明古国埃及的国族危机起因极具代表性,小说中写道:"埃及王大醉心欧风,百事顾问欧人。自文物典章,以至衣服饮食,弃旧惯而模拟欧风,费用日即浩大,国库渐告空乏。英国无赖之徒,见之窃有所计,乃贷于一亿万金于埃及王。"[①] 于是埃及正中欧洲圈套,无异于羊入虎口,被英、法等国高利贷盘剥,最终国库亏空,被英国人乘虚而入,以相助之名掌握内政,亡国在即。明治十六年(1883),柴东海在《东京每日新闻》上发表短篇小说《东洋美人之叹》,明治十八年(1885)又发表小说《东洋之佳人》,讽刺日本一味崇尚欧化的政策导向。柴东海借小说讽刺批判日本政府丢弃自己优秀传统伦理,捡拾腐败堕落物质至上的西方文化,警告日本政府全盘欧化的最终结果就是落入西方圈套,将日本拱手送于西方,沦为西方殖民地。小说主张在伦理上坚守日本传统,抵制文化颠覆:"且如耶稣圣经,与我邦历史,互相矛盾,若从之,则我二千五百年之历史,尽属虚妄,我四千万之祖先,皆为无知之罪人矣。"[②] 针对明治政府的全面欧化国策,

---

① [日]柴东海:《佳人奇遇》,梁启超译,《梁启超全集》第十九卷,北京出版社1999年版,第5535页。
② [日]柴东海:《佳人奇遇》,梁启超译,《梁启超全集》第十九卷,北京出版社1999年版,第5596页。

《佳人奇遇》发出"唯名与器,不可以假人"的警告。在"脱亚入欧"论甚嚣尘上,各种思想激烈碰撞的明治中期,国族政治小说对国家伦理道德何去何从做出了回应与探讨。

明治国族政治小说中的内政批判之二便是明治政府实际执政中的集权和高压制度。《佳人奇遇》批判了明治政府压制言论、官场营私、官民对立的做法;《经国美谈》通篇批判暴君专制之弊害;《累卵东洋》在抛出"美术误国"论之后话锋一转,指向贵族专制。明治中早期,强制规定"忠君爱国"的明治朝政派和主张国民权益并呼吁形成自发爱国的民权派之间冲突不断,尤其与代表中下层百姓的激进民权派之间的冲突愈演愈烈,最终爆发武装冲突。明治十年(1877)的西南战争虽然遭到镇压,却并未解决根本矛盾,明治十四年(1881)发生政变,明治十五年(1882)之后又发生福岛事件、高崎事件、高田事件等一系列反抗明治政府高压政策的民权武力冲突,危及明治政权的稳定。① 《佳人奇遇》针对这一现实政治问题做了大量探讨,小说列举奥地利"布施抑压暴制之令,断绝自由自主之根",僧侣操控国会,最终民怨沸腾,揭竿而起和匈牙利内外夹击,政权被推翻。② 小说结合日本实际,提出广开言论,开放新闻集会自由等民主建议。《经国美谈》中也以阿善和斯波多为例,批判专制统治的危害,提倡实行共和民政。斯波多虽然依靠专制统治称霸希腊,但终因不能实行共和导致腐败衰落,外强中干。《累卵东洋》中印度衰亡也是因为贵族专权,"贫富隔离尤甚,阶层固化,平民阶级纵有经世才能,亦因出身贫寒不能为官,不能通婚富家,贵族权力日盛,民怨沸腾"。③ 明治政权成立以后的官民之争是明治国族政治小说观照的现实问题,这些国族政治小说所批判的压制与专制是站在国

---

① [日] 小和田哲男:『日本年史表ハンドブック』、東京PHP研究1995年版、第196頁。(笔者译述)

② [日] 柴东海:《佳人奇遇》,梁启超译,《梁启超全集》第十九卷,北京出版社1999年版,第5550—5551页。

③ [日] 大橋乙羽:『累卵東洋』、東京都書店明治三十一年(1898)版、第50頁。(笔者译)

家立场上的民权伸张，主导思想是传统儒家立场中的国家中心思想。或可用《佳人奇遇》中的一句话概括明治民权派的政治思想主张："王者富民，霸者富武，亡者富库。"①

明治国族政治小说批判的内政积弊之三就是私德泛滥，营私舞弊，政权内部互相倾轧，压制人才的现状。《佳人奇遇》中先是以异国亡国历史为例，指摘党争之弊。清廷李鸿章和曾国藩因私利反目，无暇顾及国难当头的扶危救急；朝鲜因政党之乱导致外国干涉；等等。在批评完他国的政弊之后，小说继而转向明治政府内的互相倾轧问题，指责为官者唯私至上的弊病："观其情形，实非因事而设官，乃因人而设官，因官而设事也。故赏功以官，怜友以官，报私德以官，结朋党以官，贪游乐以官，钳制在野有志之口以官，视官途官事，一如己之私物，视国家租税，一如己之私财。"② 这也是柴东海后期创作的主要现实视角之一，明治二十三年（1890）开设议会，但各政党互相倾轧，愈演愈烈。《经国美谈》中阿善的衰落也与国内党同伐异、不能齐心协力为国尽力有极大关系，齐武国被斯波多操控压榨也是因为内部奸党当道，勾结斯波多将军法美夺取政权，因此丢失了国家主权的独立。需要注意的是，《经国美谈》后编重点书写巴比陀、威波能、玛留三志士如何振兴邦国、制霸希腊，然而吊诡的是，前编着墨批判的民权压制并未成为后编的书写重点，后编依然延续了前编的主题，重点书写如何清除奸党、结盟邻国、战胜斯波多并未描写齐武国如何去除政弊，总揽全书，民政建设、民权伸张完全湮没在国权的伸张主题之下。民权不过是国家建设过程中需要关注的实际内政问题之一，结合明治日本的时代课题也就可以解释小说中的这一悖论了。

明治国族政治小说借异国内政积弊问题影射日本的现实政弊。综

---

① ［日］柴东海：《佳人奇遇》，梁启超译，《梁启超全集》第十九卷，北京出版社1999年版，第5585页。

② ［日］柴东海：《佳人奇遇》，梁启超译，《梁启超全集》第十九卷，北京出版社1999年版，第5602页。

观明治国族政治小说的内政问题观照特点，首先都是从明治政权巩固的视角出发；其次关注的是国权伸张，涉及民权改革时给出的解决方案多为国家视角的开设议会等大政改革。明治国族政治小说的内政批判与内政改革主题书写与晚清维新改革派的政治立场极为类似，晚清改革派小说大多延续了这一书写方式。

晚清政治小说产生的背景是国族生存危机之下的救亡图存，甲午战争的失败给本已四面楚歌的晚清政权致命一击，深陷国家生存危机中的政治家、思想家纷纷寻求政治革新，提出以日本为榜样进行现代政体政治改革的时代诉求，发起维新变法运动，却很快在清廷的血腥镇压下宣告失败，这场短命的现代政体改革史称"百日维新"。戊戌变法的失败让改革派失去了现实政治改革的参与权，戊戌变法的旗手们纷纷避难日本，继续以思想政治宣传为武器，借助的手段是报刊等言论阵地，小说以此为契机被纳入维新政治家的宣传武器范围之内。这一点与明治十四年（1881）因政变失败被大规模清扫出执政权力中心的自由民权派处境十分类似，这大概也是梁启超对《佳人奇遇》等明治国族政治小说一见如故的原因之一。"一千八百十五年至三十年间欧洲各国之情形大略相类，呜呼！此正我国民竭忠尽虑，扶持国体之时也，是以联合同志共兴清议报，为国民之耳目，作维新之喉舌。"① 梁启超在日本横滨创刊的《清议报》发刊词表明了维新派以言论为武器在野进行政治思想宣传的理想与目标，《佳人奇遇》和《经国美谈》就是在这样的背景下被率先在《清议报》上译介发表，揭开了晚清国族政治小说批评内政和批判社会积弊主题书写的序幕。

晚清本土政治小说中最先出现的依然是模仿明治国族政治小说的作品，是以异国国族题材影射本国内政的创作模式，最具代表性的是《杭州白话报》中的异国题材国族政治小说。《经国美谈》第一章就阐明小说主眼在于内政的立场："看官，听说大凡人要先除身内的疾

---

① 《横滨清议报叙例》，《清议报》，日本横滨，光绪二十四年（1898）第一期。

病，方能强壮，方能扩充身外的事物。国亦相同，也要人民智力充足、内政整齐、国内安宁无事，方能向外面扩张国势，那时齐武的内政还未整顿，天要是令他至霸国的地位，必先令他除了内部的疾病。"① 《俄土战记》等最先出现的异国国族危机政治小说和《经国美谈》阐明的小说主旨论调完全一致。"列位，你们晓得那土耳其为什么像做病人？原来有病总有个病根，那土耳其的病根，头一个是内政不修。"② 小说随后详细解释了所谓"病根"，具体就是指政权内部倾轧、官吏营私舞弊、人才不整、百姓生活困苦等。如果说明治日本和晚清中国都将内政问题和社会比喻成疾病，那么相较明治日本，晚清的疾病显然更为严重、更加病入膏肓，需要更激烈的揭露、抨击和更彻底的医治，在《女娲石》《新法螺先生谭》《催醒术》等小说中甚至出现了"洗脑术"等极端治病想象也就不足为怪了。回归本节论述主旨，《杭州白话报》之后，晚清国族政治小说逐渐聚焦到具体的内政和社会积弊的批判并发展成政治小说的潮流之一。晚清中国已是亡国之际，"新小说"创作潮兴起之后，对内政的批判聚焦在清政权对国家生存的阻碍以及官府对百姓的残酷镇压之上，《新中国未来记》《孽海花》《新西游记》《月球殖民地小说》《新石头记》等小说都是如此。《黄金世界》《卢梭魂》《泰西历史演义》等排满小说也以极为激烈的视角和态度批判清政府和社会的麻木。这一命题在本土文化中还延拓出包括反对封建迷信、反对吸食鸦片、揭露种种社会弊端的《瞎骗奇闻》《扫迷帚》《黑籍冤魂》《中国现在记》等社会批判小说和《官场现形记》等黑幕小说在内的国家主题政治小说创作潮。

1902年11月，《新小说》的创刊标志着政治小说创作潮的到来，第一期就刊载了梁启超的《新中国未来记》。梁启超在创作这篇小说时和孙中山过从甚密，深受革命思想影响，他在小说中空前激烈地抨击清政府的专制统治，对内残暴镇压、对外卖国，称清廷为窃国掠民

---

① ［日］矢野文雄：《经国美谈》，周宏业译，上海：商务印书馆1903年版，第8页。
② 宣樊子：《俄土战记》，《杭州白话报》1901年第1卷第11期。

的"民贼"："你看现在中国衰弱到这般田地，岂不都是吃了那政府当道一群民贼的亏吗？"①这种激烈的抨击与《瓜分惨祸预言记》《自由结婚》等抗清小说有本质区分，后者强调清政府的异族统治身份，认为这种异族统治身份是导致国族危亡的根源，《新中国未来记》则力图立足晚清腐朽统治的客观情况进行批判："难道我和现在朝廷，又有什么仇恨吗？横竖我认定这责任的所在，只要是居着这地位不尽这责任的人，莫说东夷北狄西戎南蛮，就使按着族谱，算他是老祖黄帝轩辕氏正传嫡派的冢孙，我李去病还是要和他过不去哩。"②对晚清内政批判较为深刻，角度较为从容的政治小说当数《孽海花》。曾朴述及续写《孽海花》动因时说："今再略述余著《孽海花》之动机。光绪三十年（一九〇四），余因病休养沪上，创小说林书局于上海，苏州金一（金松岑）投来一稿，题名《孽海花》，计六回。余为之修改，且函商以赛金花为经，以清末三十年朝野轶事为纬，编成一部长篇小说，金一复函谓无此魄力，乃全委之于余，故第一版的《孽海花》第一回尚系金一手笔。"③《孽海花》的内容为曾朴与金松岑共拟，虽并无证据证明曾朴本人与明治政治小说之间有直接联系，但小说因为金松岑的参与而与明治政治小说产生了直接关联。金松岑是赴日留学生，思想激进革命，翻译过明治政党政治小说《三十三年落花梦》。《孽海花》的构思和头两回内容便出自他的手笔，且《孽海花》头两回于1904年在日本创办的刊物《苏报》第8期上发表。《孽海花》主线之下暗伏的主题就是对清廷腐败政治的批判。曾朴因出身原因，熟悉清廷内幕和官场生态，且小说中人物均有现实模型，所以这是晚清政治小说中批判内政积弊最为接近现实的一部。小说批判了晚清科举制人才选拔的僵化、朝廷高层拉帮结派、内讧内斗、任人唯亲、任人唯利，连最高统治者慈禧和光绪也都是从个

---

① 梁启超：《新中国未来记》，《梁启超全集》第十九卷，北京出版社1999年版，第5618页。

② 梁启超：《新中国未来记》，《梁启超全集》第十九卷，北京出版社1999年版，第5621页。

③ 魏绍昌：《孽海花资料》，中华书局1962年版，第143页。

人私利出发决策国事……可以说小说用温和的语言呈现了令人绝望的晚清政权黑幕。《孽海花》依据事实而来的内政批判完全可以和《瓜分惨祸预言记》《狮子吼》等抗清小说中饱含激烈情感的清廷批判形成晚清内政批评的话语互文。《月球殖民地小说》《新石头记》中对清廷对外无能、对内残暴镇压的描写也是这一命题的延拓。在这些小说的影响下，对晚清内政和官场的批判逐渐拓展为《官场现形记》《新官场现形记》《活地狱》等以揭露晚清黑暗的黑幕小说，政治话语逐渐与晚清通俗小说相互融合。以反封建迷信为批判对象的《扫迷帚》《瞎骗奇闻》等和反对吸食鸦片的《黑籍冤魂》等以导致国家衰落的社会问题为批判对象的政治小说，可以说是晚清内政批判政治小说的社会问题批判延拓。

明治国族政治小说的内政批判前提是已经建立了一个新生的、强有力的资产阶级新政权，是在这一前提下进行的内部问题检视，所以小说的批判集中指向明治中早期国族发展中的条约改正问题、西方文化与本土传统的调和问题、政制腐败的可能问题等，批判对象指向明确，主题清晰。当这一主题被移植到晚清中国空前复杂的文化土壤中以后，在本土创作中发生了较大的改变。晚清国族危亡，救国的焦虑与迫切使晚清国族政治小说作者的笔下充满焦虑，一时间对各种造成国家发展障碍的政治问题、社会问题、文化传统问题的批判汹涌而来。亡国的悲愤民族情感转化为对晚清政权最为激烈和彻底的批判，并在后期创作中逐渐走向以揭露为主要目的的官场黑幕小说。晚清的政治小说作者群中，接受了新思想的留日学生占据主体地位，他们并不能像明治政治小说作者那样间接参与国家的政权决策，再加上晚清中国空前的国家危机，救亡已经成为民族的自发情感，渴望自救让自我审视和自我批判更为彻底，所以明治国族政治小说中的内政批判主题在晚清本土文化中延异成独特的一支，即对造成国家国力衰危的社会根源以及传统文化中糟粕的声讨与批判。

批判的终极目的从来不是批判，明治国族政治小说如此，晚清政治小说亦如此。最早被译介的国族政治小说《佳人奇遇》《经国美谈》《累卵东洋》都对内政变革问题有所涉及，但是这几部小说的主眼不在于此，相对于建设与改革，这几部最早被译介的明治政治小说关注的重点毋宁说是对内政问题的自我查找并给出笼统的解决意见和建议。

除此之外，明治政治小说也针对内政变革做了积极而具体的探索。明治政治小说对社会变革做出积极的探索并对晚清政治小说创作产生影响的主要文本来源是日本自由党民权派的激进主义小说，樱田百华园的《西洋血潮风暴》和宫崎梦柳的《鬼啾啾》中关于地方自治的实验探索为晚清政治小说的救国理想提供了参照。晚清赴日留学生在1900年发生过大规模革命思想转变，他们身在日本，创办大量激进报刊，以小说为阵地进行革命思想宣传，阅读关注日本明治时期的革命倾向国族政治小说原是情理之中。本书采取的研究方法是在合理推论基础上运用文本细读的方式梳理二者之间的关联。明治政治小说兴起之时，激进的自由党派民权作家以卢梭的西方现代人权思想和斯宾塞的社会进化论为理论依托，从改善国民生存境遇、争取国民政治自主权的需要出发，创作了一系列涉及社会改革题材的政治小说，其中关于地方自治的文学构想很可能是抗清政治小说中"民权村"的思想来源。樱田百华园的《西洋血潮风暴》中发出过社会阶级贵贱究竟是谁造成的质问，提出"烦恼远离净土，红尘之外别有乾坤"①的再创世界梦想。宫崎梦柳曾因《鬼啾啾》中的革命宣传被捕入狱，《鬼啾啾》主要写俄国虚无党暴力反抗沙皇专制统治的故事，其中在第四回中写了俄国百姓在专制政府的暴虐统治下走投无路避难北欧邻国瑞典、挪威等，恰巧这些国家是自由民主国度，对俄国百姓遭遇同情有加。目睹邻国自主的俄国学校教师不再只专注书本，开始转向社会问题，秘密结党，吸纳医生、基层官吏等不同身份的人，共同反抗暴政，争取民主自由，他们最初的政治理想就是实现地方自治。小说中关于地方自治的描述如下："第一、依托上述主义设立国

---

① ［日］樱田百花園：『西の洋血潮の暴風』、『明治政治小説集（一）』、筑摩書房、昭和四十一年（1966）版、第18頁。（笔者译）

会，人人有参与国事之自主权；第二、地方官吏由民选产生，以独立财政治理兴办地方自治制度；第三、地方议会应充分理财施政权利；第四、确立人民的土地权；第五、由劳动阶层设立振兴制造业之处置法；第六、宗教、思想、结社、集会自由；第七、普及选举；第八、废止常备军，确立护乡卫队制度。"①《鬼啾啾》中关于地方自治的想象很可能为晚清激进国族政治小说作者的革命焦虑提供了极好的文学实验范本，因为推翻清廷统治不是革命的根本目的，根本目的在于实现国家的独立，通过彻底的革新建立人民自治的共和政权，彻底摆脱中国被瓜分的命运。

在晚清激进派国族政治小说中可以见到相似的理想自治蓝图描写。如前所述，晚清国族政治小说对内政和社会现状进行了最为激烈彻底的批判，批判与重建往往构成相互依存的对立两面，共同勾画了晚清国族危机中的政治理想。晚清国族政治小说中关于地方自治和未来理想社会的构建想象比比皆是。《瓜分惨祸预言记》《卢梭魂》《狮子吼》《自由结婚》《新石头记》中都书写了这样一种理想社会重构的想象。《瓜分惨祸预言记》中的主人公夏震欧要拯救深陷瓜分危难中的中国，暴力抗击之外的政治理想就是建立一个能承载自己政治抱负的自治政权"兴华邦共和国"，这个自治体里"有议事厅、有乡官办事公所，有兵军械所，有农牧试验场，有警察署，有图书馆，有学堂，有卫生局"②。《自由结婚》中的主人公关关的政治理想之一也是地方自治；《狮子吼》中的主人公孙念祖、孙绳祖、孙肖祖都来自一个叫"民权村"的地方自治组织，民权村是一个颇具乌托邦色彩的独立政权，是"室外的桃源，文明的雏本"③。民权村里有议事厅、警察局、邮政局，还有公园、学校、图书馆、三个工厂、一个轮船公

---

① ［日］宫崎梦柳：『鬼啾啾』、『明治政治小说集（一）』、筑摩書房、昭和四十一年（1966）版、第77頁。（笔者译）
② 日本女士中江笃济藏本，中国男儿轩辕正裔译述：《瓜分惨祸预言记》，董文成、李勤学主编：《中国近代珍稀本小说·十七》，春风文艺出版社1997年版，第534页。
③ 陈天华：《狮子吼》，董文成、李勤学主编：《中国近代珍稀本小说·九》，春风文艺出版社1997年版，第37页。

司，还有随时可以召集抗击外敌的村自卫队，俨然《鬼啾啾》中地方自治团体的中国版：言论自由、百姓参政自由、随时召集的村自卫队……在明治激进主义国族政治小说的影响下，晚清国族政治小说开始在小说中勾画最初的救国梦想，具体表现就是奋起反抗，摆脱西方殖民威胁，并建立独立自主国家的救亡梦。

通过正向改革与革命寻求救国之路的党派政治小说也是晚清政治小说救亡主题的另一重要组成。在本节起始部分粗略介绍过明治时期的政党形成过程和政党派别变迁，在此不再赘述。在明治民权派政见的逐渐分化中，最初笼统的民权派分化为不同的政党。日本民权派在明治十四年（1881）开始分化，当年自由党成立，明治十五年（1882）改进党和帝政党成立。分化之后的各政党政见的分歧表达代替了自由民权运动伊始的民主政治诉求，再加上明治政府为打压政党势力有意挑起党派斗争，自由民权运动中的主要矛盾一度由最开始的官民矛盾转向政党之间的矛盾，政党政治小说遂在这样的背景下诞生。明治自由民权政见宣传小说也大致可以分为两期，前期是对内政治改革政见的宣传，明治二十三年（1890）开设国会之后，随着国权对民权的"收编"，以对内政治改革为书写对象的民权政党小说转为消除政党纷争的国权伸张小说。对晚清中国政治派别政治小说产生影响的主要是前期的内政改革民权政党政治小说。末广铁肠的《雪中梅》和《花间莺》，加藤政之助的译作小说《回天绮谈》，渡边治的《政海情波》，等等，是书写改革派政治诉求的政党政治小说。党派政见分化之后，激进的自由党创作了以俄国虚无党和法国大革命为主要题材的革命倾向政治小说，改进党则站在国权立场上继续书写较为温和的民权政治理想，他们又分别被称作"俄法派"和"英国派"。

晚清政治派别政治小说的发生既受到明治民权政治小说和党派政治小说的影响，也深植于晚清自己的文化土壤之中。严格意义上说，所谓"维新党""革命党"都不是维新派和革命派政党的名称，本书为论述明晰起见，以改革和革命两大政见差异为基本划分，将体现各自政见立场的小说分别为"改革派小说"和"革命派小说"。另外，晚清留日革命派许多都是由最初的改革主张者转化而来,因而部分小说两方面内容有交叉存在现象。再者,在晚清复杂的社会政治环境中,多个题材在同篇小说中同时存在的现象比较普遍,比如"革命"与"重建"往往相伴产生,所以在涉及对多题材并行论述的小说时,本书采取主题剥离的方式,而不是简单粗暴地按照小说题目进行划分。

因为立场的近似,流亡日本的维新改革派在政治小说创作时很自然地吸纳了日本民权改革小说的因素,《雪中梅》序中对小说宣传功能的鼓吹也和康有为、梁启超变法当初的小说观不谋而合,曾在多年前被列入《日本书目志》中的《雪中梅》终于走进梁启超的现实视野。另外,1901年清政府发布"新政"改革指令,1902年梁启超在日本创办《新小说》,二者的隔时空呼应掀起一股翻译和书写维新改革的热潮,《雪中梅》《花间莺》《政海波澜》《回天绮谈》均在1903年被译介出版,1904年至1908年间大量书写维新题材的本土政治小说出现,同时革命派自创小说也掀起热潮。革命派小说除了书写政见,也针对改革派虚幻的理想进行了批判式回应。这期间被译介的明治革命派小说有《虚无党》和《三十三年落花梦》,在这个过程中,批判改革派的小说论调逐渐激烈化,有的发展为政治派别之间的攻击小说。本章节分别以改革派小说、革命派小说和政治派别交叉小说文本为对象,围绕晚清政治派别政治小说在发生过程中对日本政治小说的接受与延拓做出梳理与分析。

明治维新之后,幕府旧士族由政治舞台中心退居政治边缘,但其对政治的热情却并未因权力的失去随之消减,他们纷纷创办报纸,以报刊为阵地表达自己的政治理想和政治诉求,争取参政议政的权利,这部分人构成自由民权派的主力。他们自居为"民",与代表明治政府的"官"形成了对立的政治立场,早期自由民权派小说就是这部分在野政治家用来主张自己政治权利和宣传政见的武器,其中被译介到晚清中国的有《雪中梅》《花间莺》《政海波澜》《回天绮谈》四部作品。这四部作品都是在1903年被译介,从时间和内容上看应是对1902年梁启超发动的"新小说"热潮的呼应。《雪中梅》在当时的日本是热门畅销书,第十版序中说"余著此书,写国会开设之前景况，唤起世人关注"①。不仅如此，这部作品对晚清政治小说创作也产生过极大影响。但有一个奇怪的现象是，《雪中梅》和《花间莺》几乎湮没在中国的文学史和各种晚清小说的研究之中，除了偶有翻译史提及，如郭延礼的《中国近代翻译文学概论》和王向远的《二十世纪中国的日本翻译文学史》等少数翻译史编写时对这两部作品一带而过，像《清末民初小说版本经眼录》和《晚清小说目录》等资料书籍中居然都没有收录这两部作品。究其原因，可能是译本失传等因素让这两部在中国现代小说发生过程中产生过重大影响的作品"隐身"，根据这些小说在晚清的影响力和在晚清政治小说生发过程中曾经发挥的源流作用，有必要对之进行重新挖掘，使之"显身"。

  政治小说的发生都与写作者的政治立场和所关心的政治事件紧密相关，应该说题材是政治小说被晚清译者选择译介的重要因素。《雪中梅》和《花间莺》皆为末广铁肠所作，后者实为前者续篇，两部小说主题一致、内容贯通，写明治日本的对内民主改革诉求，主题为争取参政权，自上而下实现民众参政的民主，具体政治诉求为开国会、放松言论管控等。《政海情波》和《回天绮谈》的主题与之近似，都是争取民众参政权的民主党派小说。这些政治要求和变法失败的维新派诉求有诸多吻合之处，除此之外，从译介时间上看，这些作品的译介应该也与1901年清政府主导的新政改革主题相呼应。《新中国未来记》在文本创作和主题构建上均受到这两篇小说的影响。1901年清政府颁布新政改革，各种内政改革小说纷纷问世，《新中国未来记》《恭祝立宪》《新三国》《新世界》等立宪小说也有受到这些日本民权改革小说影响的可能。

  1903年被译介的四部民权改革主题小说在晚清主要被当作日本维新改革小说阅读。1903年11月《新民丛报》刊登了《雪中梅》的新书介绍："日本末广铁肠著《雪中梅》小说，叙述明治初年变法时代，几多英雄儿女尽力国事，卒至开设议会成就维新之业。江

---

① ［日］末廣鉄腸：『雪中梅』、『明治政治小説集3』、講談社、昭和四十年（1965）版、第255页。（笔者译）

第二章 明治政治小说与晚清小说民族主义主题的发生

西熊君畅九译。"① 《新书介绍》其实就相当于读者导读,包含推介人对小说的理解和对读者的阅读期待,显然,当时的维新派将《雪中梅》当作维新宣传政治小说进行推广。1907年《月月小说》上"说小说"栏目中一则关于《雪中梅》的读后感也颇能说明这本小说的主题生命力、在晚清时期的影响以及当时的读者对小说的理解:"是书……所述为明治初年改革时代故事,写几多英雄儿女致身国事,奕奕如生其国……诚足鼓动人之政治思想,吾预备立宪国民尤堪借鉴。"② 不难发现,时隔四年之后,《雪中梅》依然被当作维新改革小说来读,而且其文本被认为可以为"预备立宪"做政治宣传和参考。1906年,清政府发布"预备立宪"谕旨,掀起维新小说创作的第二次高潮,《雪中梅》在当时依然有较多的读者受众,也极有可能对1907年前后的维新小说潮提供文学范例。《花间莺》是《雪中梅》的续篇,为留日学生梁继栋翻译。支那赖子翻译的《政海情波》和《雪中梅》是同样的维新主题,《回天绮谈》的译者玉瑟斋主人实为康有为长婿麦仲华,创作过《血海花传奇》。按照题材划分,这四部日译政治小说可以归类为民主或民权改革的政党政治小说,这些作品对《新中国未来记》等本土创作的政治小说影响匪浅。但是这里产生了一个不容忽略的时间错位问题:《新中国未来记》发表于1902年,而《雪中梅》译本最初问世是在1903年,二者之间显而易见的文本关联间接验证了本书中的推断——旅日政治小说作者不需要从译本中窥见明治政治小说的内容,他们可以直接接触大量原版日文小说。这一时间错位除了会对文本来源依据的判断造成影响外,在本章中,其带来的最大意义是晚清小说界对《雪中梅》《花间莺》两部小说的解读分歧。梁启超本人对《雪中梅》并无太多评述,但《新中国未来记》的文本构思和内容给出了最明确的态度和理解,那就是梁启超最初是把《雪中梅》当作党派小说解读的。"民权改革+党派政见"合成了晚清维新改革派作家对《雪中梅》文本的

---

① 《新书介绍》,日本横滨:《新民丛报》1903年第40、41期。
② 缦卿:《说小说:雪中梅》,《月月小说》1907年第一卷第5期。

接受与阐发。

　　《雪中梅》对晚清小说的显在文本影响是显而易见的，梁启超的《新中国未来记》和陆士谔的《新中国》在文本时间线索的布局上均受到《雪中梅》的影响。《雪中梅》文本以一老一少两个关心国事的日本人的对谈拉开帷幕，《新中国未来记》也以对谈的方式展开。但是显在的文本影响只能作为明治政治小说与晚清政治小说产生关联的实证，文化层面的潜在关联方是文学流变中的恒量引子，是晚清政治小说产生、发展的根本原因，也是解析晚清政治小说文学价值的关键依据。《雪中梅》以文学想象的方式描写一个经过改革者的不懈努力取得民主改革成功的故事。无论是《雪中梅》《花间莺》，还是《回天绮谈》和《政海波澜》，作者呈现给读者的都是一个封闭的完整故事和一套能够支撑政治理想实现的政治思想文学实验。晚清维新改革派小说作家以此为参照，纷纷试图将晚清中国的改革理想装进小说的世界中，但是文本困境也由此产生了。《新中国未来记》在开篇的盛大政治狂欢后便陷入了书写困境，小说在李去病和黄克强无果的辩论中戛然而止。无论是作为维新改革理想解读的《雪中梅》，还是梁启超作为党派理想解读的《雪中梅》，在晚清本土文化中都遭遇了不无尴尬的文本创作困境。以《雪中梅》《花间莺》《新中国未来记》《新中国》的文本为例，或可呈现晚清改革派政治小说接受日本民权派政见小说影响的合理性以及在晚清本土文化中流变的必然性，还原晚清改革派政治小说的原貌，借以呈现这类小说被掩盖的价值和意义。从党派政治书写、政治理想的想象困境与实现鸿沟两个角度进行分析，可以窥见晚清维新改革派政治小说的产生过程和书写困境成因。

　　同样作为"民主政治改革＋党派政见宣传"的文本，《雪中梅》《花间莺》和《新中国未来记》都书写了政治改革的理想和党派大团结的宏愿。《雪中梅》和《花间莺》构思了一个内政改革的党派政治故事，男主人公国野基博学多识，品质高洁，是能够担负起朝野双方托付的国家栋梁，代表作者的政治理想。女主人公春子对国野基一见钟情，貌美聪慧，而且富有家财，代表支持民主改革的日本民间资本阶层。另有代表地方政党势力的政治投机分子川岸欲取代国野基，通过种种卑鄙手段谋划与春子结婚，以便借助春子的万贯家产实现政治投机。春子和国野基在女佣阿松的帮助下识破川岸诡计。春子和国野基的结合代表民权和民间资本的成功结合并最终实现日本的民主改革。国野夫妇、武田猛和川岸分别代表自由党、激进党和保守党，经过国野基的不断争取，最终国会开设，自由党取得绝对多数议员席位，激进党和保守党也在国会中有一定席位，国野基代表的日本明治时代民主改革取得成功，小说在官民调和、党派大同团结的一派祥和中完美收官。虽然主人公国野基在实现自己政治理想的过程中历经磨难，先是被政府限制言论自由、列为监控对象，又因一封信上的笔误被警察误认为反政府而入狱，还因为交不起房费被房东羞辱，后被川岸设计陷害，但最终以国野基战胜困难并实现政治理想终篇，主人公争取川岸转变态度，说服走上暴力革命的武田猛放弃过激手段，取得政府权贵的支持。贯穿小说的作者政治理想如下：反对激进主义的自由党煽动中下层百姓由下而上争取民主权利，理由为中下层百姓的智识未开时，很难担负参政治国的重任；反对夸夸其谈效仿欧美而不结合日本实际情况；反对政党相互倾轧，提倡大同团结；反对言论禁锢等。以上政治理念同样基本符合晚清维新改革派的政治理想，兴民权、开民智、中西思想调和、言论自由等正是变法期间康梁改革派的主要政治主张。受其启发，《新中国未来记》把维新派的政治理想分条陈列写入小说，包括开设国会、制定宪法、官民相互让步、党派相互调和等。《雪中梅》中的国野基通过和朋友武田的辩论，分析了日本为什么要实行民主改革以及为什么必须开国会，还具体分析了激进派的政治观念带来的社会危害性，评价虚无党是"带有封建精神的破坏者"[1]，只有开国会才能解决现实中的政治难题，平息党派纷争、倾轧并通过由上而下普及教育提高国民的政治素养。国野基即作者的

---

[1] ［日］末廣鉄腸：『雪中梅』、『明治政治小説集3』、講談社昭和四十年（1965）版、第262页。（笔者译）

政见代言人，末广铁肠在明治十五年（1882）时曾经主持自由党机关报——《自由新闻》，后因与自由党政见不合退出，组织独立党，和改进党来往密切。末广铁肠目睹了各党派之间的政见纷争以及政党与三菱等大财阀之间的利益结盟，因此主张消弭各党派相互攻讦，实现大同团结，共同致力于日本的国权、民权伸张。《新中国未来记》也是以政党纷争进入话题，和《雪中梅》一样，不同政见的党派纷纷登场，有类似虚无党的哥老会等"冥顽腐败"组织，有等同于改进党的"宪政党"和与"自由党"对应的革命党两大党派……李去病和黄克强分别代表革命派和维新改革派展开政见辩论，二人的名字跟"国野基"一样，都包含着各自的政治理想寓意。革命党"李去病"先要解决晚清的内部政治问题，祛除中国的落后沉疴，宪政党"黄克强"则要伸张国权，而且具备维新派"最温和、最公平、最忍耐"[①]的特征。从小说开头召开维新周年庆祝大典和万国和平大会这一情节可以推测，作者预设了"黄克强"的维新改革政治理想实现。归纳起来，作者梁启超的政治理想与黄克强一致，即通过政治变革废除专制政体，实现民主，建设"有国会有政党有民权"的理想政权。

然而在辩论的过程中，《新中国未来记》却出现了书写的"失控"，按照作者的文本预设，黄克强应该在辩论中说服李去病抛弃激进革命思想，可是小说的文本发展却呈出李去病步步紧逼、黄克强难以招架的态势。黄克强反对激进革命主义的理由显得十分单薄，那就是担心暴力革命给社会带来动荡，百姓苦难加重，像法国大革命一样"后来弄到互相残杀，尸横遍野，血流成河，把全个法国，都变做恐怖时代"[②]。最为关键的是，他提出的建设意见更是不堪反驳，黄克强的建设意见是靠清政府的政策变革实现一个半专制的"过渡时

[①] 梁启超：《新中国未来记》，《梁启超全集》第十九卷，北京出版社1999年版，第5616页。

[②] 梁启超：《新中国未来记》，《梁启超全集》第十九卷，北京出版社1999年版，第5619页。

代":"天下的政策,没有一件不是用来过渡的。只要能将这个时代渡进别一个更好的时代,就算是好政策。"① 这样的逻辑一开始就把文本置于一个现实与理想的困局中:现实中维新派被清廷追杀流落异国,如何实现清廷的自我觉醒与变革呢?这与维新派当时的现实政治困境基本吻合,梁启超创作《新中国未来记》时正是思想发生"左转"的时期。据冯自由《革命逸史》记载,1900年前后,梁启超经常与章太炎同访孙中山、陈千秋,"相与谈论救国大计,极为相得"②。离开康有为的约束之后,"梁与欧榘甲等渐与总理、杨衢云、陈少白等相往还,意气日盛,因而高唱自由平等说,自号饮冰室主人,题其学说曰《饮冰室自由书》,颇为世人欢迎"③。结合这些记载,小说中的文本困境也就不难理解了,梁启超理性上支持的维新改革政治理想"黄克强"在不知不觉中已经开始被革命派"李去病"说服,改革隐退,革命现身。为调和这种矛盾,小说也企图像《雪中梅》和《花间莺》那样进行党派大团结改造书写,小说最后一回的题目"旅顺鸣琴名士合并"显示了与《花间莺》相同的文本构建意图,然而"伯牙子期、高山流水"的理想注定在晚清现实中走向虚幻。现实中,梁启超最终因为与革命派过从甚密遭到康有为的严厉斥责,并被强行派往美国,切断了他与革命派的联系,抹杀了他革命思想的萌芽。因为政治小说与现实联系过于紧密带来的局限,现实的严酷在《新中国未来记》的小说文本中无奈地化作没有结局的辩论。需要注意的是,小说中对这场辩论的总批居然成了变相的革命认同,这一点非常值得思考:"今日之中国,凡百有形无形之事物,皆不可以不革命,若诗界革命,文界革命,皆时流所日日昌言者也。"④ 这个突兀生硬的转换似乎寓托着梁启超政治理念中改革和革命无法调和的痛苦

---

① 梁启超:《新中国未来记》,《梁启超全集》第十九卷,北京出版社1999年版,第5619页。
② 冯自由:《革命逸史》(上),新星出版社2009年版,第50页。
③ 冯自由:《革命逸史》(上),新星出版社2009年版,第57页。
④ 梁启超:《新中国未来记》,《梁启超全集》第十九卷,北京出版社1999年版,第5636页。

和小说文本难以继续的困境，或许正因为如此，梁启超才不得不将政治上的分裂焦虑投射到了"文学革命"中。

《雪中梅》被译介到晚清中国之后产生的文本影响主要在于与晚清现实中的维新改革理想产生呼应，陆士谔的《新中国》对《雪中梅》的接受和延拓较具代表性。《新中国》讲述了晚清中国依靠清政府自上而下发起的维新改革实现民主新政体政权的强国梦想，表达了通过保守温和的改良方式实现政治理想的强烈愿望。小说和《雪中梅》一样，采取倒叙的方式，以立宪政体改革成功、国会开设的"新中国"开篇："到了宣统八年，这一年特特下旨，召集国会。嗳哟哟，这热闹，直热闹的无可比拟！"① 小说看似一个封闭完整的文本，最终以立宪四十年大庆典收场，小说里国富民强、万国来贺的"新中国"确已实现，然而真正走进小说文本中，却能发现其中的玄妙与虚幻：小说只回答了中国的未来与命运是什么，却在"如何实现"之间迷失了方向。为了走出思想迷雾与文本困境，小说作者很聪明地把这些困难统统交给无所不能的"梦"。《新中国》的文本显然是呼应了清政府1906年下达的《宣布预备立宪事宜》，把清政府由上而下的改革作为新中国梦想的实现途径。1901年慈禧太后接受张之洞等进步官僚的改革建议，发布《饬内外臣工条陈变法》，1906年晚清政府又进一步颁布《宣布预备立宪事宜》，在吏治整顿、内部关系缓和、废除科举、兴办现代教育等方面做出一系列改革努力。然而封建帝国实行自我革新的成效并不显著，改革过程中怪相百出的现实倒是为官场黑幕小说和革命派小说对维新的反驳与批判提供了许多素材。晚清政权已积重难返，尤其是被迫改革的晚清政权并无真正的变革诚意，所以这场本无自我革命精神的改革注定走向没有结局的失控与混乱。而且在本应实现民权的政体改革中，却出现了专制集权加深的荒诞现象，如"《苏报》案"就是体现晚清政府自我变革矛盾态度的典型案例。正如有学者指出的那样，"从立宪派、考政大臣以及

---

① 陆士谔：《新中国》，中国友谊出版公司2010年版，第8页。

清廷的动机看,他们的一个共同点就是通过自上而下的政治改革,消除革命派的口实,达到政局稳定的目的。但从清廷宣布政治改革的行为看,它对此又缺乏足够的重视,以致没有提出一个切实可行的方案,甚至从清廷的意图看,由于对革命排满的恐惧感和自身的危机感,其政治重心已有意向满人集权的方向倾斜"①。回到陆士谔的《新中国》中,借助文学想象,小说以改革成功后欣欣向荣的"新中国"开篇,但是接下来写到这个"新中国"如何诞生时,小说却陷入了困境。如果说强大的海军可以借助文学想象横空出世,在文学的世界里组建起来并不十分困难,那么梁启超孜孜十数年未能解决、鲁迅新文学中依然在嬉笑怒骂中不无悲观的国民智识问题如何解决呢?这个复杂的民族建设问题显然不是依靠小说中建一两所学校就能立竿见影的,因而陆士谔只好在小说中开办一所专门兜售"医心术"和"催醒术"的学校,在那里,只需服下"医心药",百年沉疴的"病夫国"便瞬间病除,进入沉睡状态,再施以"催醒术",被鸦片和封建统治毒害至深的中国国民便变成"君民一德、上下一心"的新国民了……小说中不无乐观主义的维新狂欢背后实际上隐藏着深深的改革困境和绝望。

综上所述,《雪中梅》等明治民权改革政党小说为晚清的政治现实和政治理想书写提供了绝好的参考,但是不同于明治政府强有力的约束与指导,晚清政权摇摇欲坠,而且本身就成为社会发展的最大阻力,所以依靠清廷自上而下的维新变革理想最终只能在文学的世界中幻化成一场经不起认真推敲的虚幻理想狂欢,晚清的改革派小说家要么被迫放弃在虚幻中的无谓摸索,要么以虚幻架构虚幻,靠文学世界中的"梦"来勉强实现自己的政治理想。

明治时期的自由党是激进政治小说的主要创作阵营,自由党的本体由旧封建士族、地方大地主、中富阶层和无产的民间志士构成。卢梭的《民约论》和号称"东洋卢梭"的中江兆民结合儒家学说的卢

---

① 吴春梅:《一次失控的近代化改革——关于清末新政的理性思考》,合肥:安徽大学出版社1998年版,第155页。

梭思想祖述是他们的哲学依据，或可说儒家传统思想中以《孟子》为核心的重民思想和以卢梭为代表的西方自然人性论现代民主思想合流，形成了明治日本自由民权时代激进民权思想的哲学依据。与改进党主张由明治政府主导自上而下实现民众教育，通过国民政治素质的整体提高实现民主民权的保守稳健型现代化设计思路明显不同，自由党主张基于"平等、自由"哲学理论自下而上的民权实现，当在现实中遇到阻力时，不排除使用激进暴力手段冲破现实樊篱。中江兆民对这种暴力革命理论的合理性进行过论述："虽然，欲兴自由之权于自由之权未兴之邦，欲定宪令于宪令未定之国，天下事莫艰过此。事难，则势之转变或有不可逆料者。且宽猛各有其时，疾徐各有其机，吾辈众君子幸得遭遇至理，讲之既明，时至机熟，我三千五百万之兄弟，尽堪取得自由之权。于是时若有万一之荆棘遮路，敢于闯入，防遏吾辈三千五百万人民自由之途时，吾辈亦岂得谆谆出言，兀兀翻帙，旷过岁月以自屈哉？惟有大喝一声，唾手而起，蹴破而过耳。"①受到"天赋人权"的自然人性论的理论合理化思潮影响，明治十五年（1882）至明治十九年（1886）之间，日本各地发生了车会党事件、福岛事件、高田事件、群马事件、加波山事件等九次大规模暴力事件。②加之法国大革命和俄罗斯暴力革命让日本激进派作家获得了现实实践斗争胜利的案例支持，自由党民权派作家樱田百华园、宫崎梦柳等翻译创作了以俄罗斯虚无党和法国大革命为题材的系列小说，这些小说对赴日留学生群体产生了较大影响。因晚清瓜分危机日益危重，在这些小说的影响下，晚清出现了一波激进主义革命小说热，如《瓜分惨祸预言记》《狮子吼》《自由结婚》《卢梭魂》等，这些小说控诉清廷的对外软弱、对内残酷，主张暴力推翻清政府统治，建立民主共和新政权。关于以上小说的发生与主旨在本章第一节中做过较为详细的分析论述，不再赘述。

除了以上暴力革命主张的革命派小说，晚清中国的革命派作家还

---

① 朱谦之：《日本哲学史》，人民出版社2002年版，第236—237页。
② ［日］柳田泉：『政治小説研究』（上卷）、春秋社1967年版、第18頁。（笔者译述）

对自己的救国政治理想通过另外两种书写方式进行了文学阐发：一种是以写实方式正向宣传革命思想，另一种是通过驳斥维新改革派的政见反向论证革命思想的合理性。因为晚清革命派思想与日本有极深的渊源，或可说晚清政府自1896年启动的派遣日本留学生政策从思想根源上撼动了晚清的统治，所以革命派政治小说依然要回到日本激进小说中去追根溯源。1903年，金松岑翻译宫崎寅藏的《三十三年落花梦》，并由国学社出版发行。《三十三年落花梦》是宫崎寅藏的自传体小说，前半部分记述宫崎寅藏自己的政治思想及政治抱负如何一步步形成，如何最终决定以晚清中国作为自己实现亚洲崛起政治理想的舞台。小说喻中国为睡狮，认为中国一旦觉醒，必会带动整个亚洲的崛起。真正对晚清革命派小说创作产生影响的主要是《三十三年落花梦》的后半部分。在小说的后半部分，维新派和革命派悉数登场：宫崎寅藏因政治理想结识中国革命派领袖孙逸仙，与孙逸仙的信念和政治抱负十分投机，其间康有为因戊戌变法失败避祸日本，也与宫崎寅藏结识，小说以宫崎寅藏的视角围绕双方之间的交集展开书写。在"余"（宫崎寅藏）的视角下，孙逸仙和康有为这对儿晚清中国两大进步政治派别领袖分别呈现了不同于他们各自著述中的正面形象，小说中不仅有他们对各自的政治理想和政治抱负进行的陈述，还有来自他者视角的人格观察与批评。在这部小说中，主人公"余"之所以是以孙逸仙为首的革命派的拥趸者，不仅因为革命派的思想更符合晚清的发展需要，与"余"的政治抱负相同，因而惺惺相惜，更是因为私属视角下的孙逸仙较之康有为人格更为光明磊落，真诚坦荡。小说中对康有为的政治抱负做了较多介绍，也对他的个人品行多有描述。在宫崎寅藏笔下，康有为的政治主张不仅不能挽国族命运于将倾，而且他是一个夸夸其谈、自高自大、空谈多于实干的政治投机分子。宫崎寅藏大概没有料到，自己笔下的这幅康有为"画像"竟然开启了晚清政治派别政治小说的一支流脉：政治派别批判与政治派别攻击政治小说。在《三十三年落花梦》被译介之后，康有为和维新改革派的负面形象便频频成为政治派别政治小说的书写对象。黄小配的《大马扁》以不无讽刺的手法对康有为的负面"面目"进行刻画即源自对《三十三年落花梦》的参照。在《三十三年落花梦》问世之前,《狮子吼》等小说中虽然也多见对维新改革派的批判,但毕竟未能成为小说的主要题材,以批判攻击维新派为主题的政治小说的真正出现依然是受到《三十三年落花梦》的影响。晚清实行新政之后,"维新"不再是谈虎色变的激进名词,而是于一夜之间成为和晚清政府目标一致的进步时髦象征,"维新党"一词应势诞生,在革命派看来,并不能给中国带来希望的"维新"与清廷一样,都应成为批判的对象。维新小说潮汹涌而来的同时,批判、攻击维新之中丑恶现象的小说也开始出现,如《新党现形记》《文明小史》等。

从小说题材与政治现实互相观照的角度可以较为清晰地厘清《大马扁》接受《三十三年落花梦》影响的根源所在。在晚清的文化现实中,受到《三十三年落花梦》的影响,革命派小说家创作出丑化攻击康有为的政治小说,其现实理由并非无迹可寻。在革命派留下的史料与小说中,康有为在政治理念上不是一个值得合作的同盟,更进一步说,康有为甚至不是一个值得尊重的政治陌路人。在政治思想上,康有为并不能真正把握中国的弊病根本,拿不出真正的救国之策,且不能正确判断形势,"北京政海之风潮,岌岌转动,而康氏犹未之知也。炙手可热,飞鸟不落"[①]。直至变法失败,康有为还将理由归咎于慈禧的专权,要求"余"找日本武士效仿刺杀李鸿章,刺杀慈禧,令人瞠目。不仅政治思想不够成熟,康有为在小说中还被塑造成有人格缺陷的负面形象。他言过其实,喜好空谈,"滔滔数万言,辅以巧妙之舌,琳琅之声,实有一泻千里之概"[②]。此外,康有为还倨傲自负,"孙逸仙君来访,欲余介于康君相见。康君托事而谢绝之"[③]。小说里最令人瞠目的康有为形象大概就在于救助过他的"余"希望和康有为联合举事之时,康有为竟托弟子送来百金以表拒

---

① [日]宫崎寅藏:《三十三年落花梦》,金松岑译,中国研究社1903年版,第55页。
② [日]宫崎寅藏:《三十三年落花梦》,金松岑译,中国研究社1903年版,第61页。
③ [日]宫崎寅藏:《三十三年落花梦》,金松岑译,中国研究社1903年版,第65页。

绝,以致"余"愤然申明自己是为救中国大义,斥责康有为"非猖狂乞食,求康有为之百金而来也"①,《三十三年落花梦》中塑造了一个面目可憎的康有为形象。有趣的是,革命派留下的史料中,康有为的形象较小说更为不堪。据《革命逸史》记载,除了政见分歧,康有为确乎是一个人品有缺陷、不受人尊重的人。冯自由在《革命逸史》中罗列了康有为的几重负面形象。康有为倨傲自大,自托正统,恩将仇报,此第一重负面形象。戊戌变法失败之后,革命派曾在救助康有为和梁启超逃离清廷迫害中起到至关重要的作用,康有为赴日后也多受革命派照顾,但是康有为对待革命派态度倨傲,自居皇命在身的正统派,不与造反派过从。"孙总理在日闻此消息,乃商诸日本志士宫崎寅藏、平山周等,请其到中国救助康等出险。宫崎遂赴香港迎康至东京。平山则到北京,使王、梁二人易日本服至天津,乘轮赴日。时进步党领袖大隈重信任总理大臣,犬养毅任文部大臣,均主中、日亲善政策,对于中国维新党异常优待。康、王、梁三人起居费用由日政府供给。大隈内阁倒后,则改由进步党供给。总理陈少白以彼此均属逋客,应有同病相怜之感,拟亲往慰问,借敦友谊,爰托宫崎、平山向康示意。康自称身奉清帝衣带诏,不便与革命党往还,竟托故不见。"② 这段话中的情形在《三十三年落花梦》中几乎原貌呈现。在革命派的记述中,康有为还有第二重为人虚伪的糟糕形象。如《革命逸史》中说康有为的衣带诏实为赝品,后弄得日本人人皆知,康有为颜面尽失,因此迁怒于革命党。康有为第三重负面形象是党同伐异,禁锢弟子思想。冯自由评价康有为"专制怪癖"。《革命逸史》为革命党人冯自由所作,并非正史,但是结合正史资料,可信度极高,从冯自由对康有为的记载中可见,当时的革命派对康有为缺乏好感应是事实。《革命逸史》与《三十三年落花梦》形成了史料上的互文,而且小说还采取了将康有为与孙逸仙对照的写法,越发加深了对

---

① [日]宫崎寅藏:《三十三年落花梦》,金松岑译,中国研究社1903年版,第79页。
② 冯自由:《戊戌前孙康二派之关系》,《革命逸史》(上),新星出版社2009年版,第46—47页。

康有为负面形象塑造的力度。孙逸仙出场时外形的不可靠与高尚人格魅力形成对比，康有为则反之，初见面时口若悬河、正气浩然，实则为人颇令人不齿。

对照文本，《大马扁》中近乎夸张的康有为形象显然源自《三十三年落花梦》以及革命派对康有为的负面评价。《大马扁》的题目直指康有为是欺世盗名的大骗子。小说用浮夸的笔法把康有为描绘成一个欺世盗名、不学无术、钻营投机、做事草率的骗子。康有为靠趋奉翁同龢，用一知半解的"公羊学"投其所好巴结官场；骗取缪寄萍心血之作《新学伪经辨》据为己有，改为《新学伪经考》，招摇撞骗；不学无术，笼络弟子，惺惺作态故作清高掩盖自己获得功名之狂喜……甚至狎妓嫖娼无所不为。小说情节用戊戌变法中的基本史实贯穿，在人物形象塑造上却用夸张漫画式笔法指责康有为做事草率，维新变法注定失败，导致无谓牺牲变法同党……《三十三年落花梦》中宫崎寅藏救助康有为逃往日本等情节在《大马扁》中也均有涉及。《大马扁》是在《三十三年落花梦》的影响下创作的政治派别攻击小说。除了《大马扁》这样赤裸裸的政治派别攻击小说，晚清时期还在本土维新小说兴起的同时出现《新党现形记》等一批以类似露骨的浮夸手法讽刺批判维新派的政治派别小说，应视作政治派别政治小说的本土延拓。

根据现有资料考证，黄小配的另一篇政治派别政治小说《党人碑》也是在《三十三年落花梦》的影响下创作出来的。有论者考证，1907年10月《时事画报》第22期连载过黄小配的《党人碑》，主要内容围绕歌颂孙中山展开。[①] 因为黄小配的《党人碑》原文资料缺失，本论不再就此展开论证。

从文本内容来看，《三十三年落花梦》不仅给革命派小说家歌颂政治领袖、书写政见、批判维新派提供了思路和素材，也给晚清小说文本构思带来灵感，其中明确受其文本影响的是《孽海花》和《痴

---

① 寇振锋：《日本〈三十三年之梦〉对清末政治小说的影响——以〈党人碑〉和〈大马扁〉为例》，《日本研究》2013年第3期。

人说梦记》。金松岑在翻译了《三十三年落花梦》之后和曾朴合作拟定了《孽海花》的六十回回目标题，其中关于革命党人陈千秋的人物形象应是取自《三十三年落花梦》的原型陈白和孙中山，陈白"龙翰凤雏，兰薰雪白之好人物也"①，这一描述与《孽海花》中的革命党人陈千秋气宇轩昂的出场形象一致，其慷慨磊落的形象设定又与孙中山有相似之处。此外，《孽海花》中有数位革命党人登场，英国革命人士毛古伦是比较醒目的一个，这个名字恰恰在《三十三年落花梦》中多次出现，这绝非巧合。1904年，《三十三年落花梦》被译介，1905年《绣像小说》第38、39期刊载了旅生的《痴人说梦记》。《痴人说梦记》是讲述关于党派政治理想的乌托邦小说，内中情节多处来自《三十三年落花梦》。主人公贾希仙在去往仙人岛之前的种种经历不能不说与《三十三年落花梦》中的孙逸仙太过相似。贾希仙失败流亡日本，被清大使馆逮捕后又被日本人营救；在日本侠客帮助下从事革命活动；在香港被捕及被审问……这些小说情节和《三十三年落花梦》多有重合。试举主人公在香港被捕后遭到审问时被盘问随身携带日本刀的情节为例：

  审问终，乃检货物，而见日本刀二口。彼等之气顿扬，曰："携此器胡为者？"余此时遽为国粹家曰："日本刀日本人之生命也。犹耶稣教徒之带十字架也。而不知余国之风俗而何惊。"彼等亦不穷诘，一一检点。终见纸币三万金。②

  正待上岸，巡警兵已到。先把他行李一翻，见有两把日本刀，又有一万金的钞票，就把他二人捉住。一会有一个官来审问他为什么带刀，希仙道："我们在日本住久，日本人带刀，天下皆知。"又问钞币何用，希仙道："这是旅费。"③

---

① ［日］宫崎寅藏：《三十三年落花梦》，金松岑译，中国研究社1903年版，第49页。
② ［日］宫崎寅藏：《三十三年落花梦》，金松岑译，中国研究社1903年版，第82页。
③ 旅生：《痴人说梦记》，《中国近代小说大系》，江西人民出版社1989年版，第115—116页。

两篇小说中的种种巧合都可以证明,《痴人说梦记》在文本构思上受到了《三十三年落花梦》的极大影响。在人物设置方面,《痴人说梦记》也多与《三十三年落花梦》有相似之处,日本人吉田亚二帮助黎浪夫共谋大业,颇类似宫崎寅藏与孙中山的友谊。黎浪夫称吉田亚二为"命世英雄",孙中山在为《三十三年落花梦》做的序文中曾称"宫崎寅藏者,今之侠客也"①。从文本层面来看,可以确认《痴人说梦记》的书写受到《三十三年落花梦》的影响。

从小说的主题剖析,《痴人说梦记》是一部政治派别理想小说。小说预设的主题立场是,无论维新改革派还是革命救国派都是扶民族于危难之中的救国英雄,都应该受到文学的观照与讴歌。小说展现了希望维新派和革命派握手言和、齐心协力在国难当头之时共同扶危济困的美好愿望,最终却也只能借助文学想象的翅膀,以类似于"痴人说梦"式的政治理想结束小说。贾希仙超脱于现实中的两派之争,去往带有乌托邦色彩的仙人岛,以逃避现实的"桃花源"方式实现了自己的政治理想。小说以反向的政治"理想"和《三十三年落花梦》中的政见分歧、党派斗争形成了异曲同工的主题互文:维新改革派的政治之梦和革命派的救国理想在现实中并无调和可能,终将分道扬镳。《痴人说梦记》无形之中与《三十三年落花梦》中的政见分歧和人格批评形成了反向合拢。在《痴人说梦记》中,无论革命派还是维新派原本都是志同道合的朋友与政治伙伴,因为现实中的种种政治原因和社会原因致使彼此无法并肩救国,虽然各自的政见逐渐形成截然不同的对立,但他们依然彼此惦念,惺惺相惜。从小说的主题构建预设来看,《痴人说梦记》可以看作受到了《三十三年落花梦》影响的晚清本土创作延拓。

《痴人说梦记》讲述了一个离奇的政治派别救国故事。愚村的贾守拙因为备受官府压制,又目睹官府对外国殖民者的奴颜婢膝,遂决定将儿子贾希仙送进"洋学校"强西学堂,跟着外国人学"洋文"。

---

① 孙文:《三十三年落花梦》序,国学社1903年版,第79页。

第二章　明治政治小说与晚清小说民族主义主题的发生

贾希仙在强西学堂结识了志同道合的魏淡然和宁孙谋，因为彼此志趣相投，不齿受教于欺凌中国人的洋人，三个人相约逃走，要和几个志士"自己开个学堂，成就几个志士"①。因为贾希仙独自外出洗澡，三人失散，自此演绎了一场不同政治派别分别上演的救国故事。到此，小说预设的主题已经初见端倪，革命派和维新派的政治出发点本是一致，仅仅因为类似于"洗澡"这样极其偶然的因素使得各自分别前往寻求救国之道。出身贫寒的贾希仙后来成为革命派领袖，富贵之家走出来的魏淡然和宁孙谋则通过科举，踏上了晚清中国的维新改革救国之路。结合晚清现实，革命派中确实有许多人最初是维新变法的支持者，后来才发生了革命转向。阿英指出，贾希仙代表了作者的理想，宁孙谋和魏淡然的原型分别是康有为和梁启超，黎浪夫是孙中山的写照……②细读文本，阿英对维新派的分析基本吻合小说内容，宁孙谋和魏淡然在朝廷中力推维新改革，争取开明官员支持，受到皇帝倚重，广结同盟推行新政。因守旧派阻挠，变法失败，宁孙谋和魏淡然出逃日本横滨，小说借用的的确是戊戌变法的大致线索。然而，关于贾希仙与黎浪夫的文学塑造是否真的可以如此简单地与现实等同呢？

小说的另一条线索是围绕贾希仙展开的革命救国之路。阿英将贾希仙视为作者的政治理想，黎浪夫等同于孙中山，似乎有强行将现实代入小说的嫌疑。即便是政治小说，也多采用将现实文学化的虚写手法，何况在晚清当时，小说中加入政治书写已是一种文学时尚，并不能简单地将小说和现实画上等号。如果小说果真是依照现实中的事件展开，那么孙中山是革命派领袖，在小说之中绝不应该对应仅以寥寥数笔描画出来的黎浪夫，而且贾希仙在广州举事失败，逃亡东京，被清廷大使馆抓捕，这些情节对应的现实更接近孙中山的事迹，贾希仙和黎浪夫本来都是现实中革命派领袖的文学化身。但是到了小说第十七回，贾希仙戏剧化地发生了理想"漂移"，

---

① 旅生：《痴人说梦记》，《中国近代小说大系》，江西人民出版社1989年版，第17页。
② 阿英：《晚清小说史》，人民文学出版社1980年版，第34页。

历经磨难、不畏牺牲的贾希仙在遇到革命志士黎浪夫之后，居然突然变得贪生怕死起来，只因在梦里自己做了造反派而被朝廷镇压，被凌迟处死，便放弃了革命理想，转身寻求世外桃源"仙人岛"去了。也难怪黎浪夫会痛斥："我从前认得你，只当你是一位豪杰。原来庸懦无能。天大的事，竟至为了一个梦，就打退了念头。可恨可惜！"①小说至此实在违背情理，但是当我们把另一条线索综合考虑进来，一切也就顺理成章了。宁孙谋、魏淡然与贾希仙在黎浪夫这一媒介的牵引之下"会师"了，小说由此走向主题构建的困局：现实中已成定局的政治分歧在文学的世界中合并之后如何继续？小说的作者只能和晚清政治小说中诸多通过"梦"来化解现实迷局的主题构建者一样，让贾希仙超脱革命派和维新派两种无法调和的政治理想，丢下现实困境去并不可能存在的"仙人岛"中筑梦了。从主题构建的角度来说，作者预设的主题不再受文本框定的架构约束，借助文学想象跨越种种客观困难，漂移到了"仙人岛"上继续完成现实中不可能实现的大团圆和平政治梦想。作者似乎也很明白，仙人岛终究是架空的乌托邦，因而和贾希仙一起实现开疆拓土、"共和"政治理想的志士均来自蓬莱岛蜃楼村，喻示所谓仙人岛上的"共和"理想终究不过是痴人说梦、海市蜃楼。小说预设的政见融合主题最终脱离小说的框架，在看似理想实现的狂欢之中发出堪称绝望的时代之音。

  本部分梳理了晚清政治派别政治小说如何受到明治政党小说的影响，然后如何在晚清本土的文化环境中完成了自己的救国主题书写。明治政党政治小说以明治中早期民权派的政见分歧为题材，以文学方式观照明治日本现代化建设过程中民主之路的崎岖艰辛，如明治政党政治小说主题构建所显示，明治政党小说围绕的"民权"与民主最终和明治政府主导的国家主义思想妥协融合，归入国家主义的大潮中。这类政党政治小说的主题被晚清小说家"移植"之后，在晚清

---

① 旅生：《痴人说梦记》，《中国近代小说大系》，江西人民出版社1989年版，第121页。

的政治文化环境中延拓出政治派别救国及政见宣传、论争的主题。宫崎寅藏的《三十三年落花梦》实际是明治时期较为另类的政治派别小说，宫崎寅藏从东亚命运共同体的政治立场出发，同情晚清中国的命运，与革命派携手致力于晚清的革命事业。受到《三十三年落花梦》的影响，晚清出现了较为激烈的政见批判和政见攻击政治小说和反向的政见融合政治小说。前者因为漫画式的夸张笔法延拓出维新改革讽刺小说，后者最终走向乌托邦的政治想象，汇入晚清一众以虚幻绝望为底色的未来想象的文学喧哗之中。

第三节　国族未来想象中的"富强梦"书写

自晚清以来，中国人就开启了自己的强国梦想，实现中华民族伟大复兴，就是中华民族近代以来最伟大的梦想。晚清知识阶层将传统思想文化和进化论等理论相结合，构筑了中华民族的时代强国梦想。在积弱积贫的晚清时期，中国人的强国梦想就是实现国富兵强和国富民强的"富强梦"，"有可以富国强兵，今则国亦未富兵亦未强者，中国是也"[1]。梁启超充满激情地认为，只要祛除积弊，中国定会崛起，"吾国民但当求得魔鬼所在而祛除之，则二十世纪之舞台，将为吾国民所专有，未可知也"[2]，"他日能有实力以开通全世界者谁乎？即我中国人种是也"[3]，"天下之富源，必移而入中国人之手矣"[4]。严复主张通过富民强民来实现富国强国："为今之计，为求富强而已矣。"[5] 对于未来中国，严复也满怀乐观："诚如是，三十年而民不大

---

[1] 梁启超：《富国强兵》，《梁启超全集》第二卷，北京出版社1999年版，第380页。
[2] 梁启超：《富国强兵》，《梁启超全集》第二卷，北京出版社1999年版，第380页。
[3] 梁启超：《论中国人种之将来》，《梁启超全集》第二卷，北京出版社1999年版，第261页。
[4] 梁启超：《论中国人种之将来》，《梁启超全集》第二卷，北京出版社1999年版，第262页。
[5] 严复：《原强（修订稿）》，汪征鲁等主编：《严复全集》第7卷，福建教育出版社2014年版，第31页。

和,治不大进,六十年而中国有不克于欧洲各国方富而比强者,正吾莠言乱政之罪可也。"①晚清中国的富强理想与明治日本政治小说中描绘的强国梦想产生共鸣,晚清的政治小说以文学方式描绘了时代的"富强梦"。

甲午战争的胜利使明治日本的野心空前膨胀,"明治二十七八年之役,不特可证我国军备之足恃,即外交行政法律及国民智识之进步,亦可因此而实验之,真日本自有历史以来未曾有之大观也"②。日本通过明治维新完成"脱亚入欧"的体制变革,又在甲午战争战胜中国后迅速调整了自己的对外、对内政策,核心国族目标由"救国"转向"强国",取代中国成为亚洲文化主导、谋求与西方强国的平等国际地位成为其首要国族发展政治目标。围绕这一强国梦想,明治政治小说运用文学手法展开对未来的想象。明治政治小说主要通过两种途径书写未来的强国想象:完美的乌托邦理想社会构想和借助科幻想象实现的科技强国梦想。这两大题材均被晚清政治小说选择译介并纳入本国政治小说的"富强梦"国家复兴理想书写中。

在进化论理论影响下,明治政治小说十分青睐对未来的强大国族展开想象,一时间以未来命名的政治小说层出不穷,如《未来之日本》《二十三年未来记》《日本之未来》《未来战国志》……其中《雪中梅》《未来战国志》《极乐世界》被译介到中国,这三部作品对晚清自创政治小说的"富强梦"主题构建影响显著。《未来战国志》是一部书写日本跻身世界强国之列、重新进行势力范围瓜分野心的未来强国想象政治小说。小说开篇将时间设定在未来:"顷非纪元二千五百四十三年耶……"《雪中梅》也是在开篇就进入未来的明治一百七十三年十月三日,想象了一番改革成功、庆祝国会开设的盛大景况:天皇率群臣来贺,东京高楼林立,汽车往来穿梭,一派现代

---

① 严复:《辟韩》,汪征鲁等主编:《严复全集》第7卷,福建教育出版社2014年版,第33页。

② [日]《日本维新三十年史》,古同资译,华通书局1931年版,第107页。

都市繁华景象，东京港万国商船汇聚，商业之发达连伦敦、巴黎亦退避三舍……小说毫不掩饰对未来国族强大的渴望，这个强国梦想的具体内涵便是日本实现了精兵强国，与世界强国比肩的强国理想。很显然，梁启超的《新中国未来记》受到《雪中梅》的文本影响：小说以孔子降生两千五百一十三年正月初一庆祝维新五十周年大典开篇，万国太平会议召开，英国、日本、俄国、菲律宾、匈牙利等国元首夫妇皆亲临祝贺……虽然未像《雪中梅》那样具体描写现代都市的欣欣向荣，却用一个由强大后的中国主导的"大博览会"将"我黄帝子孙发达之迹"的"富强梦"囊括其中。陆士谔的《新中国》开篇也是维新成功后的繁华景象，小说中的未来上海和《雪中梅》中的东京街头十分相似：宣统八年国会召开，上海街头张灯结彩，各国租界都变成了维护地方治安的"保镖"和经济建设者，一片普天同庆、万民狂欢的强国景象。

《极乐世界》是另外一部对晚清政治小说影响较大的作品。1903年，矢野文雄的《极乐世界》由广智书局出版发行，译者披雪洞主详细资料有待进一步考证。《极乐世界》的日文原题目为《新社会》，原作于明治三十五年（1902）由大日本图书株式会社出版发行。《极乐世界》是一部不无乌托邦色彩的理想社会蓝图勾画小说，也是对晚清政治小说中的"富强梦"主题书写影响较大的一部作品。《极乐世界》是矢野文雄晚年退出政坛后的作品，是其晚年政治理想的凝练。矢野文雄在游历欧洲、目睹欧洲战乱、亲历晚清社会苦难之后，对盛极一时的"弱肉强食"的社会进化论产生怀疑，《极乐世界》正是他远离政坛之后对国家命运的反思。作者矢野文雄出身于江户旧藩士家庭，幼年接受以儒学为中心的汉学教育，具有较深的汉学造诣，青年时期师从福泽谕吉，接受西学后进入政界。明治三十年（1897）甲午战后，矢野文雄担任驻清大使，翌年发生戊戌政变。矢野文雄熟悉晚清动荡的社会和政治，加上早年的汉学修养，文化上的亲近感令他对晚清的遭遇持同情态度，在他的调停下，李鸿章成功坚持未对日本割让福建省。矢野文雄还给伊藤博文写信，要求卸任大使职务，担任驻清教育顾问，从教育根本上改变中国的落后。[①] 当然，矢野文雄如此做的根本原因是看到西方蚕食中国后对日本产生的巨大威胁，是出于为日本的国族利益考虑。[②] 矢野文雄早年致力于日本的条约改正和自由民权运动，《经国美谈》是体现他早期国权伸张思想的代表作品。《极乐世界》是矢野文雄晚年的作品，当时欧洲动荡结束，矢野文雄希望借此机会各国重整国是，他憧憬新世纪的世界和平，希望强大后的日本能担当起世界和平社会建设楷模的任务。《极乐世界》是一幅世界大同的未来想象图，也是充满乌托邦色彩的空想社会主义构图。小说情节简单，一位老者向两个日本人讲述眼前这个鲜花盛开、和平昌盛的新社会由何而来。老者可视为矢野文雄的政治理想化身，两个日本人则代表现实中处于"旧社会"日本的矢野文雄本人。《极乐世界》中摒弃导致社会恶性竞争、人心趋利、国家之间战争频发的进化论，新社会人人安居乐业，富者出钱，贫者卖力，一切工商产业国家公有，私欲没有了，犯罪也就消失了，最终实现世界大同……可是小说无法解决一个哲学上的悖论：这样一个完美的新社会依靠的仅仅是人的道德自律，而这道德自律又由何而来呢？这种倒果为因的前题预设使这部小说的"极乐世界"也只能停留在乌托邦的空想之中。但无论如何，毕竟矢野文雄为晚清中国提供了一个未来理想想象的全新文学范本。与这个范本最为接近的未来想象大概就是吴趼人于1905年发表在上海《南方报》上的《新石头记》中的"文明境界"了。1903年，中译本《极乐世界》在上海出版，作为同时期上海重要的期刊创办人和小说家，吴趼人同样有阅读《极乐世界》的客观条件和主观可能。

在《新石头记》中，贾宝玉也是在一个叫作"老少年"的老者

[①] ［日］小栗又一：『竜渓矢野文雄君伝』、春陽社昭和五年（1930）版、第294頁。（笔者译述）

[②] ［日］小栗又一：『竜渓矢野文雄君伝』、春陽社昭和五年（1930）版、第287頁。（笔者译述）

的带领下游历了一个不无乌托邦色彩的"新世界",在这个叫作"文明村"的新世界里,"民康物阜,夜不闭户,路不拾遗,早就裁免了两件事:一件是取文明字典,把'贼''盗''奸''偷窃'等字删去;一件是从京中刑部衙门起,及各区的行政官、警察官,一齐删了,衙门都改了仓库"①。小说中关于政体的论述也与《极乐世界》中关于专制、共和、立宪论述有异曲同工之处,《极乐世界》首先否定了共和、立宪和专制,尤其痛斥俄罗斯的专制政体,最后给出了一种"特殊立宪",各州只推选一人负责全部事务,实际也就是一种集权的政治;关于如何避免集权政治易生腐败的问题,则又与《极乐世界》异曲同工,依靠在位者"存心正大"②。同《极乐世界》一样,《新石头记》中也是否定共和、有限肯定立宪,将政治理想设定为一种特殊的"专制",维持这种最高政治理想的法宝同样是不无乌托邦色彩的"德育普及"③。《极乐世界》中说,权力者的道德来源是"事务熟悉,由底下慢慢升上来的",《新石头记》中的当权者之所以有道德,同样是因为由下而上的政治经历带来的道德共情:"哪一个官不是百姓做的?"④ 在小说里,人人都是与生俱来的道德模范:"真正能自由的国民,必要人人能有了。"⑤ 将道德作为治国的最高法宝,勾画出一个百姓安居乐业的理想新世界,最终实现世界大同,不能不说这两部小说的政治理想竟然如此类似。除了《新石头记》,蔡元培1904年发表的《新年梦》也有可能受到《极乐世界》文本的影响。在《新年梦》中,主人公梦中的理想世界蓝图是一个彻底消除落后、走出危机的新中国,在新中国里,人人自由,科学极度发达,没有私产,没有国家,世界实现大同。《极乐世界》是矢野文雄远离政治舞台,对自己半生政坛风雨的一个理想告白,而《新石头记》

---

① (清)吴趼人:《新石头记》,王立言校注,中州古籍出版社1986年版,第199—200页。
② [日]矢野文雄:《极乐世界》,披雪洞主译,广智书局1903年版,第120页。
③ (清)吴趼人:《新石头记》,王立言校注,中州古籍出版社1986年版,第201页。
④ [日]矢野文雄:《极乐世界》,披雪洞主译,广智书局1903年版,第120页。
⑤ (清)吴趼人:《新石头记》,王立言校注,中州古籍出版社1986年版,第201页。

和《新年梦》用类似的乌托邦想象为晚清苦难的政治现实书写了一丝光明与希望。

明治科幻小说是"富强梦"主题书写的另一重要话语方式。因文化心理的近似,以书写"富强梦"为主题的明治科幻小说引起了晚清译作者的兴趣。晚清科幻政治小说的产生既受到明治科幻小说的影响,也深植于中国的传统文化和现实政治土壤之中。换言之,外来科幻小说被有选择地在中国文化的土壤中播种和培育,中国才有了自己的现代科幻小说。

晚清科幻政治小说之中晚清科幻小说翻译热潮的主要文本来源之一便是日本科幻作家押川春浪。1903—1906年,押川春浪的多部科幻小说被译介到中国来,有确切译本可考的为《空中飞艇》《千年后之世界》《新舞台》《秘密电光艇》四部作品;紧随其后的1904年至1910年间,晚清中国出现了一波科幻政治小说创作热潮,《月球殖民地小说》《女娲石》《新纪元》《新石头记》《新法螺先生谭》《空中战争未来记》等充满科幻色彩的政治小说接踵登场,而且在这些小说作者中不乏押川春浪科幻小说的翻译者,如《新舞台》的译者徐念慈创作了《新法螺先生谭》;《空中飞艇》的译者海天独啸子创作了《女娲石》;翻译了《千年后之世界》的包天笑创作了《世界末日记》等以未来世界为题材的短篇科幻小说。"押川春浪是日本的三流作家,他写的通俗小说很多,有言情小说、历史小说、冒险小说、军事小说等,艺术水平并不高;但缺乏鉴赏力的中国译者,出于对这类题材的需求,便争相翻译,以致在中国读者的心目中成为日本的科学小说大家。"[①] 这段话非常客观地指出了押川春浪在中国的关注度和文学影响力,同时也提出了一个问题:"艺术水平不高"的押川春浪何以在翻译小说汗牛充栋的晚清小说界独占一席?晚清时期本土创作的科幻政治小说和押川春浪的科幻小说之间有无关联?如有,该如何厘清其间的关联?这些问题大概比纠结于晚清科幻政治小说艺术性高

---

① 郭延礼:《中国近代翻译文学概论》,湖北教育出版社1998年版,第177页。

下更有意义。换言之，这些问题本身或许就是解开晚清科幻政治小说艺术性密码的关键。

毋庸置疑，外来侵略带来的国家危机是中国小说转向现代的重要因素，中国文学在对外来文化、文学的选择性接受中开启了自己的现代之旅，萌蘗于晚清特殊的文化背景之下、以国族思想开启现代之窗的科幻政治小说可以作为研究这一问题的范例。王德威尝言："没有晚清，何来'五四'？"[1] 顾彬在谈到中国现代文学的发生与民族主义的关联时也说："面对这样一种态度人们不必非要去批评，也可以从好的一面来看待它，因为西方艺术所要求的那种绝对自由，也并不是自动地就会导向美学上的成功，这就像一种干预性艺术本身也不一定就会招致失败一样。"[2] 冈仓天心更是断言："所有真正的艺术都会体现民族的热情。"[3] 笔者在此并非为晚清科幻政治小说的艺术性强行辩护，而是希望明辨一个问题：民族主义思想如何促成晚清科幻政治小说的产生并内化为小说的文学要素，又如何与科幻想象互为表里，共同构成这类小说文体的文学性。押川春浪科幻小说中贯穿的国家主义思想是科幻题材下暗伏的主题，这也是押川春浪被晚清翻译家选择译介的最主要原因。晚清科幻政治小说无疑或多或少受到押川春浪的影响，但是单纯强调来自押川春浪的文学影响本身并无太多意义，译介是译者的主体性选择行为，本土文化土壤才是接受和转化的根本成因。中国的现代文学萌蘗于国家危机，如果承认情感共鸣是审美核心要素，那就不能忽略国家生存危机带给中国人的审美规范转变。换言之，小说的内容和主题依然是考察晚清科幻政治小说文学价值的主要路径，对晚清科幻政治小说与押川春浪的作品进行比较，便可在很大程度上厘清押川春浪科幻小说为何受到热捧，以及晚清科幻政治小说"富强梦"主题诞生的本土主因。毕竟比较的目的不是比

---

[1] 王德威：《想象中国的方法》，百花文艺出版社2016年版，第16页。
[2] [德] 顾彬：《二十世纪中国文学史·导论》，范劲等译，华东师范大学出版社2008年版，第9页。
[3] [日] 冈仓天心：《理想之书》，刘仲敬译，四川文艺出版社2017年版，第168页。

较，而是为本土文学找见一面审度自己的明镜，这也是本书的主旨所在。

晚清中国和江户时代的日本在基本国策上有相同之处，实行的都是闭关锁国的对外政策。19世纪中叶以来，西方列强瓜分殖民地的狂潮波及东亚大陆，1840年鸦片战争打开了晚清中国封闭已久的大门，13年后，美国人通过"黑船事件"强迫江户末年的日本开埠通商，东亚的平静与封闭被扰乱，中、日两国的传统空间意识几乎在同一时间段里被强行撕裂，国家观念、世界观念取代了传统的空间观念，渴望了解异域、扭转传统空间意识的狭隘与封闭、拓展空间格局是民族主义思想带给中、日两国相类似的剧变。"黑船事件"之后的日本曾与中国同样陷入瓜分危机之中，但经过明治维新，日本在思想和体制维度上实现了"脱亚入欧"的"空间"转换，其空间观念随之由对未知世界的恐惧与探求转化为对外扩张。

明治维新中，日本成功地在政体、文化等方面实现了"脱亚入欧"的西化目标，逐渐抛弃了以"恕道律己"为价值导向的儒家文化，转向西方文化价值。尤其是甲午战争中战胜晚清中国使日本举国沸腾，日本的思想界也简单地将这场战争看作西方文化对中华文明的胜利，"脱亚入欧"论的提出者福泽谕吉为此"难掩兴奋之情，跳了起来"[1]。小泉八云更是声称，"新日本真正的诞生之日，始于战胜中国之时"[2]。甲午战争中战胜清政府催生了日本"国家主义"的全新内涵和现实支撑，即对外扩张的帝国主义思想。曾经的民权主义者德富苏峰在甲午战争爆发初期即发表《大日本扩张论》，鼓吹日本对外扩张的需要，人道主义思想家内村鉴三在当时发表的文章中也曾不无批判地指出日本的扩张主义倾向："战争结束了，我国处于战胜国的地位，却置举足轻重的邻邦的独立而不顾，而以新领土的开发，新市场的扩张

---

[1] [荷]伊恩·布鲁玛：《创造日本：1853—1964》，倪韬译，四川人民出版社2018年版，第43页。

[2] [荷]伊恩·布鲁玛：《创造日本：1853—1964》，倪韬译，四川人民出版社2018年版，第44页。

来转移全国人民的注意力,并且贪得无厌地汲汲于获取战胜国的利益。"①押川春浪的科幻小说对明治末年的这一帝国主义扩张思潮做出积极的文学回应,他鼓吹日本的扩张性战略思想,书写日本当时普遍存在的狂热民族主义,"今世界各疆国竞,汲汲于整饬海军,靳海事之日进而日上,诚欲握制驭之权,张国家之威福也。我帝国本世独一无二之海国,将以宣扬国威、增进国利,必先收海上之权力以盛运输、商商政、扩充富疆之业"②。空间上的扩张主义首先体现在对自然异域空间的占领与控制,在小说中具体表现为对天空、海底和殖民地的主导权争夺,借助的科幻想象手段为飞艇和潜水艇。押川春浪的科幻小说热衷于书写对未知自然空间的占领,借助对天空和海底等自然空间的开拓想象实现对世界的掌控梦想。在押川春浪的科幻小说中,探索自然空间的目的并非为了解未知世界,普及科学思想,而是赋予未知世界战略意义并借助它的神奇力量实现对现实世界的征服和国力的增长。首先,争夺海域主导权是押川春浪科幻小说中重要的自然空间想象。海洋是岛国日本的对外门户,1853年柏利率四艘军舰抵达相模国浦贺,日本被迫开埠通商,海上安全关系日本国土的完整,此后日本迅速整备海军、发展海洋军事力量,1855年成立长崎海军传习所。③ 之后日本政府在整备海军、建造军舰和水雷艇上投入巨大财力,明治二十四年(1891)的日本内阁会议提出从1892年起历时9年斥资5855万日元用于建造军舰和水雷艇等海军装备。④ 至1894年,曾经的海域空间焦虑在甲午海战的胜利中彻底转化为海域强国的自信。小说《秘密电光艇》就是对这一现实的真实写照,樱木大佐肩负的神秘使命即是建造战斗力非凡的世界第一潜水艇,这艘潜水艇一旦完成,

---

① [日]内村鉴三:《对时事的观察》,转引自[日]松本三之介《国权与民权的变奏——日本明治精神结构》,李冬君译,东方出版社2005年版,第144页。
② [日]押川春浪:《秘密电光艇》原叙,金石、褚佳猷合译,上海:商务印书馆1906年版。
③ [日]小和田哲男:『日本年史表ハンドブック』、東京PHP研究1995年版、第187—189頁。(笔者译)
④ [日]小山弘健、浅田光辉:《日本帝国主义史》第一卷,许国佶译,生活·读书·新知三联书店1961年版,第57页。

将称霸海域，扩张日本海上统治范围。"似此可惊之军舰，将来编入日本帝国海军之中，诚足伸张海上无外之权威。"① 其次，20 世纪初叶，人类对太空的探索取得前所未有的进步，押川春浪也不例外，宇宙异域空间想象是他的科幻世界中的另一主要话题。与海域空间想象一样，押川春浪的宇宙空间想象也与日本的扩张主义隔空呼应。在《空中飞艇》中，飞艇被想象成具有无限战斗力的武器，拥有空中主导权不仅意味着对所谓野蛮世界的征服，最终意味着占据了陆地控制权并间接获得控制世界的霸权。《空中飞艇》中写道："吾更知将来之战争，不于海，不于陆，而于茫茫太空。"② 因而在小说中，飞艇的力量被无限魔幻化，率先研发出空中飞艇的武柄博士依靠飞艇所向披靡的战斗力摧毁地面上各国、摧毁海上舰队，称霸世界。《新舞台》可以看作《秘密电光艇》的续篇，能自由出入空中和海底的空中潜艇集飞艇和潜艇之所长，最终帮助日本实现了战胜西方强国俄罗斯的理想。再次，凭借高科技军事力量想象占领空中和海底的主动权不仅可以实现对未知空间的扩张，还可以完成开拓所谓"野蛮"之地的殖民理想，押川春浪的科幻小说中经常可以见到殖民"野蛮"之地的伦理正当化，这种伦理正当化是通过"野蛮—文明"二元对立和借助西方拓殖思想实现的。例如在《空中飞艇》开篇，研发飞艇的原动力即被设定为来自对非洲大陆的殖民渴望，非洲大陆被描绘成遍地毒虫野兽、人吃人却又开着神奇诱惑的七色花的异域，这与欧洲殖民者开发新大陆之初的想象与向往如出一辙。《秘密电光艇》和《新舞台》中对无人孤岛的开拓与占领，也显示了日本开疆拓土的强烈殖民扩张愿望。

晚清中国的空间意识随着西方列强的入侵发生剧变，与之相伴产生的是强烈的国族生存焦虑，空间焦虑和国族生存焦虑紧密联系。"对异域空间的发现竟引发对造物者存在的质疑，天—地—人的统一

---

① ［日］押川春浪：《秘密电光艇》，金石、褚佳猷合译，上海：商务印书馆1906年版，第77页。
② ［日］押川春浪：《空中飞艇·卷中》，海天独啸子译，上海：商务印书馆1903年版，第3页。

体簇簇坍塌，社会空间整体性的崩溃引发了剧烈的身份认同危机。失去领土的空间焦虑也因此成为晚清民族焦虑的源头之所在。"[1] 国族主义是明治末期的日本和晚清中国的主导思想，但是与日本开疆拓土的扩张性异域空间意识不同，体现在晚清中国异域空间意识中的国族主义主要表现为领土被瓜分的危机与焦虑。鸦片战争以来，晚清中国面临的瓜分危机日益加剧，1903 年刊载于《俄事警闻》的《时局图》用漫画方式呈现中国即将被强国瓜分豆剖的危急处境，令人触目惊心，空间焦虑促进并加强了民族的文化认同，救国保种成为中华民族的现实诉求和情感共鸣。押川春浪科幻小说基于民族主义思想导向的异域空间探索为晚清科幻政治小说作者和读者所认同，其民族主义内涵却在中国的现实文化土壤中发生了位移和变异。在晚清政治小说中，异域空间同样指向空中、海底和与"文明"对立的荒蛮世界，宇宙空间、海域探索和荒蛮世界等情节频频登场。在类似的异域空间想象中，押川春浪科幻小说中的空间想象表现为对异域空间的开拓及扩张，晚清科幻政治小说中，民族主义具体表现为以救国危机意识为精神内核的强国思想，对应晚清复杂的社会现实和救国焦虑，这一思想主导下的自然异域空间在小说中呈现多重意象：对现实空间的逃离、对理想世界的想象与向往和科技强国的强烈愿望。包天笑在短篇小说《空中战争未来记》的后记中写道："笑曰：二十世纪之世界，其空中世界乎。"[2] 作为押川春浪小说的译者和读者，包天笑的创作无疑受到押川春浪的直接影响。但比起文本上的直接影响，更不容忽视的是深层次的文学选择性接受和译介文学中的文化因素在本土文学创作中发生的显性位移。在稍早时间问世的科幻政治小说（如《月球殖民地小说》《新石头记》等作品）中已出现类似于飞艇的飞天工具和宇宙空间想象。在晚清政治小说中，宇宙异域空间多被幻化成与

---

[1] 耿传明、汪贻菡：《空间意识变迁与晚清小说的现代性》，《中国高校社会科学》2017 年第 3 期。

[2] 包天笑：《空中战争未来记》（原载《月月小说》），于润琦主编：《清末民初小说书系·科学卷》，中国文联出版公司 1997 年版，第 99 页。

现实世界平行的二维空间，飞车和气球的主要功能是连通异域空间的交通通道。气球和飞车在晚清科幻政治小说中的主要功能变异为与现实政治关联的"逃离"和"寻找"，逃离来自现实中的政治迫害和政治绝望，寻找政治清明、国家富强的理想新天地。在《月球殖民地小说》中，通向太空的热气球屡屡带龙孟华脱离清廷官员和巡捕的迫害，为逃离现实黑暗提供了一个暂时的避难栖息地，宇宙空间月球在小说里被设定为类似于"理想国"的清明世界，主人公龙孟华一家最终奔月而去，因小说未完辍笔，结局不得而知，但可以确定的是对宇宙的异域空间想象实为现实的反照。随后问世的《新法螺先生谭》中也设定了与现实世界互为观照的宇宙空间。

海域空间想象同样是晚清科幻政治小说的重要场域，《新石头记》和《新纪元》中，潜水艇和海底战舰频频登场，海底未来的空间幻想具有复杂的政治文化内涵。如果说宇宙空间想象连接着与现实世界并行的异域空间，那么关于海域的科幻想象则直接关联着国族命运，这一空间想象满载着屈辱和焦虑的情感反弹。历史上的中国一度是强大的海洋帝国，到了晚清时期，曾经引以为傲的海域主权竟然变作侵略者的通途，鸦片战争中英国战舰从海上打开中国的国门，甲午战争的一败涂地也是来自海域，海洋在晚清时期除了给曾经的帝国带来经济压榨和文化心理上的深重创伤，也带给晚清中国最窘迫的空间焦虑，所以晚清科幻政治小说中的海域空间想象与现实中的国土危机联系最为紧密。押川春浪被译成中文的科幻小说主要题材之一也是海域武器相关题材，或可说押川春浪的海底武器幻想最有可能引发晚清科幻作家的共鸣。晚清的科幻政治小说中多涉及海域武器题材，深入海洋深处的潜水艇科技除了拥有探索世界的科学功能，主要以保卫国土、抗击侵略、恢复中华文明的战斗利器形象登场。对照文本，会发现《新石头记》和《新世纪》中的潜水艇俨然《秘密电光艇》的升级版，借用了各种物理、化学想象解决了潜水、照明、攻击等实战功能，而《新世纪》中不仅有类似于电光艇的海底鱼雷潜艇出现，还有海底潜行舰、水下侦察艇等新式武器出现。

如果说海底空间是晚清科幻政治小说中最逼仄的未来想象，那么对于与中国传统文化心理相对隔膜的异域空间拓殖想象，晚清的科幻政治小说也多有涉及。《月球殖民地小说》中的殖民思想与深受西方武力政治文明和社会达尔文主义影响的日本拓殖思想基本一致，虽然对被殖民饱含隐忧，却对强国殖民弱国的伦理表示认同。小说中暗喻中国的鱼鳞国之所以落后的主要原因之一便是子孙"没一个想开疆拓土，做些惊天动地大事业的"[①]。月球文明远较地球发达，玉太郎首先想到的是："单照这小小月球看起，已文明到这般田地，倘若过了几年，到我们地球上开起殖民的地方，只怕这红、黄、黑、白、棕的五大种，另要遭一番的大劫了。"[②] 玉太郎虽是日本人，但在小说中的身份是主人公的挚友，所以这一空间拓殖意识是为作者所认同的。包天笑在《空中战争未来记》中也声称："世界文化日进，生民智慧日睿；上穷碧落，下彻黄泉，咸足为殖民之地。"[③] 此外关于文明未至、深具冒险刺激色彩的荒岛想象在晚清科幻政治小说也屡见不鲜。

从自然空间意识中的国族主义思想对比考察押川春浪科幻小说和晚清科幻政治小说，从宇宙空间、海域空间和对所谓文明未至的空间拓殖三个维度切入，可以发现，二者的空间意识均立足于国族主义立场。日本的国族主义思想是明治维新中"富国强兵"目标的延续，在甲午战争的胜利中走向狂热的全民国家主义，传统的"尽忠勇，尊君王"的武士道精神和欧化思想下的国族意识相结合，最终湮没了明治早期的民权思想，押川春浪科幻小说以未来空间想象的方式汇入明治末期的狂热国家主义思潮之中。晚清中国的国家危机同样唤起前所未有的全民民族主义思潮，但是和复杂的社会现实相观照，晚清

[①] 荒江钓叟：《月球殖民地小说》，董文成、李勤学主编：《中国近代珍稀本小说·四》，春风文艺出版社1997年版，第411页。

[②] 荒江钓叟：《月球殖民地小说》，董文成、李勤学主编：《中国近代珍稀本小说·四》，春风文艺出版社1997年版，第532页。

[③] 包天笑：《空中战争未来记》，于润琦主编：《清末民初小说书系·科学卷》，中国文联出版公司1997年版，第99页。

的民族主义在科幻政治小说中变身为现实政治空间带来的国家现实命运的焦虑以及守护国土的空间渴望,其中关于自然异域空间意识中包含与押川春浪相类似的拓殖思想。

押川春浪的科幻小说和晚清科幻政治小说中浓重的国族主义思想贯穿自然异域空间的想象,小说的场域均被设定为包括西方国家在内的"世界",表现为对重构世界新秩序的关注与积极参与,科幻想象的目的具化为对西方强国的复杂文化心态和东亚秩序的重构。19世纪中叶的西方入侵注定使中国和日本改变以往的对外姿态,参与到国际新秩序的构建中来,而中、日两国特殊的地缘关系和文化渊源又决定了二者共同关注的另一焦点是国家在亚洲的定位。明治时期的日本遵奉福泽谕吉提出的"脱亚入欧"口号为圭臬,明确了日本对西方国家和亚洲国家的战略定位。虽然在体制上匆忙加入西方阵营,但日本对西方国家的文化心态不无矛盾:一方面日本积极走西化道路并急于得到西方世界的认同,另一方面西方世界对日本表现出的拒斥态度和潜在威胁又让日本不满和焦虑。甲午战争后,俄、法、德三国对日本在亚洲利益分割的干预加剧了这种不满和焦虑,加之明治政府内部军国主义思想不断膨胀,日本的民族情绪一部分转化为对西方世界的敌意,1904年爆发的日俄战争就是这一情绪不断高涨导致的结果。日本在东亚格局中的态度同样充满了矛盾,江户时代后期,西方文明在日本逐渐得到认同,凭借体制由上而下的变革,使日本迅速走上了所谓"西化"道路。但体制上的迅速变革并不等同于思想文化的同步转变,或者说外来异质文明与本国传统思想共存才是日本近代文明的一大特色,儒家学说很长一段时间贯穿着日本明治维新之后的思想建设,也就是说,在东亚秩序的重构中,日本同样在现代与传统之间矛盾重重。一方面,日本急于所谓"脱亚",也就是从思想上摆脱中华文明圈,重建全新的内部伦理秩序,最终凭借现代转型的成功取代中国,巩固在东亚的主导地位;另一方面,日本从文化根源上依然保持着浓重的儒家文化底色,希望通过亚洲连带感与中国等东亚国家共同对抗西方强国的威胁。完成明治维新体制变革之后的日本，国家主义的重要目标之一就是确立日本在国际上的政治地位和东亚主导权。在政府主导和传统文化的共同作用下，明治初年民权思想中强调个人权利与自由的部分逐渐被主张国家利益的"国家国民"思想所取代，就连早期的民权思想家德富苏峰等人也纷纷转向国权主义，押川春浪的科幻小说以科幻强国的文学想象呼应了这一热潮。

晚清中国同样面临打破旧的世界认识，在新的世界格局构建中重新定位的重要课题。与日本相比，缺失了制度对文化方向的导引和制约，晚清中国的处境和文化心理纷纭驳杂，异民族统治下的改良和革命之争、中国传统思想与西方文化的激烈碰撞、邻国日本的快速崛起，都影响了晚清中国在国际新秩序构建中自我定位的文化心态，摆脱瓜分危机、谋求民族复兴、恢复强国地位是晚清中国人在国际新秩序重构中达成的目标共识，但因为缺乏有力的制度干预和执行保障，其背后的推动力毋宁说是民族文化心理的"合力"，因而当遇到传统文化与西方文化的碰撞矛盾、需要做出抉择之时，晚清的科幻政治小说作者找不到有力的文化心理支撑，遂不自觉地趋向于转向传统文化寻求动力。虽然立场不尽相同，但晚清中国和明治后期的日本在对待西方国家的文化心理上均混杂着拒斥与认同。因为与日本的地缘亲近感和文化连带感，晚清中国对日本的维新改革有着较为强烈的认同，这一点也表现在亚洲秩序重构中与日本的连带认同感上。同中有异的文化心理是晚清作者选译押川春浪科幻小说的主因，也是本土科幻政治小说在近似思想贯穿下相较押川春浪科幻小说呈现纷纭驳杂、众声喧哗面貌的根本原因。

在押川春浪的科幻小说中，想象日本在世界新秩序重构中的角色转换是与科幻想象并行的暗伏主线。押川春浪被译介到中国的四部科幻小说中，《秘密电光艇》《空中飞艇》和《新舞台》都体现了日本急欲在世界新秩序中获得主导地位的思想。细读《空中飞艇》，不难发现这部小说无异于日本想象重建国际新秩序并充当科技和伦理主导国的寓言，作者预设世界为列强争霸之时代并且日本必须参与这场角逐并胜出："吾知世界大势当必一方扩张世界之版图，复于一方敛缩世界之员舆，此后归宿之若何迄今断难逆料。"① 法国人武柄博士是与日本形成竞争对抗关系的欧洲强国隐喻，象征着日本科技硬实力和文化软实力的一条理学士在科学和伦理两个维度上均在与武柄博士的角逐中完胜对方。一条理学士研制的飞艇可以克制武柄博士的飞艇，而且在道德伦理上二者呈二元对立：武柄博士"天性阴险、道德腐败、富于嫉刻之心"，而日本的一条理学士"为人奇侠磊落"。日本人研制的空中飞艇击溃代表西方现代国力的法国飞艇，不仅如此，研制法国飞艇的武柄博士也因道德伦理上的缺失遭到西方世界的否定，代表伦理正义的日本因帮助西方各国战胜法国人武柄博士获得各国认同。《秘密电光艇》中多处情节也彰显日本人压制、战胜欧美国家的强烈意愿，比如轮船上才艺比拼中最后出场的日本人总是完胜骄矜的欧洲人。《新舞台》则提前将数年后发生的日俄战争装进小说的世界，日本最终凭借更胜一筹的智慧和国力战胜欧洲强国俄罗斯。

　　包含对西方殖民化批判和反抗思想的亚洲连带意识也是押川春浪科幻小说中世界思想的重要体现。押川春浪科幻小说中的亚洲连带意识隐含在象征欧亚竞争意识的各种隐喻之中。在《空中飞艇》中，看似温柔驯服的中国马在竞马中后来者居上，最终战胜了西方强国英国和意大利的马。飞艇的胜利也不单单意味着日本的胜利，而是黄种人对白种人的胜利。文中借欧洲报纸称："此空前绝后之事业竟成于黄种人之手，将来发明之家联袂而起者何限，可知彼黄种之精神智力正不亚于白人。今后盟坛二雄，谁主牛耳？居今以思，尚难预卜。而今者新刃初发，光芒勃勃，我白人可为寒心也。"② 日本代表了如旭日初升崛起的东亚，不仅具备可以和西方强国角力的能力，而且终将

---

① ［日］押川春浪：《空中飞艇·卷中》，海天独啸子译，上海：商务书馆1903年版，第3—4页。
② ［日］押川春浪：《空中飞艇·卷中》，海天独啸子译，上海：商务书馆1903年版，第1—2页。

第二章 明治政治小说与晚清小说民族主义主题的发生 | 165

略胜一筹。《秘密电光艇》中的东亚连带意识明显带有日本的所谓"保护东方"的东亚殖民主义思想色彩,樱木大佐潜心研发电光艇是为了避免被英、法、俄、德等西方强国吞并:"处此优胜劣败之世界,人人以尚武练军为急,凡英法俄德悉以全力注重于海军,欲出必胜之权以逞其吞并之欲。其权力争议之中心点均集于我东方,如支那如朝鲜,渐当为其侵害。当是时可以为东方雄伯之国,惟我日本。"①押川春浪科幻小说中包含的"亚细亚主义"由当时日本在现实发展中的复杂思想而来,曾面临被西方殖民危机的日本本能拒斥和批判西方的殖民思想,但是明治维新后的快速崛起又使之成为亚洲唯一的殖民帝国,因而又企图借用"文明"这一西方价值将自己的殖民意图正当化。正如小说中显示的那样,现实中的日本在东亚局域立场上由最初对西方殖民主义的抵制与批判,逐渐走向吸纳和内化西方武力政治文明价值原理的帝国。

押川春浪科幻小说中对世界格局和亚洲定位的关注也是晚清中国面临的两大现实政治问题。西方的强势入侵促使晚清中国快速形成国家民族主义思想,如何在动荡中强大和崛起并拥有与西方各国抗衡的实力是国族危机下中华民族的主体诉求。面对强势入侵的西方列强,因为缺乏强有力的政权制约和制度引导,晚清中国对世界格局的思考呈现自由多元化态势,但是在科幻政治小说中,借助科幻想象,曾经拥有辉煌文明的中华民族并不逊色于任何西方强国,中国足以凭借自己的智慧拥有在与西方强国的武力、经济和政治力量角逐中胜出的力量。换言之,科幻想象克服了晚清在现实中难以突破的政治壁垒和文化困境,实现了中华民族强盛的梦想。押川春浪科幻小说中展现出的东方国家与西欧强国的对抗姿态可以用来观照晚清现状,激发国民的爱国热情,这无疑是押川春浪作品被大量选译的重要原因。

面对西方入侵,日本的崛起以及与西方的抗争为晚清中国提供了理想的参照对象,日本即东方化的第二"西洋"。押川春浪科幻小说

---

① [日]押川春浪:《秘密电光艇》,金石、褚佳猷合译,上海:商务书馆1906年版,第19页。

中贯穿的与西方竞争和东亚联合意识是晚清科幻政治小说译作者的共鸣之处。徐念慈在《新舞台》译本开篇曾加入自己的议论："扶桑三岛形胜天然，旭日徽章迎风荡漾，北望俄夷，张其血盆大口，舞其尖利之爪，欲攫睡狮而自资其大啖。以我同种之邻国，受贱种之欺辱，是可忍孰不可忍。"① 这段译者按语具有双重视角含义，即对《新舞台》文本的读者期待视角和与日本命运与共的国族现实生存视角。这段话开门见山将日本和中国看作命运共同体，其中与西方列强抗争的立场和渴望民族崛起一搏的情感实际是为中国而发。《新法螺先生谭》是徐念慈继翻译《新舞台》之后创作的一部科幻政治小说，小说中作者在对待西方的态度上采取了与《新舞台》一致的现实立场。《新法螺先生谭》虽然和包天笑转译的《法螺先生谭》标题上存在更多的"姻亲"关系，但其中贯穿的题旨却是押川春浪《新舞台》中的国族崛起幻想，而非《法螺先生谭》中征服探索自然过程中的夸张滑稽空想。徐念慈在小说中如此表述自己的文本阅读期待和现实国族观念："然以欧美近日自诩为文明之国民，余亦如不欲见。是何为者？则以余之面东而立，深有望于黄河长江之域。余祖国十八省大好河山，最早文明之国民，以为得余为之导火，必有能醒其迷梦，拂拭睡眼，奋起直追，别构成一真文明世界，以之愧欧美人，而使黄种执其牛耳。"② 国家崛起并超越欧美，复兴中华文明并重新为中华文明寻找世界坐标是《新法螺先生谭》中关于世界格局的想象。《新石头记》想象在科技实力上压倒欧美、雄霸世界，力倡以"克己恕道"为内核的儒家文化价值引领世界价值理念："其实我们政府要发个号令下来，吞并各国，不是我说句大话，不消几时，都可以平定了。政府也未尝无此意，只有东方文明老先生不肯。"③《新纪元》以未来记的形式想象中国的崛起，中国、日本、土耳其等形成了以中国为中心

---

① 付建舟：《清末民初小说版本经眼录》（日语小说卷），中国致公出版社 2015 年版，第 143 页。
② 徐念慈：《新法螺先生谭》，小说林社 1905 年版，第 8—9 页。
③ （清）吴趼人：《新石头记》，王立言校注，中州古籍出版社 1986 年版，第 299 页。

的亚洲共同体,与西方国家展开对决并最终胜出。"各国个个都惧怕中国的强盛,都说是黄祸必然不远。"①复兴中华、重新在世界文明中占据主导地位的世界格局想象几乎贯穿在晚清所有的科幻政治小说之中,但因为缺乏日本那样的集权制约和文化引导,晚清科幻政治小说中的世界想象表现出的是民族自发的强国保种内在和目的性,也正是这种自发性进一步印证了西方武力侵略促发近代中国民族主义诞生的历史本质,同时印证了民族主义自然内化为文学要素,而非外力强制引导。晚清中国和明治日本共同经历过西方武力威胁,晚清中国又是东亚文明曾经的主导者,所以在对待西方态度上,晚清中国的科幻政治小说大多采取了和明治末日本同仇敌忾的亚洲立场,虽然甲午战争之后日本对中国构成了最大的威胁,晚清中国依然把日本看作有文化亲缘关系的学习范本,晚清末期的民族主义理论盛行进一步加深了和日本的亚洲连带意识。

在押川春浪被译介到中国的科幻小说中,《千年后之世界》便对现代文明过度发展可能带来的种种弊端进行了想象和批判。在一众渲染武力政治文明的作品中,《千年后之世界》略显另类,但这凤毛麟角的一部科学危机小说却吸引了晚清译者的注意并被译成中文,小说文本内隐含的中、日两国相通的批判西方物化主义、倡导东方伦理道德的现实文化视角值得探究。

明治维新之后的日本引进西方的工业、科技和政体,虽然极力追求的"西化"在物质层面已基本完成,但日本精神层面的现代建设中依然贯穿着强烈的家国主义传统思想,在明治政府的主导之下,带有强烈军国主义倾向的国家主义思想是明治晚期的主导思想,加藤弘之、三宅雄二郎等代表官方立场的明治思想家极力鼓吹"在世界上伸张正义"的国权主义,日本试图建立以本民族文化为内核的全新道德伦理秩序。因主张东方文化中心主义视角被视作明治末期文化国粹主义代表的冈仓天心提出:"对一个民族来说,就像对

---

① 碧荷馆主人:《新纪元》,广西师范大学出版社2008年版,第4页。

个人一样，自我内在的实现（而非外界知识的吸收）才能真正促进进步。"① 押川春浪的系列科幻小说是对明治末期国家主义思潮的积极呼应，除鼓吹国家主义立场上的现代科技发展之外，押川春浪的小说也不忘积极倡导日本的世界文化主导立场以抵抗西方文化中心主义，《千年后之世界》便是这一思想的体现。

《千年后之世界》的中译本广告中如此介绍该小说主旨："以高尚之理想睹惨恶社会之堕落，以发见光明世界。全书以物质文明愈进化，则精神文明愈退化为主义，思想深远，有出乎天天，入乎人人之妙，为将来世界之大问题，为现在世界之活剧。"② 其中可见这本翻译小说的阅读期待视角，亦即译介者对小说的主旨理解。《千年后之世界》主旨鲜明地批判了一味追求物质文明的西方社会，小说以代表西方近代文明巅峰的巴黎为故事舞台，讲述了文明高度发达、过度追求物质对人性的伤害。因为过度追求物质，人人追逐私利并在这个过程中失去了人性中的温情，变得冷酷无情，置亲情、道德、国家、社会于不顾，最终导致人沦为被欲望支配的半人半兽的怪物，地球文明毁于一旦，重现荒蛮。在小说中，科学的发展和物质的发达带来的毁灭性后果早已被有先见之明的泽尔贝理学博士预见：物质文明的发达带来精神文明的衰颓，物理化学的不断发展导致社会组织的日益机械化，法律和黄金成为支配世界的两大力量，人们不再追求精神层面的修养，不再畏惧良心的谴责，唯独惧怕法律的制裁。而当法国的泽尔贝理学博士和日本公使春部春男当真阴差阳错目睹千年后的巴黎时，才知道事实比理学博士预见的更为可怕。人类文明之所以在发展中毁于一旦，主要原因有三："一是自然原因，二是人类对物质文明中毒至深，三为人类社会畸形发达之反动。"③ 其中作者极力渲染的最主要且最发人深省的当然是人类对

---

① ［日］冈仓天心：《觉醒之书》，黄英译，四川文艺出版社2017年版，第15页。
② 付建舟：《清末民初小说版本经眼录》（日语小说卷），中国致公出版社2015年版，第121—122页。
③ ［日］押川春浪：『千年後の世界』、大学館明治三十六年（1903）版、第180頁。（笔者译）

物质文明过分追求、个人主义泛滥导致的道德沦丧使人类社会最终分崩离析、人类文明毁于一旦。在小说中，19世纪末期代表世界先进文明的西方工业文明和科技发展不再是晚清中国和明治日本追求的现代文明，而是将人类文明毁于一旦的罪魁祸首："物理化学上的种种发明使人类的野心和虚荣心日盛，交通工具的完备让人忘却故土，衣食住行的极尽奢华凸显了黄金的万能魔力。"① 细究文本，《千年后之世界》中设定了物质文明与精神文明的二元对立，二者的对立真正的指向正是东西文化的对立，作者真正的意图在于主张和颂扬以国家主义为核心内涵的明治日本主导的伦理道德观。西方以物化主义为核心的现代文明导致了人类道德的沦丧，并将最终导致人类的自我毁灭，那么沦丧的道德到底指什么呢？回到文本中反向推论，可以得知被物化主义损毁的"精神"内核正是以国家、社会的公共利益优先的伦理道德观。"与精神文明脱节的物质文明和人类的道德信仰无法两全，因而随着智能的单方面快速发展，人们的道德信仰变得日渐淡漠。道德信仰淡漠的人们越来越心性乖觉，却越来越不为国家和社会分忧，如此，人类终将走向浅薄的个人主义。"② 因而，这部小说虽然批判的是西方工业文明的物化主义，实际却是对西方以个人主义为核心内涵的伦理道德观的抨击。虽然《千年后之世界》在押川春浪鼓吹武力政治的系列科幻小说中略显另类，但归根结底依然为配合明治末期的国家主义思想而创作。在押川春浪被译介的科幻小说中也都存在对西方道德伦理维度的批判，如《秘密电光艇》中遇到海难之时带头破坏由西方世界主导制定的逃难秩序的西方乘客、《空中飞艇》中恃强凌弱的法国人、《新舞台》中蛮横无理的俄罗斯人……尤其在《空中飞艇》中对西方剥削压榨的工业文明提出批判："二十世纪所谓文明世界，其待职工无异奴隶，反道叛德，全无平等

---

① ［日］押川春浪：『千年後の世界』、大学館明治三十六年（1903）版、第188頁。（笔者译）

② ［日］押川春浪：『千年後の世界』、大学館明治三十六年（1903）版、第187頁。（笔者译）

之望。"①

在文本的直接影响层面，包天笑在翻译《千年后之世界》之后创作了短篇科幻小说《世界末日记》，讲述了人类的力量无法与宇宙规律抗衡、地球最终毁灭的故事，对人类的未来做了悲观的预测。除却文本构思上的直接影响，想象世界末日、以东方伦理视角批判西方现代文明和科技发展对人性的伤害在晚清科幻政治小说中也是屡见不鲜的话题。尽管晚清中国物质匮乏、科技落后，但这并不妨碍部分知识分子开始对西方物质文明进行理性质疑与思考。梁启超在亲眼见证了欧洲一味偏重物化的工业社会发展的种种弊端之后写道："当时讴歌科学万能的人，满望着科学成功，黄金世界便指日出现。如今功总算成了，一百年物质的进步，比从前三千年所得还加几倍，我们人类不惟没有得到幸福，倒反带来许多灾难。"②鲁迅也看到了19世纪物质文明高度发达带给人性与人类精神自由发展的束缚与伤害，所以他提出"掊物质而张灵明"，抨击对物化主义的一味追求："重其外，放其内，取其质，遗其神，林林众生，物欲来蔽，社会憔悴，进步以停，于是一切诈伪罪恶，蔑弗乘之而萌，使性灵之光，愈益就于黯淡：十九世纪文明一面之通弊，盖如此矣。"③在以"仁"为内核并提倡"天、地、人"和谐统一的东方文化的观照下，西方现代文明中物质主义的弊端尤为凸显。晚清科幻政治小说对西方现代文明同样展开理性反思，其主要参照体系是中国的传统儒家思想中的"仁学"思想，具体体现在对西方殖民思想的批判和现代科技发达对人性和人类生存带来的伤害两个方面。

《新石头记》中用世界大同的晚清新儒家思想批判以扩张掠夺为发展手段的西方武力政治文明是虚伪的假文明，拓殖和所谓解放黑奴

---

① ［日］押川春浪：《空中飞艇·卷上》，海天独啸子译，上海：商务印书馆1903年版，第32页。
② 梁启超：《科学万能之梦》，《梁启超全集》第十卷，北京出版社1999年版，第2974页。
③ 鲁迅：《文化偏至论》，《鲁迅全集》第1卷，人民文学出版社2016年版，第54页。

运动都是围绕本国私利进行的掠夺行为，只有播撒文明、扶助弱小国家、以全人类的自由为目标的东方文明方是真正的理想文明，"世界上凡是戴发含齿，圆颅方趾的，莫非是人类，不过偶尔有一二处教化未开，所以智愚不等。自上天至仕之心视文，何一种人，非天所赋？此时红、黑、棕各种人，久沉于水火之中，受尽虐待，行将灭种。老夫每一念及，行坐为之不安。同是人类，彼族何以独遭不幸？"① 晚清科幻政治小说作者与押川春浪同样将西方设定为为一己私利弃人类命运于不顾的伦理道德违背者。在《新石头记》中，被想象成已经完成复兴大业的中华民族的"文明村"对某些国家强行使用一种叫作"氯气炮"的杀伤力极强的化学武器进行批判。《新纪元》中出现了与《新石头记》中类似的情节，只不过将"氯气炮"换作"绿气炮"，批评西方国家在自己利益受损时捏造口实、违背人性的行径。《新纪元》的故事舞台是想象中的东西方大决战，其中数次描写西方国家为私利不择手段使用反人类武器的行为。如西方国家在所谓"和平会"上居然反其道行之，公然制定规则称："各国为爱种起见，从前平和会所公禁的一切猛毒残酷之战具，皆许权时用以应敌。"② 晚清科幻政治小说中明确可见以儒家"仁"学思想反照批判西方伦理中一味追求私利的倾向。

综观晚清科幻政治小说，虽然呈现了与押川春浪科幻小说近似的伦理道德视角，都以东方伦理思想为借镜反观批判了西方现代伦理中的物质主义和重利思想，但因为晚清中国在思想文化建设上不同于明治末期的日本，缺少政权的强制干预和伦理的主流引导，在小说中未能呈现押川春浪科幻小说中系统的伦理批判与伦理主导思想，而是晚清文人对西方文明的自发式思考。

从晚清政治小说与明治政治小说关系的整体流脉来看，梁启超将政治小说的概念和文体引入时，明治日本的自由民权运动早已落潮，政党政治小说也随之消退。明治十八年（1885）日本设立内阁标志

---

① （清）吴趼人：《新石头记》，王立言校注，中州古籍出版社1986年版，第305页。
② 碧荷馆主人：《新纪元》，广西师范大学出版社2008年版，第57页。

着国权和民权的纷争暂时告一段落，取而代之的是国权的不断伸张，尤其是甲午战争的胜利给日本带来民族主义情绪的空前高涨，张扬国家形象、谋求在亚洲的主导权以及在世界版图中的强国定位逐渐成为日本的主要政治方向，在文学上也渐成余韵尚存的政治小说主题延伸。押川春浪的科幻小说在这一背景下诞生，他的作品大多对日本这一国家政治主题进行了文学观照。异域空间扩张、与西方强国竞争、对西方现代文明背后的伦理价值的否定与批判是押川春浪科幻小说的三大叙事主题。押川春浪作品中的国家主义思想恰好吻合晚清时期以强国保种为诉求的民族主义思潮，押川春浪科幻小说与家国思想的紧密融合是其被选择性译介的主要原因。科幻想象为晚清迫切的救国焦虑找寻到宣泄通途，明治科幻小说中的强国思想与科幻想象在晚清中国的社会现实中引发共鸣，所以晚清科幻政治小说汲取并沿用了这一国族主旋律，并在中国的传统文化土壤中延异出意象更为丰富的三大强国想象主题：与现实互为观照的"理想国"、世界版图中的强国梦想以及对西方现代伦理的批判。

晚清科幻政治小说将强国梦想寄托在对未来高科技发展的想象驰骋中，科幻的趣味性和想象性又反向将政治理想融入文学中，不应把科幻政治小说中的文学趣味性和政治目的强行分离进行考察。在中国文学的发展史上，外来文学、文化的输入从未间断过，晚清时期外来文学接受的特殊性在于外来侵略导致的文化观念剧变改变了清末文人中土本位的文学观，进而决定了晚清文人面对外来文学时的取舍选择。"'国家'兴起，'天下'失去，'文学'也从此不再是放诸四海的艺文表征，而成为一时一地一'国'的政教资产了。"[①]国家、民族既是清末文学构成的内驱力，也是清末文人竭力描摹、想象的文学对象。在西学东渐的大背景下，明治维新后日渐强大的日本成为晚清中国效仿和学习的东方"西洋"，"科幻+国家"的文学想象完美切中晚清文人的文学观念。"我国今日，输入西欧之学潮，新书新籍，翻译印刷者汗牛充栋。苟欲其事半功倍，全国普及乎，请自

---

① 王德威：《想象中国的方法》，百花文艺出版社 2016 年版，第 7 页。

科学小说始。"①"我国说部，若言情谈故刺时志怪者，架栋汗牛，而独于科学小说，乃如麟角。智识荒隘，此实一端。故苟欲弥今日译界之缺点，导中国人群以进行，必自科学小说始。"② 在历史文化发展严重受挫的晚清，深刻的社会变化使文学获得深刻的价值和沉重的意义。押川春浪的科幻小说因其强烈的政治文化色彩和文学想象性受到晚清翻译家的青睐，随后兴起的本土创作科幻政治小说为晚清现实社会的焦虑找到快捷的宣泄渠道，也赋予日益陷入困境的政治小说所缺失的文学想象之美。

第四节 女权思想的日本移植与女权政治小说

在不同国家的不同历史时期，女权思想的具体内涵不尽相同，男女平权和争取女性参政权是日本明治时期女权思想的两大核心诉求。晚清时期的女权思想受到明治日本的影响，核心命题主要是女性如何争取男女平权并参与国族的自救自强。虽然因为具体国情不同，二者在具体表现形式上有所不同，但都是围绕男女平权和女性参政这一核心主题。以女权题材为书写对象的晚清政治小说与明治政治小说之间的关联是本节的重点考察对象。晚清时期的女权主义思想围绕的核心目标是救国与强国，带有浓重的时代政治色彩，因而这一类题材的小说在主题构建上与同时期的主要政治小说并无区别，可以称为"女权政治小说"。晚清女权政治小说的发生与明治时代中早期日本的女权思想及女权政治小说有很大关联。晚清的女性解放思想构建者梁启超、金松岑等人的女权思想受到明治日本文化因素的影响；晚清的进步女性中有不少人曾经留学日本或间接接受了日本女权思想的影响，如有"鉴湖女侠"之称的秋瑾、女性革命家何香凝等人都曾在20世

---

① 海天独啸子：《空中飞艇·弁言》，上海：商务印书馆1903年版。
② 鲁迅：《月界旅行·弁言》，李今主编：《汉译文学序跋集》第一卷，上海人民出版社2020年版，第81页。

纪初赴日留学，在广东一带有着巨大影响的女性解放运动推动者、女医生张竹君的女权思想深受梁启超的影响，甚至被当时的国人称作"女梁启超"①。这些进步女性身体力行地推动了晚清时期的女权思想建设，也因此成为晚清女权政治小说人物构建的重要形象来源；日本明治时期以女性解放为题材的小说、传记等被译介到晚清中国，这些作品在晚清时期产生了一定的影响。

在开始本节的具体论证之前，先来看一篇载于《明治奇闻》的纪实文章《女民权家岸田俊子》。文章记载了明治时期的传奇女子岸田俊子的一生，岸田俊子明治十二年（1799）在政府任职，自号"湘烟女史"，为发展女权运动辞官。辞官后的岸田俊子投身女权扩张运动，明治十六年（1883）带领数名主张女权的女性在关西地区巡回演讲，呼吁开展女子教育，扩大女性参政权。因其年轻貌美，吸引许多爱慕者，但岸田俊子志不在此，明治十六年被以"侮辱政府官员罪"逮捕入狱，翌年在自由党的机关报《自由灯》上发表《告同胞姐妹》一文，该文被认为是日本近代出自女性之手的首篇女权论说文。岸田俊子出狱后嫁给青年自由党民权政治家中岛信行，中岛信行后来官至板垣退助政权的副总理。② 除了岸田俊子，当时留下较多记载的女性自由女权运动家还有景山英子和清水丰子等。③ 从当时的纪实文章中可以窥见两个事实：第一，明治十五年前后，日本曾经出现过女权主义运动；第二，日本的女权主义运动只是局部的部分女性参与且由于明治政府的强力压制，持续时间不长。明治时期的女权运动是自由民权运动中产生的分支，这段持续时间不长且并未普及全国的女权主义运动之所以出现，主要有两个推动因素：明治官方的倡导和来自西方文化的影响。

---

① 中国女性史研究会：『中国女性解放の先駆者たち』、日中出版 1984 年第 1 刷、第 24 页。（笔者译并整理）
② ［日］宫武外骨编：『明治奇聞　第 2 編』、反狂堂大正 14 年（1925）版、第 24 页。（笔者译并整理）
③ 周晓霞、刘岳兵：《近代日本女性解放思想先驱的女权思想探析》，《深圳大学学报》（人文社会科学版）2014 年第 5 期。

第二章 明治政治小说与晚清小说民族主义主题的发生 | 175

　　明治维新成功，明治政府成立之后，在福泽谕吉、森有礼等主张西学的思想家、教育家推动之下，明治政府推行教育上的男女平权。明治五年（1872），明治政府分别在北海道和东京开设开拓使女子学校和东京女子学校，规定"女子应与男子平等接受教育"，明治六年（1873），森有礼在《明六杂志》上连载《妻妾制》一文，提倡一夫一妻制和推进基于男女平等的女性教育，明治十八年（1885），福泽谕吉提倡男女平权的文章《日本妇人论》在《时事新报》上连载。在森有礼等人的推动下，明治政府于明治七年（1874）设置了东京女子学校附属师范学校，宣布新时代必须赋予女性更多新的使命，必须具备能一跃比肩世界强国之列的气魄。① 明治十七年（1884），森有礼出仕日本文部省，身体力行推动日本的西式现代女性解放运动，但是与女性教育和女权之路并行的始终有一股强大的力量，这股力量的推动者主张回归女性传统的"国粹主义"女性教育观，他们主张以"贤妻良母"为女性伦理标准，培养服从、服务男权社会的传统女性。在日本传统"贤妻良母"论和西化女权论的博弈中，前者最终战胜后者，明治二十二年（1889）四月森有礼遇刺身亡，标志着明治政府推行男女平权教育走向失败。这段短暂的女子现代教育风潮带来女权主义的萌芽，要求男女平等及女子参政意识的呼声一度高涨，明治二十一年（1888）前后，广津柳浪等政治小说家以女子参政为题材创作了《女子参政·蜃中楼》《新日本之佳人》《佳人之薄命》《女权美谈》等女权政治小说，这些作品与现实呼应，以文学方式书写了明治时期的日本女性争取女权的悲歌。除此之外，明治早期和中期也有一批介绍西方新女性的传记文学出现，对晚清中国影响较大的是德富芦花编写的《名妇传》以及赵必振翻译的日本岩崎徂堂和三上寄风合著的西方女性传记《世界十二女杰》。

　　在明治时期的日本女权思想和女权文学的影响下，晚清中国出现了专门书写女权和女性救国的政治小说和传记文学，开启了晚清政治

---

① ［日］谷冈郁子：「近代女子高等教育機関の成立と学校デザイン」、博士学位論文、神戸芸術工科大学、1998年、第192頁。（笔者译并整理）

小说中独树一帜的女权政治小说书写风潮。争取男女平权和女性参政也是晚清女权政治小说中女权思想的核心诉求，与明治女权政治小说不同的是，晚清政治小说中的女权思想书写根植于晚清中国的文化现实中，因而无论争取男女平权还是女性参政，都与救国、爱国的现实文化紧密联系。可以说，晚清女权主义政治小说虽然受到明治女权文学的影响，构建的却是以爱国、救国为前提的女权主义思想。1901年在日本创刊的《开智录》上登载冯自由创作的《女子救国美谈》（又名《贞德传》），开了晚清中国女权小说书写的先河。紧接着，《杭州白话报》在1902年率先推出女性救国题材小说《女子爱国美谈》和《日本侠尼传》，《女子爱国美谈》由明治维新中的数名积极参与政治的女志士和欧美女教育家、女英雄的故事组成，开篇就是女英雄贞德带领法国人民抗击英国侵略者、保家卫国的故事，《女子爱国美谈》中的多个故事题材来自长田偶得的传记政治小说《日本维新英雄儿女奇遇记》；同期梁启超在《新民丛报》上发表的女性人物传记《近世第一女杰罗兰夫人传》则转译自德富芦花的《名妇传》；1902年，《新小说》登载罗普以"羽衣女士"为笔名创作的虚无党女英雄政治小说《东欧女豪杰》；1907年罗普又以"思琦斋"为笔名创作了另一部女权政治小说《女子权》。后来又出现了《黄绣球》《女娲石》《侠义佳人》和以秋瑾为题材的女性救国小说《六月霜》等女权政治小说。以上晚清女权政治小说都直接或间接受到明治女权文学的影响，在晚清女权政治小说的书写热潮中，还出现了极端女权政治小说《女娲石》和《女狱花》，可以视为这一题材的本土延拓。

晚清时期围绕女性教育为核心的女权思想兴起是女权政治小说发生的本土文化环境。女性解放和女权主义思想并非晚清时期突然出现的新生事物，但是带有男女平权色彩的现代女权思想在晚清时期得到了飞跃式发展。晚清时期的女权思想主要由维新改革派发起，后在革命派留日学生金松岑、柳亚子等人的推动下掀起高潮。维新派早在变法改革初期就提倡女性教育，康有为将人类不平等、社会不发达的根源归咎于女性地位的低下，"人类不平等有三：一曰贱族，一曰奴隶，一曰妇女"①。康有为倡议效仿欧洲，实行男女平权，女性自由，准许妇女从政等，《大同书》中还把实现女性解放的第一条和第二条途径分别归为女性教育和女性参加科举，入仕为官。梁启超追随康有为，提出兴女学，提倡一夫一妻制，1897年连续在《时务报》上发表《变法通议·论女学》《倡设女学堂启》等文章，提倡适应变革需求的女性教育。晚清的女学和妇女解放思潮受西方影响很大，早期的女学堂基本都是西方教会兴办或者由西方教会发起合办，女性解放、女性自由的思想的源头本是西方的女权思想，这一点与明治日本的欧化女权思潮有共同之处。随着1896年之后的晚清留日学生队伍不断扩大以及维新派的赴日，他们受到日本女权思潮的影响，开始将流播日本的西方女权思想写成小说或人物传记介绍到晚清中国，和晚清本土的女权主义思潮形成互动和互相建构。换言之，晚清时期的女权政治小说中出现的人物范本大多来自明治日本对西方女权的转译，是以"西方原型—日本转译—晚清建构"的路径出现在晚清的女权政治小说之中，其中最有代表性和影响力的女权主义人物形象是罗兰夫人、贞德和苏菲亚。此外，日本本土的原创女权政治小说也是晚清女权主义文学的参考文本来源。

　　晚清的女权主义政治小说围绕女性自身的权利争取和救国两大核心命题展开书写，前者是后者的前题，后者是前者的理想与目标。晚清的瓜分危机促使女性走出"贤妻良母"的伦理樊篱，走向保家卫国，走向社会变革的洪流之中。根据主题划分，晚清的女权政治小说大致可以划分为女性爱国、女性自我解放和女性社会变革小说三大类。

　　1902年，晚清中国出现一批以异国政治女性为书写对象的政治小说。最早刊载女性救国主题女权政治小说的依然是《杭州白话报》。《杭州白话报》于1902年开年第1期便开始连载《日本侠尼传》，作者黄海锋郎。考察文本细节，可以确证《日本侠尼传》的文

---

① 康有为：《大同书》，中国人民大学出版社2010年版，第63页。

本来自长田偶得的《日本维新英雄儿女奇遇记》，是对它的改译。《日本侠尼传》的故事取材于幕府末年，日本闺阁英雄野村望东有爱国之心，晓救国大义，保护维新英雄高杉晋作"尊王攘夷"倒幕成功，自己却被流放，受尽苦楚，是一个"出生入死，爱国忘身的巾帼英雄"①。随后，《杭州白话报》又连载了《女子爱国美谈》，写了包括三名日本女性和九位欧美女性的女权故事，在小说中，这些女性之所以值得歌颂，无不因为她们的个人命运和"爱国"重叠。贞德、罗兰夫人、批茶女士也借这部演书体小说首次走进晚清政治小说中，开始充当晚清女权思想的领路人。小说作者署名"曼聪女士"，详细资料缺失，尚有待考证，但是从小说内容看，疑为日本留学生。《女子爱国美谈》彰显了晚清时期女权的觉醒和女权主义思潮的内涵构建，"难道我们女界中竟没得一个英雄豪杰么？我因此又气又恨，气的是，瞧着我们女子不值半文钱，恨的是，我们女子不肯挣口气。唉，男女同是天生的人，同有五官，同有四肢，同有思想，同有知觉，为什么低首下心，甘居人下呢？这都是沾染了女子无才便是德这句话的害处呀"②。这段话表明晚清女权政治小说的大致主旨诉求：男女平权。同时也表达了打破旧的"女德"束缚，重构晚清女性伦理的愿望，要替女子"挣回权利，开发思想"③。1902 年，赴日后的梁启超在《时务报》上发表《近世第一女杰罗兰夫人传》，"罗兰夫人"、《东欧女豪杰》中的苏菲亚和《女子救国美谈》中的贞德一起构成了晚清女权政治小说中的救国女性的主力人物模型。以上三部作品皆是作者旅日期间创作，文本的素材与构思均来自明治女权政治小说或传记。梁启超笔下的罗兰夫人形象来自日本德富芦花《名妇传》的开篇传记文"佛国革命の花——ローラン夫人の伝"（《法兰西革命之花——罗兰夫人传》），罗普的《东欧女豪杰》故事应取材于宫崎梦柳《鬼啾啾》中的"ソフィア"（苏菲亚）传奇情节，冯自由著

---

① 黄海锋郎：《日本侠尼传》，《杭州白话报》1902 年第二卷第 1 期。
② 曼聪女士：《女子爱国美谈》，《杭州白话报》1902 年第二卷第 7 期。
③ 曼聪女士：《女子爱国美谈》，《杭州白话报》1902 年第二卷第 7 期。

《女子救国美谈》写的是法国女英雄贞德救国的故事,很可能参考了朝仓禾积翻译的日本贞德传——《自由新花》。罗普和梁启超虽然是康门弟子,二人在1900年前后都与在日本的革命派来往密切,思想上倾向于抗清的激进革命主义,所以他们笔下的罗兰夫人也好,贞德和苏菲亚也好,应都是取自明治日本时期撰写或编译的西方女性传记或女权小说,是在此基础上进行的晚清本土重构。

明治日本的西方女英雄、女豪杰之所以被明治时期的女权政治文学译介引入,无非是与日本明治时期的女权思潮进行的文学互动。"佛国革命の花——ローラン夫人の伝"(《法兰西革命之花——罗兰夫人传》)的作者德富芦花受自由民权思想的影响,日本女性的生存境遇和明治政府对国民的压迫一直是他的重要书写对象,所以他对法国革命和俄罗斯虚无党也多有译介。梁启超对德富芦花的文学多有关注,《俄皇宫中之人鬼》由德富芦花的翻译小说转译而来,《罗兰夫人传》是"佛国革命の花——ローラン夫人の伝"的译文,但是开头有梁启超自己添加的一段类似"导读"的文字,表明梁启超译介这篇传记文的理由,这段文字也与他一直以来的女性解放思潮相呼应:"罗兰夫人何人也?彼生于自由,死于自由;罗兰夫人何人也?自由由彼而生,彼由自由而死,罗兰夫人何人也?彼拿破仑之母也,彼梅特涅之母也,彼玛志尼、噶苏士、俾士麦、加富尔之母也,质而言之,则十九世纪欧洲大陆一切之人物,不可不罗兰夫人。十九世纪欧洲大陆一切之文明,不可不母罗兰夫人。"[1] 这段带有梁启超特色的、慷慨激昂的表述代表了梁启超女权思想的前后变化。在维新变法中,梁启超的女权思想核心依然是把女性当作教育启蒙的对象,目的是培养符合男权社会需要的"贤妻良母"型女性。赴日之后,受到了日本的女权思想影响,梁启超赋予女性反抗专制统治、建立现代文明国家等参与现代家国建设的"国民之母、现代文明之母"的全新内涵。德富芦花的《名妇传》中收录了欧洲教育家、科学家、护士

---

[1] 梁启超:《近世第一女杰罗兰夫人传》,《梁启超全集》第三卷,北京出版社1999年版,第858页。

等各领域的卓越女性的故事，梁启超唯取其中的罗兰夫人，是寄希望于女性参与政治、投身中国现代民主政治改革之中。罗兰夫人慈爱、坚定、反对暴力流血的形象是梁启超在受到日本文学思想影响下的晚清理想政治女性典范形象构建。罗兰夫人这一文学形象借助《杭州白话报》和梁启超的《罗兰夫人传》在晚清的女权政治小说和女权主义推动中起到重要的文化构建作用。

苏菲亚和贞德以明治女权政治小说为路径进入晚清本土文学中，并被重构为反抗专制政权的典范。如果说梁启超重构的罗兰夫人是温和的民主改革者，那么贞德和苏菲亚就是晚清文学中最早出现的以暴力手段反抗专制政权的革命女性典范。《杭州白话报》刊载了关于法国女英雄贞德富有浪漫主义色彩的故事——《女子爱国美谈》。小说中的贞德生于平民之家，少女时代接受救国神谕后成为骁勇善战的女英雄，带领法国人民击退英国侵略者，最后被俘殉国。1901年，冯自由在东京创刊的《开智录》上发表小说《女子救国美谈》，将贞德的故事文学重构化。在明治女权主义思潮中，贞德的故事被应势引入日本并进行了文学化改写。有论者考证，贞德在明治日本被改写为宗教的贞德、民族的贞德、女性自立典范的贞德和王权的贞德四种形象。[①] 晚清时期，"明治贞德"又被选择性地导入中国并根据晚清中国的本土文化需要进行了再次重构，成为晚清新女性的典范。晚清小说家选择重构的贞德形象是爱国和民族主义女英雄贞德，晚清政治小说在这次文化重构中担任了重要的角色。明治十九年（1886），朝仓禾积翻译的《自由新花——法兰西女杰如安传记》（『自由の新花——仏国女傑如安実伝』）是一部流传较广的明治女权政治小说，是将贞德形象塑造为爱国女英雄的文学化作品。日本岩崎徂堂和三上寄凤合著的西方女性传记《世界十二女杰》（『世界十二女傑』）在1903年由赵必振译介。在明治时期为数不多的贞德改写文学作品中，去掉基督教贞德形象构建文本，冯自由1901年创作的《女子救国美谈》有参照

---

① 唐欣玉：《重写典范：贞德在晚清》，《重庆理工大学学报》（社会科学）2013年第27卷第4期。

第二章　明治政治小说与晚清小说民族主义主题的发生　｜　181

『自由の新花——仏国女傑如安実伝』和『世界十二女傑』的客观条件和主观可能，但是具体受到了哪些影响依然需要从文本分析中寻找依据。冯自由的《女子救国美谈》塑造的自然是革命的民族主义贞德形象。细读文本，会发现《女子救国美谈》的故事情节更接近于朝仓禾积翻译的『自由の新花——仏国女傑如安実伝』。两篇小说中的贞德均被文学化成了战场上视死如归、不怕流血的女英雄，突出了贞德的勇敢和爱国特质；在其他传记中，贞德大多死于战败被俘，唯独这两部小说中的贞德均死于卑鄙的法国将领的嫉妒出卖。『自由の新花——仏国女傑如安実伝』虽然也是翻译作品，但作者在翻译过程中进行了日本化改写，甚至将日本带入小说文本中，将贞德故事的发生和日本花园天皇的年代对应起来，而在冯自由的《女子救国美谈》中，贞德也与中国发生了联系，她会在小说中谈论晚清的瓜分危机："税关被人夺了，口岸被人开了，铁路被人筑了。种种的利益，任人取了，样样的权限，任人夺了。瓜分的说法，想我们个个都听熟了。"① 不仅如此，《女子救国美谈》中的贞德还会批评指责晚清中国国民缺乏爱国意识，麻木不仁。根据文本内容判断，冯自由的《女子爱国美谈》有极大可能取自朝仓禾积编译的女权政治小说《自由新花——法兰西女杰如安传记》（『自由の新花——仏国女傑如安実伝』）。曼聪女士的《女子爱国美谈》、冯自由的《女子救国美谈》和赵必振翻译的《世界十二女杰》均来自明治时期的女权主义文学，明治贞德在晚清本土文学中被重新建构，"贞德"因而成为晚清时期救国女英雄、女豪杰的文化符号，参与到晚清女权主义思潮的建设中来。

晚清女性救国政治小说中最后一个来自明治政治小说文本的女权主义文学形象就是苏菲亚了。在罗普的小说《东欧女豪杰》中，主人公苏菲亚是彼得大帝的支裔，美丽、高贵、勇敢、机警，憎恶沙俄专制政权对底层百姓的压榨剥削，在鼓动矿工反暴政的过程中与他们打成一片，是一个思想激进、不畏牺牲的完美女英雄形象。罗普笔下

---

① 热诚爱国人：《女子救国美谈》，新民社1902年版。

的苏菲亚故事应来自宫崎梦柳的虚无党小说《鬼啾啾》。《鬼啾啾》第十回中,一名叫"ソヒア"(中文音译"苏菲亚")的俄国贵族女子登场,"苏菲亚生于高贵门阀之家,生性温柔善良,长大后越发大胆不羁,立志于俄国政体改革。时与因受政府苛捐暴敛生活困苦及受政府压迫的农夫、工人交往密切……"① 除了这些相似的外在形象构建,《鬼啾啾》与《东欧女豪杰》在情节上也多有雷同。《鬼啾啾》中的苏菲亚也是秘密会党成员,因煽动革命被捕入狱,后被同伴协力救出,出狱后和同伴们积极策划刺杀活动。从文本的具体内容可以判断,《东欧女豪杰》的参照文本应来自宫崎梦柳的激进革命主义政治小说《鬼啾啾》。在《东欧女豪杰》中,苏菲亚因为鼓动工人罢工、反抗政府横征暴敛而被捕入狱,同伴们联手积极营救。小说到苏菲亚被救出时戛然而止,未能完稿。究其原因,罗普是康有为嫡传大弟子,旅日期间和革命派留日学生来往密切,受他们的思想影响,罗普的思想激进左转,因而创作了革命激进主义女权小说《东欧女豪杰》。据《革命逸史》记载,"罗普,字孝高,顺德人,同门麦孟华之妹婿也……《新民丛报》社出版之《新小说》月刊中,有假名羽衣女士著长篇小说,曰《东欧女豪杰》,叙述俄国虚无党谋刺专制君主之为国牺牲,及女杰苏菲亚之慷慨义烈,绘声绘影,极尽宣扬歌颂之能事,最为脍炙人口者,即出罗氏手笔"②。同文中还记述了罗普等十三名康门弟子因为集体发生革命转向,遭到康有为劝退"清理门户"。由此可以判断,罗普本来拟定创作的《东欧女豪杰》确为革命主义女权政治小说,因康有为的干涉,中途弃笔。《东欧女豪杰》的文本自身也可为作者的写作动机和主题预设提供佐证:"强权盛行,平等权自然是没有了。可叹!所以君主便压制百姓,贵族便压制平民,男子便压制妇女……我们女儿现在是受两重压制的,先要把第

---

① [日]宮崎夢柳:『鬼啾啾』、『明治政治小説集(一)』、筑摩書房昭和四十一年(1966)版、第107頁。(笔者译)
② 冯自由:《康门十三太保与革命党》,《革命逸史》(上),新星出版社2009年版,第214—215页。

一重大敌打退，才能讲到第二重。"① 《东欧女豪杰》截取了《鬼啾啾》中"ソヒア"（苏菲亚）的故事，将女性自身解放与反对专制统治有机结合，矛头直指晚清政权。虽然《东欧女豪杰》中途"夭亡"，苏菲亚的形象却在晚清政治小说中延续下来，比如《孽海花》中高贵、美丽、机敏的女虚无党"夏丽雅"形象就和苏菲亚如出一辙。

在明治政治小说的影响下，晚清中国出现了以西方女英雄为题材的本土政治小说。不同于明治时期对西方女性的多样化书写和建构，晚清中国出于救国的迫切需要，在女权政治小说的选材上，不同的作者不约而同地在明治多样的西方杰出女性书写中聚焦于爱国女英雄和救国女豪杰。这些在明治文学中被重新建构的人物形象不仅在晚清政治小说中被再次重构，而且参与了晚清女权主义思想的构建。晚清女权主义女杰秋瑾就曾受到这些文学女英雄的影响，写下"若安（即贞德）作同俦，恢复江山劳素手"（《勉女权歌》）的诗句，并且用生命谱写了晚清女权思想的壮丽篇章。

在明治时期的西化女权主义思潮和西方女权政治文学影响下，日本出现了短暂的女权主义运动，本节第二段提到的《女民权家岸田俊子》中的岸田俊子就是本土女权主义思潮的现实成果，明治日本的女权政治小说中也与现实相呼应，出现了以本土新女性为书写对象的女权文学，《女子参政・蜃中楼》（以下简称《蜃中楼》）、《新日本之佳人》、《佳人之薄命》等就是这一时期的日本本土女权政治小说。其中广津柳浪写于明治二十二年（1889）的《蜃中楼》无论在对日本女权主义现状的反映还是在小说艺术成就上均属最佳。《蜃中楼》是以岸田俊子为原型的女权政治小说，如书名所示，小说描写了日本女权运动所遭遇的现实阻力，昙花一现的女权运动最终如海市蜃楼一般归于虚妄。《蜃中楼》反映的是争取男女平权的女性解放运动在明治时期的日本遭遇的苦难重重，女主人公山村敏子立志于男女平权、女性参政等现代女性解放运动，最终却不被人理解，女性解放

---

① 罗普：《东欧女豪杰》，《中国近代小说大系》，百花洲文艺出版社1991年版，第5—6页。

运动只能湮没在日本呼声越来越高的国权主义大潮中。

晚清中国在明治日本的影响下，一度出现以异国爱国女英雄为书写对象的女权政治小说热。晚清小说家真正关注的核心问题依然是本土的女权运动和女权命题。1905年，《新小说》杂志连载了汤宝荣（颐琐）创作的女权政治小说《黄绣球》，书写了一个女权意识觉醒并为争取女性权益进行实践改革的"时代新女性"故事。《黄绣球》就是一部描写晚清女性争取自身解放的小说，主人公黄绣球因为梦中得到罗兰夫人的指点，下定决心要像罗兰夫人那样争取自由与平等。在丈夫黄通理的全力支持下开办女学堂，教授新知识，宣扬女性独立自主，摆脱男权压迫。"罗兰夫人"之所以能成为晚清女性争取女权的精神楷模，与梁启超转译的《罗兰夫人传》不无关系，小说中黄通理"女人是国民之母，要培养国民，要从女学为始"的女权理论也秉持了梁启超在《罗兰夫人传》中的女性观，该小说在一定程度上间接受到明治女权文学的影响。另外，《黄绣球》虽然并未直接受到明治女权政治小说文本的影响，却也呈现了和《蜃中楼》相类似的主题构成，都是书写本国女性在西方女权主义思想影响下争取男女平权，以及在这个过程中的种种遭遇。无论在晚清中国还是明治日本，女性都处于封建男权的压迫之下，女性争取自己的权利都是漫长而艰难的过程。再者，《蜃中楼》和《黄绣球》的创作都受到被本土化的西方女性文学影响，从追本溯源的角度来说，二者的发生存在一定的本源性关联。以《蜃中楼》为参照，从女性解放的具体内涵、女性争取权利的途径以及女权主义在小说中究竟走向何方三个角度进行分析比较，或许可以更清晰地剖析晚清本土女权政治小说的产生、流变以及主题特点等问题。

《蜃中楼》中的主人公山村敏子出身官宦之家，美丽聪慧，时值日本第五次国会预备大会召开，敏子和女医生等活跃在社会上的进步女性组建女子参政党，向大会提交女子参政议案，并毅然离开东京，来到大阪进行演讲，宣传男女平权。不仅如此，敏子还积极争取改进党中的男性中坚力量、开明青年久松干雄的政治支持。敏子的女权主

第二章 明治政治小说与晚清小说民族主义主题的发生 | 185

义诉求是男女平权主张下的女性政治参与。结合明治日本的现实情况，在自由民权派的不断努力下，明治政府终于决定召开国会，这一时期恰是明治政府实行女学教育一段时间之后成果显现、女性走入社会、女权前所未有得到解放的时期。可以参照来自明治十八年（1885）的女性大事记记载："3月，荻野吟子，国家医术后期考试合格，成为日本最初的女医师；9月，东京女子高等师范学校将制服定为洋装，准许学生束发；11月，华族女子学校建校典礼（皇后出席），室内体育馆竣工。'束发'意指仿效西方妇女把长发松软地束成发髻，夜晚睡觉时可以放下。"① 同一时期创作的《蜃中楼》描写的故事正是发生在这一背景之下，在欧化风潮影响下，女权意识觉醒，明治政府态度暧昧，出现了女性要求参政的现实呼声。但是从以上记载可以窥见，日本女性始终生活在政府的文化指导之下，换言之，女性意识必须控制在国权主义为中心的国家主导思想之下，也基本等同于控制在男权思想之下。《蜃中楼》中开设国会是明治政治小说的一大议题，也是日本由全盘欧化风潮走向本民族文化认同的国家主义思潮的转折点，短暂的女性西化解放风潮很快受到压制。明治二十六年（1893）四月，曾经将制服改为洋装的东京女子高等师范学校又将制服恢复到和服，这标志着以个性解放为前题的日本女权运动告一段落。小说《蜃中楼》中敏子遭遇的挫败正是这一现实的反照，敏子的女子参政运动不仅被舆论目为"急激不法，轻躁浮夸之风"②，也遭到代表政府开明一面的进步政党反对，敏子倡导的女权运动最终以失败告终，敏子本人下落不明。《蜃中楼》中敏子女性参政的诉求遭遇失败在明治国策下是必然结果，但毕竟《蜃中楼》以文学的视角观照了明治日本现代进程中的女权主义发展，为随后兴起的日本现代文学中的女性解放主题发出了明治以来最初的微弱呼声。

---

① ［日］茂吕美耶：《明治：含苞待放的新时代、新女性》，四川文艺出版社2018年版，第293—294页。
② ［日］広津柳浪：『蜃中楼』、内藤書房明治二十年（1887）版、第5页。（笔者译）

《蜃中楼》中的女权运动遭遇的失败主要来自明治政府主导下的女权压制，而小说《黄绣球》中，加在女主人公身上的不仅有封建观念带来的身体和精神双重伤害，还有来自晚清社会的种种政治压迫：官府的不作为和刁难、官差的敲诈与勒索、地方无赖的阻挠与纠缠……《黄绣球》的文本提出了两个尖锐的核心疑问：女性究竟要如何解放自己？女性解放究竟由谁来贯彻实行？正是这两个问题让《黄绣球》的结局和《蜃中楼》一样，陷入看似光明却是实际无解的谜局。黄绣球的女权意识觉醒同样来自西方女权思想的影响，尽管这个西方女权思想可能已经经过明治日本和晚清中国小说家的文化内涵改写，但其中"平等、自由"的核心思想还是成为晚清女权改革家黄绣球的启蒙精神领航，让她醒悟到男女平等、女性不应自轻自贱的道理。"男人女人，又都一样的有四肢五官，一样的是穿衣吃饭，一样是国家百姓，何处有个偏枯？"[1] 黄绣球从自身做起，在丈夫黄通理的支持下放足，开办学堂。与《蜃中楼》中敏子的得力伙伴是女医生一样，黄绣球也是在女医生毕去柔的帮助下实现了思想和实践改革的飞跃性进步，她们从尼姑庵的两名不受男权控制的尼姑开始教化，教给女尼传播女性自立自强、破除迷信的新思想，将新思想编入新故事，教给她们传唱。在黄绣球夫妇的努力下，自由村终于成功开办新学堂，一方百姓风化渐开，具有现代国民的基本素养：独立、自尊、爱国。

《黄绣球》的创作背景是在清政府发布新政、实行维新改革之后，小说也是受维新思想的影响，和晚清社会政治变革的现实需求相呼应。日本明治维新中的新思想也是《黄绣球》中教育改革的学习对象，如毕太太将筹办学堂、播种新思想的黄绣球夫妇比作日本的启蒙思想家福泽谕吉："当初日本明治维新以前，有个大儒福泽谕吉，没有师授，自己学那英文，独立创了一所学校，名叫庆应义塾，至今为日本私立学校的开山祖师。日本国人知道讲求新学，也自此而起。

---

[1] （清）颐琐、吴趼人：《黄绣球·糊涂世界》，黑龙江美术出版社2016年版，第14页。

他国皇改革维新的事业，也请教这位福泽谕吉的大儒居多。通理先生同我绣球妹妹，可算异地同功。"[1] 清政府在现实中推行的维新改革最终走向失败，而《黄绣球》的文本似乎提前预告了这场注定的失败。黄绣球希望通过兴办女性教育争取男女平权，兴办新式学堂、推行新式教育，这些也是晚清新政的重要举措，然而正如《黄绣球》中描述的那样，晚清的维新改革很多时候沦为一场类似"沐猴而冠"一般追赶时髦的闹剧。纵令如黄绣球这样真正投入改革中又会如何呢？黄绣球反抗男权压迫的改革首先依靠的就是她的丈夫，然后夫妻二人最大的助力依然是来自地方开明官员的鼎力支持。如此，文本中的悖论在不经意间产生了。女权反抗的对象就是封建伦理加在她们身上的枷锁，伦理是无形的，但一定会通过现实手段变成有形的事实，封建伦理的现实执行者就是男权和政权，黄绣球第一次入狱就被责成家长（丈夫黄通理）严加教育。小说中的主人公争取女权解放的手段就是依靠剥夺女性人身自由和思想自由的男性和政权，向加害者要自由，结局只能是虚妄。所以当黄通理不再通理，张开化不再开化，施有功不再讲为官功德，黄绣球"绣出一个锦绣地球"的宏愿便也只能是无边的梦想。当贪婪腐败的"猪大肠"代替施有功为官一方时，尽管自由村的百姓已经开蒙，却也无力阻挡官府的镇压，黄绣球的女权改革只好告一段落。尽管小说努力给出一个带着希望的解决之道：地方自治，但是地方自治靠谁呢？如何实现呢？细究之下，所谓"地方自治"也只能同黄绣球的女权改革一样，陷入一个没有结局的死循环。所谓"地方自治"，其实无非是给没有结局的女权改革强行画上一个句号罢了。《黄绣球》的文本从结局上看，不能不说是一次失控的女权主义文本构建。

从文本的构成和主题呈现方式来看，《黄绣球》和《蜃中楼》都是书写本国女性受到西方女权思想的影响，在本土对女性相对放松的现实环境中争取男女平权的女权政治小说。不同的是，《黄绣球》的

---

[1] （清）颐琐、吴趼人：《黄绣球·糊涂世界》，黑龙江美术出版社2016年版，第82页。

女权改革书写嵌入了晚清救国的书写大潮中，女性命运和家国命运裹挟在了一起。虽然《黄绣球》和《蜃中楼》中主人公女权诉求的内涵和结局存在较大的差异，最后却都指向决定女权思想命运的社会伦理，指向伦理的规定和执行者：晚清政权和明治政权。无论如何，晚清时期的女性解放运动毕竟走进了晚清政治小说中，走进晚清政治家和小说家共同关注的视野范围之内，为中国女性的现代解放之路和文学书写女性命运凿开了一线希望之光。

在明治女权政治小说的影响下，晚清小说家将经由明治文学重新构建的西方女权思想译介到中国并进行了全新的文学重构，罗兰夫人、贞德和苏菲亚被塑造成反抗专制压迫和抗击外来侵略的新时代女性典范。时代赋予晚清女性保家救国的重任，而女性参与救国的前题必须是自我的独立与觉醒，因而"女性解放＋女性救国"合并命题的女权政治小说诞生了。虽然都是将女性解放嵌入家国命运的书写中，以西方女性为书写对象的女权政治小说主要偏重于书写女性救国和女性爱国，晚清本土题材的女权小说则聚焦于女性教育和女性思想解放。在《黄绣球》问世之后，又出现了《女娲石》和《女狱花》这样反抗男权压迫的极端女权小说，可以视为在明治女权政治小说影响下出现的本土女权政治小说的主题延异。

第三章　模式化人物的移入与人物塑造的本土变迁

政治小说属于叙事文学，人物是不可或缺的要素。转型期的价值混乱和文体欠成熟等原因导致晚清政治小说在后来经常被诟病艺术性粗糙。其中，人物模式化、符号化，缺少个性和生命张力是导致政治小说可读性不强、缺少"传世"所需文学特质的主要原因之一，也是导致晚清政治小说被诟病的关键文学要素。综览晚清政治小说，人物塑造的确给人乏善可陈的印象，与严复、梁启超这些政治小说发起者呼吁政治小说创作当初的宏愿相去甚远。严复、夏曾佑于1897年发表《国闻报馆附印说部缘起》，曾对小说醒世救时寄予厚望："夫说部之兴，其入人之深，行世之远，几几出于经史上，而天下之人心风俗，遂不免为说部之所持。"① 在同文中，作者进一步解释，"说部"之所以能有如此神奇的力量，理论依据首推令人过目不忘、栩栩如生的经典人物塑造之成功："今使执途人而问之曰：'而知曹操乎？而知刘备乎？而知阿斗乎？而知诸葛亮乎？'必佥对曰：'知之。'又问之曰：'而知宋江乎？而知吴用乎？而知武松乎？武大郎乎？潘金莲乎？杨雄、石秀乎？'必佥对曰：'知之。'……"② 然而实际看来，在晚清文人大力推动下出现的政治小说潮并未如愿塑造出

---

① 严复、夏曾佑：《国闻报馆附印说部缘起》，陈平原、夏晓虹编：《二十世纪中国小说理论资料（第一卷）1897—1916》，北京大学出版社1997年版，第27页。
② 严复、夏曾佑：《本馆附印说部缘起》，陈平原、夏晓虹编：《二十世纪中国小说理论资料（第一卷）1897—1916》，北京大学出版社1997年版，第17页。

如传统小说中脍炙人口的人物形象，也就是说，政治小说中缺少个性鲜明、活泼立体的经典"传世"人物像。

晚清政治小说人物塑造的目标起点就并非"传世"，而是"觉世"和"导民"，回到晚清当时的文化语境中，不能否认政治小说的传播范围之广，小说人物给读者带来的影响和震撼。李健吾、胡适等作家都曾留下受政治小说所载人物影响的文字，孙宝瑄也在《忘山庐日记》中写道："晚，观《经国美谈》，夜深终卷。是书写希腊齐武国中巴比陀、威波能等一时豪杰，能歼除奸党，修内政，振国威，声震九州，名播青史，可敬可服可羡，为我国小说中所无。"①《自由结婚》中的关关打狗、关关觉醒等情景描写在当时曾深受读者喜爱："怒打狗儿上邱去，居然女界一卢骚。"②"粗衣恶食未辞艰，威福从今一例删。何物老妪真觉者，能将片语动关关。"③ 通过晚清政治小说塑造的万能卢梭、救国贞德和自由女神罗兰夫人更是影响了晚清国人的价值观。这些人物形象虽然不够丰满，但他们带来的时代精神为晚清国人所向往，为晚清的社会价值塑造和个体精神导引提供了范例，引领、契合时代价值是晚清政治小说人物受到读者欢迎的根本原因。这与明治政治小说发起当时倡导的塑造典型人物导世、觉世的理论不谋而合："看今日之我国，也适逢改良稗史戏曲一大契机。上天必将莎士比亚降于我国。我们也期盼他在此时出现。而此人一旦出现……妇女儿童便可感受到圣女贞德、罗兰、克拉拉等人的英雄风采，幼儿便会钦羡华盛顿、巴德利哈里、米拉波、拉斐尔等人的英气俊才；下层民众便得以追慕卢梭、德穆朗等宣扬平等自由之足迹，从而去除卑屈之根性，兴发活泼之气象，与上层人士相扶相持。推动我社会之向前发展，荡涤可厌之陋习，铲除可恶之旧弊，将我国建设成为自由祥和之家园，亦何难哉！"④ 归根结底，和政治小说思潮兴起

---

① 孙宝瑄：《忘山庐日记》中，上海人民出版社2015年版，第598页。
② 吹万：《题自由结婚》，《女子世界》1904年第9期。
③ 吹万：《题自由结婚》，《女子世界》1904年第9期。
④ [日] 小室信介：《改良稗史戏曲乃我国播种自由种子之一手段》，王向远译：《日本古典文论选译》[近代卷（上）]，中央编译出版社2012年版，第129页。

的原动力相吻合,晚清政治小说塑造人物的着力点是如何"觉世"和"导民"。因而,"觉世"和"导民"的价值取向规定了人物塑造的特点。相较对个性的刻画,晚清政治小说中的人物形象塑造更重视对其社会性和公共伦理性的强调,他们是转型期社会的代言人,是深陷瓜分危机、以排满救国为第一要务的民族主义代言人,他们是被晚清社会由外而内规定的人格,因之属于个体自由生长的个性、性格张力的部分被刻意进行了压抑和限制,致使晚清政治小说中的人物往往以模式化的外部特征被呈出。"中国的现代性起源于民族国家的救亡图存运动,中国人对社会现代化的渴望,大于对现代化境遇中人的存在本身的探寻,更缺乏对现代性本身的反观与批判。因此,'现代性'概念在中国代表着从社会制度、国家实力到个人生存状况、思想自由的'理想'形态,具有浓厚的价值理性色彩。"[①] 这段话客观概括了晚清文学的"现代性"呈现路径,也总结了造成晚清政治小说中人物形象模式化的根本原因。时至今日,我们在批评晚清政治小说人物脸谱化的同时,或许也应该从这些脸谱化的人物身上窥见时代精神与文学价值相互裹挟的合理性因素。当我们在批评晚清政治小说人物刻画的粗浅无味之时,也不应忽略,晚清政治小说的人物设计并未实际偏离读者当时的审美范畴。归根结底,晚清政治小说中的人物往往代表了社会制度、国家生存等公共伦理价值,造成了小说人物的性格模糊化和形象的模式化。

晚清政治小说中的模式化人物塑造自然存在本土文化的合理性,追根溯源,在移入明治政治小说的过程中深受其觉世理论以及在此理论指导下的人物塑造特点的影响。明治政治小说中的主人公往往是社会的改革者、国家的建设者或伦理道德的重塑者,他们是面向读者滔滔不绝演讲政治思想、进行教化启蒙的"国民教师"的化身,是抵制西方侵略、不计个人私利、不怕牺牲的国族英雄,是推动社会进步的政治家……这些按照国族发展需要被塑造出来的模式化人物一经译

[①] 杨联芬:《晚清至五四:中国文学现代性的发生》,北京大学出版社2003年版,第9页。

介，迅速为晚清本土文化所认同，在晚清救亡保种、振衰起敝、安邦振国为第一需要的文化环境中快速生长和延拓，化身为排满抗清、建立现代民主国家的国族英雄以及教化民众、宣传进步思想的政治家和改革家。在这个过程中，政治家们期待的现代国民与现实中并不理想的百姓之间的鸿沟也逐渐凸显，介于个与群之间的百姓形象也成为政治小说批判、关注的对象。

第一节　政治家的自我形象构建

传播政治思想、启蒙民众是日本明治和中国晚清时期政治小说发生的重要背景。政治小说家大多是政治家、思想家或社会改革者，他们通过小说的形式向广大读者宣传其政治思想。政治小说家往往以启蒙民众的引路人自居，因此小说中的主人公形象往往带有作者自己的影子。

明治政治小说家小室信介倡议政治家通过改良戏曲、小说启蒙幼儿和下层民众，达到推动社会进步的目的，"谋划社会改良的有志之士，应以其精妙的文字、娴熟的技能而奋然进取，或成为著作家，或成为演员，或成为评书师，从而剔除稗史戏曲等陈腐可厌之处，设计出新奇灵妙活泼之规划，改良稗史戏曲的陈旧趣旨"[①]。政治家尾崎行雄为政治小说《雪中梅》作序时进一步阐明政治小说应由政治家创作："故今日之政治家亦须以身变幻千万亿，以施随时化导之方便。然何以唤醒三千年来昏昏沉沉之三千余万苍生，使其得以进入文明富强之新世界？为此，政治家亦须成为新闻记者，亦须成为道德家，亦须成为学者、作家、事业家。尤其现身为小说家，将锦心秀肠发露于镜花水月之幻境，大声疾呼，以求振聋发聩，此乃今日我国政治家亟须利用之方便。"[②]

[①]　[日]小室信介：《改良稗史戏曲乃我国播植自由种子之一手段》，王向远译：《日本古典文论选译》[近代卷（上）]，中央编译出版社2012年版，第128页。

[②]　[日]尾崎行雄：《〈雪中梅〉序》，王向远译：《日本古典文论选译》[近代卷（上）]，中央编译出版社2012年版，第140页。

第三章　模式化人物的移入与人物塑造的本土变迁　|　193

梁启超的政治小说理论和创作实践多受到明治政治小说的影响，他首先认可并接受的就是明治日本政治家创作政治小说启蒙民众的理论。梁启超认为，小说中的人物可以起到化导民智的神奇作用，"凡读小说者，必常若自化其身焉，入于书中，而为其书之主人翁。读《野叟曝言》者必自拟文素臣，读《石头记》者必自拟贾宝玉，读《花月痕》者必自拟韩荷生若韦痴珠……"① 以政治小说进行民众启蒙的论调在晚清时期深受追捧，侠人抛出小说书写典型人物典型事件改良社会的理论："夫人之稍有所思想者，莫不欲以其道移易天下，顾谈理则能明者少，而指事则能解者多。今明著一事焉以为之型，明立一人焉以为之式，则吾之思想，可瞬息而普及于最下等之人，是实改良社会之一最妙法门也……吾有如何之理想，则造如何之人物以发明之，彻底自由，表里无碍，真无一人能稍掣我之肘者也。"② 将小说中的人物塑造成作者政治思想的代言人是当时广为政治小说家认可的理论，顺理成章，代言了自己政治思想的小说人物不免于不经意之间也带上作者自己的姿影，这个姿影包括现实存在和理想向往两个层面。明治日本和晚清中国的政治家纷纷化身为小说中的人物，把读者当作启蒙对象，进行政治思想启蒙。

明治政治小说家不乏在政界颇有建树的政治家，他们大多是维新之前的旧士族，在明治维新之前就有丰富的政治阅历，明治维新之后，虽然暂居权力中心之外，却积极以在野的身份参与了明治的国家课题建设。如柴东海、矢野文雄、坂崎紫澜、末广铁肠等都在经历过明治维新的动荡之后积极推动自由民权思想，在他们的努力下，明治政府终于组阁了政党政权，用国家思想收编了自由民权思想，这些曾经活跃在政治小说创作一线的政治家后来也终于走到政治舞台的中心，在板垣退助和大隈重信组阁的新内阁中担任要职。反观晚清时

---

① 梁启超：《论小说与群治之关系》，陈平原、夏晓虹编：《二十世纪中国小说理论资料（第一卷）1897—1916》，北京大学出版社1997年版，第52页。
② 侠人：《小说丛话》（原载《新小说》第十三号），陈平原、夏晓虹编：《二十世纪中国小说理论资料（第一卷）1897—1916》，北京大学出版社1997年版，第93页。

期，政治小说作者群主要由维新变法失败后的改良派政治家和甲午战争之后赴日的留学生构成。前者与明治政治小说家多有相似之处，在小说中构建的个人形象是显在的，带着启蒙的权威性和使命感，目标明确，思想体系基本形成；后者则在晚清黑暗崎岖的现实中探索，政治家的身份大多隐藏在主人公背后，他们借用卢梭、赫胥黎等更具有话语权的思想家协助主人公进行政治伦理正当性的维护。当作者化身为小说中的人物时，作者的个体情感、个性难免随之显现，主人公所承担的公共话语属性和作者的个体情感引发矛盾。虽然小说作者将自己的公共意图置于个体情感之上，努力塑造主人公的完美形象，但因为与政治伦理捆绑至深，加之政治伦理的时代局限性本身也限制了小说人物的性格铺展，破坏了小说人物的个性张力，使政治小说的人物呈现"千人一面"的模式化刻板脸孔。

明治政治小说家的身份决定了小说主人公大多具有政治家思想代言人的特点，而明治时期的政治小说主要围绕解决国内官民矛盾冲突和摆脱西方殖民阴影进行书写，归根结底是为建设日本现代伦理价值而进行代言，因而小说中的人物也都是代表了某一政治立场和政治思想。为了更顺利地宣传自己的政治思想，作为作者政治思想代言人的小说主人公经常被塑造得完美无憾，他们在小说中首先代表的是伦理正义，具有不证自明的绝对权威性，同时他们还被赋予现实层面的完美性，是可以满足时代政治理想和物质追求的双重完美偶像。无论男女，他们都博学多识、仪表堂堂、服饰高雅、容貌俊美、富足多金，而且总是一呼百应，受人喜爱。令人惊异的是，本应侧重描写主人公政治思想的明治政治小说作者总是不吝笔墨描写主人公所拥有的物质条件。实际上，结合明治日本"短时间内与欧洲比富强"[1]、"日本帝国迅速富国强兵、文明开化飞快达到最高水平"[2] 的时代课题也就不

---

[1] ［日］末广铁肠：《从政与写小说，孰难》，王向远译：《日本古典文论选译》［近代卷（上）］，中央编译出版社2012年版，第145页。

[2] ［日］末广铁肠：《从政与写小说，孰难》，王向远译：《日本古典文论选译》［近代卷（上）］，中央编译出版社2012年版，第145页。

第三章　模式化人物的移入与人物塑造的本土变迁　｜　195

难理解了，这些极力追求物质发达的人物形象设计代表的恰是明治时代的主流价值追求，是明治日本对提升国力的极度渴望。明治日本虽然在政治体制上完成了现代转型，但是国力的薄弱和财政上的困窘依然是在国际上取得与欧美国家平等地位的重要阻碍，地方上此起彼伏的平民暴动也暴露了明治政府因财政上的力不从心而进行高额税收的实际状况。贫穷与对财富的渴望相伴产生，对物质财富的追求已成为席卷日本全国的价值导向。日本民俗学专家柳田国男根据明治时期的报刊资料对此做了专门的研究，他这样概括明治时代整个社会的物质追求之风："我们对于贫穷的态度恐怕要到一个新的时代才能有所改变。努力致富已经不限于那些野心家了，几乎所有的人都想发财，他们之间只有程度上的差别而已。"① 当时的日本，渴望一夜之间的暴富成为整个社会的梦想："落魄的士族和商家子弟准备卷土重来，一时之间地方上到处都在上演着似曾相识的传奇。然而试着从最终结果来回想一下，发现这不过就是从社会底层又重新成为有身份有地位的人而已。"② 明治政府同样渴望迅速获得经济上的暴富，并且不惜通过战争掠夺来达到自己的目的，《马关条约》对晚清政府提出的巨额索赔令人咋舌。晚清政治小说也曾将日本喻作"暴发户"，批评其一味追求物质上的浮华。马仰禹译《未来战国志》时加入了自撰的楔子，将日本比作"小户三椽"："身衣锦绣，而内实败絮。其骄奢之气则盈于面表。盖小户之暴富，而好作外观以凌人者也。"③ 明治政治小说中对主人公物质层面的描写在一定程度上反映了明治日本渴望迅速暴富的时代价值追求。德富苏峰对此一针见血地批评说："就是那些作者处心积虑塑造出来的人物，我认为一个个都是俗物。他们八面玲珑、有气

---

①　[日] 柳田国男：《明治维新生活史》，潘越、吴垠译，时代文艺出版社2016年版，第259页。
②　[日] 柳田国男：《明治维新生活史》，潘越、吴垠译，时代文艺出版社2016年版，第262页。
③　[日] 东洋奇人：《未来战国志》，南支那老骥译，广智书局1902年版，第1页。（《未来战国志》译本称楔子是辑译自东洋奇人原文，实际原著并无此文，而且根据文章内容，内多批评日本、哀叹中国之语，与小说本身描写日本伸张国力、争霸世界的主旨完全不符，故可以断定为译者自撰文章。）

势、有学问、有才能,被女人爱,与他人交际时得心应手,或作商人,或作官员,或作书生,或作学者,万事无不精通,真是混世好手。他们纯粹是政界的'丹次郎',而且这些人物及其塑造者们,都是互相彼此彼此,不分伯仲,互为作用而造出一个个'丹次郎'。"① 政治小说家本意着力打造的"高、大、全"政治家形象却在无形之中与江户人情本小说家为永春水笔下的市井典型"丹次郎"成了不同时代的平行人物代表,这大概是政治小说家始料不及的情况,也是按照时代理想由外而内塑造人物形象、忽略个体生命状态的必然结果。

《雪中梅》和《花间莺》的主人公国野基是明治政治小说中较为典型的人物形象塑造范例。国野基是出身平民的一介书生,立志于国家的内政建设,四处奔走演讲,宣扬自己的政治理想,志向远大、博学多才。国野基在小说中甫一登场,即语惊四座,征服了听众。唯一的缺憾是他在物质方面的窘迫,不仅衣衫破旧,而且因交不起房租被出租屋老板羞辱:

> 过了片刻,会堂的玻璃拉门打开了,一少年从容穿过喧嚷的听众,站到了讲坛之上。他年约二十四五,面庞清瘦,面色白皙,眉黑如黛,唇红齿白,尽管看上去文文弱弱,却目光如炬,仪表堂堂,隐隐散发凛然不可侵犯之威势。然而他身上穿着破旧的铭仙绸棉袄,搭一件茶褐色外褂,系着薄呢腰带,一眼便知是一名落魄书生。②

作为完美政治家的形象塑造,国野基的唯一缺憾是没有经济基础,而这一点也是服从于政治需要的缺憾。因为国野基要参选议员,要实现政治抱负必须要有资金支持,于是春子这一人物便根据需要登场了,

---

① [日]德富苏峰:《评近来流行的政治小说》,王向远译:《日本古典文论选译》[近代卷(上)],中央编译出版社2012年版,第157页。
② [日]末廣鉄腸:『雪中梅』、『明治政治小説集3』、講談社、昭和四十年(1965)版、第262頁。(笔者译)

春子貌美、关心政治而且是万贯家财的唯一继承人,完美填补了国野基缺失的部分。待到续篇《花间莺》中,国野基再次登场时已与春子举办豪华婚礼,住着进门有五十多米长屋、院内树木葱茏的大房子:

> 正在这时,门口响起一阵车声,传来车夫"老爷回来了"的喊声。春子和阿松连忙起身迎接,只见国野基步履从容地自玄关走进客厅,脱下外套递给女佣,在春子对面地椅子上坐下。国野基搭在椅子上的西装是最时新的款式,胸前的金链子熠熠生辉。同样是秋高气爽的天气,风俗人情也依然如故,国野基却与当年借宿阁楼上郁郁不得志之时已是天壤之别。①

小说对国野基获得财富之后的改变着以大量笔墨进行细节渲染,不经意间显露了作者自身的价值追求。有了金钱加持的国野基犹如猛虎添翼,先是帮助铤而走险、暴力反抗政府的激进党首领武田猛摆脱窘境、改变极端态度与政府和谈,替明治政府消除执政隐患,又使保守党党魁川岸知难而退。不仅代表作者政治意志的主人公国野基如此,他的政治对手川岸萍水的形象也可以说是国野基的反面翻版。川岸为了获得资本对政治的支持,先是不择手段与国野基争夺春子,失败之后娶了同样拥有巨额财富的丑女秋子,与国野基继续展开政治上的掣肘。春子也好、秋子也罢,在小说中与其说是女性形象,莫如说是民间资本的代言人,是作者根据主人公政治抱负需要安排的特定角色,也是明治日本渴望暴富的时代目标代言。

末广铁肠在谈《雪中梅》和《花间莺》的人物构思时说:"原本是准备描写二三有志者,克服诸多艰难,致力于国会之开设,遂制造舆论,从而改变世间状况,推动了政治社会之进步。"②《雪中梅》和

---

① [日]末廣鉄腸:『花間鶯』(中编)、博文堂昭和二十一年(1946)版、第11—12页。(笔者译)

② [日]末广铁肠:《从政与写小说,孰难》,王向远译:《日本古典文论选译》[近代卷(上)],中央编译出版社2012年版,第146页。

《花间莺》中的人物形象塑造可以看作明治政治小说中政治家形象的预设典型。除了这两部小说，明治政治小说中被符号化的人物塑造比比皆是：《极乐世界》里两个日本人完全可以看作对日本前途充满困惑的矢野文雄自身，《鬼啾啾》中代表激进党政见的女政客苏菲亚、《情海波澜》中代言自由民权的民次、《佳人奇遇》中随着不同时期的不同政治主张而转换腾挪的东海散士……晚清政治小说家不仅从理论上接受了明治政治小说用典型人物代言政治思想的人物塑造方式，也将这种手法付诸实践，在小说中塑造出许多作者自己的政治思想代言人形象。《黄绣球》中担任黄绣球启蒙人的黄通理、《东欧女豪杰》中以一场演讲启蒙无数下层百姓的苏菲亚、《新中国未来记》中尚未来得及铺展开来的政治家黄克强和李去病[①]……其中，爱国民主革命家陈天华创作的《狮子吼》中的人物塑造集中了晚清政治小说中政治家形象塑造的诸多特点，以这篇小说为例，或可窥见晚清政治小说政治家形象塑造的源流及特点。

《狮子吼》中数次提到对写小说宣传政治思想、启发民众寄予的厚望："世界各国，那一国没有几千个报馆？每年所出的小说，至少也有数百种，所以能够把民智开通了。"[②] 作者陈天华是用生命爱国的革命家，毕生致力于宣传民族主义和排满革命，为唤醒同胞所做的《警世钟》《猛回头》字字泣血，堪称清末救亡的民族之音。据《革命逸史》记载，陈天华"性敦笃，善属文，少时即以光复汉族为念……岁癸卯（一九〇三年）留学日本，时值俄兵入据东三省，瓜分之祸日迫，朝野皆束手无计，乃大悲恸，啮指血成书数十幅，备陈灭亡之惨，邮寄内地各学校，读者莫不感动"[③]。《狮子吼》1905 年发表于

[①] 《新中国未来记》仅完成四回，但是根据《新民丛报》第十四期刊发的《中国唯一之文学报〈新小说〉》一文，《新中国未来记》计划要写一个宏大的政治叙事，"其结构，先于南方有一省独立，举国豪杰同心协助之，建设共和立宪完全之政府，为共和政府者四五……"黄克强和李去病在小说中拟担任的角色绝不仅限于前四回的政治辩论。

[②] 陈天华：《狮子吼》，董文成、李勤学主编：《中国近代珍稀本小说·九》，春风文艺出版社 1997 年版，第 59 页。

[③] 冯自由：《〈猛回头〉作者陈天华》，《革命逸史》（上），新星出版社 2009 年版，第 272—273 页。

同盟会机关报《民报》，描写了一群革命志士推翻异族暴政、建立共和民主新中国的故事，小说主人公是作者现实政治理想的投影。《狮子吼》的出场人物众多，主要主人公有四人，分别是孙念祖、孙绳祖、孙肖祖和狄必攘，他们合在一起被构建成中华民族未来的核心政治组合，也是作者政治理想的代言人。孙家三兄弟人物形象设计可能参照了《经国美谈》中三位复国志士，分别代表治理国家需要的德、智、武，狄必攘则文武双全，具备领袖气质，最终将带领三兄弟和其他有志之士驱除侵略者、光复中华，实现作者的政治梦想。

  与明治政治小说相同，晚清政治小说中的政治家形象具有典型人物"高、大、全"的完美形象塑造特质，被塑造成晚清时代价值的代言人。小说主人公的政治家形象塑造体现了晚清中国和明治日本的时代价值内涵差异。晚清中国面临生死存亡的深重灾难昭示着国家面临剧变，戊戌变法失败，越来越多的维新改革支持者转向革命，暴力推翻让中国深陷灾难的清政府，建立能带领中华民族走向富强的现代民主国家已是晚清的时代政治主音。所以同样被塑造成完美政治家形象的狄必攘在小说中文韬武略、具备力挽狂澜的时代价值体现。首先，狄必攘体魄健壮，具备卓越的军事才能，一扫晚清中国"东亚病夫""睡狮"等恹恹不振的形象，他"生得沉重严密，武力绝伦，十三岁的时候，能举五百斤重的大石"①，在徒手体操、兵式体操等团体体育竞赛中样样全能，拔得头筹，在被围攻时三拳两脚就能驱散成群的围攻者……其次，狄必攘谋略超群，被推举为各地会党（革命组织）合并而成的"强中会"总首领："咱们会内的人，有文的少武，有武的少文。惟新来的狄君，文武双全。"② 狄必攘在小说中也确实尽到了政治领袖的职责，他拟定组织章程并筹款办报馆、开工厂，联合各地进步组织，共谋民族独立。再次，狄必攘在个人道德修

---

① 陈天华：《狮子吼》，董文成、李勤学主编：《中国近代珍稀本小说·九》，春风文艺出版社1997年版，第42页。

② 陈天华：《狮子吼》，董文成、李勤学主编：《中国近代珍稀本小说·九》，春风文艺出版社1997年版，第79页。

养上也深具政治领袖所需的素养，他两袖清风、不贪恋钱财，如数退还伙伴的金钱资助；对父母极尽孝心，是中华优良传统的继承；要求会员自我约束，"自食其力，不可扰害良民"①。狄必攘无疑是小说人物的灵魂，是作者政治理想的寄托，也深具晚清中国的时代价值理想体现，集尚武有力、智慧决断、克己仁德于一身，是中华民族优秀传统的凝萃。而这一人物形象塑造的根本内涵就是作者的政治理想：富强中国。

晚清政治小说和明治政治小说中完美政治家形象构建的另一内涵差异在于"群"与"个"的塑造侧重点不同。相对于明治政治小说多着墨于政治家个体形象构建的人物塑造方式，晚清政治小说往往热衷于政治家群像的塑造。如《狮子吼》并未沿用明治政治小说中所有角色设置均围绕塑造主人公一人"高大全"形象需要的策略，而是采取了在主人公带领之下，众多革命志士汇聚起来共谋复兴的人物构建方式，这也体现了明治日本和晚清中国对理想政治家形象的期待差异。出现如此差异，首先源自各自政治现实的需要。通过明治政权的建立，日本已经建成以天皇为核心的强大政权，形成具有现代特征的国家管理体系。如明治三年（1870）正式奏响的国歌——《君之代》歌词表现的那样，明治日本谋求的是政权的稳定和强大："吾皇盛世兮，千秋万代；砂砾成岩兮，遍生青苔；长治久安兮，国富民泰。"明治早年的日本需要的是解决国内官民冲突、党派争斗、内政不稳等局部政权稳定问题，因而明治政治小说塑造的也多是代表某一领域政治需求的政治家代言人，如《雪中梅》中的国野基代表的是官民调和政治理想，《佳人奇遇》中的东海散士随着时间的推移不断调整政治代言的角色，由摆脱西方威胁为政治目标逐渐转变为谋求日本崛起的政治家……相比之下，晚清中国的政治现实过于复杂，既要摆脱被瓜分的危机，又要探索国内政权的重建，内外交困、复杂而艰难的现实不仅需要出现能够将"沙聚之邦"汇聚一体的政治领

---

① 陈天华：《狮子吼》，董文成、李勤学主编：《中国近代珍稀本小说·九》，春风文艺出版社1997年版，第80页。

袖，还需要举全国上下的"合力"，唯有如此，方能挽救滑向深渊的民族命运。综观晚清政治小说，人物设置也多呈现这一特色，《新中国未来记》中虽然只有政治领袖黄克强和李去病出场，但小说的预告文中已经表明作者旨在塑造豪杰群像，"以诸豪杰之尽瘁，合为一联邦大共和国"①。《卢梭魂》《瓜分惨祸预言记》《痴人说梦记》等无不如此，皆是政治领袖带领志同道合的英雄豪杰建立新的理想政权。

同为政治家自我理想和自我形象在小说中的投射与构建，明治政治小说中的政治家形象带有"自恋"式完美书写倾向，他们不仅是时代价值追求的"高大全"呈现，而且最终都能够顺利实现自己的政治理想；相比之下，晚清政治小说中的政治家形象虽然同样寓托了作者的自我理想，却在小说的世界里举步维艰，主人公的政治理想往往伴随小说的不能终篇半途中止。晚清政治小说与明治政治小说在政治家形象构建方面出现如此差异，其中的原因错综复杂，但最主要的一点在于政治小说与现实联系太过密切所致。作者把自己的政治理想寓托在小说中，希望借助文学的想象翅膀化解现实中的焦虑与困惑，让小说中的主人公代替自己跨越现实中的重重困难，实现国家和民族的富强理想，却忽略了小说涵养精神的本质特征。小说可以文学的方式反映历史与现实，也可以以文学的方式参与国家的文化构建，但是小说不能构建中国的现实，如王德威所言，"小说不建构中国，小说虚构中国。而这中国如何虚构，却与中国现实的如何实践息息相关"②。晚清的政治小说家忽略了小说的文学特质，忽视了小说作为文学手段进行现实干预有其局限性，将现实中找不到答案的国族困境投射进文学世界中，难免给作为文学想象的小说增添了过于沉重的书写负荷，这个问题也成为晚清小说现代转型中亟待解决的问题之一。

---

① 《新小说》报社：《中国唯一之文学报〈新小说〉》，陈平原、夏晓虹编：《二十世纪中国小说理论资料（第一卷）1897—1916》，北京大学出版社1997年版，第61页。
② 王德威：《小说中国》，《想象中国的方法》，百花文艺出版社2016年版，第6页。

第二节　英雄的时代定义与文学想象

"英雄"是一个民族克服困难、奋勇向前的精神价值凝萃，是民族生存与发展的重要内驱力。崇尚英雄是人类的固有本能，因而，"英雄"也成为各民族文学书写不尽的永恒命题。严复和夏曾佑倡议以小说启蒙民众时，也将英雄命题推为最能动人心魄的小说命题，认为小说刻画"英雄"教化百姓远比以正统政教获得的效果更好，"故政与教者，并公性情之所生，而非能生公性情也。何谓公性情？一曰英雄，一曰男女"[①]。严复和夏曾佑认为，英雄是人类保障生存的本质力量，是人类的精神向往，"英雄"的内涵和文学审美范畴随着时代的不同发生具体的变迁，是一个民族不同时期的文化心理和价值追求的内在构建和外部表征，到了近现代社会，"英雄"的内涵具体表现在人种和民族生存互竞中展现的能量。风云际会的时代尤能凸显英雄的价值，反之也能够在英雄和时代的互动中彰显民族的时代文化心理。在国家民族风雨飘摇的晚清，"英雄"具备的内涵就是能够带领民族走出风雨，赋予民族抗击侵略，反抗暴政的力量、坚忍与勇气。"然则人特患不英不雄耳，果为英雄，则时势之艰难危险何有焉？暴雷烈风，群鸟戢翼恐惧，而蛟龙乘之，飞行绝迹焉；惊涛骇浪，修鱼失所错愕，而鲸鲲御之，一徙千里焉。故英雄之能事，以用时势为起点，以造时势为究竟。"[②] 英雄和英雄主义始终是中国文学中的重要命题，国族危亡之际的晚清时期尤其如此，时代呼唤英雄带领民族走出困局并为个体的成长提供榜样，文学与之相呼应，参与到英雄形象的构建中来。明治日本刚刚经历天翻地覆的新旧转换，在动荡中形成了自己的时代英雄理念，因而英雄的形象构建在明治政治小说中也拥有一席之地。"在正常的社会秩序中，个体的人或群体的人的英雄情

[①] 严复、夏曾佑：《本馆附印说部缘起》，陈平原、夏晓虹编：《二十世纪中国小说理论资料（第一卷）1897—1916》，北京大学出版社1997年版，第18页。

[②] 梁启超：《英雄与时势》，《清议报》1899年第27期。

结难以被激活。只有在社会新旧秩序交替的动荡时期，个体英雄或群体英雄方能显出真本色。"① 无论对于晚清风雨飘摇的中国还是明治时代进取向前的日本，"英雄"都意味着在现代国家建立过程中民族所展示的不可磨灭的生存内驱力和生长爆发力。

　　明治政治小说中对晚清政治小说产生影响的英雄形象构建主要分为三大类：第一类是明治政权建立初期，欧洲各国的殖民扩张尚对日本民族的生存构成威胁，政治小说据此想象构建出抗击侵略的民族英雄或异国英雄，如《经国美谈》中的齐武复国三英雄、《佳人奇遇》中的爱兰国老英雄幽兰将军、波兰民族英雄高节公和《自由新花》中的女英雄贞德等；第二类是为明治政权建立和巩固建功立业的英雄，包括在明治维新中代表新政府战胜旧幕府的新时代英雄和在甲午战后顺应日本国力扩张和制霸世界的野心而构建的所谓英雄，前者如坂崎紫澜的《汗血千里驹》里的坂本龙马，后者如《殖民伟绩威廉滨》中的殖民英雄威廉滨、《秘密电光艇》中的樱木大佐等；第三类是以女性性别牺牲为手段建功立业的特殊女英雄，如《经国美谈》中的红莲及《日本维新英雄儿女奇遇记》中为丈夫建功立业做出牺牲的一众日本女性。这些作品对晚清政治小说中的人物塑造起到了一定的影响，如《自由新花》中的贞德不仅是晚清政治小说中贞德文学形象的来源，还影响了晚清政治小说中新女性的形象构建；《经国美谈》中的巴比陀等三位复国英雄形象在晚清以至民国时期深入人心；《狮子吼》中的孙氏三兄弟的形象设计很可能受到《经国美谈》的启发，《狮子吼》中也写过，女志士女钟"一日，看那《维新儿女英雄记》（该书 1901 年由广智书局翻译发行，题目为《日本维新英雄儿女奇遇记》），不觉有所感触，便于书上填写了一首《虞美人》道……"②

---

　　① 朱德发：《晚清至"五四"：新文学"英雄理念"的嬗变与钩沉》，《临沂师范学院学报》2004 年第 4 期。
　　② 陈天华：《狮子吼》，董文成、李勤学主编：《中国近代珍稀本小说·九》，春风文艺出版社 1997 年版，第 58 页。

晚清政治小说中的英雄文学形象构建受到明治政治小说的影响，但是作为深具时代内涵的民族文化代表，晚清政治小说中的英雄形象来源是复杂的，最根本取决于晚清中国的时代文化需要，国族危亡赋予晚清政治小说中的英雄形象民族主义的文化理念和审美范畴：亡国灭种的焦虑呼唤英雄带领民族抗击侵略，走出困局；同时救亡的焦虑也将女性推上了救国的正面战场，由女性性别特点成就的英雄形象成为晚清政治小说中女英雄形象构建的奇特风景。晚清政治小说中的英雄想象围绕民族救亡也可分为三类：第一类是抗击外来侵略和反抗晚清暴政的英雄，如《新罗马传奇》中的玛志尼、《瓜分惨祸预言记》中的夏震欧和华永年、《洗耻记》中的明易民和《孽海花》中的刘永福等；第二类是开疆拓土、伸张国权的英雄想象，如《新纪元》中的华之盛，《狮子血》和《痴人说梦记》中的另类拓殖英雄；第三类是借用女性性别牺牲成就的女英雄，如《冷国复仇记》中的秀琼、《孽海花》的郑姑姑和夏雅丽等。以明治政治小说中的英雄形象构建为参照，可以更好地剖析晚清政治小说中的英雄形象内涵、形成及文学审美意义。

明治日本因为已经完成政体的变革，中早期的国家政治课题主要围绕内政整修展开，所以"英雄"定格在对明治政权建立过程的回望中，抑或聚焦于未来的强国想象中。明治中早期的日本需要彻底摆脱来自西方强国的殖民威胁，甲午战争之后，日本的国家主义课题则由防御转为军事扩张，集中在开疆拓土、亚洲主导权的稳固以及与西方世界的权力地位争夺上。实际上，因为及时实行政体的自我变革，日本迅速完成现代转型，西方的殖民侵略并未在日本酿成惨烈的战争。对于明治日本而言，说到底只是存在潜在的民族危机，带领民族在现代家国建立过程中击退入侵者也只是日本政治小说家一种未雨绸缪的文学想象，因而明治政治小说中的国族英雄缺少实际的本国现实模型，人物形象几乎全部来自异邦国族英雄形象的本土文学重构。如《佳人奇遇》主要写19世纪中期以来在西方拓殖狂潮中弱小国家奋起反抗中出现的英雄，《经国美谈》则以带领被奴役国家重建复兴的英雄为书写对象。

柴东海因为出身旧藩阀家庭，曾经加入幕府军队与新政府军作战，父兄被杀，自己被俘，国破家亡的切身之痛化作对邦国强大的渴望，《佳人奇遇》也是明治政治小说中少有的正面描写抗击外来侵略战争和民族英雄的作品。波兰老将高节公在国力疲弱、皇子投降、敌强我弱的情况下依然率众抗击俄普联军的侵略，保卫国土，受其英雄气概的鼓舞，守城军民与城共存亡，宁死不降敌：

> 高节公奋勇尽智，抗俄、普两国之大军。十月十日，募死士，与将士诀别，与俄之大军血战。呐喊之声动山谷，鼓鼙之响震天地，尸积为陵，血涌成浪。俄之援军益加，波兰之军，遂以不支。高节公取旌指挥残兵，纵横驰突，遂蒙重伤，落马疾呼曰："波兰国命，尽于今日。"遂被擒。俄将频劝降，高节公曰："自古谋军者，师败则死之；谋国者，邑危则殉之，士之常道也。仆又有何面目再见天下之士耶？"遂不降。波国风落华之守兵，感公之高节，城陷之日，男女一万二千人，奋战勇斗，死伤殆尽，余悉投于水火而死，曾无一人降者云。①

西印度圣土奴民嗷岛英雄老亚智勇听闻岛人即将投降英军，率岛民抗击英国侵略，发出"死虽为自由之鬼，生不为奴隶之民"的誓言，终于换得岛上短暂的和平自治，后遭拿破仑重兵镇压，老亚智勇被捕之后依然在法庭上"词色壮厉，目光如炬，声音如雷"，慷慨陈词，痛斥拿破仑言而无信，鼓舞岛民奋起保卫国土不受侵犯："臣死之后，魂魄犹护故乡，鼓舞我人民，使脱法之羁绊，为独立自主之国。"② 在老亚智勇的英雄精神鼓舞下，圣土奴民嗷岛最终伺机奋起

---

① ［日］柴东海：《佳人奇遇》，梁启超译，《梁启超全集》第十九卷，北京出版社1999年版，第5511页。
② ［日］柴东海：《佳人奇遇》，梁启超译，《梁启超全集》第十九卷，北京出版社1999年版，第5532页。

举兵，获得独立。

《经国美谈》是一部专门描写英雄光复邦国的政治小说，齐武三英雄各有特色，巴比陀文武双全，威波能坚忍善谋、善于用兵，玛留"朴素质直，从善如流，视死如归，武艺绝伦，勇力无比"。需要注意的是，《经国美谈》在译介过程中添加了译者关于"英雄"的强调与阐释。中译本前编总共二十回目中有七回目冠以"英雄""壮士"的标题，取代了原文的标题，如小说第二回的原文标题"希臘列国の形勢"被译作"二强国日就衰颓　两英雄密商国事"，不仅如此，译者还在小说中添加了数处原文没有的议论，将希腊列国比作中国的战国时代。从作者的改译中可以获知译者对读者的阅读期待和阅读导向：希望中国也能出现像齐武国那样带领齐武国光复国土、重振国威、制霸希腊的英雄。除了原作对"英雄"的内涵和范畴的确定，译者还通过翻译调整强调了"英雄"在原文中缺少的"舍身救国、不畏强暴"内涵，试举其中两例加以说明。第一节结尾处巴比陀的一段话原文为："为建功立业便盼望国家生乱固然没有道理，但哪个国家没有奸党，哪个国家没有国难？我们只需前往救人民于水火。"[①] 而译文改为："要建立功业，即愿国有乱，固属违背道理，然何国没有国难，没有奸党出来？只要我们肯舍身救国，怕没有事情么？"[②] 第十回末尾处再次将原文"何国不亡，何民不死？若为报恩全德，国亦可亡，若为仗义守节，民亦可死。悠悠千载，列国面前，倘我雅典背负忘恩负义之骂名，雅典人民将有何面目立足天下！"[③] 改译为"天下那一国不亡，那个人不死？只要人民能不畏强御保护志士，似那时齐武一般，便或亡国身死，还是凛凛的有义邦国，卓卓的大丈夫，若畏难怕祸，成就了个忘恩背义的丑名，我阿善我国民还有甚面目立天地

---

① ［日］矢野龍溪：『経国美談』、『日本現代文学全集3・政治小説集』、講談社昭和四十年（1965）版、第12頁。

② ［日］矢野文雄：《经国美谈》，周宏业译，上海：商务印书馆1903年版，第5页。

③ ［日］矢野龍溪：『経国美談』、『日本現代文学全集3・政治小説集』、講談社昭和四十年（1965）版、第47—48頁。

间么?"① 译者译介时在原文的基础上延伸了"英雄"的内涵：舍身救国、不畏强暴、反抗强权，使之与晚清本土创作中的英雄精神发生了内在的联系。《经国美谈》之所以能影响晚清一代读者，与译者在翻译过程中的英雄含义本土文化重构不无联系。

被晚清译者译介的明治政治小说中，国族英雄形象的塑造十分吻合晚清中国向往的"英雄"。晚清中国呼唤救国的英雄，呼唤不畏强权、为国家强盛、民族复兴牺牲的英雄精神，"我支那数千年来侠义之风久绝，国家只有易姓之事，而无革政之事，士民之间未闻因国政而以身为牺牲者，是以民气嗒然不倡，国势蔫焉不振"②。晚清中国迫切需要破除旧政权的桎梏，从对明治政治小说的选择性译介和译介导向中也可以看出小说对现实的回应，比如译者在翻译过程中强化了《经国美谈》中的不畏强权、敢于反抗、敢于牺牲的英雄精神。在译介明治政治小说过程中对英雄精神的文化改写延伸到创作中，晚清的政治小说作者也塑造了一批为国家和民族牺牲一切的英雄人物形象。

清廷的腐朽无能酿成甲午战场的溃败，八国联军侵华，光绪和慈禧弃城逃亡，即便在如此屈辱的现实中，晚清政治小说的作者依然不忘讴歌抗击外国侵略的英雄，《黑旗战记》《孽海花》等小说描写了刘永福带领黑旗军抗击法国侵略、在甲午分战场上军民联手阻击日本来犯的英勇故事，使我们能够从政治小说对现实的呼应之中捕捉到晚清时期疲弱的中国对英雄精神的向往。《佳人奇遇》中也曾写到黑旗军抗击法国侵略台湾，却因清廷腐朽，虽有抗敌英雄，却人心涣散，对清廷存疑，导致战争无果而终，"日、清、法三国之宣战和议，茫茫灭迹矣"③。《孽海花》秉持了和《佳人奇遇》对晚清政权批判、否定的一致立场，也写了英雄无所归依的无奈，但是与《佳人奇遇》

---

① [日]矢野文雄：《经国美谈》，周宏业译，上海：商务印书馆1903年版，第71—72页。
② 《横滨清议报叙例》，《清议报》，日本横滨，光绪二十四年（1898）第一期，第3页。
③ [日]柴东海：《佳人奇遇》，梁启超译，《梁启超全集》第十九卷，北京出版社1999年版，第5574—5575页。

相比，少了旁观者的冷静，注入了复杂的民族情感和英雄情结，呈现更具生命感的立体英雄文学形象。晚清复杂的政治现实、一味被动挨打的疲弱和言论压制也使抗击外来侵略的英雄几乎被当时的文学作品遗忘，《孽海花》是难得留存下来的一部描写国族英雄的政治小说，却也和《佳人奇遇》中呈现了类似的无奈之感，"英雄"被赋予悲壮的审美色调。在小说第六回"献绳技听黑旗战史　听笛声追白傅遗踪"中，黑旗军的浴血奋战竟成了醉生梦死的官吏茶余饭后的曲艺消遣，自诩关心新学问的状元金雯青与曾经参加黑旗军的歌女的一段对话足见晚清国族英雄被当权者忽略的心酸处境：

> 那苗女跳下绳来，袅袅婷婷，走到抚台和雯青面前：道了一声谢。雯青问她道："你这曲子真唱得好，谁教你的？"苗女道："这是一支在我们那边最通行的新曲，差不多人人会唱，况且曲里唱的就是我们做的事，那更容易会了。"……正问答间，厅上筵席恰已摆好……①

小说第二十五回和第三十三回分别写了甲午战场和台湾战场上抗击日本的英雄。甲午惨败，毕竟还有左伯圭（左宝贵）和邓士昶（邓世昌）等死守血战的英雄；台湾虽然最终失守，但是徐骧勇闯怒瀑、林义成死守阵地、郑姑姑舍身救国，英雄的光芒依然照亮民族的历史，给晚清国人以希望，"至今谈到太甲溪一战，还算替中国民族吐一口气，在甲午战争史上最光荣的一页哩！不过大家不大知道罢了"②。《孽海花》描写的是晚清时期抗击侵略的英雄，本应被国家和民族讴歌的英雄却湮没在清廷的权力之争与纸醉金迷之中，小说中数次刻意强调英雄的不为人所知。晚清政治小说中少有以现实人物为模型的英雄形象塑造，凤毛麟角的英雄文学形象虽然催人奋进，却笼罩在孤独、悲壮、末路悲歌的寂寥基调之中，无形之中对晚清政权提出

---

① 曾朴：《孽海花》，岳麓书社2014年版，第43页。
② 曾朴：《孽海花》，岳麓书社2014年版，第289页。

最为严厉的批判。

除了《孽海花》，晚清政治小说还借助文学想象塑造了一批将反抗异国侵略与排满抗清融为一体的民族英雄，这些小说多由主张革命的留日学生所作，渲染爱国主义和民族复兴，带有激情的架空想象色彩，既不避讳现实的牺牲与流血，又充满激昂的浪漫主义色调，构建了晚清独特的英雄文学形象。这一类民族英雄首先具备的特点就是不畏牺牲、反抗暴政，"于今的世界，只有黑的铁，赤的血，可以行得去"①。《瓜分惨祸预言记》以日本留学生发起的拒俄运动为背景，描写了抗击外国侵略、英勇杀敌、不怕牺牲的英雄群像。《洗耻记》中的汉国老英雄明易民带领革命军反抗异族贱牧族的暴虐统治，小说以特定称谓喻排满抗清之意。最终明易民与所带领的两千五百余人全部牺牲，小说中借明易民给儿子的留言阐明了"英雄"的含义，"古语曰：'英雄不计成败。'吾虽非英雄，死生二字，早已看破，况区区之成败乎！幸四方同志，欣然来投，事虽不成，吾责尽矣。呜呼！人乐生，吾惜死。死固不足惜，惜死后上国衣冠永沉沦夷狄，中原豪杰再难扭转乾坤耳。虽然，吾责既尽，吾心安已。以后事，任少年辈为之。吾惟一死以报同胞，留此遗墨以示吾志。想同胞爱我，决不我咎也。匈奴未灭何以家，忍令腥膻遍中华；大事不成天败我，英雄命薄似桃花"②。《洗耻记》进一步强化了现代中国的英雄精神内涵：舍身救国、不畏牺牲、忘我忘私。明易民虽然牺牲，但子孙后代依然会将英雄精神发扬光大，代表中国未来的仇牧、狄梅、郑协花等年青一代将继续反抗异族统治。

明治政治小说中的国族英雄形象构建主要源于对国家命运的誓死抗争，所以基本采取异国历史或异国的现实题材，英雄形象的构建中被赋予冷静的距离感，这些异国英雄被晚清政治小说选择性借鉴，在

---

① 陈天华：《狮子吼》，董文成、李勤学主编：《中国近代珍稀本小说·九》，春风文艺出版社1997年版，第59页。

② 汉国厌世者著，冷情女史述：《洗耻记》，《中国近代小说大系》，百花洲文艺出版社1991年版，第400—401页。

本土英雄形象的文学化中,"英雄"被赋予浓厚的时代色彩,呈现出传统与现代糅杂的美学意义。

相较于对异邦抵御外族侵略的渲染,明治政治小说更愿意畅想未来强国兴邦、开疆拓土的国族英雄。明治维新之后,日本急于跻身世界强国之列,危机感与野心并存。西方世界的傲慢与轻蔑也让日本迫切希望得到世界性认可,"物质文明带来的优越感,使当时的欧美人习惯于将基督教以外的异教徒看作家畜野兽,这种情感在十九世纪末达到顶峰"[①]。实际上,当时居于国内的普通日本人并不了解西方人对日本的蔑视,因此,明治政府具有制造出"日本的西方印象"的便利,塑造日本在西方被认可被尊重的假象。在明治当权者看来,若非如此,日本维新追求的开国和"脱亚入欧"将失去意义,维新后的新日本也将失去存在的合理化依据,一句话,假如日本仍然被西方世界排斥和蔑视,维新成果将依然是一场虚无。所以当时的执政者需要国民有一种"日本在被世界认可"的意识,不能正视其被蔑视的实情,政治小说中驰骋世界的国族英雄迎合了明治日本的这一国家想象需要,参与了这一时期的文化构建。《秘密电光艇》《空中飞行艇》等小说中都安排了能开发新式武器,助日本张扬国威的英雄,《未来战国志》(原作1888年出版)畅想了日本在世界格局中的崛起,直呼"东洋之一孤岛果能崛起一英雄男子乎?"[②]《殖民伟绩威廉滨》中拓殖美洲的威廉滨也是明治政治小说追捧的英雄。与明治时代的国家主义课题相呼应,这些能够为日本带来开疆拓土、张扬国威希望的英雄人物形象是明治政治小说的重点塑造对象。执政者希望将西方文明收入囊中,并借此跻身不被西方轻视的强国之列,明治政治小说用空想的国际地位和未来英雄塑造了国民真实的民族思想,从中又产生出新的现实。在明治政治小说中,这些能够鼓舞人心、振奋民族士气、为民族注入力量的人物形象颇能引起晚清译者和读者的关注与向

---

① [日]中村光夫:「作品解说」、『日本现代文学全集3・政治小说集』、讲谈社昭和40年(1965)版、第396页。(笔者译)

② [日]东洋奇人:《未来战国志》,南支那老骥译,广智书局1902年版,第12页。

往,因而被译者选择译介。争取国家主权独立、为民族存亡进行达尔文式抗争是19世纪晚清中国的主旋律,"乌托邦"式的未来狂想也是晚清政治小说的书写对象之一,与《未来战国志》中的未来国族英雄想象类似,《新世纪》中的黄之盛带领中国人大败西方强国、高扬国威。在达尔文主义的影响下,晚清中国也出现了如《殖民伟绩威廉滨》中类似拓殖英雄威廉滨的未来想象,《狮子血》中的查二郎就是典型代表。明治日本实行欧化政策,认同并实行西方扩张策略,小说中出现与西方扩张价值观一致的拓殖英雄塑造属情理之中。而晚清中国饱受西方拓殖的侵害,在被强制打开的世界性视野中艰难定位自己的世界坐标。西欧文明以一种强势的异质文化姿态强行进入封闭的中华文明,企图在自我封闭中继续天朝大国迷梦的晚清中国被迫调整姿态,应对人类文化的多元性。面对这一现实,晚清的政治小说试图以一种积极主动的姿态使中国拥抱世界,接受世界文化。然而,晚清中国与世界不平等的对话关系造成自我身份和文化自我认同的混乱,查二郎这样的拓殖英雄文学形象表现出与明治日本政治小说相同的审美视域,也正是混乱的时代文化心理的外化表现。

《未来战国志》出版于明治二十一年(1888),是一部想象日本与列强联手重新瓜分世界的政治小说。小说将时间定格在25世纪,波国(俄国)称霸世界,参岛(日本)被专制政权波国(俄国)所灭,参岛国会议长兼海军大将德利耶玛、女英雄泰启哈纳联合米国(美国)、英国等西方强国抗衡波国,最终用计抓获波国皇帝主德勿伦和中国大臣李媒道,最后召开世界列国大会重新划定各国疆界,日本终于实现了制霸亚洲,与欧美国家平等的国际地位,"其(波国)总地方百二十万里定以世界最丰饶膏腴之处为参岛领地",并且将中国归于波国属地。德利耶玛不仅堪当海军将领大任,还"读万卷之书,胸罗经国之才,临机处事毫不退挠"[1]。此外,德利耶玛经败军

---

[1] [日]东洋奇人:《未来战国志》,南支那老骥译,广智书局1902年版,第6页。

之痛、丧国之辱、历牢狱之苦依然矢志不渝,也是日本英雄的传统优秀品质象征,"海司曼自窗户望槛中之德利耶玛独坐于星火之下,书其笔录,肉落骨朽,颜色憔悴,形容枯槁,头发丛杂,衣服垢污,两眼炯炯,自有令人敬服之威者"[①]。女英雄泰启哈纳在小说中是明治时代文化造就的特殊"英雄",她在小说中率先出场,一改东方女性内敛温驯的传统形象,在列国大会上慷慨陈词,演说日本的遭遇,博取西方社会的支援。小说的结尾也以泰启哈纳的演说谢幕。如果说德利耶玛是传统的日本英雄,忍辱负重,孜孜以求日本由弱至强的崛起,那么泰启哈纳就是深具日本现代甚至未来色彩的英雄理想,形象迷人,在欧美强国面前毫无惧色,赢得尊重和认同,简直就是明治日本的"世界强国之梦"的完美象征。明治日本完成现代变革和打出"脱亚入欧"的大旗并没有让西方强国放下对亚洲人的傲慢与偏见,夏目漱石在多年后回忆1900年留学英国的经历时,依然对身为日本人遭受的歧视悒郁难平,"在伦敦居住、生活的两年是极为不愉快的两年。我在英国绅士之间,犹如一匹与狼群为伍的尨犬,终日郁郁寡欢。据说伦敦人口有五百多万,自己当时的状态犹如掺和进五百万滴油珠中的一滴水,勉勉强强苟且维系着朝不保夕的生命。倘若一滴墨汁掉落在洗得十分干净的白衬衫上面,衬衫主人的心情定然不会愉快。我就如同那滴招人厌烦的墨汁,犹如乞丐一般徘徊在伦敦的西斯敏斯特大街上"[②]。他的记述中充满了对西方世界歧视日本人的愤怒,"我在此敬告一向被自己视为绅士模范的英国人:我并非是怀着个人的好奇心进入伦敦的,而是受到比个人意志更大意志的支配,不得不在你们面包的恩泽之下度过那段岁月。两年后留学期满回国,我的心情犹如春天到来、大雁北归一般。遗憾的是,不仅客居留学期间我没能做到以你们为楷模,万事顺应你们之意,而且时至今日作为'东洋的竖子'仍然未能成为你们所期望的那种模范人物。然而,我是

---

① [日]东洋奇人:《未来战国志》,南支那老骥译,广智书局1902年版,第32页。
② [日]夏目漱石:《文学论·作者自叙》,王向远译,上海译文出版社2016年版,第7页。

奉官命前往的，并非是自己要求前去的。若依我自己的主观意志而言，我当终生一步也不踏上英国的土地"①。获得西方世界的认可与尊重是明治乃至大正时代的日本孜孜以求的时代课题，《未来战国志》中的英雄形象实际是明治维新之后日本复杂的文化心理的外化表现：虽然得不到西方认同却追随西方、向往西方，渴望在政治、文化上实现"脱亚入欧"。《殖民伟绩威廉滨》中对远赴美洲开辟殖民地的英国人威廉滨极尽歌颂之能事也是这一文化心理的强化。威廉滨没有像之前的西班牙人和葡萄牙人那样对殖民地土著大肆屠杀和掠夺，而是进行了所谓的"文明开化"，在建立殖民政权时给土人一定的生存空间，小说通过这些所谓现代"文明"手段塑造了符合明治日本时代价值的英雄形象。

晚清中国选择性译介了对中国并无友好的《未来战国志》，鼓吹殖民扩张的《殖民伟绩》也被译介了一部分，译介的原因依然在于这两部作品的内容部分吻合晚清中国的时代价值：对民族崛起的渴望和对时代英雄的期盼。晚清政治小说对这两个主题也进行了呼应和延拓。明治日本渴望重建亚洲秩序，视俄国和中国为威胁，晚清中国曾经的文明则呼唤能带领民族重建复兴光荣的时代英雄。与《未来战国志》一样，《新纪元》也塑造了带领中国重建世界秩序的英雄，小说中的时间同样设在了百年之后的一千九百九十九年，开篇也是召开万国和平大会，但是所谓"万国和平大会"却是白种人的天下，且针对黄种人拟定十条规定，公然歧视打压黄种人，英雄黄之盛就在这一片哗然中登场了。小说将黄之盛比作猛虎蛟龙："石弩穿林惊卧虎，铁丸入海起潜虬。"② 与《未来战国志》中的英雄——海军大将德利耶玛的形象十分巧合的是，黄之盛也是中国的海部大臣。黄之盛是晚清中国的时代文化话语象征，这一英雄形象是西方文化强行进入中华文明中形成的，他的身上带着明确的西方现代表征：建立并主导

---

① [日]夏目漱石：《文学论》，王向远译，上海译文出版社2016年版，"作者自叙"第8页。

② 碧荷馆主人：《新纪元》，广西师范大学出版社2008年版，第11页。

世界架构，主导世界文化。黄之盛还表现出另一种现代性：作为中国未来的英雄，更懂得运筹帷幄高科技战争，率领中国海军舰队屡破西方来犯之敌。此外，在进化论主导的民族竞争思潮下，西方的殖民主义思想也作为一种外来文化传入亚洲，在明治政治小说中，殖民美洲的威廉滨被视作开疆拓土的英雄，而晚清的政治小说译作者也试图将威廉滨移入中国的本土小说中进行歌颂。《新民丛报》第十二期登载的小说《殖民伟绩》曾试图构建一个中国的"威廉滨"，小说文本却在"英雄"甫一登场时戛然而止，未完终稿，但这并不妨碍晚清政治小说中塑造其他鼓吹殖民扩张的另类英雄，《月球殖民地小说》《痴人说梦记》《狮子血》都显示了对殖民主义不同程度的认同。其中，《狮子血》最具代表性。《狮子血》尽通篇之力塑造了一个"殖民英雄"查二郎，他在小说中被称作"支那哥伦布"，他效仿西方早期拓殖者环球航海探险，征服教化"野蛮"未开化的土人，建立新的"文明"殖民政权秩序，小说借用"文明"与"野蛮"对立的进化论伦理将拓殖行为正当化，将查二郎塑造成另类的英雄。小说中还出现了一个饶有趣味的小情节，第三回中查二郎与一个不明国籍、民族身份的叫作"麦克"的人在擂台上角逐并完美胜出，麦克试图调动宪兵队镇压查二郎，却也被查二郎的威势吓退。虽然未明确指出麦克的国别与身份，但"麦克"、巡捕，不正是西方殖民者在中国的缩影吗？

萨义德指出，西方文化身份的确立是与殖民主义、帝国主义把文化霸权强加于被殖民民族或弱势民族之上相关的。以英、法、美为代表的西方强国通过教化、殖民、统治等强权方式建立起"东方"文化概念，并据此构建一种文化权利话语体系，然后从人为构建出的"他者"化的东方中获得力量和自我身份。[①] 文化与现实的双重殖民不可避免地造成弱势民族的文化在交叉、差异之中出现内在分裂，使弱势民族在文化身份自我确证过程中产生认同混乱。霍米·巴巴的后

---

① ［美］爱德华·W. 萨义德：《东方学》，王宇根译，生活·读书·新知三联书店2019年版，第4—5页。

殖民主义理论也认为，如果从文化差异和多元性视角理解，西方的殖民主义在文化强势输入的过程中给殖民地国家造成了文化身份认同的混乱，殖民话语的分裂在殖民关系中构建出"临时文化形态"。"在殖民历史中，人们不断地面对各种吊诡的处境：建立在自由、民主、平等、进步等启蒙主义理想基础上的宗主国制度，被挪用到殖民地之后却成了压迫制度，变成了宗主国'原版'的讽刺性戏拟；殖民地人民在接受宗主国'先进'文化的时候，却不知不觉地带入了自己的迷信和风俗，将其变得自相矛盾、不伦不类。"[1] 明治日本虽然未彻底沦为西方殖民地，但是西方殖民威胁依然给他们的文化心理投下了殖民阴影，所谓"脱亚入欧"后一系列政治文化主导政策即是其异国文化导入后的文化混乱与文化多元性体现。明治日本在被殖民初期迅速完成内政变革，主动选择追随西方文化价值，明治政权确立的早期一直试图通过政权贯彻新的文化身份认定，政治小说参与了这一文化身份的重构，这些小说试图通过英雄形象塑造等文化干预手段重塑日本在世界的身份与地位，并间接确证在亚洲的主导权，以求达到倒因为果的现实目的。深受清政府专制统治困扰和西方殖民压迫的晚清中国在自我探索、自我拯救的过程中同样不得不面对由各种途径强势进入的西方文化，在文化交融的混乱中选择性译介引入深具西方霸权主义色彩的"英雄"形象，并据此构建了本土政治小说中的另类英雄，显示出转型期民族文化身份自我认同的迷乱。无论明治日本还是晚清中国，这类颇具西方扩张色彩的"英雄"都是19世纪中期以降中西文化的融合产物。

除了以上两类英雄文学形象构建，明治政治小说和晚清政治小说中还都出现了一类特殊的女英雄，她们有别于在战场上厮杀的贞德，也不同于与男性一样游走各地进行政治活动的罗兰夫人，她们并非男女平权思想下产生的政治女性，而是用女性的身体成就的另类女英雄。这类人物形象的产生和明治日本及晚清女性在国族现代转型中的

---

[1] 翟晶：《边缘世界——霍米·巴巴后殖民理论研究》，文化艺术出版社2013年版，第62页。

地位与身份确定不无关系,男权思想主导下的女性解放本就不是以女性自身的诉求为出发点,而是男性视角下的女性社会角色重构,国族生存危机带来的焦虑折射在女性社会身份的重构之中,出现了晚清政治小说中最为吊诡的一幕:时代最前沿的现代国族观念和由封建传统定义的女性人身附属特性通过文学想象被联系到了一起,催生出女性个体身份与公共身份、时代诉求与传统定位之间相互折叠交融的另类"以身救国"的女英雄文学形象。封建时代的女性没有人身自主权,深受"三从四德"封建观念的压迫,被要求"女子之事夫也,缅笄而朝,则有君臣之严"①。日本封建时代也是如此,日语中女子称呼自己的丈夫为"主人",十分直观地反映了女性是男性附属资产的低下社会地位。明治维新虽然效仿西方建立了现代资本主义政权,但是女性地位并无明显改善,明治三年(1870)颁布的法典《新律纲领》依然承袭了封建时代的一夫多妻制,而且据记载,明治政权的高官几乎都是一夫多妻制的实践者,如历任四次首相的伊藤博文因纳妾人数之多被称作"渔色大师",第四、第六任首相松方正义纳妾二十余名。②直至明治十三年(1880),福泽谕吉才在《劝学篇》提出男女平等的说法:"须知生存于人世间的,男的也是人,女的也是人。"③有论者指出,这是日本近代第一次有学者正式承认女人是"人"。④晚清中国,虽然维新派呼吁男女平权,但实际并无律法保障女性的社会地位,女性从法律和伦理上依然从属于男性。在男性对女性实际控制与占有的情况下,明治日本和晚清中国出现的女权运动也只能由男性发起,也就是说女性的社会角色定义依然主要由男性规定,明治政治小说中以牺牲女性身体及女性主体意志为途径成就的另类女英雄就是男权思想主导下的女性社会形象重塑。这类女英雄形象设计似乎深

---

① 《女孝经》,周泽天编译:《中华国学经典·孝经》,团结出版社2017年版,第96页。
② [日]茂吕美耶:《明治含苞待放的新时代、新女性》,四川文艺出版社2018年版,第25页。
③ [日]福泽谕吉:《劝学篇》,群力译,商务印书馆2011年版,第48页。
④ [日]茂吕美耶:《明治含苞待放的新时代、新女性》,四川文艺出版社2018年版,第29页。

得晚清政治小说家的青睐，在国族危机带来的焦虑中，女性来不及进行自我身份确证便被推上男权思想化解民族危机焦虑的前锋，《冷国复仇记》《孽海花》《狮子吼》《女娲石》等小说均塑造了以身殉国的女英雄文学形象。这类虚构的时代女性定位通过文学的传播在一定程度上被现实社会所接受，真实地参与了近代女性的自我身份确证历程。

明治日本追随西方政治文化，福泽谕吉和森有礼力倡效仿西方推行基于"天赋人权"的男女平等，实际也取得了一定的成效，但是日本的近代女性解放运动始终双线并行，要求女性为国家为社会做出牺牲、退居家庭的保守派主张维持传统社会的女性地位，两派的较量以森有礼被刺身亡宣告前者的失败，以国家利益为核心的"贤妻良母"传统女性观占据主导地位。明治三十一年（1898）颁布的《民法典》规定了男性的"户主权"，男性可以随意处置女性财产，女性必须绝对服从丈夫。对明治政府而言，女性是可以随意牺牲的群体。明治政治小说体现了以上复杂的女性意识，在《佳人奇遇》中，柴东海塑造了红莲和幽兰两个颇具东方传统色彩的西方女英雄形象，她们的形象塑造体现了作者混乱和悖谬的男权思想合集：对女性的私属化臆想和对女性时代性公共角色的定义性幻想。红莲和幽兰的身份设定就是二者的交融：美丽温婉、知书达理、琴棋书画无所不能是封建男权对女性的理想设定；为国尽瘁、协助父兄复国的亡国之女的身份预设又是对国族危机下女性新社会功能的期盼。这样的身份构想原本并无不妥，但是这两个相悖的身份如何融合却成了现实中无法化解的矛盾，长于琴棋书画的闺阁弱女子如何与救国女英雄实现统一成为一道亟须破解的难题，女性身体救国想象由是产生。红莲拯救幽兰将军的行为是间接救国，她唯一的选择是以自己的身体为手段，引诱守城长，获取守城长信任，"自是羁旅之孤客，软弱之妇女，宜策奇谋，以欺西国之君臣，而语夺幽兰将军之事也"[①]。小说也指出，如此选

---

① [日]柴东海：《佳人奇遇》，梁启超译，《梁启超全集》第十九卷，北京出版社1999年版，第5520页。

择是走投无路下的无奈之举,"虽然,及陷于阱中,势积威约之渐,侥幸万一之外,无可为者"①。柴东海是"贤妻良母主义"的忠实追随者,认为"解妇人之束缚,行男女之平权"为"乱理之文,修饰之巧"②,他的笔下出现如此女英雄形象并不足为奇。

长田偶得的小说《日本维新英雄儿女奇遇记》中共记载了十六名与维新运动有关的日本女性英雄故事,小说意在颂扬这些不惧个人危险、思想进步的女英雄,但吊诡的是,这十六名女英雄中,娼妓身份者居然达十数名之多。她们之所以被列入女英雄之数,多因为用牺牲自己来保护和支持维新志士,这些身份特殊的女英雄大概也是明治政治小说中独特的人物形象塑造,旨在强调女性的牺牲与成就对其身份概念的合成意义。试举其中一则"关铁之助"的故事剖析之。妓女泷本因为喜好攘夷之说,被维新志士身份的恩客关铁之助赎身纳为小妾,泷本遂视铁之助为知己。樱田之变中,旧幕府井伊大老大肆捕杀维新志士,铁之助被迫逃亡后泷本被捕,她受尽酷刑却矢志不渝地保护铁之助:"妾身已托于铁之助君。君怀攘夷之志,不齿为神州之武士,大丈夫为国谋大事业,岂可告于婢妾,故妾于其谋其踪一无所知。"③后泷本在狱吏的残酷折磨下死去,却始终未吐露铁之助的行踪,以生命保护了铁之助。铁之助的公共价值属性决定了泷本个体牺牲所具有的公共价值。《日本维新英雄儿女奇遇记》中类似这种妓女英雄的故事在十则以上。"娼妓+英雄"的人物设定将女性的身体想象与女性的社会期望联系在一起,成为社会转型期极为另类的小说人物形象。妓女的身份设定突破了父权与夫权的属性限定,具有归属社会的前提可能,而她们能够确证"女英雄"身份的途径是不证自明的政治正确与身体奉献。原属女性个体价值的性别属性

---

① [日]柴东海:《佳人奇遇》,梁启超译,《梁启超全集》第十九卷,北京出版社1999年版,第5520页。
② [日]柴东海:《佳人奇遇》,梁启超译,《梁启超全集》第十九卷,北京出版社1999年版,第5576页。
③ [日]長田偶得:『維新豪傑の情事』、大学館明治三十四年(1901)版、第26頁。(笔者译)

在明治政治小说中变成了实现公共价值的手段与途径，从而模糊和遮蔽了其原有的个体价值，这一思维模式被晚清政治小说接受和采纳。

晚清政治小说似乎对这类具备与生俱来的政治与身体奉献觉悟的女英雄形象格外青睐。小说《狮子吼》中，对狄必攘充满爱慕之情的少女女钟就是读了《日本维新英雄儿女奇遇记》之后，才将儿女私情压抑并藏匿心底，然后投身救国之中。也就是说，在晚清中国，《日本维新英雄儿女奇遇记》中的女英雄也曾被作为女性救国典范来阅读，至少在译者和政治小说作者的阅读期待中存在这样的阅读预设。与明治政治小说一样，晚清的政治小说作者也选择性忽略了与女性救国这一公共价值并存的女性个体价值，创作出一众类似的女英雄人物形象。《女娲石》的作者海天独啸子翻译过明治科幻政治小说《空中飞艇》，大概受到明治政治小说的影响，《女娲石》开篇便是爱国妓女金瑶瑟与日本公使夫人的会面，小说描写了由一群奇特的英雄女性组成的爱国政党"春融党"，她们视死如归，个个都是"爱种族、爱国家、为民报仇的女豪杰"[①]，但是她们实现爱国理想的手段却只有女性的身体，她们聚集在秦夫人的妓院——天香院，利用女色刺杀民贼，实现救国抱负。从晚清政治小说对女性身体救国的热衷书写来看，晚清的政治小说家接受、认可明治政治小说中"妓女＋英雄"的女性形象塑造，明治政治小说中的特殊女英雄塑造也呼应了中国封建男权思想对女性身份的想象性认定，毕竟"红袖添香"在传统小说中也曾深受追捧，当曾经的多情书生在文学的世界里纷纷化身为救国的英雄，曾经红袖添香的女性自然也需要随之进入新的文学角色。明治政治小说中以身救国的女英雄设定既吻合男性缓解救国焦虑的现实心理需要，又切中了他们的传统女性想象，因而在本土政治小说中，这类特殊女英雄受到热捧也就不足为奇了，如《女娲石》的作者海天独啸子所言："可知妇女救国，有种种办法，有种种手

[①] 海天独啸子：《女娲石》，董文成、李勤学主编：《中国近代珍稀本小说·三》，春风文艺出版社1997年版，第43页。

段，我等男子万万做不到。"①《孽海花》也是以女性身体救国为书写对象的典型文本，一篇小说中竟然塑造了三位靠身体救国的"女英雄"。傅彩云是金松岑与曾朴共同拟定的女主人公形象，他们本意是要写一个妓女以身体救国救民的故事，傅彩云通过对八国联军侵略者瓦德西的"献身"在一定程度上化解了政客们束手无策的政治危机。除了主人公傅彩云，小说还乐此不疲地塑造了多个这类以身救国、以身殉国的女英雄形象，抗击日本的女英雄郑姑姑在小说中算是较为成功的人物形象刻画。郑姑姑的美丽足以打动日本侵略军的头目并让他自愿大摆筵席迎娶，郑姑姑靠这样的"奇谋"和台湾守军里应外合，取得太溪甲大捷，男英雄们都活了下来，唯有女英雄郑姑姑以身殉国。在《孽海花》中，就连精干的虚无党新女性夏雅丽也摆脱不了以色救国的文学命运安排。夏雅丽为了筹集党费，违心嫁给表哥，通过这样的色诱方式达成了自己的目的，最终却死在绞刑架上。在《孽海花》中，所有的女英雄形象设定都包含了十足的男权视角，"尤物+英雄"的形象设定中同时包含了男性的私属视角和家国视角，只有二者牢牢掌控在男权之下，这类女英雄的完整文学形象方能成立。

如果说明治政治小说中的另类女英雄形象被牢牢地掌控在作者的笔端，那么晚清政治小说中的这类人物形象塑造却在书写过程中出现了"脱轨"和"失控"，呈现出尖锐的文本书写矛盾。《孽海花》中的傅彩云就是一个典型的范例，"救国"与"妓女"在书写过程中产生了不可调和的分歧。当作者将政治理想的实现寄托于女性的"献身"时，必须首先在抹杀掉女性身体这一个体价值的同时将她的其他个体属性一并扼杀，所以当一个放荡狠辣、追求享乐的妓女形象跃然纸上时，傅彩云的个体之私已经发挥到了极致，需要去私就公的"救国"又如何能与之无缝衔接呢？傅彩云形象的"文本失控"正是因为在"公"与"私"二者之间出现了分歧，没有将傅彩云的个性

---

① 海天独啸子：《女娲石》，董文成、李勤学主编：《中国近代珍稀本小说·三》，春风文艺出版社1997年版，第25页。

彻底扼杀在公共价值范畴之内，男性的私属视角定位出现了偏离。从金松岑和曾朴的认知上也不难预见在他们笔下将会出现这样的文本"失控"。金松岑在《致友人书》中谈到将小说交由曾朴续写的理由时说："赛之淫荡，余不屑为笔墨"，但随后又说："初入平康，倾倒裙屐，其人格不如秦淮八艳，亦女中之怪杰也。"① 曾朴也曾因鄙薄而拒绝为赛金花写墓志铭。创作者对人物现实的否定和文学想象中的肯定之间存在难以逾越的巨大鸿沟与悖谬，文本逸出作者的男权掌控范围，赛金花身体救国的文学形象难以出炉也就不足为奇了。赛金花形象的构建失败是男权思想主导的女性身体救国文学想象的绝佳例证，一旦文学人物逸出男性意志的操控，女性的个体价值属性凸显，以身救国的女英雄形象也只能以失败告终。相较《孽海花》的人物塑造"失控"，《冷国复仇记》中依靠男性视角的绝对权威成功刻画了一名以身殉国的另类女英雄秀琼。秀琼颇有姿色，且身怀"绝技"，能使男子神魂颠倒，不仅如此，秀琼还心系国事，深明大义，决定假装嫁给敌国——冷国首领艾似兰。秀琼的人物设定完全掌控在作者笔下：女性的个体属性与社会属性已经被预设为二者合一。只有如此，秀琼才能在决定以身救国时凛然说："妾虽是妇女，也是这冷野国里头一个分子，难道自由独立，全仗着男子担当，女子是无分的么？也太小觑人了。我告诉你，你们如要起事，我可执鞭附尾的。"② 秀琼色诱艾似兰，里应外合，最终助冷野国复仇成功，而大功告成之时，秀琼却撞石而死，"女英雄"存在的意义终究输给了男权思想主导下的贞操观念。秀琼的生命意义如她自己所言，全在于完成国族复仇大业，"你们目的已达，妾死也瞑目矣"③。与《日本维新英雄儿女奇遇记》中的另类女英雄塑造途径如出一辙，秀琼的公共价值实现完全遮蔽了她的个体价值，因而这一形象才得以成立。值得思考的

---

① 金松岑：《致友人书》，魏绍昌：《孽海花资料》，中华书局1962年版，第149页。
② 守白：《冷国复仇记》，《中国近代小说大系》，百花洲文艺出版社1991年版，第276页。
③ 守白：《冷国复仇记》，《中国近代小说大系》，百花洲文艺出版社1991年版，第293页。

是，小说在冷国恢复独立自由的欢庆中落幕，然而冷国一大串英雄的名单里却独独没有秀琼，男权主导下的"英雄"定义中终无法安放一个失去贞操的"女英雄"。小说用了近三分之一的篇幅写秀琼如何出卖色相将敌国瓦解，以牺牲色相解决了众多男性无法解决的复国难题，最终却只能在男权主导的女性贞烈观中自尽而亡，身后只留下无声的沉默。在男权视角的主导下，另类的女英雄终究算不得真正的英雄，只是封建男权思想中女性贞烈观、女性男权附属性认证在国族观念转型中进一步延伸的载体，是男权思想的时代产物。

晚清的政治小说认同明治政治小说中女性以身救国的人物形象塑造，并在此基础上进行了进一步的男权视角强化。在明治政治小说中，以身救国、以身殉国的风尘女性尚或勉强可以留下一座墓碑供人祭奠，或嫁作商人妇寂寞残生；而晚清政治小说中，紧迫的亡国焦虑和男权权威合力将女性推上更为逼仄窘迫的境遇，她们被要求以殉教式的热情投身救国运动，这种殉教式的牺牲却又因有悖于男性视角的贞操观而被莫名地抹杀。男权视角之下以身救国的另类女英雄的热衷书写既是救国焦虑的极致体现，也是男权思想主导之下的男性社会角色最无能一面的体现，是男性视角定义下的女性身份期待混乱的文学呈现。

第三节　作为启蒙对象的民众群像构建

政治小说发起的初衷之一便是启蒙民众。政治小说能提高民众的文明意识、培养政治思想、开化社会风气是明治政治小说家的共识，尾崎行雄称政治小说可"唤醒三千年来昏昏沉沉之三千余万苍生"，小室信介主张用政治小说取代传统稗史，因为"我国社会最常见的稗史戏曲等类，是感化诱导妇女幼童及下层民众之最大最显著之力量，也是民众最出色的学问教师"①。受明治日本用小说启蒙民众的

---

① ［日］小室信介：《改良稗史戏曲乃我国播植自由种子之一手段》，王向远译：《日本古典文论选译》［近代卷（上）］，中央编译出版社2012年版，第127页。

思潮影响，黄遵宪、梁启超等人也一度倡导改良小说启蒙幼儿和女性，戊戌变法失败后，维新派的政治家们将政治宣传和政治思想启蒙的对象从妇女儿童扩大到普通民众，梁启超译介《佳人奇遇》即是为了培养民众的政治思想，"英名士某君曰：'小说为国民之魂。'岂不然哉？岂不然哉？今特采日本政治小说《佳人奇遇》译之，爱国之士，或庶览焉"①。梁启超基于国民国家的理论，率先提出"新民"的口号，"然则苟有新民，何患无新制度？无新政府？无新国家？非尔者，则虽今日变一法，明日易一人，东涂西抹，学步效颦，吾未见其能济也。夫吾国言新法数十年而效不睹者，何也？则于新民之道未有留意焉者也"②。一时间，小说启蒙民众、开启民智的论调甚嚣尘上，启蒙民众俨然成为当时小说商业宣传的卖点：书商公奴强调注重小说趣味性对"开民智"的重要影响，"以小说开民智者，巧术也，奇功也，要其笔墨绝不同寻常"③。《绣像小说》在办刊声明中着重于小说的"化民"功能，"欧美化民，多由小说起；槜桑崛起，推波助澜"④。《新小说》办报宗旨开宗明义声明"新小说"之内涵，"本报宗旨，专在借小说家言，以发起国民政治思想，激励其爱国精神"⑤。诸如此类。

明治政治小说最初兴起就是为配合自由民权运动展开的政治宣传手段，"民"在政治小说中自然充当了重要的角色。自由民权运动中的"民"广义上包括两个阶层：一类是失势的旧幕府士族，另一类是中下层民众。严格意义上说，旧幕府失势的"民"只是暂时离开政治舞台中心的旧权贵，如柴东海、坂崎紫澜、末广铁肠、矢野文雄

---

① 梁启超：《〈佳人奇遇〉序（1898）》，《梁启超全集》第十九卷，北京出版社1999年版，第5495页。
② 梁启超：《新民说》，《梁启超全集》第三卷，北京出版社1999年版，第655页。
③ 公奴：《金陵卖书记》，陈平原、夏晓虹编：《二十世纪中国小说理论资料（第一卷）1897—1916》，北京大学出版社1997年版，第65页。
④ 商务印书馆主人：《本馆附印〈绣像小说〉缘起》，陈平原、夏晓虹编：《二十世纪中国小说理论资料（第一卷）1897—1916》，北京大学出版社1997年版，第68页。
⑤ 《新小说》报社：《中国唯一之文学报〈新小说〉》，陈平原、夏晓虹编：《二十世纪中国小说理论资料（第一卷）1897—1916》，北京大学出版社1997年版，第59页。

等明治时代被阅读最广泛的政治小说家都是旧藩阀或旧武士家庭出身,他们非但不是真正意义上的民众,而且往往以民众的启蒙者自居。在明治政治小说中,被视作启蒙对象的广大中下层国民方是其真正的民众。

较之明治政治小说,晚清政治小说家将开民智和启蒙民众目为更迫切的目标,在这里,"民"是一个泛指的概念,是晚清中国现代国家民族观念逐渐形成的过程中构成国家和社会的个体合集,是与群、社会和国民联系在一起的现代转型期民众。严复发表《原强》等文章,力陈开民智的重要性,他将开民智和"群"联系在一起,指出"民智、民力、民德"为国家强盛之本,"果使民智日开,民力日奋,民德日和,则上虽不治其标,而标将自立"①。晚清思想家在思想领域的不断推进使"民"在晚清中国逐渐脱离庶民、黎民的含义范畴,转向具有现代家国内涵的"国民"和"个人",由此具备了前所未有的私属维度与公共领域合一的政治意义。梁启超也是从这一角度定义"民"的概念并据此提出小说启蒙民众的理论,"国也者,积民而成,国之有民,犹身之有四肢、五脏、筋脉、血轮也。未有四肢已断,五脏已瘵,筋脉已伤,血轮已涸,而身犹能存者;则亦未有其民愚陋、怯弱、涣散、混沌,而国犹能立者,故欲其身之长生久视,则摄生之术不可不明。欲其国之安富尊荣。则新民之道不可不讲"②。综上所述,晚清政治小说所启蒙的"民",特指晚清中国现代转型过程中尚欠缺现代国家国民思想的民众群体。

既然以启蒙民众为己任,明治政治小说和晚清政治小说中都不可缺少这个亟待启蒙的"民"的形象构建。以小说文本为依据,结合明治日本的国家社会实际,可以发现明治政治小说中的民众表征具有以下三种类型:第一类是不证自明的预设理想国民;第二类是生活困苦、亟待解救的下层百姓;第三类是带有社会现代转型期特有的病态文化特征的普通民众。晚清政治小说中待启蒙的民众深植于晚清中国

---

① 严复:《原强》,王栻主编:《严复集》第一册,中华书局1986年版,第14页。
② 梁启超:《新民说》,《梁启超全集》第三卷,北京出版社1999年版,第655页。

错综复杂的社会文化土壤中，表征也呈现较明治政治小说复杂的形态，按照其存在的启蒙表征大致可以分为如下三类：第一类是极易启蒙的理想国民；第二类是甘做奴隶的民众；第三类是被各种转型期社会弊病侵蚀的病态民众。无论明治日本还是晚清中国，"民"指代的都不是基于自然状态的个体，而是政治范畴之下的国民或民众，因而，政治小说中的"民"皆以群体的面目出现，代表的不是个体，而是"类"与"群"。

既然要利用政治小说启蒙民众，那么就一定有预设的达成目标。明治思想家福泽谕吉提出追随欧美建设现代文明国家，实现这一目标的根本就是提高国民的智德，开化社会风气。福泽谕吉所说的"智德"最高形态是"公德"与"公智"，即国家利益至上的"智"与"德"。福泽谕吉虽然高唱平等、自由的民权思想，但他的出发点和立场是日本的国家命运与前途，国与民的利益在这一立场上一致时方可倡导民权。福泽谕吉的思想奠定了明治主流思想的基调，"理想国民"即国家利益至上的"公德""公智"高于以个体生存为目标的"私德""私智"的国民，"用被动的私德促进世界的文明，造福于世人，这只能是偶然的美事而已"[①]。1890年，明治天皇颁布《教育敕语》，明确规定了理想国民的伦理规范，强调"克忠克孝"和"义勇奉公"的爱国精神，"朕惟我皇祖皇宗肇国弘远，树德深厚，我国民克忠克孝，亿兆一心，世济厥美，此我国体之精华，而教育之渊源亦在于此。汝臣民孝于父母、友于兄弟、夫妇主和、朋友有信、恭俭持己、博爱及众、进德修业以启发智能、成就德器。进而公益、开世务、常重国宪、遵国法。一旦有缓急，则义勇奉公以扶翼天壤无穷之皇运，是不独为朕忠良之臣民，又足以显彰尔祖先之遗风"[②]。"忠君爱国"是明治理想国民应遵从的第一伦理规范，秉承儒家思想中的家国思想并结合西方近代思想中个体发展理论的所谓"和魂洋才"是明治时代理想国民的典范。

---

① [日]福泽谕吉：《文明论概略》，北京编译社译，商务印书馆1959年版，第108页。
② [日]《日本维新三十年史》，古同资译，华通书局1931年版，第288页。

明治政治小说中不乏与现实呼应可以对读者起到示范意义的完美国民典范。《经国美谈》中，巴比陀被奸党追捕时受伤落入河中遇救，素不相识的老翁不仅救起巴比陀，还让自己唯一的儿子安重护送并追随巴比陀，他嘱托儿子："国都乱了，我百姓也该尽些心力，回复民政，今叫你随巴君去，始终尽心为国，不要念及我们两个。这回不单是报郎君的恩，又是尽你为国的职分，也晓得自己有为国的职分。"① 安重因为受巴比陀嘱托设法救出被捕入狱的同伴，遂设法做了狱卒，克服重重困难，历时数年之久，最终救出威波能。除了安重父子，小说里还描写了许多晓大义的民众，比如听了威波能讲理学后变得明是非的狱卒，明是非的阿善百姓，等等。《雪中梅》开篇即为两个身为普通国民的绅士的对话，地点是在他们的家中，这两个人热心政治，为国家的昌盛欢欣鼓舞，思想进步，言论自由，正是启蒙完成之后的理想国民化身。

明治日本建立了相对稳定强大的现代政权，"民"是被政权规定好的社会角色，晚清中国则不然，理想新国民概念是由严复和梁启超等进步思想家提起，是由民间自下而上发起的宣传与呼吁，在时代背景下，对"理想国民"形象的塑造自然而然与国族的未来与命运结合在一起。严复提出自由、民主、独立的现代国民伦理思想，梁启超在此基础上提出"新民说"，具体涵盖现代国民应具有的素质为独立、进取、有公德、具有国家思想和权利意识等。革命派思想家进一步延伸了这一理论，强调国民应具有救国与独立为内核的爱国精神。晚清政治小说中塑造的理想国民基本是对以上"国民"理论的呼应，大致可以分为两类。一类是作者预设的具有爱国救国进步思想的理想国民，如《黄绣球》中思想开明、知识渊博并支持妻子兴办女子教育的黄通理，《自由结婚》中抚养并启蒙关关的乳母，《狮子吼》中临终尚留遗书教导儿子"汝能为国民而死，吾鬼虽馁，能汝怨乎"②

---

① [日]矢野文雄：《经国美谈》，周宏业译，上海：商务印书馆1903年版，第28页。
② 陈天华：《狮子吼》，董文成、李勤学主编：《中国近代珍稀本小说·九》，春风文艺出版社1997年版，第57页。

的狄必攘老父,等等。另一类便是理想的启蒙对象,他们一经启蒙便能转变为克己奉公、一心救国、舍身忘我、具有现代家国思想的理想国民形象。《瓜分惨祸预言记》中,学堂教习曾群誉一番国家兴亡的演说之后,学堂中全部一百二十名学生便一下子完成思想转变,变身理想国民,誓死保家卫国,将个人生死置之度外:"那子兴未及答言,但听哄的一声,那一百二十个学生,尽举手一跃道:'我等皆愿立义勇队赴战,为国家效死,愿先生做这领袖。那洋兵今日到来,我们便今日与他决死。他明日到来,便明日与他决死。他半夜三更来,我们便半夜三更与他决死。'"① 类似的理想启蒙对象在晚清政治小说中并不少见。如《东欧女豪杰》中,虚无党人"立定宗旨要做那运动工夫,把一国沉沉昏昏的民气激发起来"②,苏菲亚对开矿工人演说,宣传自由、独立、反抗剥削,顷刻便收得成效,苏菲亚被捕入狱,工人们自发救助,因为"那苏姑娘指道我们的恩惠正是比山还高,比海更深。他如今为野蛮政府所忌,无辜被囚,在别人见他含冤受屈,犹当激动公愤,况我们亲听说法,义重恩深,今如坐视不救,岂非犬马不如的吗?"③《东欧女豪杰》的眉批有言:"这部《东欧女豪杰》也是和羽衣女士亲到内地演说一样。"④ 晚清时期的政治小说的创作目的都是觉民醒世,为迎合这一目的,政治小说的作者往往构思了一群理想的启蒙对象,这些理想的启蒙对象视救国、爱国的道理如天启,一经点拨便能醍醐灌顶,并能够将爱国的思想自觉转变为救国的行动,公而忘私,变身为动荡转型期的理想国民。晚清政治小说的作者用浪漫主义色彩的激情笔触勾画了一幅幅理想的启蒙蓝图,亡国灭种的焦虑在小说中化作救国的热忱与希望,"男儿为国死"激起

---

① 日本女士中江笃济藏本,中国男儿轩辕正裔译述:《瓜分惨祸预言记》,董文成、李勤学主编:《中国近代珍稀本小说·十七》,春风文艺出版社1997年版,第462页。
② 罗普:《东欧女豪杰》,《中国近代小说大系》,百花洲文艺出版社1991年版,第51页。
③ 罗普:《东欧女豪杰》,《中国近代小说大系》,百花洲文艺出版社1991年版,第68页。
④ 罗普:《东欧女豪杰》,《中国近代小说大系》,百花洲文艺出版社1991年版,第60页。

晚清救国的热忱，给晚清国人的思想注入了前所未有的现代国民思想因素。晚清中国一步步拨开黑暗走向现代，谁能说这些今天看来或许缺乏个体生命体验的思想与激情没有起到激励、感动一代国人并且推动社会进步的作用呢？

在近代社会转型期，明治思想家基于西方国民思想和东方传统儒家伦理，构建了"公德""公智"的国民理论，将现代国家发展所需的自由、独立等精神与爱国捆绑在一起，后由明治政府通过宪法进行进一步的明确和规范。明治政治小说虽然着墨于"理想国民"的人物形象塑造，但是相比这种示范作用，政治小说家更热衷于走进小说中充当"国民教师"，直接对着读者喋喋不休地宣讲各种政治思想，通过这种方式助力政权的规范化和主流伦理的形成。与之相比，晚清政治小说中的"理想国民"完全诞生于晚清国家危机中的自我觉醒和自我拯救。严复关于现代国民、现代社会和现代国家的理论构建被晚清政权无视，维新变法失败之后的维新思想家们也只能流落异国继续构建新民学说，辗转日本的进步留学生们接触到卢梭的《契约论》等由日本转译的西方现代民主思想，晚清的政治小说家在汲取这些现代民主思想的基础上，通过政治小说塑造出国家、民族急需的具有现代国族思想的理想国民。

除了以上一经宣传便可开蒙的理想国民，明治政治小说和晚清政治小说塑造的第二类启蒙对象的民众形象是最大多数的下层百姓群像。明治政权建立初期，下层民众与地方政府的暴力冲突不断爆发，明治政府采取高压暴力手段对下层民众的反抗进行镇压。明治政治小说对这部分人群进行了观照。作为明治民权运动主要政治宣传手段的政治小说高唱民权思想，但是如前所述，明治政治小说高唱的民权绝非基于个体自由与权利为出发点的西方现代民主主义思想，而是站在国家立场上的"官民调和"，这一立场也决定了明治政治小说对待下层民众的立场与态度。明治时期的民众主体是农民和城市小工商业者，明治政权的建立非但没有使这部分人摆脱旧封建制度中的束缚，反而将明治政府的大部分开支加在这一阶层身上。以农民阶层为例，生活的贫困和对新政权的失望导致农民不断发生暴动。据统计，德川政权统治的二百六十五年间，日本农民暴动总共不足六百次，但是明治政权建立仅仅十年（1868—1878 年）之间，农民暴动次数即在一百九十次以上。[①] 日本的自由民权运动虽然由旧士族、地主等中上阶层发起，但是广大民众却起到了实际的推动作用，明治政治小说对这一阶层进行了文学观照。因为明治政治小说作者绝大多数出身旧士族，他们在民权运动中并不代表下层民众的利益，再加上从当时留存的资料中可以获知，明治政府对言论采取高压管控政策，所以明治政治小说缺少真正站在下层民众立场上的书写，多的是站在国家主义的立场上对民众反抗进行批判与否定，视下层民众为导致社会动荡的暴民，主张通过政权的放松改善下层民众待遇，借此确保社会的稳定。

与完成现代转型的明治日本不同，晚清中国民众的贫弱几乎是普遍性的，"自乾隆末年以来，官吏士民，狼奸狙蹶，不士不农不工不商之人，十将五六……自京师始，概乎四方，大抵富户变贫户，贫户变饿者。四民之首，奔走下贱"[②]。鸦片战争之后，封建政权的压榨和西方殖民者的掠夺让中国民众的生活愈加陷入困顿，清廷为解决财政困窘，公然允许卖官鬻爵，搜刮成风，导致百姓生计艰难、雪上加霜。严复和梁启超构建的现代国民理论就是针对几近覆盖全中国的广大普通民众，晚清政治小说启蒙的民众也是泛指普遍陷入困顿却不知觉醒的中下层民众。晚清政治小说以文学方式呼应和丰盈了思想界的新民说，对与启蒙论相伴而生的"奴隶"民众做出批判性书写，呼吁民众摆脱奴性，奋起反抗清廷暴政和异国侵略。严复既是晚清时期最早构建独立、自由、民主的国民概念的思想家，也是对中国国民性中的奴性提出具有现代视角意义的批判的学者。严复指出，中国两千年的封建统治造成了中国民众的奴性，这也是中国民众缺乏爱国政治思想的根源，"盖自秦以降，为治虽有宽苛之异，而大抵

---

① ［加］诺曼·赫伯特：《日本维新史》，姚曾廙译，吉林出版集团有限责任公司 2008 年版，第 61 页。

② 龚自珍：《西域置行省议》，《龚自珍全集》，上海人民出版社 1975 年版，第 106 页。

皆以奴虏待吾民。虽有原省，原省此奴虏而已矣；虽有燠咻，燠咻此奴虏而已矣。夫上既以奴虏待民，则民亦以奴虏自待。夫奴虏之于主人，特形劫势禁，无可如何已耳，非心悦诚服，有爱于其国与主，而共保持之也"①。之后，晚清报刊掀起对民众"奴隶"劣根性的批判，麦孟华撰文《说奴隶》，梁启超撰文《奴隶学》，还有诸如《三千年之奴隶》《奴痛》等文章掀起了对国民性中的奴隶性批判高潮。"奴隶"与"国民"成为晚清相伴相生的两大热词，负载了现代转型期启蒙思想的核心精神。随着排满革命思潮的兴起，"奴隶"的概念范畴又加入了甘做清廷帮凶的为官"奴才"，但他们并不属于广大被启蒙对象的范畴，因而本节中的"奴隶"泛指受晚清政权和殖民国双重残酷压迫却不知反抗的下层民众，他们被批判的两大"奴隶"特征为对被奴役的麻木和助纣为虐。政治小说因其对社会的即时干预性特征，对新思想、新思潮几乎是同步进行呼应，或者说，晚清政治小说本身就是新思想构建的参与者，因而小说中对甘于受异族、异国双重压迫的"奴隶"民众群像进行了构建与批判。

明治和晚清政治小说都对陷入贫弱境遇的民众进行观照和描写，目的都是强国。明治政治小说描写这部分人的目的是探索消除因民众困顿引发社会动荡的路径，晚清政治小说为的是通过批判更准确地启蒙民众，达到强国的目的。《花间莺》塑造了以武田猛、阿勇为首的一众代言下层民众的"急激党"，他们试图通过自下而上的暴力反抗改善下层民众的生存境遇。武田猛代表的社会党有四五万人，他们主张打倒资产者，重新进行社会财富再分配，他们在下层民众聚居的地方演讲，招募会党，言辞激烈："诸位听好，我们本有天赋的权利和天赋的自由，然而我们的土地、资产和权利被剥夺，我们被像牛马一样奴役驱使，我们之所以不能恢复权利和自由，都是因为诸位不能奋起反抗之故……"② 应和激进党演说的民

---

① 严复：《原强修订稿》，王栻主编：《严复集》第一册，中华书局1986年版，第31页。
② ［日］末廣鉄腸：『花間鶯』（上編）、博文堂、明治二十一年（1898）版、第90頁。（笔者译）

众呐喊声"仿佛成千上万,雷动山崩"①。武田猛因为煽动下层民众数次被捕,被政府残酷镇压,冰天雪地中衣衫单薄、穿着草鞋,戴着手铐被押送流放。小说中以武田猛为代表的下层百姓与政府之间矛盾尖锐,社会动乱一触即发,以国野基为代表的折中调和派同情武田猛,但是反对武田猛采取暴力非法手段对抗政府,同时也反对政府的残酷镇压,主张官民调和。武田猛和与他情投意合的女激进党阿勇逃往上海,准备继续与政府对抗,最终在国野基的资助和劝说下放弃暴力对抗,在国会中获得席位,通过合法手段向政府争取权利。

明治政治小说站在国家主义的立场上批判这类与政府采取暴力对抗的下层民众,同样站在国族主义的立场上,因政治现实不同,晚清政治小说批判的民众群像恰与明治政治小说完全相反,是自甘被奴役、不愿反抗清廷暴政和异国入侵、不懂爱国为何物的"奴隶"型民众。《瓜分惨祸预言记》中既描写了理想的国民,也描写了麻木不仁和助纣为虐的奴隶民众,第一回中作者便安排了一个甘做洋人奴隶的乞儿出场,以表示对此类民众的痛恨与批判:

  那黄勃走出门庭,一径来到西门外焕霄桥上。刚刚走到桥边,便见有三个乞儿在地叩头,口呼:"好少爷,发心布施罢!"黄勃见此,不觉止住步呆看。撇眼忽见来了两个洋人,飘飘忽忽,大踏脚步闯了过来。那乞儿便狠命地喊道:"吓!洋先生!吓!洋先生!救命呵!救命呵!"那黄勃不禁心如针刺……②

《瓜分惨祸预言记》中还描写了史有名等人为救国奔走呼号却被乡民骂作逆贼,差点被送官,还有的百姓"口口声声说国家是皇帝

---

① [日]末廣鉄腸:『花間鶯』(上编)、博文堂、明治二十一年(1898)版、第94页。(笔者译)

② 日本女士中江笃济藏本,中国男儿轩辕正裔译述:《瓜分惨祸预言记》,董文成、李勤学主编:《中国近代珍稀本小说·十七》,春风文艺出版社1997年版,第448—449页。

的，地方上的事有官呢。"①《新石头记》中写到的民众奴性更是令人触目惊心：

> （宝玉）一路信步走去，只见家家门首，都插着些"大英顺民"、"大德顺民"等小旗子……走到一处，只见几十个洋兵排队而来，路旁另有十来个人，在地下跪着，衣领背后都插着一面小旗子，也有写"大英顺民"的，也有写"大法顺民"的。"大美"、"大德"、"大日本"都有，底下无非缀着顺民两个字。各人手里也有捧着一盘馒头的，也有捧着热腾腾肥鸡、肥肉的。②

《自由结婚》中假借"爱国"百姓批判晚清国人甘愿接受异国、异族双重压迫的麻木不仁，将中国被殖民、被瓜分的原因归结为百姓对晚清统治的逆来顺受，失掉了民族的自尊与独立：

> 哈哈，有这样的好奴隶，谁不愿来做其国的主人翁？所以一二贱种相继入主。到了后来，竟惹起许多强国的觊觎心。奴隶们起初还想抵抗抵抗，既而看见势头不是，也就服服帖帖的做他们的孝子顺孙。东门有甲国兵，就竖起甲国顺民旗，高呼甲国万岁！西门有乙国兵，就竖起乙国顺民旗，高呼乙国万岁！一天改了国籍不知多少回，役于他人不知多少次，还老着脸皮自以为得计。③

晚清政治小说中描写了一众麻木不仁的"奴隶"民众。《黄金世界》

---

① 日本女士中江笃济藏本，中国男儿轩辕正裔译述：《瓜分惨祸预言记》，董文成、李勤学主编：《中国近代珍稀本小说·十七》，春风文艺出版社1997年版，第483页。

② （清）吴趼人：《新石头记》，王立言校注，中州古籍出版社1986年版，第117—118页。

③ 犹太遗民万古恨：《自由结婚》，震旦女士自由花译，《中国近代小说大系》，百花洲文艺出版社1991年版，第121页。

中奴相十足、帮洋人戕害自己同胞但最终害人害己的贝荜仁以及戎阿大、狄阿二等四大工头。《自由结婚》第四回黄祸"典故"中对官吏百般阿谀却对比自己地位低的轿夫刁难有加的"支那人"以及"情愿把国土送与外国人，不愿让你们这辈无父无君的狂人破坏社会秩序"①的关关叔父等，都是此类被批判的"奴隶"民众文学形象。

明治政治小说和晚清政治小说都站在国族立场上描写了受压迫被奴役的民众形象，这些截然不同的民众形象分别代表了各自时期的启蒙目标。晚清政治小说呼应当时思想界现代"国民"理论构建过程中出现的"奴隶"批判，虽然这些人物形象存在标签化缺陷，却翻开了中国现代文学中国民性批判的第一页。

除理性启蒙对象和贫弱的国民之外，明治政治小说中还涉及第三类亟待启蒙的对象。他们是带有转型期特点的国民形象，他们身上带有转型期社会固有的不正常表征，如《哑旅行》中因对西方社会无知却又盲目崇拜而丑态百出的旅行者，还有《雪中梅》等小说中描写到的旅店老板、阿春叔父叔母等普通民众的拜金主义。晚清政治小说也以夸张讽刺的手法描写了一众转型期的"病态"国民，他们是《孽海花》中无法适应新时代而醉生梦死的旧士子和胸无点墨却身居高位的买官者，是《狮子吼》中假"维新"之名行无耻之事的无赖男女……这些"病态"的国民形象昭示着晚清腐朽社会的病态，也预示着变革的暗潮汹涌。

《哑旅行》是末广铁肠创作的一部讽刺转型期国民盲目崇拜欧风迷失自我的政治小说。主人公一出场就带有显著的时代文化形态标志："人丛里挤进一个日本绅士，年纪约在三十左右，装束甚是时兴，身穿一领毛呢外褂，头上蠹起一顶高黑帽子，胸前垂一挂金链，手中提一大皮包，在东洋人看去，像个极体面的人物，到了西洋人眼中，觉得通体不甚相称，只怕又要笑他沐猴而冠哩。"② 明治政府一

---

① 犹太遗民万古恨：《自由结婚》，震旦女士自由花译，《中国近代小说大系》，百花洲文艺出版社1991年版，第152页。

② ［日］末广铁肠：《哑旅行》，昭文黄人译述，小说林社1905年版，第1页。

度提倡从制度到文化全部实行欧化,"绅士、毛呢外褂、高黑帽子、金链、皮包"无一不是欧化的象征,与末广铁肠之前的政治小说中描写的"和服外褂、岛田髻、木屐草履"等传统日本装束形成强烈对比。据民俗学家柳田国男的《明治维新生活史》详细记载,明治时代日本国民的日常装扮依然以传统服饰为主,绅士如此打扮并非时代主流,而是象征着明治日本对西化的肤浅理解和向往。明治政府有意制造出"日本的西方印象",面向国民塑造日本在西方被认可、被尊重的假象,若非如此,维新成果难免归于虚无,因而日本国民自认为了解的"西方"以及"被西方世界认可的日本印象"不过是被明治政府加工后的文化假象而已。"回看明治初年国民的对外情感,会惊讶地发现,当时外国并不认可日本的存在,而日本国民却将如孩童般天真无邪的目光投向外国。"[1]《哑旅行》中的绅士就是转型期日本国民假想中的西方与实际的西方直接发生的矛盾与碰撞的折射。绅士住的上等客室"共二十号,上等客尽是西洋人,各带眷属,大约一总不过二十七八人,惟有绅士是东洋人"[2]。出门坐头等舱、住上等旅馆,对代表曾经所属文化圈的中国人充满鄙夷,《哑旅行》中的绅士文学形象简直就是明治日本给自己国民画出的"时代梦"表征:极力挣脱亚洲文化圈,实现国力富强并跻身欧美强国之列。可是现实中的绅士不仅与西方文化格格不入,而且被西方人嘲笑奚落为"痴子、哑子、混账、失心疯",等等。绅士把西式便盆里的水当作饮用水,把便溺当成洗脸水,把妓女认作贵妇,忘带钥匙狼狈爬门却死要面子不肯说出实情等狼狈不堪都是转型期日本国民自我认知混乱的"病态"的象征。日本到底该何去何从、东西文化该如何选择是日本政治小说家思考的对象,也是明治维新完成之后日本需要面对的时代课题。除了文化身份认同混乱的病态国民形象,明治政治小说还刻画了渴望暴富、不择手段攫取财富的转型期国民形象。《雪中

---

[1] [日] 中村光夫:「作品解説」、『日本現代文学全集 3·政治小説集』、講談社昭和四十年(1965)版、第 396 頁。(作者译)

[2] [日] 末广铁肠:《哑旅行》,昭文黄人译述,小说林社 1905 年版,第 6 页。

梅》中春子的叔父婶母为了侵吞春子的家产，捏造假遗书、逼迫春子嫁人等行为都表现出资本主义社会盛行的拜金主义对传统伦理的侵蚀。

明治日本虽然已经完成政体变革，国民在转型期依然呈现自我身份认同混乱和新旧伦理取舍的迷茫。包天笑在以记者团成员身份去日本前夕，曾自嘲记者团就像"哑旅行"，且声称自己也翻译过《哑旅行》一书。① 转型期日本国民的身份迷失乱象引起了晚清小说家的注意，而在旧政权摇摇欲坠、国家风雨飘摇、异国鲸吞蚕食的晚清中国，转型期民众的混乱与非正常状态同样可想而知，"病态国民"自然也成为晚清政治小说着力书写的国民群像。这些病态的国民大致可以分为如下几类：无法适应时代变化抱残守缺的国民，对时代的求新求变的本质不能理解却一味将新名词新事物当作饰物的假维新男女，把封建糟粕当作"国粹"继续"发扬光大"的封建文化维护者，吸食鸦片的行尸走肉者……这些文学形象无不显示了晚清中国亟须疗治的状况。

《哑旅行》与徐念慈 1905 年创作的《新法螺先生谭》都由小说林社出版，徐念慈对明治政治小说也有一定的接触和关注，《新法螺先生谭》中写到主人公通过灵魂发光的动力透视到的国民现状："孰意映余光膜者无一不嘘气如云、鼾声如雷、长夜慢慢、梦魂颠倒。盖午后十二点钟，群动俱息，即有一小部分未睡之国民，亦在销金帐中抱其金莲尖瘦、玉体横陈之夫人，切切私语，而置刺眼之光明于不顾。"② 徐念慈概括描写了晚清中国"全民皆病"的情形，小说《孽海花》则聚焦到晚清社会的上层，栩栩如生地描写了上到慈禧、下到一般读书人的上层社会病态人物形象。本应是国家中坚力量的清廷官员和知识阶层却病态百出，京官拉帮结派、手握选拔人才大权却以

---

① 包天笑：《钏影楼回忆录》，中国大百科全书出版社 2009 年版，第 405—406 页。（包天笑署名的《哑旅行》译本目前未见，本书文本分析依据的是昭文黄人，即黄摩西 1905 年的小说林社译本。）

② 徐念慈：《新法螺先生谭》，小说林社 1905 年版，第 9 页。

远近亲疏作为人才选拔标准,卖官成风;身为一国最高统治者的光绪和慈禧之间矛盾争执不断,起因竟是帝后两派人员竞相卖官所致;读书人醉心科举,走上仕途却流连于嫖娼纳妾贪腐,身为朝廷命官、本当为国效力的浙江学台祝宝廷被歌妓所迷,落入圈套娶了歌妓,就此沉沦,年纪轻轻潦倒死去;清廷选拔的状元已是居于知识阶层金字塔之巅的人才,却醉心于纳妾、享乐和读古书,与新时代格格不入……

身居高位、学富五车的状元金雯青是转型期病态国民的典型代表。金雯青既不懂外语又对国外一无所知,本不能胜任外交职务却被任命为外交公使,他在出使期间唯一的正事居然是温习《元史》:"幸值国家闲暇,交涉无多,虽然远涉房庭,却似幽栖绿野,倒落得逍遥快活。没事时,便领着次芳等游游蜡人馆,逛逛万生院,坐瓦泥江冰床,赏阿尔亚园之亭榭,入巴立帅场观剧,看萄蕾塔跳舞;略识兵操,偶来机厂,足备日记材料罢了。雯青还珍惜光阴,自己倒定了功课,每日温习《元史》……"[1] 金雯青心知肚明,所谓"国家闲暇"的真实情况却是"时局变更,沧桑屡改,朝中歌舞升平,而海外失地失藩,频年相属。日本灭了琉球,法国取了安南,英国收了缅甸"[2]。晚清中国急需外交人才,金雯青却掩耳盗铃,每日沉迷于玩乐和"读古书",最终因与时代脱节,不懂也不肯学习现代知识而上当受骗,耗费巨额公款购买一张卖国的假地图,致使国家利益无端蒙受损失。金雯青刚一踏上出使西方的旅途就因不懂外语不了解西方文化闹出笑话,在出使欧洲的船上被俄国虚无党人夏雅丽勒索一万马克,又被小妾傅彩云趁机敲诈五千马克,而且被无知的小妾揶揄:"人家做一任钦差,哪个不发十万八万的财,何在乎这一点儿买命钱,倒肉痛起来?"[3] 一个只知道敛财享乐的妓女竟位居公使夫人,而且比清廷选拔的栋梁之材在外交上更游刃有余,金雯青比《哑旅

---

[1] 曾朴:《孽海花》,岳麓书社2014年版,第105页。
[2] 曾朴:《孽海花》,岳麓书社2014年版,第57页。
[3] 曾朴:《孽海花》,岳麓书社2014年版,第69页。

行》中的绅士更令人瞠目结舌、啼笑皆非。对西方世界隔膜的金雯青和《哑旅行》中的绅士何其相似，无知且自以为是，只不过身为外交官的金雯青闹出的笑话非但不能令人哂然一笑，且足以让人触目惊心。上层官员和知识分子在新旧之交的社会转型期尚且如此蒙昧迷乱、洋相百出，遑论深受鸦片、迷信等封建糟粕文化荼毒的普通百姓。《孽海花》中的种种病态人物像足以折射出社会、国家已是沉疴深染，混乱颠倒。

《文明小史》则以讽刺的笔调描写了一群用丑恶行径阐释所谓"维新"——把丑行当成时髦饰品的转型期男女，他们将婚姻自由、提倡西学等晚清的改良新政低俗化为混乱的男女关系、改穿洋装等表面的所谓"时髦"。这些所谓维新人士将继续抽鸦片说成维护自由权、将逛妓院冠名为改良家庭提倡男女平等、谈国难谈瓜分在他们口中沦为装点话题的时髦口号，而西学中引入卢梭思想则被斥责为伤风败俗，甚至许多人靠一顶戴着假辫子的帽子在中西之间来回切换……"咸与维新"之下出现的病态国民令人咋舌。

明治和晚清时期的政治小说都塑造了转型期的"病态"国民，明治政治小说意在批判明治政府转型期的政策偏误和警醒国民自我纠偏，提高道德伦理意识，晚清中国则呈现了一个全民皆病、秩序混乱的末日社会乱象。面对令人绝望的集体普发性病症，晚清政治小说家给出的"药方"就是形形色色洗脑、洗心的医馆和更换灵魂的学校，似乎要想医治这种"膏肓之症"除了依靠根本不可能实现的换心、换脑、换灵魂，已经别无选择。这充满希望与酣畅感的"医术"想象实则承载了对现实的绝望与迷茫，如此也就不难理解晚清末年愈演愈烈的黑幕小说潮缘何继政治小说之后出现。当绝望的黑幕越来越厚重、越来越难以穿透，转身向黑暗深处探索灵魂安放之所也不失为给绝望找寻一条或许存在的裂缝，如鲁迅所言："绝望之为虚妄，正与希望相同！"[①]

---

① 鲁迅：《朝花夕拾　野草》，译林出版社2023年版，第145页。

第四章　叙事策略的引入与嬗变

　　小说作为叙事文学，叙事方法既是其文体得以成立不可或缺的要素，也是研究小说类型产生、流变的重要环节。浦安迪简要概括文学叙事为："说到底，叙事就是作者通过讲故事的方式把人生经验的本质和意义传示给他人。"① 简单说，叙事就是讲故事，叙事策略就是讲故事的方式与技巧，包括叙事层次、叙事视角、叙事时间、叙事语言、叙事修辞等层面。任何一个民族都有自己的故事，也有自己的讲故事方式，中国文学在数千年的发展中形成了传统的叙事策略，但是到了晚清时期，伴随着晚清政治小说所讲述故事的主题宏大化以及叙事背景的开阔复杂化，叙事者的视角也变得越来越广角和多样，叙事的方式随之发生了变革。晚清政治小说作为一种与域外文学交流频繁的文体形式，其叙事带有转型期的独特特征，具有转型期的开放性、包容性和选择主体性的特点，对之进行研究具有重要意义。

　　叙事策略的研究角度可以有很多，本书主要围绕晚清政治小说与明治政治小说的关系进行论述，本章的研究对象是晚清政治小说对明治政治小说叙事策略的选择与接受以及由此带来的晚清小说叙事模式的现代变革。探究以上课题，依然需要将其置于晚清小说家的文化主体选择性视域下进行考察。晚清政治小说是晚清社会文化、伦理、民族精神重构过程中的深度参与者，而推动晚清小说现代转型的原动力

---

① ［美］浦安迪：《中国叙事学》，北京大学出版社 1995 年版，第 5—6 页。

正是社会文化心理因素。文学的转型和变革脱离不了因社会震荡产生的社会文化心理变迁和伦理价值转移，这种外部震荡带来的内驱力决定了小说的文学特质。尤其是晚清时期经历了中国历史亘古未有的剧变，社会文化心理的激荡与道德伦理的重塑在文学的转型中起到了最根本的作用，也是决定政治小说叙事方式发生转变的根本动因，从晚清政治小说叙事模式的转型中同样可以反向折射出社会文化心理的时代变迁。研究晚清政治小说的叙事模式变革，既不能简单地将文学的转型归因于社会背景这一外部动因，又不能将其与外部社会文化因素完全切割开来。从纯文本角度进行单纯的文学叙事分析，将失去历史文化的厚度，掩盖晚清政治小说叙事变革的内部动力机制。综上所述，本章将在政治小说与社会文化心理相互构建的视域之下进行叙事策略的探究，条分缕析晚清政治小说在发生、发展的过程中如何选择性吸收明治政治小说的叙事策略，关注选择和吸收背后究竟受到具体何种社会文化心理的影响，又对中国小说的现代转型起到了哪些影响。

晚清政治小说在主题构建和人物塑造上均选择性接受了明治政治小说的文学要素，在选择译介和借鉴明治政治小说的过程中，叙事模式也必然随之发生改变。从文化与文学互动的视角切入晚清政治小说叙事策略与明治政治小说关系的研究，以晚清政治小说在转型过程中发生的实际转变为依据是有效路径。依据晚清政治小说文本体现出的区别于传统小说的叙事特点，本章主要从隐喻叙事、叙事视角和新佳人才子叙事模式三大叙事策略角度对晚清政治小说发生过程中与明治政治小说的关系进行对比分析，以期厘清晚清政治小说叙事策略的具体变革。

第一节　政治隐喻的借鉴与拓展

隐喻作为文学表现手段被广泛应用于小说中，它借助修辞手法，利用两种事物之间的固有本质关联，用作为表现手段的喻体暗示作为真正书写对象的本体,"隐喻的功能机制是以一种类比关系为基础的想象活动"①。此外,隐喻还是一种基于意象的想象活动,通过不同层次意象的递进与深入,产生新的意象。新批评派理论家将语言学上的隐喻修辞意义拓展到文学文本中来,认为文学中的隐喻意义和作用可借鉴隐喻的语言学理论,文学隐喻既具有修辞手段的审美特质,又具备认知学的功能。新批评派学者将文学上的隐喻与文本的思想意义联系起来,如维姆萨特认为隐喻将诗与现实搭载在一起,韦勒克主张文学研究应将隐喻的语言修辞功能和心理认知功能进行调和,认为文学借助隐喻等修辞方式将过去割裂的"形式"与"内容"、文本与外部世界联系在一起。② 新批评派理论家认为既不应该将隐喻视作单纯的审美手段,也不应过分强调隐喻中包含的世界观,而应将二者结合进行隐喻文学功能的研究。韦勒克试图用"意象、隐喻、象征、神话"来阐释文本形成的过程,认为文本的内部结构和现实意义通过隐喻联系在一起,"文本绝不是孤立的存在,而是以隐喻的方式与外部世界得以关联,并由此来以一种浑融的审美形态来映照外部世界"③。借助新批评派关于文学隐喻叙事的理论,结合晚清政治小说中的隐喻叙事特点,可以认为,在现代文学叙事中被普遍使用的隐喻是文学的重要叙事策略,在中国小说的现代转型期被广泛应用于晚清政治小说的叙事中。

小说中的隐喻通常是作者刻意选择的叙事策略,通过隐喻叙事,使小说的叙事结构层次丰富化和多维化,既巧妙传达了作者的思想,又将小说的现实意义与文本表现贯通起来。隐喻在小说中承担的最重要功能便是叙事策略功能,隐喻既可以存在于叙述层,即语言、语篇结构层面,也可以应用于故事情节结构的设计上。隐喻叙事应用于小说文本之中的主要意义在于提高作品的艺术审美表现力,因而它除了

---

① 徐岱:《小说叙事学》,商务印书馆 2010 年版,第 425 页。
② [美]勒内·韦勒克、奥斯汀·沃伦:《文学理论》(修订版),刘象愚等译,江苏教育出版社 2005 年版,第 220 页。
③ 郭琳:《隐喻与文学批评理论》,博士学位论文,华中师范大学,2011 年,第 37 页。

语言"形式"上的功能,还具备故事本体的表现作用,"只有通过隐喻,小说才能够使自己不仅展示一个现象世界,而且也能表现一种主体经验;不仅讲述一个故事,而且还可以使这讲述成为对某种人生状况做出深入与反思的一个窗口"①。明治政治小说和晚清政治小说多采用政治隐喻叙事策略,即除了具有隐喻的上述功能特征,喻体所暗示的本体普遍也与现实政治问题发生联系,目的在于更有效地进行政治思想的传达与表现。本节依循隐喻的审美功能与认知意义相结合的理论方法,从叙事学的视角分析隐喻叙事策略在明治政治小说和晚清政治小说之中的具体应用及关联。明治政治小说和晚清政治小说都将政治隐喻作为一种广泛使用的叙事策略,隐喻的具体表征和应用策略在二者的小说文本中也极为相似,将其视为偶然巧合或许有草率之嫌。那么,二者之间是否存在关联?如有,关联如何发生?厘清这两个问题将有助于揭示晚清政治小说区别于中国传统小说的叙事表征及隐喻于现代小说转型中的意义所在。

政治小说的作者通过隐喻将政治现象、政治理想和小说叙事结合在一起,形成独具一格的文学话语方式。虽然作为修辞学的隐喻研究源自西方,但是隐喻本身并非西方特有的修辞手段,中国传统文学中十分重视叙事的意象,以此达到文学的审美目的,意象即隐喻的初级形式。明治政治小说中对政治隐喻的使用激活了中国传统文学中的意象叙事,晚清政治小说又对之进行推进,摒弃了传统意象叙事抽象朦胧的特点,通过对明治政治小说隐喻叙事策略的借鉴,使隐喻叙事从内容和形式具有普遍的现代意义。明治政治小说中能将小说的故事性与政治思想迅速进行化合的叙事策略深受晚清政治小说作者的青睐,政治隐喻遂被广泛应用在晚清的政治小说中。晚清政治小说作者试图借隐喻叙事赋予小说新的表现方式,在读者和文本之间设置一道简单并易于突破的思维屏障,这种别具一格的叙事技巧更容易唤起读者的阅读兴趣,间接引发读者对国家命运和社会问题的深度

---

① 徐岱:《小说叙事学》,商务印书馆2010年版,第429页。

思考。

明治政治小说普遍采取的隐喻叙事策略主要表现形式有三种：小说的篇名隐喻、主人公的名字隐喻以及事件隐喻。户田钦堂创作于明治十三年（1880）的民权政治小说《情海波澜》通常被视作明治政治小说的肇始，这篇小说也可视作明治政治小说政治隐喻叙事的代表文本。或许因为这部小说的内容与晚清中国的社会实际情况相去较远，并未被晚清译者选择译介，但是这篇小说开启了明治政治小说中极具代表性的政治隐喻叙事模式，而且不能排除晚清留日政治小说作者阅读该小说原文的可能性，所以本论针对其隐喻叙事策略作简单的分析。《情海波澜》从篇名到主人公姓名均使用政治隐喻式表现方法，小说整体情节则采取政治隐喻的叙事方式。男主人公的名字为"和国屋民次"，喻渴望民权的日本普通国民，艺妓魁屋阿权喻自由民权思想，国府正文喻明治政权。和国屋民次（民）与魁屋阿权（自由民权）两情相悦，但国府正文（官）因爱慕魁屋阿权（自由民权）而对二者的结合横加干涉，经历千辛万苦之后，和国屋民次与魁屋阿权终于正式结合，国府正文不仅认可了二人婚姻的合法性，还亲自为他们举办了盛大婚宴（国会召开）。《情海波澜》与其说是小说，毋宁说就是一部简单明了的政治寓言，题目中的"情海"即"政海"，主人公从名字到行为方式都是政治隐喻，小说作者通过政治寓言抽象出自己的政治思想。这种过于露骨的隐喻叙事并不被明治小说家看好，但是明治政治小说家也不排斥这样的叙事模式，认为只要将情节转变得符合人情、增强阅读趣味性即可。类似的隐喻叙事策略逐渐成为明治政治小说的代表性叙事模式，其中被译介并被晚清读者广泛接受的《雪中梅》和《花间莺》即采取了这一叙事策略。这两部小说采取了和《情海波澜》近似的隐喻叙事策略，小说对出场人物的名字进行了隐喻处理，"国野基"喻官民结合后的国家栋梁，小说结尾处也暗示国野基将是日本"宰相"，其余人物如春子、武田猛、阿勇等名字皆喻示人物的政治性格特点，因前面章节已经论及，不再赘述。这两部小说给晚清政治小说叙事带来较大影响的是事件及篇名隐喻叙事策略的应用。小说将贯通全篇的政治意旨抽象成两幅古画，将篇名隐喻和政治事件隐喻联系在一起。以《花间莺》为例，小说文本叙事本已极具寓言式隐喻特色，然而小说结尾处依然突出强调了题目的隐喻意义。小说最后一回的标题"堂上贵宾祝老翁老母健康，壁间古画表主人主妇履历"表明小说题目《雪中梅》和《花间莺》是将政治主旨抽象成篇名隐喻。主人公国野基（原名梅次郎）历尽艰辛，实现了党派大同和官民调和的政治梦想，国会召开前夕，代表各阶层的党派友人齐聚国野基父母位于莺谷的别墅，堂上壁龛中挂着的"雪中梅"和"花间莺"两幅古画是主人公的政治梦想实现的隐喻，作者犹嫌隐喻效果不够明显，结尾处借客人之语点出："'雪中梅'淡泊之处见精妙，傲雪凌霜当为百花之魁。国野夫妇心系国家社会，历尽艰难，恰似此画。'花间莺'工于色彩，妙趣横生，国野博得世间名望，位列国会议员，正是黄莺出谷、鸣啭花间之喻。"[①]

明治政治小说中采用的以上这三种隐喻策略均被晚清政治小说采纳，晚清政治小说中借人名、地名隐喻政治思想的写作方式十分普遍。借用人名、地名等专有名词的谐音、谐意隐藏作者真实意图的隐喻策略并非日本政治小说独创，中国传统小说中也可见到这种隐喻修辞，如《红楼梦》中的"甄士隐""贾雨村"等，只能说明治政治小说中的隐喻修辞激活并泛化了这种隐喻叙事策略，使之再次广泛应用于晚清政治小说的隐喻叙事上，赋予传统的叙事策略全新的时代意义。综观晚清政治小说中的篇名、人名和地名，包含了从个体和国族两个维度救国强国的隐喻，采用几近标签化的喻示表达对国家民族自立自强、摆脱被列强欺压的渴望。《新中国未来记》中的"黄克强""李去病"喻示中国将摆脱各种导致贫弱的社会弊病，最终战胜对中国进行殖民掠夺的列强；《新石头记》中的人名"老少年""东方文明""东方法"喻示古老的中华文明重现生机；《狮子吼》篇名中的

[①] ［日］末廣鉄腸：『花間鶯』（下编）、博文堂明治二十一年（1898）版、第171頁。（笔者译）

"狮子"喻中华民族,主人公文明种、狄必攘喻示中华民族崛起、驱除侵略者的政治理想;另有黄通理、黄祸、黄种、黄人瑞、华复、扬国威、华日兴……类似的姓名隐喻是晚清政治小说广泛采取的叙事策略,小说中出现的姓名虽然都是虚构,却也通过这种隐喻策略准确反映了时代文化价值取向。

与现实具体政治事件进行联系的隐喻是晚清政治小说中经常采用的另一叙事策略,利用"楔子"协助完成文本的隐喻叙事是其主要表现方式之一。晚清政治小说借用了"楔子"的引言功能,借助楔子讲述一个寓言故事与小说正文相呼应,进行明暗线索的铺垫,引导读者在阅读过程中将小说中的故事与国家命运进行关联思考。楔子源自元杂剧,起初是在杂剧开头或穿插在折与折之间的片段,借助科白交代剧情,引出下文,起到连缀剧情的功能。在明清戏曲和小说中,这种传统的叙事策略也并不罕见,而且楔子在明清小说中逐渐具备了文本引言的意义,以帮助读者更好地理解剧本。晚清政治小说作者将楔子的导读功能和政治隐喻叙事策略相结合,利用隐喻达到政治意图的表达,以完成快速启蒙教育民众的目的,形成了晚清政治小说的一大叙事特色,"善为教者,则因人之情而利导之,故或出之于滑稽,或托之于寓言"[①]。"楔子"叙事策略的应用最早出现在明治政治小说《未来战国志》的中译本中,之后晚清本土自创政治小说《狮子吼》《卢梭魂》等小说均采取了这一叙事策略。

《未来战国志》的小说内容是日本如何实现与欧美国家地位平等的"强国梦"。译者马仰禹是晚清赴日留学生,受《未来战国志》文本内容启发,他在译本前面添加了一个"图解式"隐喻的楔子,喻示中国当下的时局与未来:一个垂死的东方老人周遭犬狼环伺,年轻炫富的"东方小户"不仅见死不救,反而落井下石,西方大厦三槛虽然富贵,却已是暮气沉沉之气象,自顾不暇,西方大厦之西又有宏壮大厦,却只顾独善其身。一只凶猛双头鸷突然从天而降,将东方老

---

① 梁启超译:《〈佳人奇遇〉序》,《梁启超全集》第十九卷,北京出版社1999年版,第5495页。

人、东方三小户、西方三大户等逐一消灭,至此,西方大户方后悔未能和三小户联手抵御双头鸷,并使东方老人在这一过程中顺带获得解脱。马仰禹的楔子俨然用文字描绘了另一幅政治导向明确的瓜分中国"时局图",古老的华夏文明被喻作东方垂死老人,践踏毁灭中华文明的列强被喻作犬狼,日本本属于中华文明圈,却为富不仁,"好作外观以凌人"①,被喻作暴富后金玉其外败絮其中、粪土为墙饰以书墁的小户三椽,不仅对垂死老人坐视不理,而且若有所辱,"欲往问途,恐非善类,致为所诈"②,暗示日本非晚清中国的善邻。走向衰颓的西方大户三槛应是英、法、德之喻,蒸蒸日上却独善其身的西方大户是美国,双头鸷则为俄国之喻。楔子的图解式隐喻提前为小说的内容埋下伏线,根据楔子叙述,第一人称叙述者"无赖"得一奇书《世界列国之行末》(《未来战国志》的日文题目),但是"无赖"不满东洋奇人原作中夸大日本、毁谤中国的情节设计,拟对原作进行删改和重写,并重新命名为《未来战国志》。根据楔子里重新设计各国命运的情节提示,正文中将会把中国的命运与西方和日本重新捆绑关联,却不知因何原因并未付诸实践,译本依然保持了原小说中日本比肩欧美列强、战胜俄国和中国、重新瓜分世界的情节脉络,并未与楔子中的图解式隐喻进行呼应,但这并不妨碍作者的叙事策略预设。无论如何,《未来战国志》借用了明治政治小说的隐喻叙事策略,给晚清政治小说的叙事模式注入新的文化内涵,将"楔子"这一传统叙事手法与政治隐喻叙事联系起来,赋予传统叙事手法以时代的全新内容,并最终为小说叙事模式的进一步革新提供了可能。陈天华1905年创作的《狮子吼》采用了相同的叙事策略,楔子中也是叙述者得一奇书,书中叙"混沌国"的隐喻故事,以之与小说正文内容进行呼应。"混沌国"被野蛮人占领,又被蚕食国、鲸吞国、狐媚国等瓜分。"混沌国"灭亡之际,一头雄狮从天而降,驱散虎狼,轩辕黄帝授意主人公"新中国之少年"光复中华。小说正文中呈现的叙事线

---

① [日]东洋奇人:《未来战国志》,南支那老骥译,广智书局1902年版,第1页。
② [日]东洋奇人:《未来战国志》,南支那老骥译,广智书局1902年版,第1页。

索与楔子中的隐喻相呼应，主人公狄必攘和孙念祖等"新中国之少年"奋发图强，或出国留学学习新知识，或留在国内组建自治政权，反满抗清、抗击外国侵略。"混沌国"的隐喻和新中国的建立、中华的复兴呈明暗两条线索。

晚清后期的政治小说逐渐抛弃了楔子这一叙事模式，却将中华民族命运的隐喻与正文中的现实书写相呼应这一叙事方式进行了保留。《孽海花》和《老残游记》等小说均承继了这一叙事模式。《孽海花》将晚清中国比作岌岌可危却麻木不仁的"奴乐岛"，与正文中纸醉金迷、对国家命运毫不关心的上层社会构成明暗叙事线索。《老残游记》开篇以一艘行将沉没的大船隐喻中国命运，一艘大船被人胡乱驾驶，失去航行方向，船员又各种盘剥勒索乘客，无人察觉或在意满船皆要倾覆的可怕命运，有清醒者"老残"送上罗盘，却被视作卖国汉奸而被逐杀。这一隐喻与小说中的主人公老残扶危济困、忧国救民的故事相呼应，或许我们从中可以看出晚清知识阶层近似于"要救群众反被群众所害"这一鲁迅式哲学悖思的无奈与悲哀吧。

除了以开篇的寓言故事与小说正文相呼应的隐喻叙事策略，通篇采取政治隐喻叙事也是明治政治小说的叙事方式。因为通篇采取隐喻叙事，隐喻本体并不出现在小说文本中，这种叙事策略适合指向明确、情节紧凑的短篇小说，对晚清政治小说的叙事策略产生了一定的影响。《东洋之佳人》是柴东海明治二十一年（1888）创作的短篇政治小说，后被译介进来，但因译者及译本等详细资料目前尚处于缺失状态，本论分析依据的是小说的日文原文本。《东洋之佳人》通篇采取隐喻叙事策略，小说人物全部是政治现象的隐喻，主人公东海散士偶遇天宫皇女旭子的婢女因直言进谏被贬到人间，旭子姿容美丽，贞顺仁慈，却不懂人情世故，"西家富豪游冶郎"和"东家放逸薄倖子"争相对她大献殷勤，旭子因而见识了"规模壮丽、高瓦崔巍、飞宇承霓"的宅邸，"金镂玉雕、银烛艳花、灿然夺目"的庭院，以及"舟车桥梁之华丽、服装之美、膳馐之珍、音乐之奇巧、舞蹈之殊妙"①，大为折服，并对自己的传统生活感到自惭形秽，将自己的生活习惯全部丢弃，饮食起居等全部模仿"西家富豪游冶郎"，奢靡铺张导致仓库空虚，旭子身染肺疾、形容枯槁却难舍骄奢淫逸之习，而东家西邻之情郎至此方现出贪婪本色，"彼东家西邻之情郎皆是着犬羊之衣以掩豺狼之心，外表爱慕之情，内藏贪婪祸心，意图掠夺主家田园家财"②。在这篇小说里，作者采取了寓言隐喻叙事策略，旭子喻一味舍弃传统文化、追求欧化的明治政权，"西家富豪游冶郎"喻西方伦理文化和西方列强，侍女喻有识见、敢于坚持正确政治立场的政客，亦即东海散士自己的政治主张。主人公受"西家富豪游冶郎"的蛊惑，逐渐抛弃了优良品质，最终奄奄一息，所有的财富被劫掠一空。柴东海以隐喻的方式警示日本全面欧化的严重后果。这种通篇采用隐喻表达政治思想的叙事策略被晚清政治小说家采纳，被应用到本土的短篇政治小说创作之中。1903年发表于东京留学生主办的《汉声》第七期的《燕子窝》，1907年"新世界小说"出版的《冷国复仇记》以及1908年发表于《月月小说》的《新鼠史》《人肉楼》等皆是此类政治隐喻叙事小说。《新鼠史》是一篇极具典型性的政治隐喻小说，小说讲述虎国为鼠窃取而沦落为道德沦丧的鼠国，鼠国采纳"有识之鼠"的策略，维持了统治的稳定，却因腐败滋生，无力抵挡异国入侵，即将亡国，后鼠国维新自强，终恢复为虎国。寓言故事的嬉笑调侃之间寓藏对晚清中国复杂而沉重的国族命运之忧虑：异族统治与异国侵略双重压迫之下，既不甘于异族统治，又迫切希望摆脱被异国瓜分的命运，希望国族强盛独立，将复杂的国族问题寓于"鼠国"和"虎国"相互纠缠的故事中。小说例言中，作者明言以鼠国喻晚清中国的不得已而为之的复杂心态："吾人虽病夫，吾国虽老大，岂遂不若鼠，吾亦中国人，吾何敢鼠吾人？吾何忍鼠吾国？"③ 小

---

① ［日］東海散士：『東洋の佳人』、博文堂明治二十年（1887）版、第9頁。（笔者译）
② ［日］東海散士：『東洋の佳人』、博文堂明治二十年（1887）版、第14頁。（笔者译）
③ 柚斧：《新鼠史》，《月月小说》1908年第二卷第10期。

说中两处提及日本，明言鼠国应向日本学习，小说作者无疑是关注日本政治文化的。《新鼠史》中的隐喻策略虽然浅显，毕竟为现代短篇小说提供了全新的叙事模式参考。

晚清政治小说的隐喻叙事策略与明治政治小说中的诸多相似不应简单视作巧合。从隐喻叙事的外部动机来看，晚清中国和明治日本也具备相通之处。明治政治小说采取隐喻叙事策略的动机主要有二：一是政治小说依然希望借助所谓"稗史"的文体承载时事新内容以化导社会风气，要想将新风新俗纳入原稗史戏剧中常用的"缠绵恋情、侠客力士"等叙事方式中，隐喻既能增加阅读的趣味性，又能引起一定的延伸思考，是容易被启蒙对象接受的便捷策略；二是为了逃避明治政权的言论管控，将自己的真正意图隐匿在虚构的故事情节中，"因言论，出版两种自由不能完全实现之故，政理无法通于人心之时，不得已就必须使用变通之策。其变通之策何谓也？借助稗史小说之力是也"①。《论稗史小说描写政事之必要》原载于《绘入自由新闻》（明治十六年八月二十六日），这篇文章以德川幕府年间小说创作为例，指出隐喻实为言论压制之下的一种应对性叙事策略，"因不能坦率直言，或托北条氏之事，或拟为足利氏之迹，而暗中记录的却是德川氏之事，虽说于当时之情形实属迫不得已，也令人慨叹。其他在寓言、随笔中使用各种各样的变通手法，于滑稽戏谑间，痛贬时政者不胜枚举"②。末广铁肠在《订正增补〈雪中梅〉序》一文中也指出，"此前草成此书，正值法令施行颇为严苛之时，记事中多用暧昧言语"③。以上动机在晚清政治小说的创作过程中同样存在，晚清政治小说兴起的根本原因在于导世和觉世，在新小说的大潮中，晚清小说作者在注重小说教育功能的同时，越来越关注小说的创作技巧，隐

---

① ［日］佚名：《论稗史小说描写政事之必要》，王向远译：《日本古典文论选译》［近代卷（上）］，中央编译出版社 2012 年版，第 131 页。
② ［日］佚名：《论稗史小说描写政事之必要》，王向远译：《日本古典文论选译》［近代卷（上）］，中央编译出版社 2012 年版，第 132 页。
③ ［日］末广铁肠：《订正增补〈雪中梅〉序》，王向远译：《日本古典文论选译》［近代卷（上）］，中央编译出版社 2012 年版，第 143 页。

喻叙事将严肃的现实政治问题抽象成画面感强烈的寓言故事,将小说中的现实与读者拉开了一定的距离,从而加深读者的印象,引发读者深层的思考。另外,隐喻叙事也是逃避清廷迫害的有效手段。晚清政治小说的作者虽然大多身处租界或日本,言论管控相对放松,但依然不能完全摆脱清廷的限制,1903年发生于上海的"《苏报》案"就是极好的例证,《三十三年落花梦》中也写到清廷驻日官员对革命派人士的追缉。晚清政治小说家为避免政治迫害,采取隐喻叙事也是一种避祸策略。

外部环境促使政治小说创作者探索小说的叙事策略,为逃避言论迫害,明治政治小说家将隐喻叙事应用于政治小说中,并使之成为深受读者欢迎的有效启蒙叙事策略,《雪中梅》在当时的发行销售盛况足以为之提供佐证。[①] 类似的外部言论压力让晚清政治小说很自然地接受了这种中国传统史传和诗歌中经常使用的修辞,将其进行现代改写之后广泛应用于本土政治小说的创作中。晚清政治小说作者将这一叙事策略与传统小说中的楔子相结合,从小说构思开始便进行了隐喻叙事的策略应用,赋予隐喻这种传统修辞全新的文学叙事意义,创造出政治隐喻和小说文本遥相呼应的现代叙事策略,拓展了小说的阅读和思维角度,为小说文本叙事提供深度哲学思考的可能。适用于短篇小说的寓言隐喻叙事也开辟了现代小说叙事的新篇章。

第二节　叙事视角的借鉴与转变

政治小说作为一种叙述文体,存在由谁来叙述、如何叙述的问

---

① [日]末广铁肠:《订正增补〈雪中梅〉序》,王向远译:《日本古典文论选译》[近代卷(上)],中央编译出版社2012年版,第143页。(原文记述了《雪中梅》发行盛况:"余著政治小说《雪中梅》,距今已有五年。当时对世态深有感愤,即托恋爱故事描述政治状况。然此书既成,不料即博世人喝彩,流传四方,遂在大阪被编成歌舞伎,自东京至地方皆巡演此剧。其间,甚至出现过同名伪书,尽管对此书造成一定损害,然上编仍再版五次,下编再版四次,发行数量超过三万册。于我而言,能有一年海外旅行之机会,多赖此书出版之力。")

题，这与叙述视角密切相关。"视角指叙述者或人物与叙事文中的事件相对应的位置或状态，或者说，叙述者或人物从什么角度观察故事。"① 通常将小说中讲故事的人称作"叙事者"或"叙述者"，叙事者、小说中的人物和作者声音规定了小说的叙述视角。每一部小说都存在或显在或隐藏的叙事视角，叙事视角在小说中的地位至关重要，关联着作者、文本和读者，决定三者之间的位置预设。如何安排叙事视角是决定小说艺术性的核心课题之一，有论者指出，叙事视角就是文本看世界的角度，"叙事角度是一个综合的指数，一个叙事谋略的枢纽，它错综复杂地联结着谁在看，看到何人何事何物，看者和被看者的态度如何，要给读者何种'召唤视野'"②。叙事视角在很大程度上决定着作者在写作过程中的角色与地位，"视角就是结构，人称就是结构，一旦确定了人称之后，你就不是在叙述故事，而是在经历故事"③。在今天的小说创作中，小说作者已清晰意识到叙事视角的问题，这时小说的叙事者、小说作者、小说人物以及小说预设的读者就会按部就班、各就各位，承担起各自在小说叙事中的角色，小说的叙事也会变得精致化和深邃化。然而与现代作家对叙事视角有着清醒的认识不同，在叙事学尚未兴起的晚清中国，政治小说作者并不能如今天的作家一般刻意雕琢叙事视角，但叙事视角却是不可回避的客观存在，只不过晚清政治小说的叙事视角并非作者有意预设，而是在作者谋篇布局、"编小说"表达政治思想的过程中做出的悄然改变，这种改变对现代小说的影响却不容被忽略。晚清政治小说在选择接受明治政治小说的过程中，叙事视角如何发生改变，发生了怎样的改变是本节梳理和探究的核心问题。

中国传统叙事文学主要采取全知全能叙事模式，相对于全知全能叙事模式的是限制视角（又称限知视角）叙事模式，也就是采用第一人称人物或第三人称人物的视角进行叙事，假装其他人物对故事情

---

① 胡亚敏：《叙事学》，华中师范大学出版社2004年版，第19页。
② 杨义：《中国叙事学》，中国社会科学出版社2006年版，第134页。
③ 莫言、王尧：《莫言王尧对话录》，苏州大学出版社2003年版，第154页。

节毫不知情。对于晚清政治小说来说，新叙事视角改变主要表现在第一人称限制叙事视角和第三人称限制叙事视角的使用。全知全能视角又称"上帝视角"，长处是他者视角的透视与观察，但是全知全能视角只是一个相对概念，并非具有包罗万象功能的万能叙事视角，其最大特点就是叙事者和观察者是同一个人，并同时与小说作者保持一致立场。全知全能视角的最大缺点在于作者本人和观察者、叙事者的立场过于一致，导致作者的"话语权"受到了极大限制，从而使小说失去了由表象深入本质的可能；相对于全知全能叙事视角，限制叙事视角将叙事者的权力进行了限定，只能与小说中的第一人称主人公或第三人称主人公保持一致，如此小说的作者就可以被分离出来，具备了独立进行文本叙事干预的可能。"限知视角所表达的乃是一种世界感觉的方式，由全知到限知，意味着人们感知世界时能够把表象和实质相分离，因而限知视角的出现，反映人们审美地感知世界的层面变得深邃和丰富了。"[1]

实际上，无论现代小说中惯用的第一人称限制叙事，还是第三人称限制叙事，虽然在我国的古代小说中较为罕见，但均能够寻到踪迹，只不过很少被应用在整篇小说中，而且即便存在零星新颖叙事视角，传统小说的叙事视角预设目的中并不具备晚清政治小说所必须具有的文学干预社会现实的意识，所以不能将晚清政治小说中出现的叙事视角创新视作传统小说中零星出现的叙事策略延续。有论者指出，制约叙事视角的关键因素在于小说的叙事时间与叙事结构，"总的来说，中国古代小说在叙事时间上基本采用连贯叙述，在叙事角度上基本采用全知视角，在叙事结构上基本以情节为结构中心"[2]。也就是说，叙事视角并非孤立存在的，线性叙事时间、情节中心和全知全能视角是我国小说传统叙事惯用的叙事搭配策略，当政治小说预设的叙事立场、叙事时间以及对读者的阅读期待发生改变时，小说的叙事视角也必然随之发生变化。在全知全能视角中，作者的叙事权力与叙事

---

[1] 杨义：《中国叙事学》，中国社会科学出版社 2006 年版，第 150 页。
[2] 陈平原：《中国小说叙事模式的转变》，北京大学出版社 2010 年版，第 4 页。

者和小说人物捆绑得太紧，作者没有能力操控叙事者，所以当叙事结构和叙事时间逸出叙事者和小说人物在文本中的控制范围时，这种叙事视角就必须进行改进了。明治政治小说的叙事视角发生改变之初是为了配合小说叙事结构的调整，受明治政治小说影响，晚清政治小说打破了传统小说中的连贯性线性发展时间和以情节为中心的叙事模式，这两点变化都对全知全能叙事视角形成威胁。接受了明治政治小说的影响，晚清政治小说的叙事时间打破了传统的按照情节发展的连贯性模式，因为迫切表达政治思想的需要，情节也不再是晚清政治小说叙事的第一中心，这些变化都要求叙事视角作出相应的改变。需要注意的是，晚清政治小说作者最初并非有意识地突破全知全能视角的叙事传统，而是伴随对明治政治小说的接受，晚清政治小说中的叙事者和作者之间的距离逐渐拉大，自然而然出现了采用限制性视角叙事的文本。叙事时间的变化、情节中心叙事的去除打乱了作者的叙事视角掌控预设，全知全能叙事不再牢牢占据一统小说界的绝对中心地位。

　　叙事时间模式的改变要求对全知全能叙事视角进行突破。明治日本和晚清中国对未来抱有近似的热望，都希望借助时间的飞跃摆脱现时的国族焦虑，未来叙事本质上是将对现时无法把握的焦虑投射到未来的时间轴上。明治政治小说十分热衷于未来叙事，《二十三年未来记》《新日本》《二十三年国会未来记》《日本之未来》《千年后之世界》等作品都将故事定格在了未来，其中，《未来战国志》《雪中梅》和《千年后之世界》被晚清译者选择译介。晚清政治小说作家迅速接受了未来叙事的模式，希冀通过想象消融现时的困境，安放现实中的焦虑。明治政治小说中的未来叙事虽然将时间的起始定格在远离"现在"的时间轴前端，但实际上"未来"只不过是"现在"的投影，只是将现实中的政治问题放到未来去叙述，希冀借助时间摆脱现实带给想象的束缚，拓宽解决现实问题的想象路径。与明治政治小说一样，《新世纪》《新中国未来记》《新中国》《新法螺先生谭》等晚清政治小说也都将叙事推向了未来。政治小说中的未来叙事实际被安放了双重时间维度，一是作者设定的未来时间，一是与现实政治问题无法分割的"现在"，当这两个时间维度同时出现在叙事之中，全知全能叙事视角便会出现难以掌控的矛盾，这两重被强行捏合的时间维度的不匹配造成了全知全能叙事视角的混乱和亟待变革。

传统小说叙事多按照线性时间轴进行，小说作者和叙事者之间距离微小，叙事者依照时间的自然发展，按部就班地讲述和连缀故事情节。在全知全能视角中，叙事者仿佛戴着"广角透视镜"，可以在不同的叙事场景中自由穿越切换，也可以观照一个人的一生、透视人物的内心活动。但是全知全能视角毕竟基本等同于作者的视角，如果要将视角拉长几百年，在时间轴上来回穿梭，全知全能视角必然显得逼仄和力不从心。另外，全知全能视角长于客观观察，文本深度干预能力较弱。换言之，全知全能视角需要作者将叙事者控制在个人认知能力所及的范围之内，一旦叙事对象逸出作者的认知范围，便极有可能难以驾驭叙事走向。如果说全知全能视角、线性叙事时间、情节中心叙事三者是传统小说中的最佳叙事搭配，那么全知全能叙事视角在明治政治小说的未来叙事中必然会遭遇前所未有的困境。当线性叙事时间被打破，叙事者需要在"未来"和"现时"之间不断切换，就必须面对超逸作者经验范围的视角困境，叙事者和作者之间的距离加大，但是政治小说的作者具有强烈的文本干预意识，情节必须服务于作者的政治意图，政治小说文本与作者的意识形态和个体经验密切相关，隐身的叙事者和小说作者之间的距离又需要无限接近，叙事者突破作者个体经验的需要和作者对叙事把控的迫切形成了难以调和的矛盾。明治政治小说在调和矛盾的过程中出现了叙事视角的变革，第一人称叙事被应用在未来叙事的小说中。

在未来与现在时间轴上进行转换的明治政治小说中，《雪中梅》用"序"将未来和现在做了划分，分别进行叙述，避免了叙事视角来回切换的困局。《未来战国志》中，小说文本将时间设置在五百年之后的28世纪进行世界格局规划，实际讨论的却是日本"现时"的国际地位之梦：击败俄国、压倒中国、与欧美列强重新瓜分世界。这一构思完全逸出作者的个体经验，当叙事者跳脱作者的掌控时，作者不得不现身帮助叙事者共同完成叙事。叙事者讲述"参岛"，即二十五世纪的日本如何主导世界格局的重新划分时出现了突发的叙事困境：无法将时间拉回"现时"，无法让读者明白"参岛"即现在的日本，"波国"即现在的俄国。于是作者不得不现身，完成叙事补充。在讲述"参岛"为何要如此之时，原本的全知全能叙事视角突然转换成作者的叙事视角："今我日本帝国与合众共和国对峙，而凌露西亚之凌驾……"① 犹嫌增补作者叙事视角不能达到"觉世醒民"的文本干预效果，作者紧接着干脆彻底以"奇人"这一第一人称的创作视角现身进行文本叙事干预："奇人所热心希望于贸易上之政略者，亦不过欲求二十世纪后之政治家、实际家、资本家之采用，而使士民从事贸易，军舰商船则横于海上……"② 小说中，这样的叙事混乱屡次出现。因为叙事传统的改变，小说文本中不得不加入第一人称的补充视角，共同完成小说的叙事。《未来战国志》的文本叙事虽然突破了传统的全知全能视角，作者却并未找到很好的解决办法，小说中使用的第一人称叙事并非真正意义上的第一人称视角，只是当文本叙事传统被打破之后采取的权宜之计，可称之为第一人称叙事视角补充。《未来战国志》可以说是叙事视角由传统的全知全能叙事向现代叙事过渡的典型文本呈现。

与明治政治小说相同，晚清政治小说作者也急于借助小说表达自己的政治观点，类似《未来战国志》中作者以第一人称现身的叙事视角补充在晚清政治小说的叙事中也可以见到。当情节不再是叙事中心，而是成为作者政治思想解说的注脚，当叙事时间不再按部就班地按照自然发展向前推进，作者对叙事者的操控意识便会增强，而叙事者却与作者的距离在加大，作者便需要经常现身，帮助叙事者补足全知全能视角无法主观表达的缺憾。《新中国未来记》是梁启超身体力

---

① ［日］东洋奇人：《未来战国志》，南支那老骥译，广智书局1902年版，第9页。
② ［日］东洋奇人：《未来战国志》，南支那老骥译，广智书局1902年版，第9页。

行创作的政治小说样本,其中多有借鉴明治政治小说之处,如叙事时间的倒转和大篇幅的政论对话均借鉴了《雪中梅》的叙事模式。从《雪中梅》的译介时间来看,梁启超参考借鉴的显然是日文原作,在《雪中梅》的续篇《花间莺》结尾处,春子等人谈论的小说又恰是《未来战国志》,梁启超在创作《新中国未来记》时已经知道《未来战国志》的存在并存在较大的阅读可能。但是从理论逻辑上来说,梁启超应该不会刻意借鉴《未来战国志》中难以称得上成功的叙事视角,《新中国未来记》的叙事视角出现与《未来战国志》相类似的混乱应是小说叙事思路近似导致的结果。《新中国未来记》在叙事策略上借鉴了《雪中梅》《佳人奇遇》等明治政治小说中的多篇作品,但是作者未能用心处理叙事视角问题,导致作品叙事上的混乱和文本叙事走向的难以掌控。在《新中国未来记》中,未来叙事采取了和《雪中梅》类似的处理方式,借用楔子将未来时间和"现在"清楚划分开来,但是当小说正文中出现叙事时间的回溯时,叙事者、作者、读者、叙事情节出现了难以调和的矛盾。小说正文采用"孔老先生"的视角大概是想借鉴《佳人奇遇》的叙事策略,但是"孔老先生"与《佳人奇遇》中的"散士"承担的角色意义又不一样,"孔老先生"并非真正意义上的第三人称限制视角。从已完成的文本来看,作者显然希望"孔老先生"充当显在的全知全能叙事者,将所有人物的言行尽收眼底,讲述整篇小说里的所有情节。但是当文本的叙事时间出现大幅度向前跳转,叙事者的视角限制便使叙事失去了说服力,为了增强叙事可信度,作者不得不现身充当补充叙事人,"却是黄李两君发这段议论的时候,孔老先生并不在旁,他怎么会知道呢?又如何能够全文背诵一字不遗呢?原来毅伯先生游学时候,也曾著得一部笔记叫作《乘风纪行》。这段议论,全载在那部笔记第四卷里头。那日孔老先生演说,就拿着这部笔记朗读,不过将他的文言,变成俗话,这是我执笔人亲眼看见的"[①]。作者突然以第一人称叙事人

---

① 梁启超:《新中国未来记》,《梁启超全集》第十九卷,北京出版社 1999 年版,第 5628—5629 页。

的角度现身文本，补充叙事视角的不足，暴露了小说在创作时忽略叙事视角设定的叙事策略问题。但是在小说的现代转型过程中，出现一定程度上的叙事混乱正是对全知全能叙事视角突破的滥觞，是叙事策略实现现代转型的肇始。《新中国未来记》的叙事视角设定谈不上成功，因为违背了小说创作的基本审美原则，忽略了叙事者、叙事时间和叙事情节在小说谋篇布局中的重要作用，才使这篇小说"一覆读之，似说部非说部，似稗史非稗史，似论著非论著，不知成何种文体，自顾良自失笑"[①]。忽略叙事视角设定也让这篇小说的叙事走向困境，小说设定了广角的故事情节，"孔老先生"这一限制性叙事视角的优点是承担起限制叙事本该具有的叙事线索功能，但是多线索的广角情节设定显然不是"孔老先生"这一限制性视角能够胜任的。随着情节的横向铺展，叙事策略失败带来的叙事困难愈加凸显，小说最后一回中，"孔老先生"这一预设叙事视角莫名消失，说明了作者对叙事视角把握存在的困惑。《新中国未来记》未完终稿有多种原因，叙事视角设定的考虑不足应是其中之一。因为作者不遵循小说艺术规律等原因，《新中国未来记》算不上叙事视角变革的代表文本，它的意义在于突破了传统小说的叙事模式，为作者与文本保持距离、注重文本干预的现代小说叙事视角转型做出变革铺垫。

伴随小说叙事结构的转变，明治政治小说和晚清政治小说在叙事视角上均出现对全知全能叙事的突破趋向，晚清政治小说在借鉴明治政治小说的过程中，无形之中与明治政治小说的叙事策略发生了联系。当线性叙事时间被打乱、情节中心的叙事模式遭遇放逐，传统的全知全能叙事视角便失去了优势，叙事视角的变革势在必行。

如果说《新中国未来记》是在对明治政治小说的借鉴中无意识地对传统叙事视角有所突破，采用了并不成熟的第一人称视角叙事，那么第三人称限制叙事视角则是晚清政治小说对明治政治小说叙事视角的主动选择借鉴。政治小说对小说叙事结构的调整暴露了全知全能

[①] 梁启超：《〈新中国未来记〉绪言》，《梁启超全集》第十九卷，北京出版社1999年版，第5609页。

叙事视角的不足，限制叙事视角被部分明治政治小说的作者采纳。在晚清译者译介的明治政治小说中，采用第三人称限制叙事视角的是末广铁肠的《哑旅行》。黄摩西翻译的《哑旅行》1905 年由小说林社出版，1905 年于上海出版的《新石头记》和 1909 年问世的《新西游记》以及《上海游骖录》《老残游记》均采取了与之类似的第三人称限制视角叙事。第三人称叙事视角在传统全知全能叙事策略中并不罕见，但是在全知全能叙事的小说中，第三人称叙事视角只是局部的限制叙事，属于应急性局部叙事策略。明治政治小说中出现的第三人称叙事视角区别于全知全能叙事视角之处在于以某一人的经历为主线索贯穿全篇，属于全篇式限制视角叙事策略。这种叙事方式的优点是能够将情节聚拢在一条线索上，保持了故事的整体贯通性。这一叙事方式被晚清政治小说作者采纳，较好地解决了晚清政治小说叙事上分散不连贯的弊端。

《哑旅行》中，作者采取诙谐的笔法，借一个日本绅士的出游经历串联了整篇故事，小说并非绝对的第三人称限制叙事视角，而是绝大多数借用绅士视角观察西方文化，体现日本人与西方文化的隔膜。在绅士的视角之外，作者又保持着一定的距离在控制、观察着绅士，合成了一个以第三人称叙事视角为主线的双重叙事视角。这一叙事策略既解决了小说情节的贯通性，又能够通过绅士的视角让读者如临其境地游历西方世界，经历绅士"隐先生"看到、听到、亲历的种种尴尬，摆脱了传统小说借春秋史笔弥补全知全能叙事视角欠缺真实性的套路，增强了小说的说服力和阅读真实感。作者视角与第三人称视角拉开了一定的距离，为小说增加了一个客观的观察视角，这一观察视角可以左右小说的主基调，使之或滑稽或庄严或悲伤。

《哑旅行》被译介到晚清中国之后，晚清政治小说的创作中开始出现与之极为类似的第三人称限制视角叙事策略。《新西游记》《新石头记》《上海游骖录》《老残游记》都采取了与《哑旅行》类似的第三人称限制视角叙事策略，以一人的经历为主线索串联整篇小说，借用这一人的主视角完成小说的整篇叙事。《哑旅行》的译者黄摩西对小说叙事有过独立的思考，他在主张小说实用主义的同时，强调小说的审美本质属性，他撰写数十篇文章讨论点评小说的创作技巧，其中便专门强调过小说谋篇布局与叙事连贯性的重要意义："夫小说虽无所不包，然终须天然凑合，方有情趣。若此书之忽而讲学，忽而说经，忽而谈兵论文，忽而诲淫语怪，语录不成语录，史论不成史论，经解不成经解，诗话不成诗话，小说不成小说。"[1] 围绕《小说林》和《月月小说》两种晚清时期最有影响力的小说期刊，明治政治小说的译者和晚清政治小说创作者之间多有交集。黄摩西、徐念慈、陈景韩、包天笑都既是明治政治小说的翻译者又是晚清政治小说的创作者，黄摩西、徐念慈、曾朴、金松岑、包天笑是《小说林》的创办人或执笔人，陈景韩、包天笑和吴趼人又共同执笔《月月小说》，由他们执笔的晚清政治小说借鉴明治政治小说中的叙事策略原在情理之中。

陈景韩创作的《新西游记》和吴趼人创作的《新石头记》采取的叙事策略与《哑旅行》极为相似。《新西游记》中孙行者的叙事身份相当于《哑旅行》中的绅士，他们都是脱离了本来游刃有余的文化环境，来到一个陌生的世界，在陌生的世界中到处碰壁，举步维艰，闹出种种笑话，其他的出场人物全部囊括在他的叙事视角中，没有心理活动和主观意志。《新西游记》以"孙行者"的第三人称限制视角贯通全篇，通过"孙行者"的视角观察沦为殖民地的晚清中国种种可悲可叹的怪诞世相，将本来没有太多联系的崇洋媚外、嫖娼、抽鸦片、赌博、官场争权夺利等病态的社会现象串联在一起。同时，作者与"孙行者"保持着一定的距离，对叙事者的心理活动和种种举动进行遥控。《新石头记》中借重回1901年晚清社会的贾宝玉的视角观察社会的种种怪诞，不仅晚清社会的病态尽呈，还运用科幻笔法游历了未来的"新中国"——自由村。虽然《新西游记》和《新石头记》都是借用古小说中的人物，脱离现实，但是这一叙事视角

---

[1] 黄人：《小说小话》，黄人著，江庆柏、草培根整理：《黄人集》，上海文化出版社2001年版，第313页。

却将读者真实地带入了晚清的现实社会中,隐身的作者只需要通过远距离操控叙事视角便可以掌控叙事全局。

吴趼人的《上海游骖录》和洪都百炼生的《老残游记》这两部政治小说也采用了第三人称限制叙事策略,这都是明治政治小说译介之后新出现的区别于传统叙事的小说叙事策略变革。《上海游骖录》中,因不肯接受清廷官兵无端盘剥被迫害到家破人亡的辜延望被迫踏上流亡上海之路。小说的第三人称限制叙事主要从辜延望踏上流亡之路开始,以辜延望的视角观察、思考晚清中国的种种末世荒谬现象。《老残游记》以老残的视角游历晚清社会。第三人称限制视角叙事巧妙解决了情节杂乱无章、千头万绪的叙事难题,为暴露、批判类政治小说提供了绝好的叙事策略。作者不必担心情节千头万绪导致文本叙事上的不可把控,只需要掌控好主人公这一叙事视角即可。

除了对明治政治小说第三人称限制叙事视角的借鉴,晚清政治小说还在明治政治小说的影响之下出现了第一人称限制视角叙事,即借第一人称"我"的视角来讲故事。这一叙事将全篇的故事情节牢牢地聚拢在"我"的视线范围之内,既最大限度地保证了叙事的真实可信度,又能将故事情节最大限度地聚拢在一起。第一人称限制视角叙事具体包含两种叙事策略:一种是叙事者亲历情节;另一种是叙事者并非亲历,而是以旁观者的身份讲述自己听到和看到的事情。明治政治小说中多有第一人称限制视角叙事策略的运用,其中多部采用第一人称限制视角叙事策略的作品被译介到晚清中国,之后,晚清政治小说中也出现了类似的叙事策略运用。

《佳人奇遇》是第一部真正意义上被晚清译者译介的明治政治小说,这部作品的叙事方式在明治时期的日本和晚清中国都极具创新性。虽然小说表面看来似乎是以"东海散士"这一第三人称视角展开叙事,但"散士"的经历很大程度上与作者本人重叠,而且柴东海的别名就是"东海散士","散士"在小说中实为自我称谓的一种。当然,小说情节多有虚构,"散士"不能完全等同于作者,而是以作者为模型的文学形象。就叙事视角而论,《佳人奇遇》应属于第一人称限制视角的叙事模式，叙事者以"散士"这一自我称谓讲述自己的所见所闻，而非亲身经历，这一视角更多显示的是一种旁观者的角度。《佳人奇遇》情节跨度大、叙事空间分布广、叙事内容分散，却终篇未见散乱，"散士"这一限制叙事视角的作用功不可没，这一叙述者的设定把所有的情节都聚拢到一起。因为使用了第一人称限制视角叙事，且主人公与小说作者多有重叠之处，能够灵活地将作者的政治观点集中附着在叙事者一人身上。

《佳人奇遇》于1899—1900年在梁启超主办的《清议报》上进行连载，之后在1902—1906年——短短四年间就重印过六版之多，其在晚清中国具备一定的影响力。除了本节开篇论述过的《新中国未来记》对《佳人奇遇》叙事并不成功的借鉴，由吴趼人创作的《二十年目睹之怪现状》的叙事模式也与《佳人奇遇》极为类似，如仅仅将其视作巧合，实有草率之嫌。1903年，《二十年目睹之怪现状》在同为梁启超主办的《新小说》上开始连载，开启了晚清以第一人称叙事的长篇小说先河。《二十年目睹之怪现状》之所以被称作讽刺暴露小说之代表，就是因为文本描写了已沦为半殖民地半封建的晚清社会光怪陆离、不可思议的官场、商场、洋场丑态，全文共包含二百多个并无关联的故事和相当多的出场人物，这些散乱的情节和人物全靠第一人称"我"的看和听来串联。《二十年目睹之怪现状》中承担第一人称限制视角叙事的"我"并非现代小说叙事意义上的故事亲历者，而是旁观者，"我"承担的叙事功能和《佳人奇遇》中的"散士"几乎完全一致。吴趼人作为小说家、维新运动的早期支持者和《清议报》《新小说》的读者，他的这一叙事策略极有可能受到《佳人奇遇》的启发。

日译科幻小说《法螺先生谭》、押川春浪的《秘密电光艇》和《千年后之世界》都采用了第一人称限制视角叙事，且不同于《佳人奇遇》，这三部作品的叙事情节均是第一人称"我"的亲历事件，这一叙事模式与现代小说中的第一人称限制视角叙事策略已经十分接近。包天笑于1904年翻译《千年后之世界》，1905年翻译《法螺先生谭》,《秘密电光艇》由商务印书馆于 1906 年刊行。紧随其后,徐念慈创作的《新法螺先生谭》问世,1910 年陆士谔创作的《新中国》刊行,这两部作品均是第一人称限制视角叙事的本土政治小说。《法螺先生谭》《秘密电光艇》《千年后之世界》三部小说既是第一人称限制视角叙事,又是由叙事人亲历、参与故事,这对传统叙事模式是极大的推动和变革。《法螺先生谭》是短篇小说,以第一人称限制视角叙事讲述"余"的奇幻经历,徐念慈依照《法螺先生谭》的叙事结构创作了《新法螺先生谭》。白话政治小说《新中国》不仅在情节上与押川春浪的《秘密电光艇》和《千年后之世界》多有相似,叙事视角策略也与《千年后之世界》十分接近。

《新法螺先生谭》无疑是模仿《法螺先生谭》创作的短篇小说。与黄摩西所持立场相近,徐念慈也力主回归小说的审美本质,在晚清政治小说作者之中,徐念慈是极其难得就小说叙事策略进行思考的作家,同时他也是积极思考中外小说创作技巧异同的作家。徐念慈注意到外来的小说有别于中国小说庞大复杂的史传式叙事策略,虽然未能明言,实际上已经点出中短篇小说结构上具有轻巧明快的叙事特征,"西国小说,多述一人一事;中国小说,多述数人数事;论者谓为文野之别,余独谓不然。事迹繁,格局变,人物则忠奸贤愚并列,事迹则巧绌奇正杂陈,其首尾联络,映带起伏,非有大手笔,大结构,雄于文者,不能为此,盖深明乎具象理想之道,能使人一读再读即十读百读亦不厌也,而西籍中富此兴味者实鲜"[①]。徐念慈所说的"西国小说"是一个泛指的概念,如《法螺先生谭》实为包天笑转译的岩谷小波译本,"吹大法螺"一词本身就已经被嵌入日本本土文化意义,所以《法螺先生谭》广义上应属于日本文学范畴。《新法螺先生谭》在内容上与《法螺先生谭》并无多大关系,徐念慈使用了与之相近的题目为自己的自创小说命题,大概主要是因为《新法螺先生谭》借鉴了《法螺先生谭》的文本结构与叙事方式。《法螺先生谭》

[①] 觉我:《〈小说林〉缘起》,陈平原、夏晓虹编:《二十世纪中国小说理论资料(第一卷)1897—1916》,北京大学出版社 1997 年版,第 256 页。

采用第一人称限制视角叙事,讲述了"余"的奇幻夸张经历。小说讲述的是一段现实中不可能发生的怪诞想象,因为采用了第一人称限制视角叙事,将情节的怪诞夸张和时空的自由切换都保持在文本的可控范围之内,且与写实小说相比,能够带给读者新奇的阅读冲击。第一人称限制视角叙事带来的可信度能够牵引读者随着"余"展开滑稽夸张的想象,颇具现代魔幻色彩。小说开篇,叙事者"余"极具个性地高调登场,以第一人称身份与读者形成交流互动:"诸君诸君!余前者所经历早已布告于诸君之前,诸君且将为漫汗无稽之谈欤!"①徐念慈的《新法螺先生谭》开篇采用了相同的夸张口吻与读者互动,借以唤起读者的文本参与意识:"新法螺先生曰,诸君乎,抑知余之历史,其奇怪突兀、变幻不可思议,有较甚于法螺先生者乎?诸君其勿哗,听余之语前事。"②《新法螺先生谭》属中篇小说,小说采用的第一人称限制视角叙事在现代小说转型期的晚清实属别开生面,极具技巧性。作者利用"余"这一第一人称叙事视角抹去了奇谲想象的突兀之感,赋予小说叙事者正当的叙事权力,很自然地把读者带入作者希望的情节中去,带给读者与传统小说不一样的审美体验。"余"自山顶跌落,灵魂与肉体一分为二,肉体虽死,灵魂却能观察常人所不能见之事,因之得以见到中国人如何麻木,然后"余"便致力于在宇宙中探寻救国之术,不经意间从宇宙跌落地球,与躯壳重新合体,恰遇一万吨战舰归航中国,"余"随战舰回到上海,利用科学知识发明了"脑电",能改变人的思维与智力……这一系列奇幻情节若非由"余"这样的第一人称限知视角来经历和讲述,恐产生叙事难度。尤其值得一提的是,小说末尾处的峰回路转,"余"因为自己的发明招致众人群起而攻之,"不得不暂避其锋,潜踪归里"③。在游刃有余的叙事视角操控下,峰回路转的时空转换或许不能不令读者哂然一笑,随着小说终章从怪诞奇谲的幻想世界回归现实。相较于晚清政治小说不能

---

① [日]岩谷小波:《法螺先生续谭》,吴门天笑生译,小说林社 1905 年版,第 1 页。
② 徐念慈:《新法螺先生谭》,小说林社 1905 年版,第 1 页。
③ 徐念慈:《新法螺先生谭》,小说林社 1905 年版,第 39 页。

终篇的普遍叙事困局,《新法螺先生谭》不能不说在叙事策略上创造了一个全新的高度。而且这种叙事策略使之不同于其他政治小说的是,作者将政治思想巧妙融入叙事中,使之与小说情节浑然一体,既不需要借助大段枯燥议论,又未陷入"补正史之阙"的老套稗史叙事模式之中,却能让读者在阅读之间不知不觉地受到感染,《新法螺先生谭》可以说是晚清政治小说中难得的叙事策略佳作。

《千年后之世界》和《秘密电光艇》文本中的科幻因素与《新中国》的文本之间存在的联系在前章中已进行论证(详见第二章第三小节),本节仅就《新中国》与《千年后之世界》文本的叙事视角联系进行探讨。《千年后之世界》和《秘密电光艇》两部小说都是极具现代叙事意识的长篇小说,第一人称"我"既是叙事者,也是故事的亲历者,这一叙事视角既解决了未来时间叙事的不可控性,也将科幻作品天马行空的想象收拢在可控范围之内,保证了小说的叙事完整性和趣味性。以《千年后之世界》为例,"余"是小说的主人公,所以有操控故事情节的权力,小说属于未来时间叙事,"余"落入水中,跨入未来世界。小说开篇从"现在"的"余"说起:"余任外交官,在驻法国巴黎的日本领事馆就职期间,有趣的事情数不胜数……"[①]"余"跌落湖中之后,醒来即切换到未来世界:"恍惚间听见远处有人喊余,喊声越来越近,有谁将余摇醒,余睁开眼睛,却大吃一惊:此处果真是人间世界吗?泽尔贝博士和余同时惊讶得张大了嘴巴。"[②] 第一人称限制视角叙事便于自由切换时空场景,第一人称经历故事则加强了作者的文本干预能力,大量的心理描写让"余"在无形之中将读者带入相同的视角观察、思考世界。

《新中国》是陆士谔创作的另一部第一人称限制视角叙事的中篇小说。与《新法螺先生谭》中半文半白的文体不同,《新中国》是真

[①] [日] 押川春浪:『千年後の世界』、大学館明治三十六年(1903)版、第1頁。(笔者译)

[②] [日] 押川春浪:『千年後の世界』、大学館明治三十六年(1903)版、第156頁。(笔者译)

正意义上的第一人称限制视角叙事的白话文小说，推进了晚清小说的叙事策略建设。《新中国》采取了未来与现在交叉进行的叙事时间模式，这是晚清政治小说在明治政治小说影响之下开启的全新叙事策略，《新中国未来记》因为不能很好地处理叙事视角问题，未能使用新的叙事视角与变革后的叙事时间模式配合，导致叙事在时间的前移与回溯之间陷入混乱。《新中国》或许吸取了这一教训，用第一人称限制视角叙事解决了全知全能视角所缺失的文本深度干预能力。《新中国》中的"我"既是叙事人又是故事的亲历者，"我"可以随时表达所思所想，可以自由地进行观察，不仅保证了情节的紧凑和完整，也增加了小说叙事的可信性和说服力。小说开篇便埋下叙事伏笔，巧妙解决了时间的往复穿梭，"话说宣统二年正月初一日，在下一觉醒来，见红日满窗，牌声聒耳，晓得时光不早，忙着披衣下床"①。和朋友走在街上，"我"发现一切都变得是自己理想中的世界的模样，朋友告诉"我"现在是宣统四十三年，等到小说结尾处，"我"一跤跌醒，"见身子依然睡在榻上，一个女人站在榻前，却正是好友李友琴君。才知方才的，乃是一场春梦。今年依旧是宣统二年正月初一"②。叙事时间转换这一全知全能视角叙事无法突破的困境被突破，时间转换被成功掌控在第一人称限制叙事视角之下。感到不可思议的既是叙事者"我"，又是故事的亲历者"我"，所以这一叙事视角的设定可以让作者游刃有余地深度把控和干预文本的情节以及出场人物，读者读来不仅不会感觉突兀，还会随着"我"继续经历故事，解开"我"的种种困惑。第一人称限制视角叙事在谋篇布局上具有掌控力强、容易唤起读者好奇心和共鸣的优势。小说中还使用了大量的心理描写，引发读者的"共情"。如看到周围的人庸庸碌碌时，"我"十分烦闷，再看到乞讨者的花样百出时，"我暗想，化子也晓得心理学，知道元旦日人家欢喜吉利，就把吉利话来乞钱"③。《新中

---

① 陆士谔：《新中国》，中国友谊出版公司2010年版，第3页。
② 陆士谔：《新中国》，中国友谊出版公司2010年版，第71页。
③ 陆士谔：《新中国》，中国友谊出版公司2010年版，第4页。

国》的叙事视角虽然还谈不上成熟，小说的情节也没有太多新意，中间依然采用了大篇幅对话的方式连缀情节，似有"敷衍"之嫌，但是在晚清中国的政治小说中，这一第一人称限制视角叙事且由第一人称叙事人亲历故事的白话小说已显现极大的叙事创新性，改变了依靠谈史、说史增加小说情节可信度的叙事传统，也弥补了全知全能叙事视角在文本干预方面的短板。

《新法螺先生谭》和《新中国》均接受了《法螺先生谭》和押川春浪科幻政治小说中的第一人称限制视角叙事策略，使用了具有现代意义的第一人称限制视角叙事策略，并且在这两部作品中，第一人称叙事人既是故事的讲述者，又是故事的亲历者。这种叙事策略不仅解决了全知全能叙事中作者无法干预叙事、与读者难以形成交流、时空视域受限等叙事短板，也比第三人称限制叙事视角更加灵活，在晚清政治小说乃至晚清时期的现代小说转型中具有重要意义，在不久之后到来的"五四"新文学运动中，第一人称限制视角叙事被广泛应用。

综观晚清政治小说，在明治政治小说的影响下已经突破了传统小说惯用的全知全能叙事视角，在第一、第三人称限制视角叙事方面均有代表作品出现。在这个过程中虽然出现了短暂的转型混乱，但是总体在叙事视角的革新方面为晚清小说现代转型提供了极具范本意义的文本实例。本节详细分析了晚清政治小说叙事视角转型中对明治政治小说叙事策略的借鉴，借此明辨晚清政治小说叙事视角转换中的外来因素和本土选择动因，以期进一步呈现晚清政治小说发生、发展的真实全貌。

第三节 "佳人才子"叙事模式的回迁

"佳人才子"叙事本是中国传统文学中描写男女爱情的主要叙事模式之一，在明治政治小说中，源自中国传统小说中的"佳人才子"叙事一度成为叙事的主流模式。中国传统文学中的"佳人才子"叙事在日本曾被广泛传播与接受,有学者考证,截至明治四十五年（1912）,日本出版过《长恨歌传》《游仙窟》《美人谱》等47种中国古典小说和几乎全套的传统戏曲,"日本几乎出版了中国古代各时期的经典小说"①。"在德山藩收藏的全八部中国古典戏曲（《传奇四十种》《元人百种》《西厢记》《琵琶记大全》《玉合记》《六才子书》《名家杂剧》《盐梅记》）中,除《盐梅记》外,其余七种均收录于《御书目目录》内……"② 如前所述,明治政治小说家中多有出身江户旧士族家庭、精通汉学、熟读汉籍者,他们创作的政治小说中也可以见到不少中国传统小说的痕迹,如柴东海作《佳人奇遇》,里面引述中国经典随处可见,形容散士与红莲、幽兰起舞对饮为"湘妃汉女,交相劝杯",末广铁肠的《花间莺》中编第一回"满天风雪警官护送囚徒　一瓶毒酒少年醉倒巡查"中,作者明言激进党营救武田猛一节借鉴了《水浒传》中"智取生辰纲"的故事情节……"佳人才子"并非日本传统的爱情叙事模式,而是对中国古典叙事的借用,但是明治政治小说中的"佳人才子"叙事模式的文化内涵已偏离中国本源,或者说仅保留了"佳人才子"这一叙事外壳。首先,"佳人才子"叙事的文化内涵发生改变,明治政治小说中的"佳人才子"不再以传统小说中渲染男女追求缠绵爱情为主要内容,取而代之以具有全新时代内涵的"政治+爱情"的叙事模式,纯粹的青年男女之情无形之中遭遇政治理想的贬斥和压制,以共同追求政治理想为爱情纽带的新"佳人才子"叙事模式受到推崇。其次,"佳人才子"叙事在明治政治小说中多充当一种叙事策略,叙事本身已沦为配角,甚至被完全掩盖。这一叙事模式随着政治小说的译介,深受晚清政治小说家的青睐,政治与爱情纠缠在一起的新"佳人才子"叙事被晚清政治小说作家广泛接受。政治与爱情纠缠在一起的新"佳人才子"叙

---

① 闵宽东:《韩日两国中国古典小说出版及其文化特质——时间截止至朝鲜时代末期（1910年）与日本明治时代（1912年）》,《河北学刊》2016年第1期。

② [日]伴俊典:《中国古典戏曲传入日本的相关疑问——以日本江户时期新发现的唐船舶载资料等珍稀文献分析为中心》,《河北学刊》2021年第4期。

事实际可以看作中国传统叙事模式被明治政治小说加工之后的文化回迁。正因为有深厚的传统文化土壤,这一叙事模式才迅速被晚清政治小说作者采纳,并且在中国本土文学中显示出远超日本的生命力,这一文学叙事方式的表现形式以及文化内涵建设也远远超出日本,呈现鲜明的本土文化特色。

明治中期,政治小说在日本兴起之时,背后的主要理论支撑是改良传统稗史以启蒙民众的小说道德论,是借小说的普及增强民众的政治意识。在此过程中,歌颂青年男女追求爱情自由的传统爱情叙事受到政治小说家的批判。"然我国自古以来的稗史戏曲等类皆不过是书写专制历史,其主旨若不是忠孝节义,便是优胜劣败之战记;若不是缠绵之恋情,便是因果报应之理法;若不是侠客力士,便是盗贼赌徒之事;若不是谈说鬼怪,便是滑稽谐谑之说。"[①] 受到明治政治小说创作成果和理论的直接影响,晚清知识阶层掀起小说改良运动,大力提倡新小说创作,批判、改良小说的传统叙事模式是晚清小说和小说理论家大力推动的文学革命内容,"佳人才子"叙事在这场文学革命中被视为着力改革的对象。晚清小说理论对传统小说中的"佳人才子"叙事不乏口诛笔伐,梁启超把才子佳人叙事与封建科举思想、江湖盗贼的道德堕落思想、妖巫狐鬼的封建思想并举为中国传统小说的四宗罪,与上述小室信介的小说改良理论思路和表述极为类似。"吾中国人状元宰相之思想何自来乎?小说也。吾中国人佳人才子之思想何自来乎?小说也。吾中国人江湖盗贼之思想何自来乎?小说也。吾中国人妖巫狐鬼之思想何自来乎?小说也。"[②] 那么,晚清小说家反对的"佳人才子"叙事具体所指以及反对的主要原因是什么?根据当时的资料论述,可以判断"佳人才子"具体指的是中国小说中流传下来的爱情故事,"至问以唐明

[①] [日]小室信介:《改良稗史戏曲乃我国播植自由种子之一手段》,王向远译:《日本古典文论选译》[近代卷(上)],中央编译出版社2012年版,第127页。

[②] 梁启超:《论小说与群治之关系》,郭绍虞主编:《中国历代文论选》4,上海古籍出版社2001年版,第210页。

皇、杨贵妃、张生、莺莺、柳梦梅、杜丽娘为何如人？则又无不以佳人才子对"。① 在晚清小说理论建设中，对"佳人才子"叙事的批判多撷取《红楼梦》《牡丹亭》《西厢记》为例，梁启超批评中国小说的思想陈旧时说："中土小说，虽列之于九流，然自《虞初》以来，佳制盖鲜，述英雄则规画《水浒》，道男女则步武《红楼》，综其大较，不出诲盗诲淫两端。"②《新世界小说社报》第八期也刊载文章批判"佳人才子"传统叙事："中国小说，亦多颐哉，大致不外二种：曰儿女，曰英雄。而英雄小说，辄不敌儿女小说之盛，此亦社会文弱之一证。民生既已文弱矣，而犹镂月裁云，风流旖旎，充其希望，不过才子佳人成了眷属而止，何有于家国之悲，种族之惨哉？国奢则示之以俭国，国俭则示之以礼；国文弱则示之以文弱，不犹以水救水，以火救火耶？益多而已矣。所以《牡丹亭》《西厢记》之小说愈出，而人心愈死，吾于是传施耐庵。"③ 从当时留存的史料中，可以大致了解晚清小说家所批评的"佳人才子"叙事主要指以肯定态度描写青年男女追求爱情自由的故事情节构思；之所以对这类叙事口诛笔伐，是因为晚清小说家认为这一传统叙事对晚清社会进步毫无益处，会将青年人导向堕落，腐化社会风气，使青年男女陷入个人情感窠臼，丧失救国斗志。佳人才子小说之所以盛行，自有其文化根由，"夫男生而有室，女生而有家，人之情也。然一凭父母之命，媒妁之言，执路人而强之合，冯敬通之所悲，刘孝标之所痛。因是之故，而后帷薄间其流弊乃不可胜言。识者忧之，于是构为小说，言男女私相慕悦，或因才而生情，或缘色而起慕，一言之诚，之死不二，片夕之契，终身靡他……吾国小说，以此类为最多"④。也就是说，"佳人才

---

① 严复、夏曾佑：《本馆附印说部缘起》，郭绍虞主编：《中国历代文论选》4，上海古籍出版社 2001 年版，第 196 页。
② 梁启超：《译印政治小说序》，郭绍虞主编：《中国历代文论选》4，上海古籍出版社 2001 年版，第 205—206 页。
③ 佚名：《中国小说大家施耐庵传》，郭绍虞主编：《中国历代文论选》4，上海古籍出版社 2001 年版，第 268 页。
④ 王钟麒：《中国历代小说史论》，郭绍虞主编：《中国历代文论选》4，上海古籍出版社 2001 年版，第 261 页。

子"叙事之所以盛行，是因为它有过反抗封建包办婚姻的社会进步意义，但是到了晚清亡国灭种，甚至连个体生命权都失去保障的关头，曾经的进步意义已经不适于时代文化大潮，因而率先遭到政治小说家的抵制。在晚清政治小说家的理论倡导与文学实践中，"佳人才子"叙事被注入全新的时代文化内涵，变身为英雄儿女、救国儿女、革命儿女等新"佳人才子"叙事。

"佳人才子"叙事方式在明治政治小说中是深受作者青睐的主要叙事模式之一。这一叙事方式中被否定的仅是不合时宜、妨碍国人家国思想进步的个体私属伦理范畴下的爱情，政治小说家用基于国家民族这一公共伦理维度上的共鸣产生的男女爱情进行替代，"政治＋爱情"的全新"佳人才子"叙事因之诞生。但是，男女恋情的个体伦理属性与家国社会这一公共伦理范畴存在"公"与"私"的本源性对立，如何调和二者之间的矛盾是明治政治小说必须面对的叙事策略问题。明治政治小说中大致采取两种方式处理这一叙事矛盾。一是将政治与爱情置于对立两端的反构式叙事，当二者发生正面冲突时，用家国责任这一公共伦理对个人恋情进行压制和否定，使后者对前者形成绝对的伦理服从；二是将政治与爱情进行调和的同构式叙事，将二者置于同一伦理维度，主人公因为政治理想产生爱情，为追求共同的政治信念琴瑟和鸣。这两种叙事都有从道德维度贬抑男女恋情的倾向，并且因为明治政治小说往往将"佳人才子"作为叙事策略，主要借用这一古老的叙事形式连缀小说，这就使男女恋情从叙事中心转移为叙事配角。晚清政治小说家吸取了这两种与中国传统文学深具渊源的叙事模式，并在创作过程中使之带上浓重的本土文化色彩。梁启超试图模仿《佳人奇遇》中的"佳人才子"叙事模式，却未能完成，但是他依然由衷感慨"千金国门，谁无同好"[①]，《狮子吼》中的少女女钟正是因为记起《日本维新英雄儿女奇遇记》中英雄儿女行为规范，才为自己对狄必攘的爱慕感到羞愧。明治政治小说中的新

[①] 梁启超：《清议报一百册祝辞并论报馆之责任及本馆之经历》，《清议报论说》（第一集卷一），通化社1901年版，第6页。

"佳人才子"叙事为晚清政治小说提供了参考范本。

在政治与爱情对立的反构叙事模式下,明治政治小说家本着利用小说改良社会风气的创作宗旨,对"佳人才子"叙事中歌颂、渲染男女爱情至上、追求爱情自由的传统文化内涵持批判否定态度,并在作品之中尝试进行新的爱情叙事道德伦理重构。在传统的封闭社会中,"佳人才子"叙事指向的批判对象是使男女恋情受到压制的封建伦理,日本传统小说中多见男女恋人为争取恋爱自由双双赴死的叙事。随着明治政治小说的兴起,男女恋情这一纯私属伦理范畴的叙事已不能合乎明治政治小说家家国伦理至上的创作宗旨,明治政治小说家于是提出用全新的时代文化内涵重构传统的恋情书写。"……写缠绵恋情应抛弃那种恋人携手投水,两人双双死于刀下之类的凄惨无意义的描写,而应书写婀娜美人,潇洒少年为国事辗转奔忙而不得相见,当难以忍耐的思恋之情令二人死去活来之时,偶然邂逅相遇,才得以抒发万般思绪之情……"① 这一小说理论实际已将"辗转国事"与"思恋之情"置于对立两端。基于类似的政治与爱情的对立理论,明治政治小说家在创作实践中努力从政治小说中剔除传统"佳人才子"叙事中的纯私情私欲的私属伦理部分,代之以家国内涵的新英雄儿女叙事。小说《佳人奇遇》即为较具代表性的新"佳人才子"叙事作品,"佳人"和"才子"徘徊于政治与爱情之间,最终爱情退出双方的关系。《经国美谈》对此也有所涉及,小说以"佳人"之死消解了政治与爱情的潜在矛盾。晚清政治小说理论和小说创作对此进行了积极的肯定,晚清政治小说家金松岑甚至在类似理论的基础上提出更为激进的意见。金松岑早年留学日本,深受日本政治小说影响,他的"才子佳人"叙事理论与明治政治小说家保持一致也是情理之中。金松岑对传统"佳人才子"大加鞭笞,他关注的焦点在于爱情叙事的价值,所谓"价值",自然取自公共伦理的道德标准。基于中国的现实和社会道德标准,金松岑提出采取非常手段遏制男女私情传

---

① [日]小室信介:《改良稗史戏曲乃我国播植自由种子之一手段》,王向远译:《日本古典文论选译》[近代卷(上)],中央编译出版社2012年版,第128页。

播的建议,"至男女交际之遏抑,虽非公道,今当开化之会,亦宜稍留余地,使道德法律得持其强弩之末以绳人,又安可设淫词而助之攻也!不然,而吾宁主张夫女娲之石,千年后之世界,以为打破情天、毒杀情种之助,谓须眉皆恶物,粉黛尽枯髅,不如一尘不染、六根清净之为愈也。又不然,而吾宁更遵颛顼(颛顼之教,妇人不避,男子于路者,拂之以四达之衢)、祖龙(始皇厉行男女之大防,详见会稽石刻)之遗教,厉行专制,起重黎而使绝地天之通也"①。相较于明治政治小说家,晚清时期救国保种的焦虑促使这一理论广为接受,并在本土小说的实践创作中贯彻得更为激进和彻底。如果说明治政治小说中的政治与爱情的反构叙事中融入了"政治儿女"的道德内涵,爱情在政治信念面前被迫让步,那么在晚清政治小说中,儿女私情叙事与儿女英雄叙事被对立为不能相容的矛盾两极,爱情在政治面前已失去容身余地,《瓜分惨祸预言记》和《狮子吼》等小说中均采用了爱情与政治不能相容的反构叙事。以下以《佳人奇遇》与《瓜分惨祸预言记》为例进行新"佳人才子"的叙事分析。《佳人奇遇》是最早被译介的明治政治小说,《瓜分惨祸预言记》则是较早问世的本土原创政治小说,且《瓜分惨祸预言记》与明治政治小说多有联系,二者对"佳人才子"叙事模式的重构较具代表性。

  政治小说《佳人奇遇》是一部"佳人才子"叙事的转型之作。小说原作的序中提到,"著小说者,以笔墨动天下,身体力行,为握一国之政权、以民间政务为己任者之不能为,其力量亦不可谓不大……余友东海散士久游异邦,以其阅历著成一书,名曰《佳人之奇遇》,假借志向高洁之士与足智之女,绳以西洋之理论,实论东洋之国事,欲借之述平生之怀抱,与我国素来之小说迥异"②。"假借志向高洁之士与足智之女"实际表明文本对"佳人才子"叙事做出重

---

① 松岑:《论写情小说于新社会之关系》,陈平原、夏晓虹编:《二十世纪中国小说理论资料(第一卷)1897—1916》,北京大学出版社1997年版,第172页。
② [日]芳辉园主人:『佳人之奇遇』序、『日本现代文学全集3 政治小说集』、兴阳社昭和四十年(1965)版、第127页。(笔者译)

构,"佳人才子"既非小说的主要情节,也不再是小说的重点书写对象,而是退居为小说的叙事策略。与之同时,"佳人才子"的叙事内涵也发生了改变。如小说题目所示,《佳人奇遇》带有浓重的"佳人才子"传统叙事色彩,但是"佳人才子"叙事的实际内涵已经逐渐偏离传统私属伦理范畴。在叙事结构设置上,主人公"散士"满怀亡国忧伤和报国之思、身体孱弱,颇有传统"才子""多愁多病身"的人物形象设定特点,红莲和幽兰则貌美多才艺,恰是传统"佳人"的人物形象设定。散士与红莲、幽兰二佳人的初次邂逅也充满"佳人才子"一见钟情的传统色彩,在散士眼中,红莲"年二十三四,绿眸皓齿。垂黄金之缛发,细腰冰肌;踏游散之文履,扬彼皓腕。折一柳枝,态度风采,若梨花含露"①,幽兰"年齿二十许,盛妆浓饰,冷艳欺霜。眉画远山之翠,鬓堆螺顶之云……几疑姮娥降尘,洛神出世。于是散士心动胸悸,为之一揖"②。这一段才子佳人初遇的描写几乎令读者误以为走进了书写男女爱情的传统小说叙事中,即将看到男女主人公之间的缠绵悱恻。然而,小说很快收住传统佳人才子的叙事趋向,"才子"与"佳人"之间讨论和共情的不是儿女私情,而是长篇大论论起国族政治问题。开篇叙事大概可以用"以男女之情开始,以政治共鸣升华"来概括。在整篇小说的叙事中,散士与红莲、幽兰之间的关系始终游走于私属伦理和公共伦理的边缘,小说不断强调红莲和幽兰在散士眼中的女性魅力,而幽兰对散士的倾慕也明确包含儿女私情,却又在叙事即将转向男女私情之时被强行终止。如小说第二回结尾处,幽兰借鹦鹉吐露对散士的倾慕:"郎君勿舍妾去!"被红莲撞破之后,幽兰"俯头不语,满靥潮红,眉带羞状"③。当文本叙事再次即将转向儿女私情之时,作者又突然收笔,强行改变

---

① [日]柴东海:《佳人奇遇》,梁启超译,《梁启超全集》第十九卷,北京出版社1999年版,第5497页。
② [日]柴东海:《佳人奇遇》,梁启超译,《梁启超全集》第十九卷,北京出版社1999年版,第5497页。
③ [日]柴东海:《佳人奇遇》,梁启超译,《梁启超全集》第十九卷,北京出版社1999年版,第5507页。

"佳人才子"的自然内涵发展,由散士告知幽兰彼此流落异乡,彼此间的感情"如弟姊兄妹之情"。通览全篇,类似徘徊于儿女之情与政治共鸣之间的新"佳人才子"叙事贯穿其中,散士一度深陷纠缠于儿女私情的苦恼,"汉皇倾城,楚王无灵,爱恋之情,其恼人何其深也"①,但是到了小说第七回开篇则再度表现出作者对儿女私情叙事的刻意压制与拒斥,"原来散士之钦爱幽兰,非红莲之比,虽然,亦不过落花流水,一时痴情所结,未可断言"②。或许因为儿女私情与政治共情之间的矛盾难以解决,幽兰"消失",小说暂时搁置了"佳人才子"的叙事,至小说第十六回之中,作者终于借散士之口在"才子佳人"与"儿女英雄"之间做出抉择,为全篇的佳人才子叙事画上句号,散士之所以对深陷囹圄的幽兰过而不救,是因为"惟恐私情有碍公务,故不能如愿耳"③。《佳人奇遇》通篇看来,"佳人才子"在承担架构连缀整篇小说叙事功能的同时,贯穿了对传统"佳人才子"叙事中描写男女恋情的刻意压抑与排斥,"佳人才子"叙事内涵随着文本的进展逐渐转向对公共伦理价值的追求。小说文本中大致呈现一条儿女私情被质疑、被否定的清晰线索:基于男女容貌才艺的相互吸引——一见钟情——以兄妹之情强行否定儿女私情——对儿女私情的自我质疑——基于公共伦理标准合理否定男女私情。

晚清政治小说文本中的新"佳人才子"叙事也如明治政治小说,表现为爱情与政治相互矛盾的反构叙事模式,传统意义上的男欢女爱被政治信念压制与涵盖,爱情往往被推向公共道德伦理的对立面。梁启超的《新中国未来记》叙事结构试图模仿《佳人奇遇》,借用"才子佳人"叙事模式抒发政治情怀,却因为忽略叙事结构等做法偏离小说的基本原则,导致这一叙事模式未及展开即陷入困境。《瓜分惨

---

① [日]柴东海:《佳人奇遇》,梁启超译,《梁启超全集》第十九卷,北京出版社1999年版,第5507页。
② [日]柴东海:《佳人奇遇》,梁启超译,《梁启超全集》第十九卷,北京出版社1999年版,第5538页。
③ [日]柴东海:《佳人奇遇》,梁启超译,《梁启超全集》第十九卷,北京出版社1999年版,第5600页。

祸预言记》是较为典型的政治与爱情的反构叙事。男主人公华永年和女主人公夏震欧在小说中登场之时会给读者一种"才子佳人"的错觉,"却说自立学堂所发各函内,就中却有学生杨球所寄的一封,落在两个惊天动地的大英雄手内,一是男人,一是美女"①。不仅如此,华、夏两家还是世交,华永年出生在夏家,与夏震欧青梅竹马、两小无猜,"那华永年却是极钝,先生教他,多是不能理会,幸亏夏震欧与他讲解,却一旦明白了。因此他二人却如胶似漆的,彼此亲爱"②。小说接下来的叙事中,华永年带兵抗击侵略、夏震欧修整内政,二人带领有志之士成立兴华邦独立国。待得兴华邦国势日昌,爱国志士们方才论及婚姻之事,但是婚姻之中被彻底剔除了"爱情"的部分,而是因为"大凡妇女,为国家生强壮之儿,为本族培聪明之种,是为天职"③。本是青梅竹马的华永年和夏震欧以身作则,做出重构后的新"佳人才子"表率,为了政治信念,他们抛弃了儿女私情:

  且说众人见夏震欧劝王、花二女嫁人,便问大统领陛下,年纪已长,何不择一配偶,震欧道:"吾有一夫死了,今吾为抚遗孤,不得嫁人。"众问:"陛下实未有夫,此言何谓?"夏统领曰:"这中国就是我夫,如今中国亡了,便是我夫死了。这兴华邦是中国的分子,岂不是我夫的儿子么?我若嫁了人,不免分心,有误抚育保养这孤儿的正事,以故不敢嫁人。"众尽皆叹服。就中却有黄盛说道:"陛下爱国真挚诚可钦慕,我们独立国中,惟华永年可以恍惚。臣问彼何以不娶?彼言:'吾有一强壮美丽之妻,已经亡失了。剩这遗留簪珥,吾望着,每暗自神伤,

---

① 日本女士中江笃济藏本,中国男儿轩辕正裔译述:《瓜分惨祸预言记》,董文成、李勤学主编:《中国近代珍稀本小说·十七》,春风文艺出版社1997年版,第468页。
② 日本女士中江笃济藏本,中国男儿轩辕正裔译述:《瓜分惨祸预言记》,董文成、李勤学主编:《中国近代珍稀本小说·十七》,春风文艺出版社1997年版,第469页。
③ 日本女士中江笃济藏本,中国男儿轩辕正裔译述:《瓜分惨祸预言记》,董文成、李勤学主编:《中国近代珍稀本小说·十七》,春风文艺出版社1997年版,第554页。

不忍复娶也。'臣讶问何谓？彼言：'中国乃其爱妻，而今所存之兴华邦璇潭，乃遗留的簪珥也。'其言恰与陛下之言相似，故特述之。"众人不禁同声赞叹。话毕散了。后来二人果是终身不肯嫁娶，以便专心谋国。①

《瓜分惨祸预言记》中的华永年和夏震欧是晚清政治小说中新"佳人才子"反构叙事的典型文本，青梅竹马的青年男女一心为国，将儿女私情视作政治理想的对立，政治对爱情形成绝对的伦理权威，在这一全新的伦理中，儿女私情被视作道德的反面加以否定和摒弃。晚清政治小说中，政治在伦理层面绝对凌驾于爱情之上的叙事文本并不少见。《东欧女豪杰》中的苏菲亚与安德烈的纯粹革命爱情、《狮子吼》中的女钟发觉自己对狄必攘暗生情愫之时相伴产生的犯罪自责感等，都将爱情视作政治的对立面。明治政治小说中爱情与政治对立的新"佳人才子"反构叙事在晚清政治小说中进一步被强化。晚清政治小说中往往将爱情与政治视作不能并存的两极，在这一叙事模式之下，爱情被视作道德伦理的反面，被刻意压抑和消灭。

除了将爱情视作政治理想的障碍进行压抑的反构叙事，明治政治小说中更常见的是将爱情涵盖在政治伦理之下的新"佳人才子"同构叙事。其中对晚清政治小说创作影响较大的明治政治小说文本中，《日本维新英雄儿女奇遇记》和《政海情波》中都进行了"佳人才子"叙事内涵的时代重构。与《佳人奇遇》中将政治信念与男女之情设置为悖行伦理不同，明治政治小说中也不乏政治与爱情重合的同构叙事文本。其中《日本维新英雄儿女奇遇记》中的多个中短篇故事都是对"佳人才子"叙事的内涵重构，代之以儿女私情和政治追求合二为一的新"佳人才子"叙事模式，即以"英雄儿女"叙事代替传统的"佳人才子"叙事。以《日本维新英雄儿女奇遇记》中的开篇故事为例，小说以维新志士坂本龙马夫妇为题材，用"佳人英

---

① 日本女士中江笃济藏本，中国男儿轩辕正裔译述：《瓜分惨祸预言记》，董文成、李勤学主编：《中国近代珍稀本小说·十七》，春风文艺出版社1997年版，第554页。

雄"概括龙马夫妇："天地独钟爱英雄佳人，酝酿其磅礴之势，勃发其英灵之气。英雄得其刚猛，具雷霆飒爽之威，佳人得其温柔，有花笑柳颦之艳。如缺少英雄血痕、佳人泪痕，古今东西之青史必将少却韵致，凄冷寂寞、索然无味。余读维新历史，阅坂本龙马夫妇之故事，心有戚戚焉。"①《坂本龙马》文本叙事主要写坂本龙马的妻子阿龙如何侠义智慧、胆识过人、具有政治思想，坂本龙马在倒幕大业中怎样勇敢，不畏牺牲，"佳人才子"已变身为"儿女英雄"。东洋奇人所著《政海情波》中的"佳人才子"叙事内涵和《日本维新英雄儿女奇遇记》中坂本龙马夫妇"英雄儿女"的叙事结构类似，"佳人"芳子美貌无比、智勇双全，帮助身为日本总理大臣的"才子"丈夫武田揭穿并摧毁对手的种种政治阴谋。

从《坂本龙马》的叙事中可以看出，传统"佳人才子"赞美的核心为"为追求爱情奋不顾身"，现已变构为政治（英雄）儿女"为政治理想并肩奋斗"。明治政治小说中，青年男女彼此吸引、携手的原因不再是美貌和才情，而是政治信念。在晚清政治小说变构后的新"佳人才子"叙事里，爱情和政治或被设定为悖行伦理，或被设定为同构关系，在后者的叙事中，"郎才女貌"与政治信念并不冲突，爱情与政治合二为一。但需要注意的是，无论相悖还是同构，爱情都被涵盖在政治理想和政治信念之下，本质都是政治对爱情的消解与压制，政治追求高于儿女私情是新"佳人才子"叙事的特点。爱情与政治同构叙事得以成立的重要前提就是政治以伦理道德的绝对性压制消解了爱情。《日本维新英雄儿女奇遇记》中除了《坂本龙马》，另外几篇描写英雄儿女的短篇小说也都采用较为简单的爱情与政治同构叙事结构，基本的叙事线索就是青年男女因政治信念相同结为夫妇，为追求政治理想不畏牺牲。在此类叙事中，爱情部分实际并未展开，或者说爱情因为男女主人公共同的政治理想不证自明地存在着，其表征便是为共同的政治理想奋斗和牺牲。《雪中梅》《花间

---

① ［日］長田偶得：『維新豪傑の情事』、大学館明治三十四年（1901）版、第1頁。（笔者译）

莺》也选择了"政治儿女"的叙事方式,但这两部小说中的"佳人才子"叙事更趋向于具有隐喻意义的政治寓言。如作者所言,"此书构思写法虽嫌弃陈旧,然语言文章颇有润饰,并稍施加小说之色彩。然此书实乃一部政治评论,若读者能将其与普通恋爱小说区别视之,幸甚"①。

明治政治小说中爱情与政治并行的同构叙事方式被晚清政治小说接受。晚清政治小说家认识到,写情包含的个体情感具有永恒的文学生命力,其中的社会伦理张力又使这一叙事模式具备社会伦理价值重塑的可能,"至佳人才子之行事品目,则或以为是,或以为非,尤为江湖名士与村学究所聚讼,呶呶然千载不可休者也"②。倡导改良小说者看到了"佳人才子之行事品目"之中包含的道德维度可以服务于社会道德风气的引导与塑造。"……自从世风不古以来,一般佻达少年只知道男女相悦谓之情,非独把'情'字的范围弄得狭隘了,并且把'情'字也污蔑了,也算得是'情'字的劫运。到了此时,那'情'字也变成了劫余灰了。"③拓展写情的新道德伦理维度在理论上虽然可以通行,但晚清政治小说家也不得不承认,利用"佳人才子"叙事化导社会风气的出发点必须是写情,而不是政治,"人之生而具情之根苗者,东西洋民族之所同;即情之出而占位置于文学界者,亦东西洋民族之所一致也。以两社会之隔绝反对,而乃取小说之力,与夫情之一脉,沟而通之,则文学家不能辞其责矣"④。利用"佳人才子"文学叙事中包含的道德伦理张力改变世道人心,晚清小说家虽然试图借鉴明治政治小说中的写情叙事,重塑"佳人才子"

---

① [日]末广铁肠:《订正增补〈雪中梅〉序》,王向远译:《日本古典文论选译》[近代卷(上)],中央编译出版社2012年版,第143页。
② 严复、夏曾佑:《本馆附印说部缘起》,郭绍虞主编:《中国历代文论选》4,上海古籍出版社2001年版,第196页。
③ 我佛山人:《〈劫余灰〉第一回》(节录),(原载《月月小说》第一年第10号,1907年),陈平原、夏晓虹编:《二十世纪中国小说理论资料(第一卷)1897—1916》,北京大学出版社1997年版,第282页。
④ 松岑:《论写情小说于新社会之关系》,陈平原、夏晓虹编:《二十世纪中国小说理论资料(第一卷)1897—1916》,北京大学出版社1997年版,第171页。

叙事的新价值标准，灌注家国社会需要的时代文化内涵，但是将爱情与政治价值维度同构化必须面对并设法调和这一叙事伦理中包含的"公"与"私"的矛盾，否则将有陷入叙事策略失败的危险。或者说这一叙事中的道德伦理塑造意识越是强烈，爱情与政治顺向同构中的公私矛盾就越是突出，如《自由结婚》和《孽海花》之所以未能完稿，与未能处理好写情与政治之间的矛盾不无关系。

《自由结婚》是晚清政治小说中的新"佳人才子"叙事典范。作者张肇桐1901年赴日留学，留日期间思想发生革命转向，1903年张肇桐假托"犹太遗民万古恨"之名创作发表政治小说《自由结婚》。小说中的"佳人才子"是叙事策略，也是写情伦理内涵的重塑。"全书以男女两少年为主，约分三期；首期以儿女之天性，观察社会之腐败；次期以学生之资格，振刷学界之精神；末期以英雄之本领，建立国家之大业。无一事不惊心怵目，无一语不可泣可歌，关于政治者十之七，关于道德教育者十之三，而一贯之佳人才子之情。"[①] 按照这一叙事预设，政治思想启蒙、道德伦理重塑、佳人才子叙事策略在小说中的重要性递减。"岂知周室虽衰，天命未改，绝世英雄黄祸、绝代佳人关关，先后降生，靠着自由的精神倒旋乾坤，转移时局，竟能生死人而肉白骨，把已亡之国变成自主独立之雄邦，这岂不是一件大奇怪的事吗？"[②]

这段话清楚表明，关关和黄祸的新"佳人才子"内涵重构是小说的叙事重点。关关和黄祸青梅竹马，挣脱家庭束缚，争取自由结婚的权利，虽然关关提出了爱情与政治对立的意见，认为自己和黄祸虽然"初见的时候，就你恋我爱，无限恩情布满脑海"，却"必待那爱国驱除异族，光复旧物的日子"方能结婚，但最后还是接受了黄祸的观点："你我两人，只要用寻常儿女的情，做那英雄的事已经够

[①] 自由花：《〈自由结婚〉弁言》，陈平原、夏晓虹编：《二十世纪中国小说理论资料（第一卷）1897—1916》，北京大学出版社1997年版，第109页。

[②] 犹太遗民万古恨：《自由结婚》，震旦女士自由花译，《中国近代小说大系》，百花洲文艺出版社1991年版，第122页。

了。况且我们素来自命不凡,我们的性质必定要少些高出寻常儿女一等,难道我们还怕做不成事吗?"① 小说将爱情和政治置于同一道德维度,"用寻常儿女的情,做英雄的事"是重构之后的新"佳人才子"叙事内涵。关关和黄祸所有的喜怒哀乐均由政治而发,小儿女之间的哭与笑、安慰与关切也都是缘于政治理想的实现与否。爱情与政治同构叙事看似解决了二者之间的公私伦理冲突,其实质与反构叙事归于同理,都是用政治的伦理绝对性压制、涵盖爱情。《自由结婚》中最极端的表现便是关关性别的模糊化,关关变身为没有女性生理特征的中性人,却又和黄祸是"一对小夫妻",这一矛盾叙事的本质依然是政治对爱情的强行压制。爱情与政治同构的叙事模式深受晚清乃至"五四"新文学的欢迎,"英雄儿女,胜败兴亡,描摹意态,不惜周详,此小说之叙事,无钜无细,惟妙惟肖也"②。

由金松岑和曾朴共拟的《孽海花》也是爱情与政治同构叙事的尝试之作。金松岑对写情的文学生命力是持肯定态度的,"吾非必谓'情'之一字,吾人不当置齿颊,彼福格、苏朗笏之艳伴,苏菲亚、绛灵之情人,固亦儿女英雄之好模范也。若乃逞一时笔墨之雄,取无数高领窄袖花冠长裙之新人物,相与歌泣于情天泪海之世界,此其价值,必为青年社会所欢迎,而其效果则不忍言矣"③。金松岑对写情文学审美性质的肯定和对写传统爱情的猛烈反对的理论让《孽海花》的叙事走向难以调和的困境。金松岑意识到重塑"佳人才子"叙事内涵的重要性,却又试图让"佳人才子"仅承担小说的叙事功能。其文学实践的结果便是在曾朴笔下塑造出赛金花这样一个立体、生动、丰满的时代妓女形象,这一立体形象的塑造却与"政治+爱情"的同构叙事预设渐行渐远。新"佳人才子"叙事策略的失败是造成

---

① 犹太遗民万古恨:《自由结婚》,震旦女士自由花译,《中国近代小说大系》,百花洲文艺出版社1991年版,第158页。
② 陶曾佑:《论小说之势力及其影响》,郭绍虞主编:《中国历代文论选》4,上海古籍出版社2001年版,第222页。
③ 松岑:《论写情小说于新社会之关系》,陈平原、夏晓虹编:《二十世纪中国小说理论资料(第一卷)1897—1916》,北京大学出版社1997年版,第171页。

《孽海花》叙事困境的主因，也反向说明新"佳人才子"叙事模式成立的必要条件之一便是政治必须对写情形成绝对的伦理权威压制。

明治政治小说中的新"佳人才子"叙事创造了政治与爱情相悖的反构叙事和同构叙事两种模式。因为"佳人才子"叙事在我国的传统文学中本就具有文化本源性等原因，这两种模式都很容易被晚清政治小说作者所认同和接受，并且结合晚清中国的政治现状进行了本土政治小说的新"佳人才子"叙事重构。结合晚清中国复杂的政治现实，佳人才子叙事模式的探索在晚清政治小说的创作实践中并不成功，却在后来的中国现代文学中显示出强韧的生命力，这一现象或许值得深思。

结　　语

　　在开始本书写作之前,笔者始终对一个问题充满疑惑,那就是晚清政治小说的重要文学意义和所遭受冷遇之间的巨大落差到底原因何在？横亘在二者之间的究竟是一条怎样的沟壑？带着这样的疑惑开启这一论题的前期研究,却发现现有的研究成果对这一问题给出的答案和结论并不足以答疑解惑。在着手本书的资料搜集和写作过程中,当走进那些被岁月尘封的晚清政治小说文本,当置身于晚清的各种史料、资料之间,当那些今天看起来刻板粗陋的小说人物与情节镶嵌进时代文化语境之中,令人惊异的是,这些文本竟变得生动鲜活并容易理解起来。与时代文化、时代现实过于紧密的贴合生长造成了我们今天对晚清政治小说的隔阂和缺乏理解,这一类文本曾经被目为最有价值的部分因为岁月的冲刷,恰恰变成今天感到陌生化和不被关心的文学话题。种种迹象显示,解决最初的疑惑必须回到历史语境中去追寻晚清政治小说的发生过程,只有摒弃成见,暂将春秋笔法和微言大义搁置一旁,最大限度地依靠史料和资料实事求是地呈现这一过程,才能客观评价、评估晚清政治小说的文学价值。

　　因为晚清政治小说发生在中国文化敞开国门的19世纪末期,中国文学和域外文学开始频繁的交流与互动,所以晚清政治小说的发生受到域外文学的极大影响,这个"域外文学",具体说来就是日本明治时期的政治小说。本书以晚清政治小说发生过程中与明治政治小说之间的源流关系为主要研究对象,在重新梳理先行研究成果的基础上，以明治日本和晚清中国的时代文化背景为视域，对明治和晚清政治小说文本进行了深入的对比分析。在研究过程中，晚清政治小说与明治政治小说之间复杂的关系逐渐浮出水面。二者之间虽然存在影响与被影响的源流关系，但是如若简单将其视作文本上的影响与接受，忽略晚清政治小说发生的主体动因，便存在遮蔽晚清政治小说本质、曲解其文学价值的危险。"移植"不等同于"模仿"，晚清小说家选择明治政治小说作为参考是主体性选择行为，对明治政治小说并非全套照搬，而是有所取、有所不取，晚清翻译家与小说家的文化主体选择性是决定晚清政治小说发生的根本因素。本书从移植主体选择性的角度出发，主要解释了以下四个问题。第一，晚清政治小说为什么选择明治政治小说作为参考？第二，晚清政治小说如何选择以及选择了哪些明治政治小说文本作为参考？第三，晚清政治小说具体撷取了明治政治小说中的哪些文学要素？第四，明治政治小说中的文学要素被晚清小说家"移植"之后，在晚清本土文学中实现了何种文学增长和嬗变？

　　晚清政治小说区别于传统小说的本质在于小说对现实的干预性，一旦割裂晚清与时代背景的联系，便无法再现晚清小说的真实面目。晚清政治小说发生的根本原因首先必须回归晚清的时代剧变带来的文化心理冲击这一大的文化背景之中进行探究，所以在进行文本分析之前，本书首先探析了晚清政治小说选择明治政治小说进行"移植"的文化语境，回答了为什么选择从日本而不是西方国家移植的问题。促成晚清政治小说发生的第一要素是现代国族主义思想，现代国族主义思想不仅是晚清政治小说发生的根本动因，也是晚清中国选择"移植"明治政治小说的首要依据和首选题材。现代国家民族意识的觉醒既是现代文学产生的重要文化背景，又是晚清政治小说的主要书写对象，是近代中国人情感的真实再现。现代国家民族观念也是晚清中国人现代审美观念形成的根基，晚清政治小说不仅书写了这一主题，也在现代国族观念的形成过程中充当了重要文化角色，通过小说的传播意义参与了现代国族观念和现代社会伦理的构建。晚清中国的现代国族主义诞生于西方拓殖的压力之下，正是在西方列强的殖民危机中，晚清中国才被唤醒休眠的民族共同体意识，开始在世界格局中形成现代国家民族思想，这一点与近代日本的经历十分近似。19世纪中叶，中日两国都在西方殖民危机下形成了现代国家民族意识，加之明治日本和晚清中国在历史文化上存在亲缘关系，地理上同属东亚，文化心理上的相似性使两国政治小说具备产生深度关联的客观基础。

江户末年的日本和晚清时期的中国同样遭遇西方的强势入侵，同样被迫面临沦为西方殖民地的危机，外来危机催生内政变革，明治维新之后的日本在亚洲率先走上现代化道路。围绕国家的未来和发展，明治政治小说是对这一时期的国家内政外交问题以及民族文化思想状态的呼应，所以较为真实地呈现了这一动荡时期的各种国家、社会现实问题和伦理观念转变。明治政治小说的主题呈现是日本文学由传统走向现代的第一要素。从以惩恶扬善为主题的传统小说到社会功能小说，日本小说的现代转型之路从对国家、社会现代进程的关注启程。

晚清中国遭遇比日本更为严峻的外来入侵和瓜分危机，晚清政治小说发生的根本原因同样在于时代剧变下对国族生存问题的思考与探路。当国族危机和救亡图存成为时代主音，文学也显示了主动汇入其中的意愿与承担时代课题的潜在动力，与国族命运相关联的话题迅速引起小说读者与作者的共鸣。完成现代转型后的日本成为晚清中国的学习对象，加上地缘因素和文化渊源，明治政治小说随着中日互动的频繁走入晚清国人的视野。晚清政治小说的概念由日本引入，明治政治小说被译介之后，在晚清时期引起极大关注。追根溯源，晚清政治小说与明治政治小说有着重要的源流关系。但晚清政治小说从根本上说是晚清中国的时代产物，与动荡时代下的转型期文化观念密切相关，是当时社会重大政治事件、思想观念和社会面貌的真实写照。

正是基于现代国族意识的唤起需要，晚清政治小说率先选择译介了《佳人奇遇》《经国美谈》《累卵东洋》三部以异国国族命运为题材的明治政治小说。在这些小说的影响下，晚清中国出现了书写国家民族现实命运的国族政治小说。随着对明治政治小说的不断接触与了解，围绕现代国族主义主题，晚清政治小说又出现了政党政治小说、女权政治小说、科幻政治小说等题材多样的本土创作，这些与国族现实命运紧密相连的题材共同构建了晚清的现代国族主义思想：一是摆脱侵略、实现邦国的独立；二是振衰起敝，重建古老民族的光辉未来，实现民族的复兴。不应忽略的是，虽然紧密联系现实，但晚清政治小说在批判内政问题的同时也充满了乐观的浪漫主义家国情怀，对国族的未来命运展开了高远的文学想象，为我国新文学的发生提供了新的价值准则和审美多样性可能。国家的命运多舛以及由此引发的社会变化是政治小说发生的重要文化背景，是小说现代转型中所显示的区别于传统小说最显著的文学特征，因而与之密切相关的主题构建自然是本书研究的重点。此外，小说的人物形象构建和叙事模式转型也是对现代新文学影响较大的要素，是研究政治小说文学意义和审美价值以及在转型期所承担角色意义的关键。

在晚清中国和明治日本，政治小说都属于现代文学出现前夕的过渡性文学，是传统文学向现代文学转型的"桥梁"。晚清政治小说选择性"移植"了明治政治小说的诸多文学要素，并在本土创作中实现了新的生长，呈现出与明治政治小说迥异的文学面貌。明治政治小说中最为晚清小说家认同的主题是现代国族主义主题，晚清小说家借鉴了明治政治小说中的这一主题，创作出从国族危机唤醒、救国实践想象到书写未来强国梦等与晚清社会现实相符合的政治小说，并在现代国族主义主题中延伸出排满抗清的主题小说；在参考明治政治小说中的人物塑造手法的基础上，晚清政治小说构建了带有自己文化特色的人物形象，这些人物形象不仅丰富了晚清小说中的人物长廊，也为晚清的文化建设和伦理构建提供了精神滋养，可以说，"五四"新文学中备受关注的"国民性"批判也是起源于对这些人物形象构建过程中的思考；晚清政治小说根据本土文化需要和文化特征，选择性接受了明治政治小说的影响，在中国小说叙事模式现代转型中充当了重要的推动力量，对明治政治小说中政治隐喻叙事、"才子佳人"叙事等叙事模式的选择性接受凸显了中国文化的主体动力机制。

柄谷行人称日本现代文学起源于与国家民族相呼应的文学，他认为日本的现代文学是明治政治小说的外在反动和内在延续，正是现代国家民族观念的产生激发了个体的自我意识认知。柄谷行人主张将日本现代文学的发生安放在日本现代民族国家的确立过程中进行考察，他认为自己在《日本现代文学起源》一书中"所考察的言文一致也好，风景的发现也好，其实正是国民的确立过程"①。他认为日本真正意义上的现代文学是自由民权精神的另一种内在形态延续，比如标志着日本现代文学诞生的《小说神髓》的本质就是对明治20年代萌芽的帝国主义的旁观式支持。"所谓在明治20年代现代文学得以确立，意味着明治维新以来日本的文学经过20年的历程而最终实现了现代化。"② 如果说明治政治小说通过充当日本现代文学的反拨目标而成为现代文学诞生的重要过渡，那么晚清政治小说中的诸多文学因素与后来发生的新文学形成的却是同构关系。

本书试图从"本土生长"的角度分析晚清政治小说与明治政治小说的异同，晚清政治小说的核心价值也正是体现在"本土生长"之中。晚清政治小说的发生时间处于中国传统与现代之交，空间上又发生于中国与世界的非常规对话之间，近代中国的思想文化建构轨迹赋予"政治小说"这一文类复杂独特的审美内涵及多元的嬗变可能，而政治小说也通过与历史文化的频繁互动及对话实现了新的文学增长。晚清政治小说在发生、发展过程中受到日本文学和中转日本的西方文学的影响，但决定政治小说的发生与发展的不是外来文化，而是中国知识分子依托中国文化做出的主体性选择与创造，政治小说也与其他的文化符号一道，成为构成中国文化主旋律的音符之一。虽然从现代文学审美的视角评判，晚清政治小说不乏萌芽阶段的粗浅与幼

---

① ［日］柄谷行人：《日本现代文学起源》，赵京华译，生活・读书・新知三联书店2003年版，"中文版作者序"第3页。

② ［日］柄谷行人：《日本现代文学起源》，赵京华译，生活・读书・新知三联书店2003年版，"中文版作者序"第3页。

稚，但是深植于文化土壤之中的文学精神却显示了强大的内在生命力。晚清政治小说不仅掀起了中国现代文学转型的大潮，"五四"新文学中也随处可见晚清政治小说的流脉影响。个体价值与公共价值的重构探求始于晚清政治小说中的个体价值标准构建；鲁迅笔下对自己的命运和国家命运迟钝麻木的"国民"形象在晚清政治小说中可以找到雏形；新文学中新颖别致的叙事策略也不能不溯源到晚清政治小说中找寻根由……晚清政治小说之所以能够担负起这一承上启下、接古承今的重任，或者说它摒弃传统小说步入现代的本质转变和基本表征正是参与了晚清中国现代国族主义的构建，参与了民族文化精神的构建。晚清政治小说基于现代国族主义思想选择性"移植"了明治政治小说，又在本土创作中呈现新的生长，显示了与明治政治小说迥异的文学审美和文化价值，这是本书研究的中心，也因为晚清政治小说强劲的生命力，本书留下了开放的研究可能。

参考文献

一　中文文献

（一）清末报纸

林獬、孙冀中、陈叔同等主编：《杭州白话报》，白话报馆1901年版。

梁启超主编：《新民丛报》，新民丛报社1902年版。

汪康年、梁启超、麦孟华等主编：《时务报》，时务报馆1896年版。

张继、章炳麟等主编：《民报》，同盟会1905年版。

（二）清末期刊

坂崎斌、胡英敏主编：《译书汇编》，日本东京：译书汇编发行所1900年版。

丁初我主编：《女子世界》，小说林社1904年版。

高旭等主编：《醒狮》，日本东京：李昙1905年版。

黄伯耀、黄世仲等主编：《中外小说林》，中外小说林社1907年版。

黄人主编：《小说林》，小说林、宏文馆有限合资会社1907年版。

李嘉宝主编：《绣像小说》，商务印书馆1903年版。

梁启超主编：《清议报》，日本横滨：清议报馆1989年版。

梁启超主编：《新小说》，日本横滨：新小说社1902年版。

［美］林乐知主编：《万国公报》，万国公报社1889年版。

彭俞主编：《竞立社小说月报》，上海竞立小说月报社1907年版。

汪惟父、吴趼人等主编：《月月小说》，月月小说社1906年版。

王蕴章等主编：《小说月报》，商务印书馆1910年版。

新新小说社主编：《新新小说》，新新小说社1904年版。

杨毓麟、周家树等：《游学译编》，日本东京：东京游学译编社1902年版。

张春帆等主编：《十日小说》，上海环球社1909年版。

（三）作品

董文成、李勤学主编：《中国近代珍稀本小说》，春风文艺出版社1997年版。

金天翮：《女界钟》，上海古籍出版社2003年版。

（清）李伯元：《官场现形记》，岳麓书社2014年版。

陆士谔：《新中国》，中国友谊出版公司2010年版。

（清）吴趼人：《二十年目睹之怪现状》，张臣才校注，中州古籍出版社1995年版。

（清）吴趼人：《新石头记》，王立言校注，中州古籍出版社1986年版。

徐念慈：《新法螺先生谭》，小说林社1905年版。

（清）颐琐、吴趼人：《黄绣球·糊涂世界》，黑龙江美术出版社2016年版。

于润琦主编：《清末民初小说书系·科学卷》，中国文联出版公司1997年版。

《中国近代小说大系》，江西人民出版社1989年版。

（四）论著

阿英：《晚清文艺报刊述略》，古典文学出版社1958年版。

阿英：《晚清文学丛钞：小说戏曲研究卷》，中华书局1960年版。

阿英：《中日战争文学集》，北新书局1948年版。

阿英：《晚清小说史》，人民文学出版社1980年版。

包莉秋：《功利与审美的交光互影：1895—1916中国文论研究》，西南交通大学出版社2012年版。

包天笑：《钏影楼回忆录》，上海三联书店2014年版。

蔡尚思、方行编：《谭嗣同全集》（增订本），中华书局1981年版。

陈平原、夏晓虹编：《二十世纪中国小说理论资料（第一卷）1897—1916》，北京大学出版社1997年版。

陈平原：《中国小说叙事模式的转变》，北京大学出版社2010年版。

陈平原：《触摸历史与进入五四》，北京大学出版社2005年版。

昌切：《清末民初的思想主脉》，东方出版社1999年版。

戴东阳：《晚清驻日使团与甲午战前的中日关系（1876—1894）》，社会科学文献出版社2012年版。

丁文江、赵丰田编：《梁启超年谱长编》，上海人民出版社1983年版。

董炳月：《"国民作家"的立场：中日现代文学关系研究》，生活·读书·新知三联书店2006年版。

范伯群、朱栋霖主编：《1898—1949中外文学比较史》（上、下卷），江苏教育出版社2007年版。

冯自由：《革命逸史》，新星出版社2009年版。

冯桂芬：《校邠庐抗议》，上海书店出版社2002年版。

冯鸽：《晚清·想象·小说》，西北大学出版社2009年版。

方长安：《选择·接受·转化——晚清至20世纪30年代初中国文学流变与日本文学关系》，武汉大学出版社2003年版。

付建舟：《清末民初小说版本经眼录》（日语小说卷），中国致公出版社2015年版。

福建省地方志编纂委员会等编：《辛亥革命福建英杰图志》，海峡书局出版社2011年版。

（清）顾炎武：《日知录》，台北：台湾商务印书馆1978年版。

郭绍虞主编：《中国历代文论选》，上海古籍出版社2001年版。

郭延礼：《中国近代翻译文学概论》，湖北教育出版社1998年版。

郭延礼：《中国前现代文学的转型》，山东大学出版社2005年版。

龚书铎：《近代中国与近代文化》，湖南人民出版社1988年版。

（清）龚自珍：《龚自珍全集》，上海人民出版社1975年版。

何德功：《中日启蒙文学论》，东方出版社1995年版。

贺昌盛：《晚清民初"文学"学科的学术谱系》，中国社会科学出版社 2012 年版。
贺玉高：《霍米·巴巴的杂交性身份理论研究》，中国社会科学出版社 2012 年版。
胡全章：《晚清小说与文学转型》，中国社会科学出版社 2012 年版。
胡亚敏：《叙事学》，华中师范大学出版社 2004 年版。
胡缨：《翻译的传说：中国新女性的形成（1898—1918）》，龙瑜宬、彭姗姗译，江苏人民出版社 2009 年版。
黄人著，江庆柏、草培根整理：《黄人集》，上海文化出版社 2001 年版。
（清）黄遵宪：《日本国志》（上、下卷），天津人民出版社 2005 年版。
（清）黄遵宪：《日本杂事诗》，朝华出版社 2017 年版。
贾立元：《"现代"与"未知"：晚清科幻小说研究》，北京大学出版社 2021 年版。
姜义华、张荣华编：《康有为全集》，中国人民大学出版社 2007 年版。
姜荣刚：《晚清小说的变革：中西互动与传统的内在转化——以梁启超为中心》，中国社会科学出版社 2014 年版。
姜荣刚：《留学生与晚清文学转型》，中国社会科学出版社 2015 年版。
金观涛、刘青峰：《观念史研究：中国现代重要政治术语的形成》，法律出版社 2009 年版。
金观涛、刘青峰：《中国近代思想的起源：超稳定结构与中国政治文化的演变》，法律出版社 2011 年版。
康有为：《大同书》，中国人民大学出版社 2010 年版。
赖芳伶：《清末小说与社会政治变迁（1895—1911）》，台北：大安出版社 1994 年版。
李国俊编：《梁启超著述系年》，复旦大学出版社 1986 年版。
李今主编：《汉译文学序跋集》，上海人民出版社 2020 年版。
李喜所主编：《梁启超与近代中国社会文化》，天津古籍出版社 2005 年版。
李亚娟：《晚清小说与政治之关系研究（1902—1911）》，中国法制出版社 2013 年版。

李运博：《中日近代词汇的交流——梁启超的作用与影响》，南开大学出版社 2006 年版。

连燕堂：《二十世纪中国翻译文学史（近代卷）》，百花文艺出版社 2009 年版。

梁启超：《梁启超全集》，北京出版社 1999 年版。

梁启超：《中国文学讲义：老清华讲义》，湖南人民出版社 2010 年版。

梁漱溟：《东西文化及其哲学》，商务印书馆 2010 年版。

林秀琴：《寻根话语：民族叙事与现代性》，江苏大学出版社 2012 年版。

刘永文编：《晚清小说目录》，上海古籍出版社 2008 年版。

鲁迅：《鲁迅全集》，人民文学出版社 2005 年版。

鲁迅：《中国小说史略》，中华书局 2010 年版。

罗义华：《论梁启超的"流质性"与转型期中国文学的现代品格》，华中师范大学出版社 2007 年版。

孟庆枢主编：《中日文化文学比较研究》，吉林出版集团有限责任公司 2012 年版。

莫言、王尧：《莫言王尧对话录》，苏州大学出版社 2003 年版。

彭树欣：《多维视野下的梁启超研究》，电子科技大学出版社 2014 年版。

钱基博：《现代中国文学史》，上海书店出版社 2004 年版。

钱国红：《走近"西洋"和"东洋"：中日世界意识形成的比较研究》，商务印书馆 2009 年版。

任访秋：《任访秋文集·近代文学研究（上）》，河南大学出版社 2013 年版。

时萌：《晚清小说》，上海古籍出版社 1989 年版。

石云艳：《梁启超与日本》，天津人民出版社 2005 年版。

司马长风：《中国新文学史》，香港：昭明出版社 1978 年版。

孙应祥：《严复年谱》，福建人民出版社 2003 年版。

孙宝瑄:《忘山庐日记》,上海人民出版社 2015 年版。

汤志钧编:《康有为政论集》(全二册),中华书局 1981 年版。

田雁:《日文图书汉译出版史》,南京大学出版社 2017 年版。

王德威:《被压抑的现代性——晚清小说新论》,宋伟杰译,北京大学出版社 2005 年版。

王俊英:《日本明治中期的国粹主义思想研究》,中国社会科学出版社 2015 年版。

王栻主编:《严复集》,中华书局 1986 年版。

王晓平:《近代中日文学交流史稿》,湖南文艺出版社 1987 年版。

王旭川、马国辉:《中国近代小说思想》,华东师范大学出版社 1997 年版。

汪向荣编:《〈明史·日本传〉笺证》,巴蜀书社 1988 年版。

魏绍昌:《吴趼人研究资料》,上海古籍出版社 1980 年版。

魏绍昌:《孽海花资料》,中华书局 1982 年版。

夏晓虹:《觉世与传世——梁启超的文学道路》,中华书局 2006 年版。

夏志清:《中国现代小说史》,复旦大学出版社 2005 年版。

徐岱:《小说叙事学》,商务印书馆 2010 年版。

徐水生:《中国哲学与日本文化》,中华书局 2012 年版。

杨国强:《百年嬗蜕:中国近代的士与社会》,上海三联书店 1997 年版。

杨联芬:《晚清至五四:中国文学现代性的发生》,北京大学出版社 2003 年版。

杨义:《中国叙事学》,中国社会科学出版社 2006 年版。

颜廷亮:《晚清小说理论》,中华书局 1996 年版。

颜健富:《晚清小说的新概念地图》,北京联合出版公司 2018 年版。

叶诚生:《现代叙事与文学想象》,人民文学出版社 2009 年版。

乐黛云、王向远:《比较文学研究》,福建人民出版社 2006 年版。

袁进:《中国文学观念的近代变革》,上海社会科学院出版社 1996 年版。

袁进:《中国小说的近代变革》,广西师范大学出版社 2009 年版。
袁咏红:《梁启超对日本的认识与态度》,中国社会科学出版社 2011 年版。
翟晶:《边缘世界——霍米·巴巴后殖民理论研究》,文化艺术出版社 2013 年版。
赵景深主编:《中国古典小说戏曲论集》,上海古籍出版社 1985 年版。
张天星:《报刊与晚清文学现代化的发生》,凤凰出版社 2011 年版。
张朋园:《立宪派与辛亥革命》,上海三联书店 2013 年版。
张福贵、靳丛林:《中日近现代文学关系比较研究》,吉林大学出版社 1999 年版。
朱谦之:《日本哲学史》,人民出版社 2002 年版。
郑匡民:《梁启超启蒙思想的东学背景》,上海书店出版社 2009 年版。

(五) 博士学位论文

曹亚明:《承续与超越——论梁启超与五四新文学》,暨南大学,2008 年。
付建舟:《小说界革命的兴起与发展——以晚清四大小说期刊为中心》,河南大学,2004 年。
何轩:《儒家文化与晚清新小说的兴起——以梁启超小说功用观为中心考察》,华中师范大学,2006 年。
李怡:《日本体验与中国现代文学的发生》,北京师范大学,2003 年。
李亚娟:《从介入到关怀:晚清小说政治功用性的演变 (1902—1911)》,华东师范大学,2009 年。
孟丽:《论"小说界革命"的酝酿历程》,华东师范大学,2008 年。
孙立春:《中国的日本近现代小说翻译研究》,天津师范大学,2008 年。
王影君:《中国小说的现代转型 1897—1927》,辽宁大学,2011 年。
王明伟:《近代日本国民主义与梁启超国民国家思想的形成与发展》,吉林大学,2009 年。
徐连云:《为求觉世著文章——梁启超的文学活动及外来影响》,吉林大学,2008 年。
夏飞:《清末民初文人的代际更迭与小说变迁——以科举制废存之影

响为中心》，复旦大学，2013年。
张冰：《晚清小说中的乌托邦想象（1891—1911）》，复旦大学，2013年。
郑焕钊：《"诗教"传统的历史中介：梁启超与中国现代文学启蒙话语的发生》，暨南大学，2012年。
周乐诗：《清末小说中的女性想象（1902—1911）》，上海大学，2010年。

（六）硕士学位论文

邹冰晶：《清代涉倭小说研究》，暨南大学，2017年。

（七）期刊论文

曹亚明：《从〈新中国未来记〉来看梁启超对政治小说的选择与接受》，《中国文学研究》2012年第1期。
方长安：《中国近现代文学接受日本文学影响反思》，《福建论坛》（人文社会科学版）2005年第10期。
耿传明：《中国近现代文学中的民族国家叙事与文化认同》，《齐鲁学刊》2002年第3期。
耿传明：《清末民初后科举时代的新型知识层与文化心性的代际转换》，《文艺争鸣》2014年第7期。
耿传明：《清末民初小说中"现代性"的起源、形态与文化特性》，《文学评论》2010年第5期。
耿传明、汪贻菡：《空间意识变迁与晚清小说的现代性》，《中国高校社会科学》2017年第3期。
关爱和：《中国文学的"世纪之变"——以严复、梁启超、王国维为中心》，《文学评论》2016年第4期。
黄轶：《"开启民智"与20世纪初小说的变革——从"政治小说"到"鸳鸯蝴蝶派"》，《郑州大学学报》（社会科学版）2004年第2期。
寇振锋：《日本〈三十三年之梦〉对清末政治小说的影响——以〈党人碑〉和〈大马扁〉为例》，《日本研究》2013年第3期。
李茜：《论清末日本政治小说翻译》，《南昌师范学院学报》2013年第7期。
刘畅：《文学·政治·想象——晚清政治小说与普罗小说的同质化特

征》,《中国现代文学研究丛刊》2011 年第 2 期。

骆冬青:《"小说为国民之魂"——论晚清"小说学"的奠立与政治教化的关系》,《明清小说研究》2005 年第 4 期。

罗晓静:《"群"与"个人":晚清政治小说与五四问题小说之比较研究》,《文学评论》2012 年第 12 期。

麻贵宾:《中日近代小说形成之比较》,《华南师范大学学报》(社会科学版) 1984 年第 4 期。

闵宽东:《韩日两国中国古典小说出版及其文化特质——时间截止朝鲜时代末期 (1910 年) 与日本明治时代 (1912 年)》,《河北学刊》2016 年第 1 期。

牛宏宝:《时间意识与中国传统审美方式——与西方比较的分析》,《北京大学学报》(哲学社会科学版) 2011 年第 1 期。

邱景源:《晚清"政治小说"误读现象研究》,《兰州学刊》2008 年第 2 期。

任访秋:《晚清文学革新与五四文学革命》,《文化遗产》1983 年第 1 期。

宋师亮:《论晚清政治小说作家》,《渤海大学学报》(哲学社会科学版) 2009 年第 3 期。

汤景泰:《晚清启蒙思想的传播困境与小说的兴起》,《社会科学辑刊》2007 年第 1 期。

唐欣玉:《重写典范:贞德在晚清》,《重庆理工大学学报》(社会科学) 2013 年第 4 期。

王宏志:《"专欲发表区区政见":梁启超和晚清政治小说的翻译及创作》,《文艺理论研究》1996 年第 6 期。

王向阳、易前良:《梁启超政治小说的国家主义诉求——以〈新中国未来记〉为例》,《南京社会科学》2006 年第 12 期。

王向远:《中日现代文学比较研究的宏观思考》,《北京师范大学学报》(社会科学版) 1997 年第 1 期。

王中忱:《叙述者的变貌——试析日本政治小说〈经国美谈〉的中译

本》,《清华大学学报》(哲学社会科学版) 1995 年第 4 期。

于润琦:《〈新小说〉与清末的"政治小说"》,《明清小说研究》2004 年第 4 期。

郑东华:《"自由为体"的两种进路——浅析严复、梁启超自由观之同异》,《哲学分析》2018 年第 3 期。

章培恒:《论晚清谴责小说的思想倾向》,《学术月刊》1964 年第 12 期。

张全之:《文学中的"未来":论晚清小说中的乌托邦叙事》,《东岳论丛》2005 年第 1 期。

张兴成:《民族国家、民主国家与文明国家——梁启超对现代中国国家形象的构想》,《华文文学》2012 年第 1 期。

赵兵:《隐匿的"大众":从〈狮子吼〉看晚清知识分子的启蒙困境》,《社会科学论坛》2017 年第 2 期。

赵林:《晚清启蒙运动的媒介镜像与认同困境——从〈杭州白话报〉到〈中国白话报〉》,《中国现代文学研究丛刊》2013 年第 2 期。

朱德发:《晚清至"五四":新文学"英雄理念"的嬗变与钩沉》,《临沂师范学院学报》2004 年第 4 期。

周晓霞、刘岳兵:《近代日本女性解放思想先驱的女权思想探析——以自由民权运动时期女性民权家为中心》,《深圳大学学报》(人文社会科学版) 2014 年第 5 期。

[日] 伴俊典:《中国古典戏曲传入日本的相关疑问——以日本江户时期新发现的唐船舶载资料等珍稀文献分析为中心》,《河北学刊》2021 年第 4 期。

[日] 吉田薰:《梁启超对近代日本志士精神的探究与消化》,《中国现代文学研究丛刊》2008 年第 2 期。

(八) 译著

[德] 顾彬:《二十世纪中国文学史》,范劲等译,华东师范大学出版社 2008 年版。

[法] 让-雅克·卢梭:《社会契约论》,陈阳译,浙江文艺出版社

2016年版。

［荷］伊恩·布鲁玛：《创造日本：1853—1964》，倪韬译，四川人民出版社2018年版。

［加］诺曼·赫伯特：《日本维新史》，姚曾廙译，吉林出版集团有限责任公司2008年版。

［美］本尼迪克特·安德森：《想象的共同体——民族主义的起源与散布》，吴叡人译，上海人民出版社2016年版。

［美］费正清、刘广京编：《剑桥中国晚清史1800—1911年》，中国社会科学院历史研究所编译室译，中国社会科学出版社2016年版。

［美］哈罗德·布鲁姆：《影响的焦虑》，徐文博译，生活·读书·新知三联书店1989年版。

［美］韩南：《中国近代小说的兴起》，徐侠译，上海教育出版社2004年版。

［美］勒内·韦勒克、奥斯汀·沃伦：《文学理论》（修订版），刘象愚等译，江苏教育出版社2005年版。

［美］鲁思·本尼迪克特：《菊与刀》，何晴译，浙江文艺出版社2016年版。

［美］叶凯蒂：《晚清政治小说》，杨可译，生活·读书·新知三联书店2020年版。

［美］约瑟夫·阿·勒文森：《梁启超与中国近代思想》，刘伟等译，四川人民出版社1986年版。

［日］柄谷行人：《民族与美学》，薛羽译，西北大学出版社2016年版。

［日］柄谷行人：《日本现代文学的起源》，赵京华译，生活·读书·新知三联书店2003年版。

［日］东洋奇人：《未来战国志》，南支那老骥译，广智书局1902年版。

［日］福泽谕吉：《文明论概略》，北京编译社译，商务印书馆1959年版。

［日］冈仓天心：《觉醒之书》，黄英译，四川文艺出版社2017年版。

[日] 冈仓天心：《理想之书》，刘仲敬译，四川文艺出版社 2017 年版。

[日] 宫崎寅藏：《三十三年落花梦》，金松岑译，中国研究社 1903 年版。

[日] 横井时敬：《模范町村》，昭文黄人译述，上海：商务印书馆 1908 年版。

[日] 柳田国男：《明治维新生活史》，潘越、吴垠译，时代文艺出版社 2016 年版。

[日] 茂吕美耶：《明治：含苞待放的新时代、新女性》，四川文艺出版社 2018 年版。

[日] 末广铁肠：《哑旅行》，昭文黄人译述，小说林社 1907 年版。

[日] 坪内逍遥：《小说神髓》，刘振瀛译，上海译文出版社 2010 年版。

《日本古典文论选译》[近代卷（上）]，王向远译，中央编译出版社 2012 年版。

[日] 《日本维新三十年史》，古同资译，华通书局 1931 年版。

[日] 实藤惠秀：《中国人留学日本史》，谭汝谦、林启彦译，北京大学出版社 2012 年版。

[日] 矢野文雄：《极乐世界》，披雪洞主译，广智书局 1903 年版。

[日] 矢野文雄：《经国美谈》，周宏业译，上海：商务印书馆 1903 年版。

[日] 松本三之介：《国权与民权的变奏——日本明治精神结构》，李冬君译，东方出版社 2005 年版。

[日] 西乡信纲等：《日本文学史》，佩珊译，人民文学出版社 1978 年版。

[日] 狭间直树编：《梁启超·明治日本·西方——日本京都大学人文科学研究所共同研究报告》（修订版），社会科学文献出版社 2012 年版。

[日] 夏目漱石：《文学论》，王向远译，上海译文出版社 2016 年版。

[日] 押川春浪：《空中飞艇》，海天独啸子译，上海：商务印书馆 1903 年版。

［日］押川春浪：《秘密电光艇》，金石、褚佳猷合译，上海：商务印书馆1906年版。

［日］樽本照雄：《新编增补清末民初小说目录》，贺伟译，齐鲁书社2002年版。

［苏联］卢那察尔斯基：《卢那察尔斯基论文学》，蒋路译，人民文学出版社1978年版。

［英］E. M. 福斯特：《小说面面观》，冯涛译，上海译文出版社2016年版。

二　外文文献

（一）作品

［日］長田偶得：『維新豪傑の情事』、大学館明治三十四年（1901）版。

［日］朝倉禾積：『自由の新花』、丁卯堂明治十九年（1886）版。

［日］大橋乙羽：『累卵东洋』、東京都書店明治三十一年（1898）版。

［日］東海散士：『東洋の佳人』、博文堂明治二十年（1887）版。

［日］東洋奇人（高安亀太郎）：『世界列国の行く末』、秀英舎明治二十年（1887）版。

［日］東洋奇人（高安亀太郎）：『政海情波』、山田活版所明治二十年（1887）版。

［日］宮崎夢柳：『佛蘭西革命記：自由の凱歌』、筑摩書房、昭和四十一年（1966）版。

［日］宮武外骨編：『明治奇聞』第2編、反狂堂大正十四年（1926）版。

［日］広津柳浪：『蜃中楼』、内藤書房明治二十年（1887）版。

［日］久松潜一、吉田精一編：『近代日本文学辞典』増訂13版、東京都出版1968年版。

［日］久松義典：『殖民偉績』、警醒社書店明治三十五年（1902）版。

［日］『明治政治小説集』（一）、筑摩書房、昭和四十一年（1966）版。

［日］『明治政治小説集』3、講談社、昭和四十年（1965）版。

［日］末廣鉄腸：『花間鶯』、博文堂昭和二十一年（1946）版。

［日］『日本現代文学全集 3 ・政治小説集』、講談社昭和四十年（1965）版。
［日］矢野文雄：『新日本』、大日本図書株式会社明治三十五年（1902）版。
［日］押川春浪：『千年後の世界』、大学館明治三十六年（1903）版。
［日］桜井鎌造：『新日本之佳人』、東雲堂明治二十一年（1888）版。

（二）学术论著

［日］長谷川泉：『近代日本文学の位相』（筑摩叢書）、おうふう、平成六年（1994）版。
［日］黒古一夫：『日本近・現代文学の中国語訳総覧』、勉誠出版 2006 年版。
［日］吉田精一：『近代文学評論大系』 1、角川書店、昭和四十六年（1971）版。
［日］柳田泉：『政治小説の研究』、春秋社 1967 年版。
［日］日本近代文学館：『日本近代文学名著事典』、ほるぷ出版 1982 年版。
［日］西田谷洋：『政治小説の形成——始まりの近代と表現思想』、世織書房 2010 年版。
［日］小栗又一：『竜渓矢野文雄君伝』、春陽社昭和五年（1930）版。
［日］中村光夫：『明治文学史』、筑摩叢書昭和六十二年（1987）版。
［日］中国女性史研究会：『中国女性解放の先駆者たち』、日中出版 1984 年刷。

（三）博士学位论文

［日］谷岡郁子：『近代女子高等教育機関の成立と学校デザイン』、神戸芸術工科大学、1998 年。
寇振峰：『清末政治小説における明治政治小説の導入と受容——日中近代文学交流の一側面——』、名古屋大学、2007 年。

（四）期刊论文类

寇振峰：「清末の漢訳の政治小説『累卵東洋』について—明治小

説の『累卵東洋』を通して」、『名古屋大学中国語学文学论集』、2006 年。

寇振峰：「清末の漢訳小説『経国美談』と戯曲『前本経国美談新戯』——明治政治小説『経国美談』の導入、受容をめぐって」、『名古屋大学中国語学文学論集』、2006 年。

李庆国：「清末における政治小説への考察」、『アジア文化学科年報』1998 年。

吕顺长：「政治小説『佳人奇遇』の「梁啓超訳」説をめぐって（衝突と融合の東アジア文化史）——（著述の虚偽と真実）」、『アジア遊学』1992 年第 2 期。

后　　记

　　本书的书稿是在我的博士学位论文基础上修改完成的。2016年9月，我回到母校山东师范大学文学院攻读博士研究生。重新踏入校园的情景至今历历在目，重返课堂的喜悦、求知的渴望、对未知的忐忑……当我踏上自己的学术之路，老师、同学、宿舍、图书馆成为生活的主角，而在另外两座城市里，卧病的母亲和尚未成年的女儿却依然是我最大的牵挂。所幸在我的导师吕周聚教授的悉心培养下，我接受了系统的学术训练，也终于叩开了学术的大门，从一个学术能力薄弱的入门者成长为一名合格的博士研究生，并掌握了正规的学术方法，理解了学术的价值、真谛与意义。本书的得以出版，离不开吕老师的悉心指导、严格要求和联系推荐。借本书付梓出版之际，对我的导师吕周聚教授、师母段德玲女士以及所有在本书写作、出版过程中给予我无私帮助的老师、家人、同学、朋友表示衷心的感谢。

　　首先要感谢我的导师吕周聚教授。作为山东省重点学科首席专家，吕周聚教授以渊博的专业知识、深厚的学术素养、严谨的治学态度以及宽厚的行事品格浇灌了我的学术之路。在本书的选题阶段，吕老师不断鼓励我打开学术视野、结合自己的知识结构特点、敢于挑战、善于发现问题，最终将选题方向锁定在晚清文学。在翻阅了大量的报刊资料和研究文献之后，我发现晚清政治小说很可能是一颗被掩埋在历史尘埃之中的文学遗珠。拂开岁月的积尘，我首先认识到的是它的文本意义。可以说，晚清政治小说是开启一个时代、一个民族被尘封的情感记忆的钥匙，那些情感真实地发生于中华民族的历史长河中。虽然那段历史不堪回首，但在阅读这些文献资料时，可以从中看到那不可磨灭的民族精神，这是中华民族在面对亡国灭种的巨大灾难之时的奋起自救与勇敢探路，而晚清政治小说正是对这些情感和努力的真实记录。继续深入探究，晚清政治小说重要的文学史意义更加令我惊喜。我认为晚清政治小说的重要文本价值和文学史意义与研究的投入现状并不对等，需要进一步投入精力进行探掘，而晚清政治小说和明治政治小说之间的关系研究就是其中最为关键的源头性课题，所以我最终将博士学位论文的题目确定为《晚清政治小说的日本"移植"与本土"生发"》。

从本书的选题到写作完成，其间浸润了自己的拼搏与汗水，更离不开我的导师吕周聚教授的悉心指导和严格要求。写作过程中历经多次框架的调整和思路的变更，更遇到许多具体的学术疑问，都在吕老师不厌其烦的指导与启发下顺利得到解决，也让我在这一过程中不断产生新的学术灵感，掌握了学术研究的要求与路径，为我未来的学术之路奠定了坚实的基础。

不仅如此，我的导师和师母对我学业和生活上的鼓励与关心也是支撑我完成本书的重要精神力量。犹记得在面对晚清和日本明治时期浩如烟海、杂乱无序且字迹模糊的微缩资料时，在一连数日绞尽脑汁却无法写下只言片语时，在受到母亲离我而去的沉重打击时，我曾数度崩溃、萌生放弃写作的念头，但吕老师不断鼓励我，师母也在我遇到困难时给予我温暖的关怀和热情的帮助，使我重拾信心，最终完成了本书的写作。吕老师和师母就像人生路上的明灯，给我信心，照亮我前行的路。这些难以忘怀的经历带领我走出困境、走向学术殿堂，也将成为我未来路上最可宝贵的精神财富。

特别感谢中国社会科学出版社的郭晓鸿老师和王小溪老师在本书出版过程中给予的无私帮助。郭老师和王老师以出版人的专业、严谨、高效使本书得以顺利出版。感谢朱德发教授、魏建教授、李宗刚教授等老师在博士生课程中提供的学术启发，使我在山东师范大学中国现当代文学专业的深厚积淀中不断汲取营养。感谢李怡教授、方长安教授、石兴泽教授、周海波教授、郑春教授、姜异新研究员在博士学位论文答辩阶段提出的宝贵意见。感谢我的硕士生导师林少华教授的悉心培养，使我具备了扎实的日汉翻译能力，为本书的完成提供了基础保障。感谢青岛科技大学外国语学院和人文社科处的领导、同事对本书出版提供的帮助。感谢我的同学、朋友、学生在我读博期间给予我的帮助与鼓励，给我的读博路上增添了无数的"小确幸"，让我不再孤独。

感谢我的家人对我的默默支持，感谢我年迈的父亲对我的理解和包容，感谢我的爱人和亲爱的女儿对我的无私奉献与援助，感谢我的哥哥、姐姐替我承担起照顾父母的重任。希望本书的出版能够告慰母亲的在天之灵。

本书得以出版凝结了许许多多人的努力与帮助，浸润着最可宝贵的亲情、友情、包容与善意。衷心希望它传递的不仅有学术的力量，更有人间的温情。

蔡鸣雁
2022 年 7 月